समर्पण

ग़ज़ल के दीवाने का ग़ज़ल के दिवानों को

51

किताबें ग़ज़लों की

भाग-3

Part - 1

(पुस्तक चर्चा)

लेखक

नीरज गोस्वामी

सम्पादक

शिवानु सिंह

Anybook

Published By

Anybook

Cell : 9971698930

E-mail : contactanybook@gmail.com

Website : www.anybook.org

Price in India :250/- INR

First published by Anybook in 2023

Printed and bound in India

Cover Design & Typesetting by Anybook

ISBN : 978-93-91571-12-2

अनुक्रम

सरहद के आर-पार की शायरी
अब्बास ताबिश

पहले तो हम छान आए ख़ाक सारे शहर की
तब कहीं जा कर खुला उसका मकाँ है सामने

***

तुम्हारे शहर में तोहमत है ज़िंदा रहना भी
जिन्हें अज़ीज़ थीं जानें वो मरते जाते हैं

***

तेरे लिए चराग़ धरे हैं मुँडेर पर
तू भी अगर हवा की मिसाल आ गया तो बस

मिसाल : तरह

***

उसे न मिलने से ख़ुशफ़हमियाँ तो रहती हैं
मैं क्या करूँगा जो इन्कार कर दिया उसने

***

जी चाहता था रोऊँ उसे जाँ से मार कर
आँखें छलक पड़ीं तो इरादा बदल दिया

***

ये जो मैं भागता हूँ वक़्त से आगे आगे
मेरी वहशत के मुताबिक़ ये रवानी कम है

***

यही इक शग़ल रखना है अज़ीयत के दिनों में भी
किसी को भूल जाना है किसी को याद रखना है

शग़ल : काम, अज़ीयत : तकलीफ़

***

मेरे इस कोशिश में बाज़ू कट गए
चाहता था सुल्ह तलवारों के बीच

***

अब तो हम यूँ रहते हैं इस हिज्र भरे वीराने में
जैसे आँख में आँसू गुम हो जैसे हर्फ़ किताबों में चुप

***

लहू तो इश्क़ के आग़ाज़ ही में जलने लगता है
मगर होंठों तक आता है धुआँ आहिस्ता आहिस्ता

***

कहा जाता है कि अच्छी शायरी वही कर सकता है जो अच्छा इंसान हो। अब सवाल ये उठता है कि अच्छा इंसान होता कौन है? अगर आप गूगल करेंगे तो वो बताएगा कि जो इंसान दूसरों की मदद करे, जो कमज़ोर के हक़ में खड़ा हो, जो किसी से जले नहीं सबकी तारीफ़ करे, दूसरों की बात का बुरा न माने, किसी को अपशब्द न कहे, हर इंसान को इंसान समझे वग़ैरह-वग़ैरह वो अच्छा इंसान होता है तो माफ़ कीजियेगा इस कसौटी पर तो बहुत कम शायर उतरेंगे जो अलबत्ता अवाम की नज़र में बेहतरीन शायर माने जाते हैं। तो इसका मतलब अच्छी शायरी के लिए अच्छा इंसान होना ज़रूरी नहीं? बहुत ज़रूरी है जनाब क्यूँकि अच्छे इंसान की शायरी देर तक ज़िंदा रहती है। अवाम ने जिसे पसंद किया वो अच्छा शायर हो ऐसा नहीं है क्यूँकि अवाम आज उस की तरफ़ है तो कल किसी दूसरे की तरफ़ हो जाएगी। हक़ीक़त में अवाम किसी की तरफ़ नहीं होती। ख़ैर! अब कौन अच्छा है कौन बुरा ये बहस का विषय है और हमारी इस बहस में कोई दिलचस्पी नहीं है लेकिन एक बात है कि अगर कोई अच्छा है तो उसे ये बताने की ज़रूरत नहीं पड़ती कि वो अच्छा है उसकी अच्छाई ख़ुद बोलती है। मेरी नज़र में हमारे आज के शायर उसी श्रेणी के हैं जिन्हें ये कहने की ज़रूरत कभी नहीं पड़ी कि वो अच्छे इंसान हैं। उनकी शख़्सियत और उनकी शायरी ही इस बात की गवाही देती है भले ही आप मेरे नज़रिये से इत्तेफ़ाक़ न रखें।

हम हैं सूखे हुए तालाब पे बैठे हुए हंस
जो तअल्लुक़ को निभाते हुए मर जाते हैं
घर पहुँचता है कोई और हमारे जैसा
हम तेरे शहर से जाते हुए मर जाते हैं
ये मुहब्बत की कहानी नहीं मरती लेकिन
लोग किरदार निभाते हुए मर जाते हैं

अच्छे इंसान की चर्चा के बाद चलिए अच्छे शेर की बात करते हैं। मैं कुछ कहूँगा तो छोटा मुँह बड़ी बात लगेगी इसलिए उर्दू के कद्दावर लेखक जनाब रशीद अहमद सिद्दीक़ी साहब के हवाले से बताना चाहूँगा की अच्छा शेर अच्छे चेहरे की तरह होता है जो नज़र के सामने से हटने के बाद भी आपके तसव्वुर में रहता है और जिसे याद करते ही आपका हाथ अपने आप दिल पे रखा जाता है। ऐसा शेर हमेशा आपके ज़ेहन में रहता है। अक्सर देखा गया है कि आज के दौर में ख़ास तौर पर मुशायरों में शायर शेर के मार्फ़त से आपको चौंकाने की कोशिश करते हैं। जब आप अचानक चौंकते हैं तो चौंकना अच्छा लगता है लेकिन चौंकने की गिरफ़्त में ख़ुद को बहुत देर तर गिरफ़्तार नहीं रख सकते। हर बार आप चौंकते भी नहीं। ऐसे शेर थोड़े वक़्त में भुला दिए जाते हैं।

मैं कैसे अपने तवाज़ुन को बरक़रार रखूँ
क़दम जमाऊँ तो साँसे उखाड़ने लगती हैं

तवाज़ुन : एक वज़न पर होना

यूँ ही नहीं मुझे दरिया को देखने से गुरेज़
सुना है पानी में शक्लें बिगड़ने लगती हैं
रहें ख़मोश तो होटों से ख़ूँ टपकता है
करें कलाम तो खालें उधड़ने लगती हैं

कलाम : बात करना

अच्छे इंसान और अच्छे शेर की फिलॉसफी को यहीं छोड़ते हुए चलिए कोई 45 साल पीछे की और लौटते हैं। लाहौर पाकिस्तान के पास का एक छोटा सा गाँव है, जिसमें रहने वाला कोई चौदह पंद्रह साल का लड़का रात के वक़्त स्कूल का सबक याद करने की कोशिश कर रहा है लेकिन उसका ध्यान सामने खुली किताब पर टिक नहीं रहा। पास के टाउन हाल के बाग़ से लोगों के शोर से उसका ध्यान बार बार भटका रहा है। आख़िर किताब को बिस्तर पर रख वो घर से बाहर निकल कर उस और चल पड़ा है जहाँ से शोर आ रहा है। वहाँ जा कर देखता है कि बाग़ में क़रीब सौ दो सौ लोग एक छोटे से स्टेज को घेर कर बैठे हैं और स्टेज पर खड़े हो कर एक इंसान कुछ सुना रहा है जिसे सुन कर सभी सर हिलाते ऊपर की और हाथ उठाते वाह वाह कर रहे हैं। लड़का वहीं हैरत से बैठ जाता है और ये सब देखता रहता है और सोचता है कि इसमें क्या ख़ास बात है? स्टेज पे खड़े आदमी की तरह वो भी लिखने पढ़ने की कोशिश कर सकता है वाह वाही बटोर सकता है।

मैं ने आँखों के किनारे भी न तर होने दिए
जिस तरफ़ से आया था सैलाब वापस कर दिया

***

ये नुक़्ता कटते शजर ने मुझे किया तालीम
कि दुख तो मिलते हैं गर ख़्वाहिश-ए-नुमू की जाये

तालीम :सिखाया, ख़्वाहिश-ए-नुमू :बढ़ने फूलने की ख़्वाहिश

***

गली में खेलते बच्चों के हाथों का मैं पत्थर हूँ
मुझे इस सहन का ख़ाली शजर अच्छा नहीं लगता

***

ये तो अब इश्क़ में भी जी लगने लगा है कुछ-कुछ
इस तरफ़ पहले-पहल घेर के लाया गया था मैं

***

ज़िंदा रहने की ख़्वाहिश में दम-दम लौ दे उठता हूँ
मुझ में साँस रगड़ खाती है या माचिस की तीली है

***

बैठे रहने से तो लौ देते नहीं ये जिस्म-ओ-जाँ
जुगनुओं की चाल चलिए रौशनी बन जाइए

***

इक सदा आयी झरोखे से कि तुम कैसे हो
फिर मुझे लौट के जाने में बड़ी देर लगी
***
मैं ने तो जिस्म की दीवार ही ढाई है फ़क़त
क़ब्र तक खोदते हैं लोग ख़ज़ाने के लिए
***
तू ख़ुदा होने की कोशिश तो करेगा लेकिन
हम तुझे आँख से ओझल नहीं होने देंगे
***

रात भर उस लड़के ने उस शख़्स को जो मंच पे खड़ा अपने हुनर से वाह वाही बटोर रहा था अपनी आँख से ओझल नहीं होने दिया और सुबह-सवेरे ही पता लगा लिया कि वो हज़रत पास ही में रहते हैं। एक दो दिन की मेहनत से लड़के ने दो चार ग़ज़लें कहीं और पहुँच गया नज़ीर साहब के सामने, जी नज़ीर ही नाम था शायद उनका। नज़ीर साहब ने पढ़ा और कहा बरख़ुरदार तुम जो लिख के लाये हो वो वज़्न में नहीं है और काग़ज़ वापस लौटा दिए। 'वज़्न में नहीं है?' ये जुमला तो लड़के ने कभी सुना ही नहीं था ये वज़्न क्या है? अब चौदह पंद्रह साल की उम्र वज़्न जैसी बातों पे वक़्त जाया नहीं करती (वैसे इस बात पर तो आज भी बहुत से शायर वक़्त ज़ाया नहीं करते बल्कि वज़्न में कहने को ज़रूरी भी नहीं समझते), लड़के ने भी ये सोच कर कि ये झमेले का काम है लिखना छोड़ दिया। कुछ वक़्त गुज़रा, नज़ीर साहब को ये लड़का अचानक बाज़ार में टकरा गया। मिलते ही नज़ीर साहब ने कहा 'बरख़ुरदार तुम उस दिन के बाद आये ही नहीं, क्यों?' 'जी आपने कहा था कि मेरा कलाम वज़्न में नहीं है, तो मैंने सोचा मैं ये सब कहने लायक़ नहीं हूँ 'लड़के ने मरी आवाज़ में कहा।' 'तुमने ग़लत सोचा बरख़ुरदार, ये बात सही है कि तुम्हें ग़ज़ल कहने का इल्म नहीं है लेकिन हुनर है क्यूँकि तुम्हारी ग़ज़लों में मुझे इम्कान (सँभावना)नज़र आ रहा है। तुम कल से मेरे पास आओ मैं तुम्हें अपना शागिर्द बनाऊँगा। ' लड़के को जैसे मुँह माँगी मुराद मिल गयी।

यूँ थूक न मुझ पर मिरे हारे हुए दुश्मन
ये मेरी कमाँ है, ये मिरे तीर पड़े हैं
पस्ती में गिरा मैं तो ख़याल आया ये मुझको
शाख़ों से नहीं फूल बुलंदी से झड़े हैं
तू है कि अभी घर से भी बाहर नहीं निकला
हम हैं कि शजर बन के तिरी रह में खड़े हैं

लड़के का उस्ताद के घर रोज़ आना-जाना होता रहा और अरूज़ की बारीकियाँ समझ आने लगी साथ ही ग़ज़ल कहने में लुत्फ़ आने लगा। सब कुछ ठीक ही चल रहा था कि लड़के के अब्बा का अचानक इंतेक़ाल हो गया,घर में कफ़न जुटाने लायक़ पैसे भी नहीं थे। लड़के

की माँ को लड़के का ग़ज़ल कहना जरा भी रास नहीं आ रहा था। उन्होंने लड़के से कहा कि वो अपनी तालीम पे ही ध्यान दे क्यों की शायरी से घर नहीं चलाया जा सकता। माँ से बेहपनाह मुहब्बत के चलते लड़के ने ग़ज़ल कहना लगभग बंद कर दिया लेकिन तब तक उसकी एक ग़ज़ल 'महताब' रिसाले में छप चुकी थी, ये 1977 की बात है तब लड़के की उम्र थी 16 साल। उस रिसाले को लड़का रात में उठ-उठ कर निहारता और ख़ुश होता, उसे यक़ीन ही नहीं होता कि उसकी ग़ज़ल रिसाले में छप सकती है। इतनी ख़ुशी शायद इससे पहले उसे कभी हासिल नहीं हुई थी ख़ैर तालीम के सिलसिले में लड़के को घर छोड़ कर बाहर जाना पड़ा। सन 1978 को उसकी दूसरी ग़ज़ल पाकिस्तान के मशहूर रिसाले 'माहे नौ' में छप गयी। इस वाक़िये के कुछ दिनों बाद लड़का जब अपने घर गया तो उसकी माँ ने उसके लिए गोश्त पकाया। जिस घर में दाल भी कभी ही नसीब होती थी उस घर में गोश्त का पकना किसी अजूबे से कम बात नहीं थी। लड़के ने हैरत से देखा कि माँ के चेहरे पर अजीब सा सुकून है और वो खाना बनाते वक़्त गुनगुना भी रही है। खाना खिलाते वक़्त माँ ने प्यार से पूछा 'बेटा क्या शायरी से पैसे भी मिलते हैं?'

अपनी तारीफ़ सुन नहीं सकता
ख़ुद से मुझको बला की वहशत है

वहशत : डर

बात अभी की अभी नहीं है याद
एक लम्हे में कितनी वुसअत है

दुख हुआ आज देखकर उसको
वो तो वैसा ही ख़ूबसूरत है

माँ के पूछने के अंदाज़ से लड़के में जोश आ गया उसे लगा अपने दिल की बात कहने का मौक़ा आ गया है। लुक्मा मुँह में डालते हुए बोला 'बहुत बरकत है माँ, मैंने देखा है शायरी से कुछ लोग कहाँ से कहाँ पहुँच गए हैं। इसकी बदौलत सड़क पे रहने वाले कोठियों में रहने लगे हैं और पैदल चलने वाले अब चमचमाती कारों में घूमते हैं' 'अच्छा?' माँ ने हैरानी से कहा और फिर प्यार से सर पर हाथ फेरते हुए बोली 'बेटा मैं दुआ करती हूँ कि तू भी बड़ा शायर बने अल्लाह ताला तेरा नाम पूरी दुनिया में रौशन करे। मेरी तरफ़ से तुझे पूरी आज़ादी है, आज तेरी शायरी की वजह से ही ये गोश्त घर में पता नहीं कितने वक़्त के बाद पका है।' 'मेरी शायरी की वजह से? कैसे?' हैरत से लड़के ने पूछा। 'कल डाकिया 'माहे नौ' रिसाले से आया 29 रु० का मनी ऑर्डर दे गया था। उसी पैसे से ये दावत हो रही है बेटा।'

उस दिन से माँ की दुआओं का असर ये हुआ कि आने वाले वक़्त में 'गुलाम अब्बास' नाम का ये एक गुमनाम सा लड़का धीरे-धीरे पूरी दुनिया में अपनी तरह के अकेले बेहतरीन शायर 'अब्बास ताबिश' में तब्दील होने लगा।

मैं अपने आप में गहरा उतर गया शायद
मिरे सफ़र से अलग हो गई रवानी मिरी
तबाह हो के भी रहता है दिल को धड़का सा
कि रायगाँ न चली जाये रायगानी मिरी

रायगाँ : बेकार

मैं अपने बाद बहुत याद आया करता हूँ
तुम अपने पास न रखना कोई निशानी मिरी

'गुलाम अब्बास' जिस गाँव में रहते थे वहाँ रहते हुए शायरी की दुनिया में आगे बढ़ने के रास्ते कम थे लेकिन घर की मजबूरियों की वजह से उनका लाहौर जाने का सपना पूरा नहीं हो पा रहा था। कोई उन्हें राह दिखाने वाला नहीं था। बड़ा भाई वहीं के एक स्कूल में पढ़ाया करता था उसी की शिफारिश पर गुलाम अब्बास भी स्कूल में पढ़ाने लगे। ये नौकरी उन्हें बहुत दिनों तक रास नहीं आयी। दिल में अच्छा शायर बनने और अपना मुस्तक़बिल सँवारने की ललक आख़िर अक्टूबर 1981 में उन्हें उनके सपनों के शहर लाहौर में ले आयी। 'रोज़नामा जंग' अख़बार में उन्हें 700 रु महीने की तनख़्वाह पर प्रूफ़ रीडर की नौकरी मिल गयी। नौकरी और शायरी दोनों साथ-साथ चलने लगी। नया शहर, नए लोग, नए क़ायदे मुश्किलें पैदा करने लगे और गाँव की सादा ज़िन्दगी, घर का सुकून उन्हें बार बार लौटने को उकसाने लगा। लेकिन गुलाम अब्बास आँखों में सपने लिए मज़बूत इरादों से लाहौर आये थे इस लिए डटे रहे। मुश्किलों ने उनकी शायरी को पुख़्ता किया।

इसलिए अब मैं किसी को नहीं जाने देता
जो मुझे छोड़ के जाते हैं चले जाते हैं

***

चाँदनी ख़ंदा है अपने हुजरा-ए-महताब पर
और मैं नाज़ाँ हूँ इस पर मेरा घर मिट्टी का है

ख़ंदा : हँसती, हुजरा ऐ महताब : चाँद के कमरे नाज़ाँ :फ़ख़्र करने वाला

***

ये तेरे बाद खुला है कि जुदाई क्या है
मुझ से अब कोई अकेला नहीं देखा जाता

***

पानी आँख में भर लाया जा सकता है
अब भी जलता शहर बचाया जा सकता है

***

उस को रस्ते से हटाने का ये मतलब तो नहीं
किसी दीवार को दीवार न समझा जाए

***

एक तो मुड़ के भी न जाने की अज़ीयत थी बहुत
और उस पर ये सितम कोई पुकारा भी नहीं

***

देखा न जाए धूप में जलता हुआ कोई
मेरा जो बस चले करूँ साया दरख़्त पर

***

अभी तो घर में न बैठो, कहो बुज़ुर्गों से
अभी तो शहर के बच्चे सलाम करते हैं

***

यक़ीं आता नहीं तो मुझ को या महताब को देखो
कि रात उसकी भी कट जाती है जिस का घर नहीं होता

***

बस यही देखने को जागते हैं शहर के लोग
आसमाँ कब तेरी आँखों की तरह होता है

***

ग़ुलाम अब्बास लाहौर आ तो गए लेकिन इतने बड़े शहर में अपनी मंज़िल कैसे तलाश करें ये सोचने लगे। कोई मदद के लिए आगे नहीं आया। शहर के लोग बेमुरव्वत होते हैं, ऐसा नहीं है, ऐसा सोचना भी ग़लत होगा। दरअस्ल शहर में लोग ज़ियादा होते हैं सभी एक मैराथन दौड़ का हिस्सा होते हैं सभी को मंज़िल की तलाश और वहाँ तक पहुँचने की जल्दी होती है इसलिए किसी से भी ये उम्मीद रखना कि वो आपका हाथ पकड़ कर रास्ता दिखायेगा सही नहीं होगा। हाँ आपको धक्का दे कर आगे निकलने वाले बहुतायत में मिलेंगे। अब्बास साहब की ज़िन्दगी में शायरी और नौकरी के साथ-साथ धक्के भी जुड़ गए लेकिन इन तकलीफ़ों ने उन्हें एक बेहतर इंसान बनने में मदद की।

चलता रहने दो मियाँ सिलसिला दिलदारी का
आशिक़ी दीन नहीं है कि मुकम्मल हो जाए
हालत-ए-हिज्र में जो रक़्स नहीं कर सकता
उस के हक़ में यही बेहतर है कि पागल हो जाए
डूबती नाव में सब चीख़ रहे हैं 'ताबिश'
और मुझे फ़िक्र ग़ज़ल मेरी मुकम्मल हो जाए

कहते हैं जब ऊपर वाला आप पर मेहरबान होता है तो वो ख़ुद तो मदद को नहीं आता अलबत्ता अपना एक नुमाइंदा आपके पास भेज देता है। ग़ुलाम अब्बास साहब की मदद के लिए ऊपर वाले ने जिन्हें भेजा वो थे पाकिस्तान के उस्ताद शायर जनाब ख़ालिद अहमद साहब जो लाहौर ही में रहते थे। ख़ालिद साहब को उन्होंने अपना उस्ताद बनाया और उनकी

रहनुमाई में ग़ज़ल कहने में ख़ूब मेहनत करने लगे। मेहनत और लगन का नतीजा निकलना ही था। अब्बास ताबिश साहब की क़लम ख़ूब चल निकली। ख़ालिद साहब ने उन्हें एक अच्छा और कामयाब शायर बनने के गुर सिखाये और बताया कि शायरी फ़ुर्सत में किया जाने वाला काम नहीं है बल्कि ये पूरे वक़्त किये जाने वाला काम है। अब आप हमेशा तो शेर नहीं कह सकते लेकिन शेर कहने के लिए आपको हमेशा शेर की कैफ़ियत में रहना होता है। अपने ही लिखे को बार बार खारिज़ करने का हुनर सीखना होता है। यूँ समझें शेर कहना मछली पकड़ने जैसा काम है आप को ख़याल के दरिया में हमेशा जाल डाल के रखना होता है अब मछली तो मछली है फँसे तो अभी फँस जाये और न फँसे तो महीनों न फँसे।

तुम माँग रहे हो मेरे दिल से मेरी ख़्वाहिश
बच्चा तो कभी अपने खिलौने नहीं देता
मैं आप उठाता हूँ शब-ओ-रोज़ की ज़िल्लत
ये बोझ किसी और को ढोने नहीं देता

शब-ओ-रोज़ :रात-दिन, ज़िल्लत :बदनामी, तौहीन

वो कौन है उससे तो मैं वाक़िफ़ भी नहीं हूँ
जो मुझको किसी और का होने नहीं देता

फिर वो वक़्त आया जिसका हर शायर को बेताबी से इंतज़ार रहता है यानी उसकी पहली किताब का मंज़र-ए-आम पर आना। ख़ालिद साहब ने ही उनकी पहली ग़ज़लों की किताब 'तम्हीद' शाया करवाई और उसके मंज़र-ए-आम पर आते ही 'अब्बास ताबिश' साहब के नाम ख़ुशबू की पाकिस्तान ही नहीं पूरी दुनिया में फैले शायरी के दीवानों तक पहुँच गयी। 'तम्हीद' के बाद उनकी ग़ज़लों की पाँच और किताबें 'आसमाँ' 'मुझे दुआओं में याद रखना ",परों में शाम ढलती है ",'रक़्से दरवेश'और 'शजर तस्बीह करते हैं 'शाया हो चुकी हैं। आम तौर पर शायर की कुलियात उसके दुनिया से रुख़्सत होने के बाद ही शाया होती है लेकिन अब्बास ताबिश 'मुनीर नियाज़ी' साहब की तरह ये सोच कर कि अक्सर उनकी सभी किताबें उनके पाठकों को एक ही जगह नहीं मिल पातीं या फिर आउट ऑफ़ प्रिंट जाती हैं अपना कुलियात 'इश्क़ आबाद' मंज़र-ए-आम पर ले आये."

हिंदी में शायद उनकी पहली और एक मात्र ग़ज़लों की किताब 'राधा कृष्ण प्रकाशन से 'रक़्स जारी है' नाम से प्रकाशित हुई जिसका ज़िक्र हम अभी कर रहे हैं:

यूँ ही ख़याल आता है बाँहों को देख कर
इन टहनियों पे झूलने वाला कोई तो हो
हम इस उधेड़बुन में मुहब्बत न कर सके
ऐसा कोई नहीं मगर ऐसा कोई तो हो
मुश्किल नहीं है इश्क़ का मैदान मारना
लेकिन हमारी तरह निहत्था कोई तो हो

चलिए बात वहीं से शुरू करते हैं जहाँ छोड़ी थी। जी हाँ लाहौर से। लाहौर की ज़िन्दगी अब्बास साहब को रास आने लगी। प्रूफ़ रीडिंग की नौकरी पूरे चार साल करने के बाद गवर्मेंट लाहौर के कॉलेज में दाख़िला लेकर उर्दू में एम.ए. किया और वहाँ से निकलने वाले मशहूर रिसाले 'रावी' का संपादन किया और फिर लाला मूसा के कॉलेज में लेक्चरर बन गए। आजकल गुलबर्गा कॉलेज में उर्दू विभाग के अध्यक्ष की हैसियत से नौकरी कर रहे हैं।

लाहौर में जितना वक़्त मिलता वो ख़ालिद साहब की सोहबत में बिताने लगे। गुफ़्तगू के दौरान ख़ालिद साहब की बातें अब्बास साहब गाँठ बाँध लेते। उनकी एक बात उन सबके लिए गाँठ बाँधनी ज़रूरी है, जो शायरी करते हैं और उस में अपनी पहचान बनाना चाहते हैं। ख़ालिद साहब का कहना था कि शायरी लम्बी कूद के खेल की तरह होती है जिसमें आगे कूदने के लिए पहले पीछे की और जाना होता है। उनका इशारा रिवायत की ओर जाने से था। यानी ये जानना ज़रूरी है कि आप से पहले किसी मौज़ू पर उस्ताद लोग क्या कह गए हैं और कैसे कह गए हैं। उन्हें पढ़ कर आप बहुत कुछ सीख सकते हैं। भले ही दुनिया हर दिन बदल रही हो लेकिन इंसान अभी भी वैसा ही है जैसा बाबा आदम के ज़माने में हुआ करता था। उसकी सोच में बहुत अधिक अंतर नहीं आया है। उसकी परेशानियाँ भी कमोबेश वैसी ही हैं। आधुनिकता ने उसे बाहर से भले ही बदल दिया हो लेकिन भीतर से ग़ौर करें तो कुछ नहीं बदला। शायरी में अब नए अल्फ़ाज़ आ गए हैं लेकिन मूल बात अभी भी वही रहती है जो पहले थी। इश्क़, रुस्वाई, बेवफ़ाई, रक़ीब, ज़माना, मुश्किलें जस की तस हैं।

वर्ना कोई कब गालियाँ देता है किसी को
ये उसका करम है कि तुझे याद रहा मैं
इस दर्जा मुझे खोखला कर रक्खा था ग़म ने
लगता था गया अब के गया अब के गया मैं
इक धोके में दुनिया ने मेरी राय तलब की
कहते थे कि पत्थर हूँ मगर बोल पड़ा मैं
अब तैश में आते ही पकड़ लेता हूँ पाँव
इस इश्क़ से पहले कभी ऐसा तो न था मैं

रिवायत की तरफ़ जाने के बाद हमें ये याद रखना चाहिए कि हमें वहीं का नहीं हो कर रह जाना। दरअस्ल रिवायत एक जंगल है जिसमें भटकने कि सम्भावना ज़ियादा हैं। लोग रिवायत के जंगल में जा कर या तो रास्ता भटक के वहीं के हो जाते हैं या फिर खाली हाथ लौट आते हैं जबकि हमें रिवायत के जंगल की ख़ुशबू और ताज़गी को अपने साथ लिए लौटना होता है। जो ऐसा कर पाते हैं उनकी शायरी में ताज़गी और रवानी देर तक बनी रहती है। बहुत से कामयाब शायरों को आप देखें कि वो आग़ाज़ बहुत शानदार करते हैं लेकिन कुछ वक़्त के बाद ख़ुद को दोहराने लगते हैं। ख़ालिद साहब ने समझाया कि जब तुम्हें लगने लगे कि शायरी में दोहराव हो रहा है या ताज़गी ख़त्म हो रही है तभी ठीक तभी आपको अपनी क़लम एक तरफ़ रख देनी चाहिए। लिखना छोड़ के दूसरों को पढ़ना शुरू कर देना चाहिए।

इस से आप अपनी साख देर तक बनाये रखने में कामयाब होंगे।

हमारे दुख न किसी तौर जब ठिकाने लगे
हम अपने घर में परिंदों के घर बनाने लगे
***

बर्फ़ पिघलेगी तो हम भी चल पड़ेंगे उसके साथ
देखने वाले यही समझेंगे कि दरिया जाए है
***

घर टपकता देख कर रोती है माँ
छत तले इक छत पुरानी और है
***

कोई रोंदे तो उठाते हैं निगाहें अपनी
वर्ना मिट्टी की तरह राह से कम उठते हैं
***

वो अपनी मर्ज़ी का मतलब निकाल लेता है
अगरचे बात तो हम सोच कर बनाते हैं
***

तुझे क़रीब समझते थे घर में बैठे हुए
तिरि तलाश में निकले तो शहर फ़ैल गया
***

जिस तरह पेड़ को बढ़ने नहीं देती कोई बेल
क्या ज़रूरी है मुझे घेर के मारा जाए
***

ये जमा ख़र्च ज़बानी है उसके बारे में
कोई भी शख़्स उसे देखकर नहीं आता
***

कि जैसे उससे मुलाक़ात फिर नहीं होगी
वो सारी बातें इकट्ठी बताना चाहता है
***

तन्हाई से थी मेरी मुलाक़ात आख़िरी
रोया और इसके बाद मैं घर से निकल गया
***

ताबिश साहब ने ख़ूब पढ़ा है और आज भी मौक़ा लगते ही पढ़ने लगते हैं चाहे शायर नया हो या पुराना। इसके अलावा सूफ़ी संत 'शाह हुसैन' को भी दिल से पढ़ा जिससे उनकी शायरी में इबादत मुहब्बत के रंग आये। अब्बास साहब किसी के अच्छे शेर पर दाद देने से

कभी नहीं चूकते। उनका मानना है कि अच्छा शेर ऊपर वाले की देन होता है वो चाहे जिसे अता करे, और हमें उसका एहतराम करना चाहिए। उम्मीद करनी चाहिए कि ऊपरवाला अच्छा शेर कभी आपको भी अता करेगा। ताबिश साहब नौजवान शायर,चाहे वो पाकिस्तान का हो या हिंदुस्तान का, हौसला अफ़ज़ाही करना अपना फ़र्ज़ समझते हैं यही वजह है की दोनों मुल्कों के नौजवान शायर उन्हें बहुत पसंद करते हैं। दुनिया के गोशे गोशे में मुहब्बत का पैग़ाम देने वाले इस शायर के चाहने वाले सब तरफ़ फैले हुए हैं। ऐसा नहीं है कि इनके हिस्से में हमेशा फूल ही आये हों, काँटें भी मिले हैं बल्कि मिलते रहते हैं लेकिन इनकी ख़ूबी यही है कि ये जैसे फूल लेते वक़्त मुस्कुराते हैं वैसे ही काँटों से ज़ख़्म खाते वक़्त भी। और इसी ख़ूबी ने इन्हें बुलंदी पे पहुँचाया है। अब्बास साहब ने ये सिद्ध किया कि अगर आपकी शायरी में मयार है तो आप मुशायरों में बिना तरन्नुम और अदाकारी का सहारा लिए भी कामयाब हो सकते हैं

कोई गठड़ी तो नहीं है कि उठा कर चल दूँ
शहर का शहर मुझे रख़्त-ए-सफ़र लगता है

रख़्त-ए-सफ़र : सफ़र का सामान

इस ज़माने में ग़नीमत है ग़नीमत है मियाँ
कोई बाहर से भी दरवेश अगर लगता है

काश लौटाऊँ कभी उसका परिंदा उसको
अच्छा मिसरा मुझे टूटा हुआ पर लगता है

आप सोच रहे होंगे कि मैं शायर के बारे में ही बताता जा रहा हूँ उसकी शायरी पे कुछ नहीं कह रहा तो हुज़ूर उसकी दो वजह है पहली ये कि मैं ख़ुद को इस लायक़ नहीं समझता कि इस कद्दावर शायर की शायरी पर तब्सरा करने की गुस्ताख़ी करूँ और दूसरी ये कि जिसे मैं पसंद या नापसंद करूँ उसे आप भी पसंद या नापसंद करें। इसलिए मैं उनकी किताब से यूँ ही जहाँ नज़र गयी वहाँ से कुछ अशआर आपको पढ़वा रहा हूँ यदि आपको पसंद आये तो आप ख़ुद-ब-ख़ुद राधाकृष्ण प्रकाशन दिल्ली को गूगल पे ढूँढ़ निकालेंगे और इस किताब को मँगवा कर पूरी पढ़ेंगे, वैसे ये किताब अमेज़न से ऑन लाइन मँगवाई जा सकती है। वैसे मुझे लगता है कि शायरी के दीवानों की अलमारी में ये किताब ज़रूर होनी चाहिए। ऐसी किताब जिसमें एक भी शेर आपको नेगटिव नहीं मिलेगा। अब्बास साहब ने ये सिद्ध किया कि अगर आपकी शायरी में मयार है तो आप मुशायरों में बिना तरन्नुम और अदाकारी का सहारा लिए भी कामयाब हो सकते हैं। अब्बास साहब को 2017 में क़तर में 'मलिक मुसीबुर्रहमान इंटरनेशनल अवार्ड' और पाकिस्तान सरकार द्वारा 'तमगा-ए-इम्तिआज़' के ख़िताब से नवाज़ा गया है।

अगली किताब की तलाश में निकलने से पहले चलते चलते ये अशआर भी पढ़वाता चलता हूँ।

यूँ भी मंज़र को नया करता हूँ मैं
देखता हूँ उसको हैरानी के साथ

आँख की तह में कोई सहरा न हो
आ रही है रेत भी पानी के साथ
ज़िन्दगी का मसअला कुछ और है
शेर के कह लेता हूँ आसानी के साथ

अब अगर उनका एक शेर जो हमेशा जहाँ भी वो जाते हैं उनसे पहले ही वहाँ पहुँच जाता है और उनकी पहचान बन चुका है वो भी पढ़ लीजिये-

एक मुद्दत से मिरी माँ नहीं सोयी 'ताबिश'
मैंने इक बार कहा था मुझे डर लगता है

***

तुक
लोकेश कुमार सिंह 'साहिल'

सियासी लोग खो बैठे हैं पानी
सभी कीचड़ से कीचड़ धो रहे हैं
***

दोस्ती, प्यार, ज़र्फ़, हमदर्दी
हमने देखे हैं कटघरे कितने
***

कब से रोज़ादार हैं आँखें तेरी
दीद का आदाब कर इफ़्तार कर
***

एक मुस्कान को आँसू ने ये खत भेजा है
अपने कुन्बे में ज़रा कीजिये शामिल मुझको
***

भला क्यों आसमाँ की सिम्त देखें
ज़मीनें क्या नहीं दिखला रही हैं
***

धूप, बारिश, शफ़क़, नदी, मिट्टी
ऐसे लफ़्ज़ों की मेज़बानी कर
***

हाथ पीले हुए हमारे भी
दर्द से हो गयी है कुड़माई
***

हुआ अब देह का बर्तन पुराना
बदल डालो ठठेरा बोलता है
***

रात मावस की है ये तो ठीक है
तुम सितारों का निकलना देखते
***

बंद था द्वार और उम्र भर
हम बनाते रहे सातिये
***

ये तो मुझे याद है कि मई 2011 थी लेकिन तारीख़ याद नहीं आ रही। सुबह मोबाइल

पर घंटी बजी देखा तो आदरणीय नन्द लाल जी सचदेव साहब का फ़ोन था, जो अभी हाल ही में हम सब को छोड़ कर पंचतत्व में विलीन हो गए हैं। मुझे आदेश दिया कि अगर मैं जयपुर में हूँ तो 'काव्यलोक' की 86 वीं गोष्ठी में फ़ुलाँ तारीख़ रविवार को फ़ुलाँ जगह पहुँचूँ। ये तब की बात है जब मैं ग़ज़लों में क़ाफ़िया पैमाई किया करता था और ख़ुद को शायर समझने का मुगालता पाले हुआ था। ऊपर वाले का शुक्र है कि किताबें पढ़ने की आदत की वजह से मुझे एहसास हो गया कि जो शायरी मैं कर रहा हूँ वो मुझसे पहले बहुत से उस्ताद मुझसे हज़ार गुणा बेहतर ढंग से कर चुके हैं और कर रहे हैं, बक़ौल मुनीर नियाज़ी "दम-ए-सहर जब ख़ुमार उतरा तो मैंने देखा, तो मैंने देखा" और मैंने शायरी छोड़ दी। मज़े की बात ये है कि किसी ने पूछा भी नहीं कि क्यों छोड़ी।

नया सूरज तो झुलसाने लगा है
बहुत नाराज़ थे हम तीरगी से
न जाने वक़्त को क्या हो गया है
तअल्लुक़ तोड़ बैठा है घड़ी से
लबों तक आ गये आँसू छलक कर
कोई मरता भी कैसे तिश्नगी से

जब मैं निर्धारित स्थान पर पहुँचा तो कमरे में कोई 25-30 लोग कुर्सियों पे बैठे थे और सामने आदरणीय नन्दलाल जी के एक ओर गोष्ठी संचालिका और दूसरी ओर सफ़ेद सफारी सूट पहने एक हज़रत बैठे थे जो धीरे से नंदलाल जी के कान में कुछ कहते और मुस्कुराते। गोष्ठी शुरू हुई। जो भी अपना कलाम पढ़ने आता वो सुनाते हुए सफारी पहने सज्जन की तवज्जो चाहता अगर वो सज्जन रचना पढ़ते हुए रचनाकार की और देख सर हिला देते तो पढ़ने वाले को लगता जैसे कर ली दुनिया मुट्ठी में। मैंने अपने पड़ोसी से पूछा कि ये सफारी पहने हज़रत कौन हैं तो उन्होंने मुझे ऐसे देखा जैसे कह रहे हों अजीब अहमक हो, जयपुर में रह कर पूछ रहे हो कि ये कौन हैं? आख़िर जब मंच संचालिका ने बहुत आदर से उन्हें पढ़ने को बुलाया तो पता चला कि उनका नाम लोकेश कुमार सिंह 'साहिल' है। बैठे-बैठे ही उन्होंने अपने सुरीले गले से ये ग़ज़ल पढ़ी तो समझ में आया कि लोग क्यों उनकी तवज्जो चाहते हैं

ज़मीं से दूर होता जा रहा हूँ
मैं अब मशहूर होता जा रहा हूँ
दिखाता फिर रहा था ऐब सबके
सो चकनाचूर होता जा रहा हूँ
उजालों में ही बस दिखता हूँ सबको
तो क्या बेनूर होता जा रहा हूँ

उसके बाद लोकेश जी से अक्सर मुलाक़ात होने लगी और ये पता लगने लगा कि इस

इंसान को पूरा समझना कठिन है। लोकेश जी के इतने आयाम हैं कि देख कर हैरत होती है। दरअस्ल वो अंधों के हाथी हैं जो किसी को पेड़ का तना, किसी को रस्सी, किसी को साँप, किसी को अनाज फैटने वाला सूपड़ा, किसी को भाला तो किसी को दीवार सा नज़र आते हैं। ये इस बात पर निर्भर करता है कि आपने उनका कौन-सा पक्ष देखा है। उन्हें समग्र देख पाना संभव नहीं। यही कारण है कि उन्हें पसंद-नापसंद करने वालों की संख्या बहुत बड़ी है। इसका सीधा अर्थ ये निकलता है कि भले ही आप इन्हें पसंद करें या नापसंद लेकिन इन्हें अनदेखा, अंग्रेज़ी में जिसे कहते हैं 'इग्नोर', नहीं कर सकते.. या तो ये आपकी आँखों में बसेंगे या खटकेंगे पर रहेंगे आँख ही में। आप पूछेंगे कि आपको कैसे पता चला कि वो हाथी हैं, तो मेरा जवाब ये है कि मैंने लोगों के बताए चित्रों को जोड़ के देखा है-

तबस्सुम तो है तेरा बोलता सा
बड़ा ख़ामोश लेकिन कहकहा है
किताबों से मुझे बाहर निकालो
मेरे भीतर का बच्चा चीख़ता है
बहुत ही ख़ुशनुमा लगती है बस्ती
किसी का ग़म तमाशा हो गया है

किताबों की दुनिया में उनकी ताज़ा ग़ज़लों की किताब 'तुक' के माध्यम से उन पर चर्चा करेंगे। उनके विचार आपको बताएँगे और दूसरों के उनके बारे में विचार भी सामने लाएँगे। सवाल ये है कि लोकेश जी पे चर्चा क्यों 'तुक' पर क्यों नहीं? तो जवाब ये है कि लोकेश जी को जान लिया तो 'तुक' पे चर्चा की ज़रूरत ही नहीं रहेगी। वो इस किताब के हर पृष्ठ पर शिद्दत और ईमानदारी से मौजूद हैं। साहिल जी को बहुत से लोग शायर भी नहीं मानते, अजी लोगों की छोड़िए वो तो खुद भी नहीं मानते और अपने को तुक्के बाज़ कहते हैं। आज के इस दौर में जहाँ एक मिसरा तक ढंग से नहीं कहने वाले ख़ुद को ग़ालिब के क़द का शायर समझते हैं वहाँ ख़ुद को ताल ठोक कर तुक्के बाज कहना साहस का काम है। सच बात तो ये है कि शायरी दर अस्ल ख़ूबसूरत तुकबंदी ही तो है अब आप इसे कोई भी नाम दे दें-

ज़िन्दगी कब की इक पड़ाव हुई
हाँ मगर माहो साल आते हैं
जिनकी आँखों को रौशनी बख़्शी
उनकी आँखों में बाल आते हैं
कोई मंथन तो अब कहाँ होगा
आ समंदर खंगाल आते हैं

साहिल साहब को सफ़ेद रंग, जो शांति का प्रतीक है कुछ ज़ियादा ही प्रिय है। अक्सर उनसे बिना बात उलझने वाले लोग कुछ समय बाद सफ़ेद झंडा हिलाते हुए उनके सामने आ

कर आत्म- समर्पण कर देते हैं। इसलिए नहीं कि वो बड़े भारी योद्धा हैं बल्कि इसलिए कि वो सामने वाले को एहसास करवा देते हैं हैं कि उनसे उलझना वक़्त की बर्बादी है क्यूँकि वो मुहब्बत से भरे इंसान हैं, उलझने में विश्वास ही नहीं करते। अपनी बात स्पष्ट कहते हैं और फिर उस पर क़ायम रहते हैं। ये ही कारण है कि किताब का शीर्षक 'तुक' और उनका नाम देखें सफ़ेद रंग में छपा है। किताब का बैक ग्राउंड हल्के और गहरे भूरे रंग का मिश्रण है जो मिट्टी का रंग है। यानी वो अपनी मिट्टी से जुड़े इंसान हैं इसलिए हमेशा संयत रहते हैं। उन्हें आप हवा में उड़ते कभी नहीं देख सकते। ये ऐसी ख़ूबियाँ हैं जो विरले ही दिखाई देती हैं। ऐसी ख़ूबियाँ न होती तो क्या भारत के पूर्व प्रधानमंत्री आदरणीय चंद्र शेखर जी उन्हें अपना मानस पुत्र कहते?

जिसे किताबों से चिढ़ है
उस बच्चे का बस्ता मैं

***

धन का घुँघरू भी अद्भुत है
संबंधों को नृत्य कराये

***

तेरे ख़याल की कैसी है रहगुज़र जिसमें
पहाड़ आते हैं लेकिन शजर नहीं आते

***

किस हथेली को ये पसंद नहीं
मेंहदियों के रचाव में रहना

***

ख़ुदा की ज़ात पे उँगली उठाने वालो सुनो
यक़ीं की धूप गुमाँ से ख़राब होती है

***

जब से इनमें से इक वज़ीर बना
क्या अजब जश्न है पियादों में

***

टूट कर भी जी रहे हैं अज़्मतों के साथ हम
रोज़ ग़म देती है लेकिन ज़िन्दगी अच्छी लगी

***

निगाहे-नाज़ का ही जब ये ढंग है तो फिर
निगाहे-ग़ैब का सोचो पयाम क्या होगा

***

न इंतज़ार करो नामाबर के आने का
कोई जवाब न आना भी इक जवाब तो है

***

कितना अच्छा है ख़ामियाँ निकलीं
तेरे अंदर तो आदमी है अभी

***

बात चंद्रशेखर जी की चली है तो बताता चलूँ कि वो देश के पहले प्रधानमंत्री थे जिन्होंने राज्य मंत्री या केंद्र में मंत्री बने बिना ही सीधे प्रधानमंत्री पद की शपथ ली। जिन्होंने 4260 की.मी. पद यात्रा के दौरान लाखों लोगों से संपर्क कर लोकप्रियता की उन ऊँचाइयों को छुआ जिसे देख इंदिरा गाँधी जैसी कद्दावर नेता भी घबरा गयीं.. राजनीति के विद्वानों का मत है कि अगर श्री चंद्र शेखर को सत्ता में रहने का अधिक वक़्त मिलता तो आज देश की हालत कुछ और ही होती। श्री चंद्र शेखर एक दृढ़, साहसी और ईमानदार नेता होने के साथ-साथ अत्यंत संवेदनशील, जागरूक साहित्यकार भी थे। उनके संपादन में दिल्ली से प्रकाशित पत्रिका 'यंग इण्डिया' में उनके सम्पादकीय लेख देश में लिखे जाने वाले सर्वश्रेष्ठ सम्पादकीय लेखों में से एक हुआ करते थे। ऐसे विलक्षण प्रतिभा के धनी चंद्रशेखर जी ने अगर अपना वरद हस्त साहिल जी के सर पर रखा तो उन्हें ज़रूर उनमें अपनी ही युवा छवि दिखाई दी होगी। लोकेश 'साहिल' जी ने 'तुक' उन्हें ही समर्पित की है।

रूठ कर फिर से छिपूँ घर के किसी कोने में
इक खिलौने के लिए सब से ख़फ़ा हो जाऊँ
इसी उम्मीद पर दिन काट दिए हैं मैंने
ज़िन्दगी मैं तेरी रातों का दिया हो जाऊँ
जो मुझे छोड़ कर जाते हैं वो पंछी सुन लें
कल नयी रुत में फलों से ना लदा हो जाऊँ

इस किताब में श्री चंद्र शेखर जी का एक पत्र छपा है जो उन्होंने अपनी मृत्यु के एक हफ़्ते पहले लिख कर भेजा था।. वो लोकेश जी को प्रदान किए जाने वाले एक लाख की धनराशि मूल्य के 'बिहारी पुरस्कार' सम्मान समारोह में आना चाहते थे, लेकिन ख़राब स्वास्थ्य के चलते नहीं आ पाए।. श्री चंद्र शेखर जी लिखते हैं कि "जिसने अपने जीवन में हर पहलू को परखा है, देखा है, भुगता है वही सही अर्थ में जीवन के रस की अभिव्यक्ति कर सकता है। राग, विराग, स्नेह, घृणा, उल्लास और उदासी सब कुछ ही तो देखना होता है, पर उसे अपने अंदर उतारकर जो लोगों तक पहुँच पाता है वही कलमकार है, साहित्यकार है। लोकेश भी उन्हीं लोगों में से एक हैं, ये अनुभूति के धनी हैं और उसे प्रकट करने में पूरी तरह सक्षम.. इनकी भाषा में स्वाभाविकता है, लोगों को मोह लेने की शक्ति है भी है क्योंकि इनकी भाषा सामान्यजन की भाषा है और इनके भाव उनकी आपबीती के बखान।

जिसको मौजों से उलझने का हुनर आता है
उसको मझधार ने ख़ुश होकर उछाला होगा

जिसकी हर बात तुझे तीर सी चुभ जाती है
वो बहर-हाल तेरा चाहने वाला होगा
तू तो इंसान है संदल का कोई पेड़ नहीं
तूने किस तौर से साँपों को सँभाला होगा
जिनको आता है अदब में भी सियासत करना
उनके काँधों पे ही रेशम का दुशाला होगा

चंद्र शेखर जी के पत्र में उतरे भाव लोकेश जी के लिए सबसे बड़ा सम्मान हैं। हालाँकि उनके लिए वरिष्ठ तथा साथी साहित्यकारों द्वारा वयक्त भाव भी कम महत्वपूर्ण नहीं। क्या कारण है कि लोकेश जी के लिए पुराने और नए साहित्यकार प्रशंसा का भाव रखते हैं। सुनने वाले उन्हेँ दीवानावार चाहते हैं। 'तुक' की ग़ज़लें पढ़ेंगे तो जवाब ख़ुद-ब-ख़ुद मिल जाएगा। ये ग़ज़लें किसी महबूबा से की गई गुफ़्तगू नहीं हैं इनमें हमारी आपकी रोज़ की बातें समाहित हैं। ये हमारे सुख-दुख को, समाज की विडंबनाओं को, राजनीति के कीचड़ को और इंसान की फ़ितरत को बयाँ करती हैं। इनमें हमें हमारा ही अक्स दिखाई देता है। ये ग़ज़लें जो जैसा है उसे बिना बात घुमाए सीधे सरल ढंग से कहती हैं। ये कहन ही इन्हें विशेष बनाती है।

जिसे देखो वही बनता है आलिम
जहालत काम करती जा रही है
तुझे कमज़ोर सब कहने लगे हैं
शराफ़त काम करती जा रही है
बिना दिल के भी ज़िन्दा लोग हैं सब
ये आदत काम करती जा रही है

चंदौसी उत्तर प्रदेश के एक राजसी घराने में जन्में युवराज लोकेश कुमार सिंह जयपुर आ कर कब एक फक्कड़ फ़क़ीर तबीअत के 'साहिल' में ढल गए ये शोध का विषय हो सकता है। रख रखाव अब भी उनका ठसके वाला है चाल और गर्दन में ख़म शाहों जैसा है बदली है तो सिर्फ़ सोच जिसके पीछे निश्चय ही चंद्र शेखर जी से निकटता का असर है जयपुर में उन्हें 'तारा प्रकाश जोशी' जैसे कवि और 'राही शहाबी' जैसे शायर की सोहबत में सीखने का मौक़ा मिला। इस गंगा जमनी तहज़ीब का उन पर ये असर हुआ कि अब ये तय करना मुश्किल है कि वो बेहतर ग़ज़लकार हैं या कवि। 25 से अधिक संस्थाओं से जुड़े और देश के अग्रणी रचनाकारों के साथ 2000 से अधिक कवि सम्मेलन, मुशायरे पढ़ने वाले लोकेश 'साहिल' आज भी मंच से जब ग़ज़लें या कविताएँ या दोहे या मुक्तक या माहिये या घनाक्षरी छंद या आल्हा या कुंडलियाँ सुनाते हैं तो श्रोताओं के पास सिवाए मंत्रमुग्ध हो कर सुनने के और कोई विकल्प नहीं बचता। अपने शब्दों और सुरों से वो ऐसा जादू जगाते हैं कि लगता है समय थम सा गया है। उनके लेखन में आज भी युवाओं से अधिक ऊर्जा है और क़लम में आँधी सी गति।

ठिठुरती रात में काटी है ज़िन्दगी जिसने
उसी ने धूप को पाया है मोतबर कितना
तमाम ज़िन्दगी काग़ज़-क़लम में बीत गयी
दुखों से काम लिया हमने उम्र भर कितना
अदब तो बेच दिया तालियों लिफ़ाफ़ों में
बनोगे और भला तुम भी नामवर कितना

छंद मुक्त कविताओं और मंच पर सुनाये जाने वाले चुटकलों के घोर विरोधी और मीर परम्परा के लोकेश जी का 'तुक' दूसरा ग़ज़ल संग्रह है जिसे ऐनी बुक्स प्रकाशन इंदौर ने जिस ख़ूबसूरती से हार्ड बाउंड रूप में प्रकाशित किया है उसकी जितनी तारीफ़ की जाये कम है। किताब हाथ में लेकर सुखद अनुभूति होती है और पढ़ने की ललक बढ़ जाती है। किताब यूँ तो अमेज़न पर ऑन लाइन उपलब्ध है लेकिन आप चाहें तो ऐनी बुक्स के पराग अग्रवाल जी से 9971698930 पर संपर्क कर उसे मँगवा सकते हैं और पढ़ने के बाद साहिल साहब को 9414077820 पर संपर्क कर मशवरा दे सकते हैं कि वो अपने इस ख़याल को दिल से निकाल दें कि वो सिर्फ़ तुकबंदी करते हैं क्यूँकि सिर्फ़ तुकबंदी करने से इतनी ख़ूबसूरत ग़ज़लों का सृजन नहीं हो सकता। उसके लिए ख़याल की पुख़्तगी और उसे शेर में पिरोने का सलीक़ा आना चाहिए जो उन्हें बख़ूबी आता है। तभी उनके तो इस सलीक़े के विजय बहादुर सिंह, अली अहमद फ़ातमी, कृष्ण कल्पित, शीन काफ़ निज़ाम, अब्दुल अहद 'साज़', एहतिशाम अख़्तर, कृष्ण बिहारी नूर, मख़्मूर सईदी, मुमताज़ राशिद, ईनाम शरर, मुकुट सक्सेना और फ़ारुख़ इंजीनियर जैसे रचनाकार भी क़ायल हैं।

आख़िर में पेश हैं किताब की पहली ग़ज़ल से ये शेर :

तुम्हारे साथ की आवारगी में
मिली है ज़िंदगानी ख़ुदकुशी में
उसे कह दो कि थोड़ा चुप रहे अब
बहुत है शोर उसकी ख़ामशी में
है हम पर ख़ौफ़ कितना तीरगी का
उजाला ढूँढ़ते हैं रौशनी में
फ़क़त आता है 'साहिल' तुक मिलाना
नहीं कुछ भी तो तेरी शायरी में

तेरी सदा का इंतज़ार
ख़लीलुर्रहमान आ'ज़मी

सोना लेने जब निकले तो हर हर ढेर में मिट्टी थी
जब मिट्टी की खोज में निकले सोना ही सोना देखा
***

मैं तो घर में अपने आप से बातें करने बैठा था
अन देखा सा इक चेहरा दीवार पे उभरा आता है
***

प्यासी बस्ती प्यासा जंगल प्यासी चिड़िया प्यासा प्यार
मैं भटका आवारा बादल किस की प्यास बुझाऊँ
***

अगर घर से निकलें तो फिर तेज़ धूप
मगर घर में डसती हुई तीरगी
***

हैं कुछ लोग जिनको कोई ग़म नहीं
अजब तुर्फ़ा ने'मत है ये बेहिसी

तुर्फ़ा: अनोखी, बेहिसी:संवेदनहीनता

***

न जाने किस की हमें उम्र भर तलाश रही
जिसे क़रीब से देखा वह दूसरा निकला
***

ये दिल का दर्द तो साथी तमाम उम्र का है
ख़ुशी का एक भी लम्हा मिले तो उससे मिलो
***

घर में बैठे सोचा करते हमसे बढ़कर कौन दुखी है
इक दिन घर की छत पे चढ़े तो देखा घर-घर आग लगी है
***

मुझको नींद नहीं आती है
अपनी चादर मुझे उढ़ा दो
***

बस इतनी बात थी कि अ'यादत को आए लोग
दिल के हर इक ज़ख़्म का टाँका उधड़ गया

अ'यादत:मिज़ाज पुर्सी

***

ऐसी रातें भी हम पे गुज़री हैं
तेरे पहलू में तेरी याद आई

***

इस की तो दाद देगा हमारा कोई रक़ीब
जब संग उठा तो सर भी उठाते रहे हैं हम

***

1947 की बात है दिल्ली स्टेशन पर ग़ज़ब की भीड़ थी। दोस्त की सलाह पर वो लड़का दिल्ली से अलीगढ़ वाली ट्रेन में बड़ी मुश्किल से चढ़ पाया था। उस वक़्त देश आज़ाद होने पर जश्न के रूप में बेगुनाह लोगों का ख़ून सिर्फ़ इसलिए बहाया जा रहा था कि उनके मज़हब अलग थे। बीस साल का ये युवा दुबला पतला सा लड़का सहमा सा एक कोने में बैठा था कि दो-चार स्टेशन के बाद ही कुछ बलवाई ट्रेन में चढ़ गए और एक मज़हब विशेष के लोग ढूँढ़ कर ट्रेन के बाहर उतारने लगे। लड़के की आँखों में उतरे डर को देखकर एक बलवाई ने उसे गिरेबान से पकड़कर घसीटते हुए नीचे उतार लिया।

अल्लामा इकबाल ने ग़लत ही कहा था "कि मज़हब नहीं सिखाता आपस में बैर रखना" जब कि इतिहास गवाह है कि "मज़हब ने ही सिखाया आपस में बैर रखना" हम सिर्फ़ इस बात पर किसी का ख़ून कर देते हैं कि वो हमारे मज़हब का नहीं है जबकि उसका न तो उस मज़हब में पैदा होने पर कोई इख़्तियार होता है न हमारा इस मज़हब में पैदा होने पर. इंसान अकेला इतना हिंसक नहीं होता जितना वो भीड़ में हो जाता है। अकेले में किए गुनाह का बोझ दिल पर अधिक होता है जबकि भीड़ में किए गुनाह का बोझ भीड़ में बँट कर हल्का हो जाता है।

आख़िरी आवाज़ जो उस लड़के ने सुनी वो थी "मारो" और उसके बाद उसने ख़ंजर अपनी पसलियों में तेज़ी से घुसता महसूस किया।

मैं ढूँढ़ने चला हूँ जो ख़ुद अपने आप को
तोहमत ये मुझ पे है कि बहुत ख़ुद-नुमा हूँ मैं
जब नींद आ गई हो सदा-ए-जरस को भी
मेरी ख़ता यही है कि क्यों जागता हूँ मैं

सदा-ए-जरस : कारवाँ की घंटियों की आवाज़

लाऊँ कहाँ से ढूँढ़ कर मैं अपना हम-नवा
ख़ुद अपने हर ख़याल से टकरा चुका हूँ मैं
ऐ उम्र-ए-रफ़्ता मैं तुझे पहचानता नहीं
अब मुझको भूल जा कि बहुत बेवफ़ा हूँ मैं

ज़ख़्म कितना भी गहरा हो भर जाता है। रह जाता है सिर्फ़ एक निशान जो हमेशा इस बात की याद दिलाता है कि कभी यहाँ एक ज़ख़्म था। हमारे आज के शायर ख़लीलुर्रहमान आ'ज़मी जिनकी किताब "तेरी सदा का इंतज़ार" का ज़िक्र कर रहे हैं इस निशान को कभी

नहीं भूल पाए। ये निशान हमेशा उनकी आँखों के सामने रहा नतीजतन वो हमेशा अकेलेपन के समंदर में डूबे रहे, ख़लाओं में भटकते रहे और अपने भीतर टहलते रहे। रस्मन तौर पर वह दुनिया से जुड़े दिखाई ज़रूर देते थे लेकिन हक़ीक़त में शायद उनका ख़ुद से भी राब्ता कम था।

ज़िन्दगी आज तलक जैसे गुज़ारी है न पूछ
ज़िन्दगी है तो अभी कितने मज़े और भी हैं

***

यूँ जी बहल गया है तेरी याद से मगर
तेरा ख़याल तेरे बराबर ना हो सका

***

भला हुआ कि कोई और मिल गया तुमसा
वगरना हम भी किसी दिन तुम्हें भुला देते

***

ये और बात कहानी सी कोई बन जाए
हरीम-ए-नाज़ के पर्दे हवा से हिलते हैं

हरीम ए नाज़ :माशूक़ा का मकान

***

हमने उतने ही सर ए राह जलाए हैं चराग़
जितनी बर-गश्ता ज़माने की हवा हमसे हुई

बर-गश्ता: बिगड़ी हुई

***

एक दो पल ही रहेगा सब के चेहरों का तिलिस्म
कोई ऐसा हो कि जिसको देर तक देखा करें

***

मेरे दुश्मन न मुझको भूल सके
वरना रखता है कौन किसको याद

***

सुना रहा हूँ उन्हें झूठ-मूठ इक क़िस्सा
कि एक शख़्स मुहब्बत में कामयाब रहा

***

हाय वो लोग जिनके आने का
हश्र तक इंतज़ार होता है

***

इतने दिन बीते कि भूले से कभी याद तेरी
आए तो आँख में आँसू भी नहीं आते हैं

***

खिड़कियाँ जागती आँखों की खुली रहने दो
दिल में महताब उतरता है इसी जीने से

***

ज़िन्दगी छोड़ने आई मुझे दरवाज़े तक
रात के पिछले पहर मैं जो कभी घर आया

***

उत्तर प्रदेश के डिस्ट्रिक्ट आज़मगढ़ और उस के आसपास ख़ास तौर पर सुल्तानपुर इलाक़े की मिट्टी में पता नहीं क्या तासीर है की वहाँ एक से बढ़ कर एक बेहतरीन शायर हुए हैं और आज भी हो रहे हैं। ख़लीलुर्रहमान साहब की पैदाइश भी सुल्तानपुर के गाँव सीधा की है। गाँव के कट्टर मुस्लिम परिवार में मुहम्मद सफी साहब के यहाँ 1927 में आज़मी साहब का जन्म हुआ। आज़मगढ़ से मैट्रिक पास करने के बाद अलीगढ मुस्लिम यूनिवर्सिटी से उर्दू में मास्टर्स की डिग्री हासिल की और फिर 1957 में पीएच.डी. की।

1953 से वो अलीगढ़ मुस्लिम यूनिवर्सिटी के उर्दू विभाग में बतौर लेक्चरर नौकरी करने लगे पाँच साल बाद रीडर बने

वो दिन कब के बीत गए जब दिल सपनों से बहलता था
घर में कोई आए कि न आए एक दिया सा जलता था
शायद अपना प्यार ही झूठा था वरना दस्तूर ये था
मिट्टी में जो बीज भी बोया जाता था वो फलता था
दुनिया भर की राम कहानी किस किस ढंग से कह डाली
अपनी कहने जब बैठे तो इक इक लफ़्ज़ पिघलता था

ख़लील साहब को लिखने का शौक़ बचपन से ही था बच्चों की पत्रिका "पयामी तालीम" में उनकी रचनाएँ नियमित छपती थीं। इस शौक़ को उन्होंने उर्दू साहित्य को आधुनिक और प्रगतिशील बनाने में परवान चढ़ाया। गद्य और पद्य दोनों विधाओं में उनकी क़लम चली और ख़ूब चली। पुराने और अपने समकालीन रचनाकारों पर उन्होंने आलोचनात्मक लेख लिखे जो आज भी उर्दू के सर्वश्रेष्ठ आलोचनात्मक लेखों में शामिल होते हैं। उस वक़्त जब शायरी महबूब के आरिज़-ओ-लब, बुलबल-ओ-चमन, हुस्न-ओ-इश्क़ की ज़ंजीरों में जकड़ी हुई थी ख़लिल साहब ने अपने समकालीनों के साथ उसे जदीदियत की ओर मोड़ा। उसे प्रगतिशील बनाया और उसमें वो लफ़्ज इस्तेमाल किए जो अमूमन शायरी की ज़बान से दूर रखे जाते हैं।

और तो कोई बताता नहीं इस शहर का हाल
इश्तिहारात ही दीवार के पढ़ कर देखें

इश्तिहारात: विज्ञापन

जितने साथी थे वो इस भीड़ में सब खोए गए
अब तो सब एक से लगते हैं किसे हम ढूँढ़ें

घर की वीरानी तलब करती है दिन भर का हिसाब
हमको यह फ़िक्र जरा शाम को बाहर निकलें

ब्लड कैंसर एक गंभीर बिमारी है जो ख़लील साहब को उस वक़्त लगी जब उनका लेखन उन्वान की ओर था। उनके मित्र शमीम हन्फ़ी लिखते हैं कि "देश में चेतना के चराग़ की लौ रोज़ ब रोज़ तेज होती जा रही थी और इस पूरी जद्द-ओ-जहद में ख़लील साहब का हिस्सा सबसे ज़ियादा था। वो जदीदियत के क़ाफ़िला-सालारों में शुमार किए जाते थे। अचानक ख़लील साहब की सेहत ज़वाब देने लगी लेकिन बीमारी के दौर में भी वो तख़्लीक़ी (क्रिएटिव) और फ़न्नी (आर्टिस्टिक) सतह पर बहुत ज़रख़ेज़ज और शादाब दिखाई देते थे। आख़िरी दौर में लिखी उनकी ग़ज़लों और नज़्मों में आप मौत का रक़्स देख सकते हैं। अपनी और बढ़ती मौत के क़दमों की आहट साफ़ तौर पे रोज़ सुनना मौत से भी बदतर होता है। वो रात में उठकर बैठ जाते और जल्दी-जल्दी हमेशा पास ही रखे काग़ज़ पर लिखने लगते। उस दौर में लिखी रचनाओं में अधूरे रह गए ख़्वाबों का दर्द और उदासी का रंग झलकता है"

एक जून 1978 को मात्र 51 वर्ष की उम्र में ख़लील साहब ने दुनिया-ए-फ़ानी को अलविदा कह दिया।

ये अलग बात कि हर सम्त से पत्थर आया
सर-बुलन्दी का भी इल्ज़ाम मिरे सर आया
बारहा सोचा कि ऐ काश न आँखें होतीं
बारहा सामने आँखों के वो मंज़र आया
मैं नहीं हक़ में ज़माने को बुरा कहने के
अब के मैं खा के ज़माने की जो ठोकर आया

ख़लील साहब के शागिर्दों में अंग्रेज़ उर्दू स्कॉलर रॉल्फ रसेल और शायर 'शहरयार' उल्लेखनीय हैं। उनका तअल्लुक़ बशीर बद्र, ज़ाहिदा ज़ैदी, मुई'न अहसन जज़्बी, नासिर काज़मी, इब्न इंशा, बलराज कोमल, बाक़र मेहदी जैसे अदीबों से रहा। उनकी लिखी किताबों की एक लम्बी फ़ेहरिस्त है। उनकी किताबों का सफ़र 'काग़ज़ी पैराहन' से शुरू हुआ जो 1953 में मंज़र ऐ आम पर आयी उसके बाद 'नया अहद नामा' 'फ़िक्र-ओ-फ़न' 'ज़ाविये निगाह' आदि दस किताबों से होता हुआ 'ज़िन्दगी ऐ ज़िन्दगी' पर ख़त्म हुआ. देवनागरी में उनकी एकमात्र किताब "तेरी सदा का इंतज़ार" 'रेख़्ता बुक्स बी 37, सेक्टर -1 नोएडा उत्तर प्रदेश द्वारा प्रकाशित हुई। ये किताब अब अमेज़न पर ऑन लाइन उपलब्ध है। जैसा कि आपको मालूम ही है कि हमारे यहाँ जीते जी किसी को सम्मान देने से परहेज़ किया जाता है इसीलिए ख़लील साहब को उनके जाने के बाद न सिर्फ़ उर्दू साहित्य में उल्लेखनीय योगदान के लिए

'ग़ालिब अवार्ड' दिया गया बल्कि यूनिवर्सिटी द्वारा उन्हें प्रोफ़ेसर की पदवी भी अता की गयी।

चलते-चलते उनकी एक ग़ज़ल ये अशआर भी पढ़वा देता हूँ-

दूर रह कर ही जो आँखों को भले लगते हैं
दिल-ए-दीवाना मगर उनकी ही क़ुर्बत माँगे
पूछते क्या हो इन आँखों की उदासी का सबब
ख़्वाब जो देखे वो ख़्वाबों की हक़ीक़त माँगे
अपने दामन में छुपा ले मेरे अश्कों के चराग़
और क्या तुझसे कोई ऐ शब-ए-फ़ुर्क़त माँगे
वो निगह कहती है बैठे रहो महफ़िल में अभी
दिल की आशुफ़्तगी उठने की इजाज़त माँगे

आशुफ़्तगी : दीवानगी

सरहद के आर-पार की शायरी
सऊद अशरफ़ उस्मानी

कहीं ये इश्क़ की वहशत को नागवार न हो
झिझक रहा हूँ तिरे ग़म को प्यार करते हुए
वहशत :उन्माद

***

देख तितली की अचानक परवाज़
शाख़ से फूल उड़ा हो जैसे

***

अजीब फ़ैसला था रौशनी के ख़ालिक़ का
कि जो दिया भी नहीं थे वही सितारा बने
ख़ालिक़ :निर्माता

***

अब एक उम्र में याद आयी है तो याद आया
सितारा बुझते हुए रौशनी बिखेरता है

***

वो फिर मिला तो मुझे हैरतों से ताक़ता रहा
कि दिल-गिरफ़्ता न लगता था बोलचाल से मैं
दिल-गिरफ़्ता :उदास, दुखी

***

फिर एक बार मैं रोया तो बेख़बर सोया
वरना ग़म से निकलना मुहाल था मेरा

***

अजीब राहगुज़र थी कि जिस पे चलते हुए
क़दम रुके भी नहीं रास्ता कटा भी नहीं

***

ये दुख है उसका कोई एक ढब तो होता नहीं
अभी उमड़ ही रहा था कि जी ठहर भी गया

***

जो अक्स थे वो मुझे छोड़ कर चले गए हैं
जो आइना है मुझे छोड़ कर नहीं जाता

***

सच ये है कि पड़ता ही नहीं चैन किसी पल
गर सब्र करूँगा तो अदाकारी करूँगा

मैं मुरारी बापू का भक्त नहीं लेकिन उनकी एक बात का क़ायल हूँ और वो है उनका रामकथा के दौरान ग़ज़ल के शेर सुनाना। उन के माध्यम से शायरी जन-जन तक पहुँच रही है। उन्हें शायरी की कितनी समझ है यह तो पता नहीं लेकिन उन्हें शायरी से कितनी मुहब्बत है यह साफ दिखाई देता है। सन 2005 में राजस्थान के प्रसिद्ध धार्मिक स्थल नाथद्वारा में राम कथा हुई जिसमें उनकी मौजूदगी में इंडो-पाक मुशायरा रखा गया। एक हिंदू धार्मिक स्थल पर मुस्लिम शायरों की शायरी को जिस तरह से मुरारी बापू की मौजूदगी में सुना गया उसे देखकर अलगाववादी ताक़तों की अगर नींद उड़ गई हो तो हैरत की बात नहीं होगी। इससे एक बात स्पष्ट होती है कि शायरी, धर्म के दायरे में नहीं आती। कोई भी व्यक्ति चाहे वो किसी भी धर्म या संप्रदाय का हो शायरी का दीवाना हो सकता है। ख़ुशी की बात है कि आज के दौर में भी लोग शायर का नाम देखकर शेर पसंद नहीं करते।

इसी मुशायरे में पाकिस्तान से आए हमारे आज के शायर को उनके कलाम पर ज़बरदस्त दाद हासिल हुई थी।

ये दुख पहले कभी झेला नहीं था
अकेला था मगर तन्हा नहीं था
हवा से मेरी गहरी दोस्ती थी
मैं जब तक शाख़ से टूटा नहीं था
मुहब्बत एक शीशे का शजर थी
घना था पेड़ पर साया नहीं था
मैं जिसमें देखता था अक्स अपना
वो आईना फ़क़त मेरा नहीं था

चलिए क़रीब 50 साल पहले के लाहौर चलते हैं। 6 दिसम्बर 1961 को लाहौर में पैदा हुआ एक बारह तेरह साल का लड़का स्कूल से घर लौट रहा है और रास्ते में ख़ुद से ही बातें कर रहा है। घर पर आकर बस्ता टेबल पर रख कर चहकते हुए माँ से कहता है कि 'अम्मी आज मैंने शेर की कहे हैं'। ये सुनकर माँ का दिल कैसा बल्लियों उछला होगा, आप सोच सकते हैं। जिस परिवार में लड़के के पिता, दादा, परदादा और दो फूफियाँ बेहतरीन शायर हों, वहाँ लड़के का शेर कहना कोई बहुत बड़ी घटना होनी तो नहीं चाहिए लेकिन माँ इस बात पर ख़ुश हुई कि उसकी 6 औलादों में से किसी एक में तो खानदान की रिवायत क़ायम रखने की काविश नज़र आई। बात लड़के के पिता तक पहूँची। शाम को पिता ने उसे बुलाया, उससे से शेर सुने और ख़ुश होते हुए बोले बरख़ुरदार तुम तो वज़न में कहते हो, शाबाश!! दो-चार दिन बाद घर पर हर महीने होने वाला मुशायरा एक कमरे में चल रहा था कि अचानक पिता ने लड़के को बुलाया और सबसे बोले कि मेरा बेटा भी शेर कहता है आप सब साहिबान इसे सुनें। लड़के ने घबराते हुए शेर पढे जिसे सुनकर सदारत कर रहे मशहूर शायर जनाब 'अहसान दानिश' साहब उठे और लड़के को गले लगाते हुए उसके पिता से बोले 'ज़की कैफ़ी साहब मुबारक हो आपके यहाँ शायर पैदा हुआ है, क्या नाम है इसका? ''सऊद अशरफ़ उस्मानी' पिता गर्व से बोले

हम भी वैसे न रहे दश्त भी वैसा न रहा
उम्र के साथ ही ढलने लगी वीरानी भी
वो जो बर्बाद हुए थे तेरे हाथों वही लोग
दम-ब-ख़ुद देख रहे हैं तिरी हैरानी भी
आख़िर इक रोज़ उतरनी है लबादों की तरह
तने-मलबूस ये पहनी हुई उर्यानी भी

शरीर का वस्त्र, उर्यानी :नग्नता

ये जो मैं इतनी सहूलत से तुझे चाहता हूँ
दोस्त इक उम्र में मिलती है ये आसानी भी

अहसान दानिश साहब ने ये बात बिल्कुल ठीक कही कि शायर पैदा ही होते हैं बनते नहीं। शायरी कोई डॉक्टरी, वकालत या इंजीनियरिंग जैसा पेशा नहीं है कि किसी कॉलेज, यूनिवर्सिटी में पढ़े, डिग्रियाँ ली और बन गए, ना ही ये पीढ़ी दर पीढ़ी चलने वाले किसी दूसरे पेशे की तरह है। शायरी का फ़न किसी को तोहफ़े की तरह भी नहीं दिया जा सकता। शायरी इंसान के अंदर होती है लेकिन हर इंसान के अंदर नहीं। ये तौफ़ीक़ ऊपर वाला हर किसी को अता नहीं करता। शायर होता तो दूसरे आम इंसानों की तरह ही है लेकिन उसकी सोच का दायरा बड़ा होता है। वो औरों से ज़ियादा संवेदनशील होता है इसलिए दूसरों के सुख दुख को अच्छे से महसूस कर सकता है। शायर को अपने या दूसरों के एहसास एक ख़ास रिदम में ख़ूबसूरत अंदाज़ के साथ लफ़्ज़ों में पिरोने का हुनर आता है। कामयाब शायर बनने के लिए ऊपर वाले के दिए इस फ़न को लगातार मेहनत से सँवारना पड़ता है।

जब तक मैं तेरे पास था बस तेरे पास था
तूने मुझे ज़मीं पे उतारा तो मैं गया
अपनी अना की आहनी ज़ंजीर तोड़ कर
दुश्मन ने भी मदद को पुकारा तो मैं गया

अना: घमण्ड, आहनी: इस्पात की

तेरी शिकस्त अस्ल में मेरी शिकस्त है
तू मुझसे एक बार भी हारा तो मैं गया
ये ताक ये चराग़ मेरे काम के नहीं
आया नहीं नज़र वो दोबारा तो मैं गया

सऊद साहब पढ़ाई के दौरान शायरी करते रहे लेकिन उसे गंभीरता से नहीं लिया। साइंस में ग्रेजुएशन करने के बाद उन्होंने लाहौर से एम.बी.ए. की डिग्री हासिल की। एम.बी.ए. के बाद उन्होंने अपनी ग़ज़लें इक्ठ्ठा की उन में से कुछ छाँटी और मशहूर शायर 'अहमद नदीम कासमी' साहब के दफ़्तर जा पहुँचे। उस वक़्त कासमी साहब एक रिसाला निकाला करते थे जिसमें मयारी ग़ज़लें छपा करती थीं। दफ़्तर में कासमी साहब के सामने लाजवाब शायरा परवीन शाकिर साहिबा बैठी थीं। सऊद साहब अपनी ग़ज़लें नदीम साहब को देकर

वापस आ गए। जब कुछ दिन तक जवाब नहीं आया तो वह फिर से कासमी साहब के दफ़्तर पहुँचे जहाँ कासमी साहब नहीं थे लेकिन परवीन शाकिर साहिबा बैठी थी उन्होंने सऊद साहब को देखते ही कहा 'अरे आप तो वही है ना जो कुछ दिन पहले अपनी ग़ज़लें छपने के लिए दे गए थे माशा अल्लाह आप बहुत अच्छा लिखते हैं, लिखते रहें।' परवीन शाकिर जैसी शायरा से अपनी तारीफ़ सुन कर उसी पल सऊद साहब ने ग़ज़ल की दुनिया में अपना एक मुक़ाम बनाने का फ़ैसला कर लिया।

जैसे कोई दो दो उम्रें काट रहा हो
झेली अपनी और उसकी तन्हाई मैंने
एक मुहब्बत मुझमें शोलाज़न रहती थी
ख़ैर फिर इक दिन आग से आग बुझाई मैंने
ख़ुद को राज़ी रखने की हर कोशिश करके
आख़िर अपने आप से जान छुड़ाई मैंने
मेरी पूँजी और थी, मेरे ख़र्च अलग थे
ख़्वाब कमाए मैंने, नींद उड़ाई मैंने

सऊद साहब की शायरी के प्रति इस दीवानगी के चलते ही उन्हें ये मुक़ाम हासिल हुआ कि आज पाकिस्तान में ही नहीं बल्कि दुनिया के हर उस गोशे में जहाँ उर्दू शायरी समझी जाती है लोग उनको पढ़ना सुनना पसंद करते हैं। उनकी शायरी से रूबरू होते हुए 'अहमद नदीम क़ासमी' साहब की उनके बारे में कही ये बात ज़ेहन में आ जाती है वो फ़रमाते हैं कि "जब ग़ज़ल विधा से ऊब चुके लोग मुझसे ये कहते हैं अब इस विधा में कहने को कुछ नहीं रहा तो मैं उनको मशवरा देता हूँ कि वो सऊद अशरफ़ उस्मानी को पढ़ लें क्यूँकि उसने ग़ज़ल के जिस्म में नयी जान फूँकी है।" इस नये पन के कारण ही उनके पहले ग़ज़ल के मज्मूआ "कौस" को 1997 में पाकिस्तान प्राइम मिनिस्टर अवार्ड, 2006 में दूसरे मज्मूए "बारिश" को अहमद नदीम क़ासमी अवार्ड और 2016 में तीसरे मज्मूए "जलपरी" को भी ढेरों अवार्ड हासिल हुए हैं। शायरी के वो प्रेमी जो उर्दू लिपि पढ़ नहीं सकते अब उनकी चुनिंदा ग़ज़लों को देवनागरी में 'राजपाल एँड संस' द्वारा प्रकाशित किताब "सरहद के आर-पार की शायरी" शृंखला में पढ़ सकते हैं। इस किताब में उनके साथ लाजवाब भारतीय शायर मरहूम 'रऊफ़ रज़ा' साहब की ग़ज़लें भी संकलित हैं। किताब का संपादन देश के प्रसिद्ध शायर और शायरी के बेहतरीन जानकार जनाब 'तुफ़ैल चतुर्वेदी ' साहब ने किया है। सऊद साहब की तीनों ग़ज़ल की किताबों से 85 ग़ज़लें छाँटना आसान काम नहीं था लेकिन तुफ़ैल साहब ने जिस ख़ूबी से इसे अंजाम दिया है उसके लिए उनकी जितनी भी तारीफ़ की जाये कम है। आज हम इस किताब का सिर्फ़ आधा हिस्सा, यानी जो सऊद साहब की शायरी का है, ही आपके सामने लाये हैं।

दिल की अपनी ही समझ होती है
जो फ़क़त ज़ेहन हैं, वो क्या समझें
एक भूली हुई ख़ुश्बू मुझसे
कह रही है मुझे ताज़ा समझें

बात करते हुए रुक जाता हूँ
आप इस बात को पूरा समझें
दिल को इक उम्र समझते रहे हम
फिर भी इक उम्र में कितना समझें

आप इस किताब के संकलनकर्ता जनाब तुफ़ैल चतुर्वेदी जी की इस बात को झुठलाने की आपको कोई वजह नहीं मिलेगी कि "हमारे समय की शायरी पुराने उस्तादों से कहीं आगे की, ताज़ा और बेहतर है। आज के शायर हर ऐतबार से हर हवाले से बहुत अच्छे और नए शेर कह रहे हैं। कोई भी कसौटी तय कर लीजिये आप पाएँगे कि ये माल खरा सच्चा और चोखा है। इनके काम फीकापन नहीं है। इसके लिए ये लोग भी ज़िम्मेदार हैं कि फ़ीके, बेस्वाद बल्कि बदज़ायक़ा अशआर का पहाड़ नहीं लगाते बल्कि अपने कलाम को काटते छाँटते हैं, न सिर्फ़ अच्छा कहते हैं बल्कि सिर्फ़ अच्छा कलाम मन्ज़रे-आम पर लाते हैं" इस बात को समझने के लिए आपने जो अब तक अशआर पढ़ें वो अगर काफ़ी नहीं हैं तो लीजिये पढ़िए सऊद साहब के कुछ मुख़्तलिफ़ अशआर :

उस पेड़ का अजीब ही नाता था धूप से
ख़ुद धूप में था सबको बचाता था धूप से
***
साँस में रेत की लहरें करवट लेती हैं
अब मेरे लहज़े में सहरा बोलता है
***
हम ऐसे लोग तो अपने भी बन नहीं पाते
सो ख़ूब सोच-समझ कर कोई हमारा बने
***
लेकिन उनसे और तरह की रौशनियाँ सी फूट पड़ीं
आँसू तो मिलकर निकले थे आँख के रंग छुपाने को
***
कहीं कुछ और भी हो जाऊँ न रेज़ा-रेज़ा
ऐसा टूटा हूँ कि जुड़ते हुए डर लगता है
***
दिल से तेरी याद उतर रही है
सैलाब के बाद का समाँ है
***
कभी-कभी मिरे दिल में धमाल पड़ती हुई
कभी-कभी कोई मुझमें मलंग होता हुआ
***

मैं इक शजर से लिपटता हूँ आते जाते हुए
सुकूँ भी मिलता है मुझको दुआ भी मिलती है
***

वो तितलियों के परों पर भी फूल काढ़ता है
ये लोग कहते हैं उसकी कोई निशानी नहीं
***

ये तुम जो आईने की तरह चूर-चूर हो
तुमने भी अपनी उम्र को दिल पर गुज़ारा क्या
***

सऊद साहब शायरी करते नहीं जीते हैं शायरी उनके लिए मशगला यानी टाइम पास करने की चीज़ नहीं ज़िंदगी गुज़ारने का तरीक़ा है। वो कहते हैं कि अपनी ग़ज़लों का पहला पाठक मैं ही होता हूँ और जिस शेर पर मेरे मुँह से वाह नहीं निकलती उसे तुरंत ख़ारिज ही नहीं करता बल्कि उसको तब तक सुधारता रहता हूँ जब तक वह मुझे पसंद नहीं आ जाता। इनका मानना है कि इंसान को शायरी से मुहब्बत होनी चाहिए, ज़रूरी नहीं कि आप शायरी ही करें अगर आप शायरी पढ़ते हैं तो भी आपकी शख़्सियत पर उसका असर पड़ता है आप एक बेहतरीन इंसान ही नहीं बनते आपका सेंस ऑफ़ ह्यूमर भी सुधरता है। पाकिस्तान के संपन्न घराने से तअल्लुक़ रखने वाले सऊद साहब का प्रकाशन का बड़ा व्यवसाय है

चलते-चलते उनकी एक ग़ज़ल के ये शेर पढ़वाता चलता हूँ-

वो गोरी छाँव में है और सियाह धूप में हम
तो उनका हक़ है, उन्हीं का जलाना बनता है
ख़िरद के आढ़तियों को यह इल्म ही तो नहीं
कि ख़ूब सोच समझकर दिवाना बनता है
ख़ुदा को मानता और दोस्त जानता हूँ 'सऊद'
और आजकल ये चलन काफ़िराना बनता है

आख़िरी में एक ज़रूरी बात करनी रह गई किताबों की दुनिया अब सिमटती जा रही है। कभी लोगों के हाथों में रहने वाली किताबें अब धीरे-धीरे अलमारियों में बंद दम तोड़ रही हैं और वहाँ से भी ग़ायब हो रही हैं। उनकी जगह मोबाइल, लैपटॉप और किंडल पर ई-बुक ने ले ली है। इसमें कोई बुराई नहीं, क्योंकि तकनीक आपको यह सुविधा देती है कि आप चाहे जितनी किताबें अपने साथ लिए जहाँ चाहे वहाँ ले जा सकते हैं। शायद आने वाली पीढ़ी किताब से निकलने वाली ख़ुशबू और वरक़ पलटने से उपजे संगीत को कभी नहीं जान पाएगी।

सऊद साहब का एक शेर, जिसे मेरी तमन्ना है कि कभी सच ना हो, पेश है:-

काग़ज़ की ये महक ये नशा रूठने को है
ये आख़िरी सदी है किताबों से इश्क़ की
***

सरहद के आर-पार की शायरी
रऊफ़ रज़ा

जिसे भी देखो हमारी तरफ़ ही देखता है
इसी ख़याल ने दुश्वार कर दिया हमको

***

अजब सुरूर है ख़ुद को गले लगाते हुए
ये मेरे साये मिरे बाज़ुओं में आते हुए

***

मेरे लिए तो मेरे अश्क काफ़ी होते हैं
सितारे तोड़ने जाता हूँ बस्तियों के लिए

***

किसी भी हाल में उससे जुदा नहीं होना
बिगाड़ता हूँ तबीअत अगर संभलती है

***

गेंद के आगे पीछे भागता रहता हूँ
रोज़ मेरा मैदान बड़ा हो जाता है

***

सबसे लड़ लेता हूँ अंदर-अंदर
जिसको जी चाहे हरा देता हूँ

***

काश आवाज़ को तस्वीर किया जा सकता
एक ही लय में हुए झील का पानी और मैं

***

मुस्कुराओ मियाँ आदमी की तरह
इतनी शिद्दत भी क्या आँख हँसने लगे

***

सुनो यह शोर अच्छा लग रहा है
किसी मकतब में छुट्टी हो रही है

मकतब: पाठशाला

***

अब नयी तरकीब सोची जाएगी
इन लबों से मुस्कुराए जा चुके

***

ख़सारे जितने हुए हैं वो जागने से हुए
सो हर तरफ़ से सदा है कि जा के सो जाओ
ख़सारे: घाटा

***

वो ये कहते हैं सदा हो तो तुम्हारे जैसी
इसका मतलब तो यही है कि पुकारे जाओ

***

अब एक दिसंबर की रात है तो ठण्ड तो होगी ही, वक़्त भी तो देखो रात के ग्यारह बजे हैं और मैं पुरानी दिल्ली के चितली कबर चौक में चाय की दुकान ढूँढ़ रहा हूँ। मुझे किसी ने बताया था कि मियाँ अगर दिल्ली के शायरों से मिलना है तो पुरानी दिल्ली चले जाओ वहाँ जामा मस्जिद के पास चितली कबर चौक में किसी चाय की दुकान में आपको महफ़िल जमी मिलेगी। मैं चल पड़ा। यहाँ चौक के आसपास ख़ूब दुकानें हैं और अच्छी ख़ासी भीड़ भी। किसी से पूछा कि जनाब वो चाय की दुकान कहाँ है जहाँ देर रात शायरों की महफ़िल जमती है? तो एक ने इशारा कर के बताया उधर। जब उधर थोड़ा बढ़ा ही था कि सामने की दुकान पे लगे बोर्ड पर नज़र गयी "सुलेमान टी स्टाल"। ये एक छोटा सा रेस्टोरेंट था जिसमें कुल जमा छः टेबल थीं और हर टेबल पर चार लोगों के आमने सामने बैठने की कुर्सियाँ रखी थीं। रेस्टोरेंट ख़ाली था, सिवा एक कोने को छोड़ कर जहाँ पाँच छः लोग बैठे बतिया रहे थे चाय के ख़ाली गिलास सबके सामने पड़े थे। मैं उनके पास गया और बोला क्या आप लोग शायर हैं? मैं आप लोगों से मिलने आया हूँ। सब मुझे हैरत से देखने लगे।उनमें से जो सबसे बुज़ुर्ग थे उन्होंने मुझे बैठने का इशारा किया और कहा देखो बरख़ुरदार मैं इक़बाल फ़िरदौसी हूँ, मेरा हारमोनियम के पार्ट्स बनाने का काम है, ये मुनीर हमदम है और ई-बुक्स पब्लिश करता है, ये जावेद मुंशी है 'सियासी तक़दीर' अख़बार का जनर्लिस्ट है, ये जावेद नियाज़ी है इसका रबर का व्यापार है और फिर एक लम्बे बालों वाले शख़्स की ओर देख कर बोले ये जनाब इंटीरियर डिज़ायनर हैं और इनका नाम..... तभी उस शख़्स ने बात बीच में काटते हुए कहा 'छोडो भी इक़बाल साहब नाम में क्या रखा है इनके लिए पहले चाय मँगवा लें " ये कह कर उन शख़्स ने अपने लम्बे बालों पे हाथ फेरा सामने रखे 'हावड़ा बीड़ी' के पैकेट से बीड़ी निकाली, सुलगायी और गहरा कश लेकर ढेर सा धुआँ फ़िज़ा में बिखराते हुए हाथ से किसी को चाय लाने का इशारा किया। इक़बाल साहब ने लम्बे बालों वाले सज्जन के हाथ से बीड़ी छीन कर ऐश ट्रे में मसलते हुए कहा 'बस भी करें, आप इन दिनों बीड़ी ज़ियादा नहीं पीने लगे? दुनिया से भले बग़ावत करो लेकिन डाक्टर की सलाह से नहीं। 'लम्बे बालों शख़्स ने मुस्कुराते हुए फिर से बीड़ी सुलगाई गहरा कश लिया और बोले 'मुझे क्या होना है'

हर सदी को इक नया ग़मशनास चाहिए
मोम का बना हुआ धूप में खिला हुआ
रौशनी दिखाई दे चाप तो सुनाई दे
इक किवाड़ आदतन रखता हूँ खुला हुआ

आज कल की ज़िंदगी जी सको तो बात है
जैसे क़तरा ओस का घास पर टिका हुआ

मैंने शर्मिंदा होते हुए उन सबसे कहा 'मआफ़ कीजिये, मैंने आप लोगों को डिस्टर्ब किया दरअस्ल मुझे किसी ने बताया था कि यहाँ रोज़ रात दिल्ली के शायर आपस में मिलते हैं आपस में सुनते सुनाते हैं तो मैं उन्हें ढूँढ़ने चला आया। आप लोग अपनी गुफ़्तगू जारी रखिए मैं चलता हूँ। इक़बाल साहब हाथ पकड़ कर मुझे बिठाते हुए बोले 'बैठो मियाँ अब आ गए तो चाय पी कर चले जाना, ठण्ड में मज़ा आएगा'। मैं जावेद साहब की बग़ल में बैठ गया वो मेरे कंधे पे हाथ रख कर बोले, 'जिस किसी ने आपको यहाँ के बारे में बताया है उस बन्दे को दुआ देता हूँ कि किसी ने तो शायरों के लिए एक श्रोता भेजने की इनायत की' उनकी इस बात पर सब ने ज़ोर का ठहाका लगाया। 'दरअस्ल हम सब लोग अलग-अलग काम करके अपने पेट की ख़ुराक़ का इंतज़ाम करते हैं लेकिन हम सब के पेट के अलावा ये कमबख़्त दिमाग़ भी ख़ुराक़ माँगता है, इसलिए यहाँ इकट्ठा होते हैं। तुम ने सही सुना 'हम शायरी भी करते हैं और यहाँ एक दूसरे को सुनते सुनाते हैं।' मुनीर साहब बोले और अपनी एक नज़्म सुनाने लगे। इसी बीच चाय आ गयी। काली कड़क मीठी। चाय ने जादू सा कर दिया सब पर और सभी बारी बारी से अपनी शायरी सुनाने लगे। मैंने झूम-झूमकर दाद देते हुए कहा सुभानअल्लाह क्या शायरी है। इक़बाल साहब ये सुन कर बोले जनाब शायरी क्या है इनसे सुनें और फिर बीड़ी पीते शख़्स से बोले 'रऊफ़' साहब अता हो। तब मुझे पता लगा कि ये मेरे सामने बैठा शख़्स उर्दू का मशहूर शायर 'रऊफ़ रज़ा है।' रऊफ़ साहब ने बीड़ी का एक ज़ोर का कश लिया और बोले सुनो मियाँ शायरी क्या है-

ये जानता हूँ कि अगली सीढ़ी पे चाँद होगा
मैं एक सीढ़ी उतर रहा हूँ, ये शायरी है
ख़ुदा से मिलने की आरज़ू थी वो बंदगी थी
ख़ुदा को महसूस कर रहा हूँ, ये शायरी है
शरीर बच्चे ने आँसुओं की ज़ुबाँ पकड़ ली
मैं उसके लहजे से डर रहा हूँ, ये शायरी है
वो कह रहे हैं बुलंद लहजे में बात कीजे
मैं हार तस्लीम कर रहा हूँ, ये शायरी है

वाह! वाह! के शोर से रेस्ट्रोरेंट की दीवारें हिलने लगीं। ये दौर रात दो बजे तक चलता रहा। मेरा तो दिन बन गया या कहूँ रात गुलज़ार हो गयी। अब तक मैंने सबके मोबाइल नंबर ले लिए थे और उन सब ने मेरा। वक़्ते रुख़सत मैंने कहा किसी को कहीं छोड़ना हो तो मैं छोड़ देता हूँ वहाँ कोने में मेरा स्कूटर खड़ा है। इकबाल साहब बोले 'आप रऊफ़ मियाँ को गली मेम साहब तक छोड़ दें'। रऊफ़ साहब ने मना कर दिया बोले 'बीस मिनट का ही तो रास्ता है बस दो बीड़ी पीते पीते कट जाएगा'। मैं चला जाऊँगा। मुझे क्या पता था वो वाक़ई चले जायेंगे।

वो चले गए। सुबह 9 बजे इक़बाल साहब का फ़ोन आया रुंधे गले से बोले 'मियाँ, रऊफ़ हमें छोड़ कर चला गया ' मैं समझा नहीं बोला 'कहाँ? कहाँ चले गए?' जवाब में इक़बाल साहब के सिसकने की आवाज़ आयी। 'कैसे कब?' मैंने पूछा। 'सुबह 8 बजे मैसिव हार्ट अटैक आया संभल ही नहीं पाये, सुबह अच्छे से उठे थे चाय बनाई पी फिर सुबह फ़ज्र की नमाज़ घर में ही पढ़ी जबकि रोज़ पास की मस्जिद 'सय्यद रिफ़ाई' में जाया करते थे। बेगम ने पूछा क्या हुआ ख़ैरियत तो है आज आप ने नमाज़ घर में पढ़ी तो मुस्कुराते हुए बोले 'मुझे क्या होना है? मैं अभी हम दोनों के लिए फिर से चाय बना कर लाता हूँ, चाय बनी उन्होंने पी या नहीं, ये तो पता नहीं बस उसके थोड़ी देर बाद ही उन्हें अटैक आया और वो इस दुनिया को छोड़ गए। ' ये सुनकर मुझे समझ ही नहीं आया कि मैं क्या कहूँ।

भीड़ है जश्ने-हुनर जारी है
कुछ न कहने में समझदारी है
हम वहीं उम्र गुज़ारेंगे जहाँ
साँस लेने में भी दुश्वारी है
कुछ नहीं कुछ नहीं कुछ भी तो नहीं
बस कहीं और की तैयारी है

हम सब कहीं ओर चलने की तैयारी में ही तो ज़िन्दगी गुज़ार देते हैं कुछ समय से पहले निकल लेते हैं कुछ इंतज़ार में रहते हैं लेकिन किस ओर चलने की तैयारी है ये पता अभी तक नहीं लग पाया। जो गया उसने कभी किसी को बताया ही नहीं कि वो किधर गया। ये दार्शनिक बातें कोई नयी तो है नहीं फिर क्यों न इन्हें यहीं छोड़ वापस रऊफ़ साहब की ओर लौटें? रऊफ़ रज़ा साहब के इन्तेक़ाल के बाद ऐवाने ग़ालिब में उनकी याद में एक प्रोग्राम हुआ जिसमें 'फ़रहत एहसास, साहब ने कहा " मौत ने अपना काम कर दिया अब ज़िन्दगी को अपना काम करने दीजिए --रऊफ़ की मौत का जो मुझे दुख है वो ये कि उन्हें भरी बहार में उठाया गया। इस वक़्त वो अपनी शायरी के उरूज पर थे --ख़ूब ग़ज़लें कह रहे थे--"

हाथों में नब्ज़े-वक़्त है आँखों में आसमान
लेकिन ये मेरे पाँव से लिपटी हुई ज़मीन
मेरी क़लंदरी मेरे बच्चों में आ गई
गुलज़ार हो गई मेरी सींची हुई ज़मीन
फिर यह हुआ कि चूल्हा जलाने में जल गई
दोनों के काग़ज़ात में लिखी हुई ज़मीन

चलिए बात शुरू से शुरू की जाए। रऊफ़ रज़ा का जन्म सन 1954 में अमरोहा में हुआ था। उनका पैतृक मकान अमरोहा के बड़ी बेगम सरा में था। परिवार 1955 के आसपास दिल्ली आ गया और वही का होकर रह गया।

उनकी प्रारंभिक शिक्षा मदरसा करीमिया में हुई उसके बाद रऊफ़ रज़ा ने अलीगढ़ से अदीब फ़ाज़िल और अदीब कामिल के इम्तिहान पास किए। इसके कुछ साल बाद उन्होंने आगरा यूनिवर्सिटी से उर्दू में एम.ए. की डिग्री हासिल की। इसके आगे भी वो पढ़ना चाहते थे लेकिन हालात मा'क़ूल नहीं बन पाए तो नहीं पढ़ पाये।

ये आँखें बंद किए किस तरफ़ पड़े हो तुम
इसी तरफ़ से तो सैलाब की निकासी है
यक़ीं के जोश में अपना क़सीदा लिख डाला
मैं ख़ुदशनासी को समझा ख़ुदाशनासी है

ख़ुदशनासी:ख़ुद को पहचानना, ख़ुदाशनासी: ईश्वर को पहचानना

इन्हीं दिनों तेरी क़दआवरी के चर्चे हैं
इन्हीं दिनों तेरे चेहरे पर बदहवासी है

क़दआवरी: ऊँचाई

उनकी शायरी के सफ़र की शुरुआत 1975 के आसपास शुरू हुई और उन्होंने अपना नाम रज़ा अमरोहवी रखा लेकिन इसी नाम के एक शायर के अमरोहा में होने की जानकारी मिलने के बाद उन्होंने अपना क़लमी नाम रऊफ़ रज़ा कर लिया। शायरी के सफ़र की शुरुआत में उन्होंने एक वरिष्ठ शायर और अरूज़ के जानकार जनाब इफ़्तिख़ार अल्वी से परामर्श लिया लेकिन यह सिलसिला अधिक दिन नहीं चल पाया। 70 के दशक में नए शायरों ने किताबों को पढ़ना और नए विचारों को अपनी गजलों में जगह दे रहे शायरों का अनुसरण करना शुरू कर दिया और इसे उस्ताद शागिर्द की परंपरा पर तरजीह दी। इस अमल से शायरी का एक नया रूप निखरता चला गया और रऊफ़ रज़ा की शायरी भी इसी रौशनी में परवान चढ़ी।

उनकी शुरुआती शायरी रिवायती रही लेकिन जल्द ही वह जदीद ग़ज़ल की तरफ़ मुड़ गए।

प्यासा है तो प्यास दिखा
तू कोई पैग़म्बर है

***

मैं कैसे मर सकता हूँ
कितना क़र्ज़ा मुझ पर है

**

अच्छी है बारिश लेकिन
छत पर एक कबूतर है

***

रऊफ़ साहब की 1980 में शादी हुई, पहले सब कुछ ठीक चला और फिर धीरे-धीरे घर की माली हालत बद से बदतर होती चली गई। काम मिलना बंद हो गया। फ़ाक़ाकशी की

नौबत आ गई। 1988 में उनके एक दोस्त ने उन्हें अपने परिचित के यहाँ उड़ीसा में मार्बल चिप्स बनाने वाली कंपनी में सुपरवाइज़र की पोस्ट पर लगवा दिया। आप ही बताएँ जो इंसान संगमरमर के पत्थरों से ताजमहल तामीर करने की कुव्वत रखता हो उसे संगमरमर को चूरा करने के काम पर लगा दिया जाए तो कैसा लगेगा? लिहाज़ा दिल ने बग़ावत करनी शुरू कर दी। दिल के साथ यही समस्या है, कभी दुनिया तो कभी दिमाग़ उसे दबाने में लगे रहते हैं। उसे अपनी करने ही नहीं देते। जिनका दिल दबा रह जाता है वो लोग घुटन के अँधेरों में खो जाते हैं लेकिन जिनका दिल अँगड़ाई लेकर बग़ावत कर देता है वो दुनिया और दिमाग़ की क़ैद तोड़कर ऐसा करिश्मा करते हैं कि दाँतों तले उँगलियाँ दबानी पड़ती हैं।

तो हुआ यूँ कि हज़रत 3 साल बाद दिल की सुनकर यानी 1991 में उड़ीसा की लगी लगाई नौकरी छोड़ वापस दिल्ली लौट आए और फिर से इंटीरियर डेकोरेशन का काम शुरू कर दिया, जो चल निकला। यूँ समझें घने कोहरे के बाद धूप निकलने लगी-

हाय वो शख़्स जो मायूस मेरे घर से गया
अपनी तन्हाइयाँ रखने के लिए आया था
***

मैं जी उठा, मैं मर गया दोबारा जी उठा
ये सारी वारदात ज़रा देर की है बस
***

मेहरबानो! मेरी आवाज़ ज़रा धीमी है
मैं बहुत चीख़ने वालों में उठा बैठा हूँ
***

काम ही काम है बस काम ही काम
कुछ तो बर्बादी-ए-लम्हात करो
***

कुछ नया करके गुज़ारी जाए
वरना ये उम्र गुज़ारी हुई है
***

1997 में उन्हें ज़बरदस्त दिल का दौरा पड़ा और इसके बाद डिप्रेशन ने भी उन्हें घेर लिया। लेकिन इन मुश्किल हालात में भी उन्होंने कई अच्छे शेर कहे। उनकी ग़ज़लों, आज़ाद और मुअर्रा नज़्मों और कुछ हाइकु का पहला संकलन 'दस्तकें मेरी' 1999 में प्रकाशित हुआ। 2007 में सोशल मीडिया से जुड़ने के बाद रज़ा की सीमित दुनिया को नया विस्तार मिला और उनके सुस्त हो रहे शायर को एक नयी ऊर्जा मिली और लोगों ने उन्हें हाथों हाथ लिया। 2012 में अपनी पारिवारिक ज़िम्मेदारियाँ पूरी कर लेने के बाद रज़ा का पूरा ध्यान शायरी पर केंद्रित हो गया और उनकी शायरी बेहतरीन होती चली गयी।

यूँ भी हो जाए कि बरता हुआ रास्ता न मिले
कोई शब लौट के घर जाना ज़रूरी हो जाए
***

अब यह पथराई हुई आँखें लिए फिरते रहो
मैंने कब तुमसे कहा था मुझे इतना देखो
***

काश आवाज़ को तस्वीर किया जा सकता
एक ही लय में हुए झील का पानी और मैं
***

तोड़ा गया हूँ ऐसा कि जुड़ता नहीं हूँ मैं
बस और देखभाल की हसरत नहीं मुझे
***

मैं भी मक़तल से निकल जाने को तैयार नहीं
वो भी अच्छा कोई क़ातिल नहीं देता है मुझे
***

सब कुछ सही चल रहा था, शायरी अपने उत्कर्ष की ओर सफ़र कर रही थी और वो माने बैठे थे कि अब 'मुझे क्या होना है' तभी वो मनहूस रात आई जिसका ज़िक्र हम ऊपर कर चुके हैं।

उनके देहावसान के बाद दो हजार अट्ठारह में उनका एक अन्य संकलन "यह शायरी है" प्रकाशित हुआ।

हिंदी में पहली बार नौजवान शायर 'इरशाद ख़ान सिकंदर' साहब द्वारा उनकी ग़ज़लों के लिप्याँतरण को तुफ़ैल चतुर्वेदी जी ने संपादित किया और राजपाल ने प्रकाशित किया। इस किताब का पहला भाग आप पिछली पोस्ट में पढ़ ही चुके हैं।

आख़िरी में उनकी एक ग़ज़ल के ये अशआर भी पढ़वाता चलता हूँ-

रौनक़े-शहर तो बस मुँह की तका करती है
वो उजाला किए रहती है कहानी मेरी
***

ज़ोर इस बात पे था इश्क़ का क्या हासिल है
वो हँसी छूटी कि आँखें हुई पानी मेरी
***

तुम चले आओगे इन्कार का सामान लिये
आख़िरी मोड़ से गुज़रेगी कहानी मेरी
***

क़श्क़ा खींचा दैर में बैठा
फ़रहत एहसास

उसने पढ़ी नमाज़ तो मैंने शराब पी
दोनों को, लुत्फ़ ये है बराबर नशा हुआ
***

ज़रूरत है न जल्दी है मुझे मरने की फिर भी
मेरे अंदर बहुत कुछ चल रहा है ख़ुदकुशी सा
***

जादू-भरी जगह है बाज़ार, तुम न जाना
इक बार हम गए थे बाज़ार हो के निकले
***

मैं शहर में किस शख़्स को जीने की दुआ दूँ
जीना भी तो सबके लिए अच्छा नहीं होता
***

मुसाफ़िर हो तो निकलो पाँव में आँखें लगा कर
किसी भी हमसफ़र से रास्ता क्यों माँगते हो
***

तभी वहीं मुझे उस की हँसी सुनाई पड़ी
मैं उसकी याद में पलकें भिगोने वाला था
***

वो अक़्लमंद कभी जोश में नहीं आता
गले तो लगता है, आग़ोश में नहीं आता
***

अब तो ये जिस्म भी जाता नज़र आता है मुझे
इश्क़ अब छोड़ मिरी जान कि मैं हार गया
***

मैंने मकाँ को इतना सजाया कि एक दिन
तंग आ के इस मकाँ से मिरा घर निकल गया
***

दुहाई देने लगे सुब्ह से बदन के चराग़
हमें बुझाओ कि हम रात भर जले हैं बहुत
***

क्या उम्र रही होगी यही कोई 4 या 5 साल के बीच की। एक बच्चा नए कपड़े पहने,

काँधे पर छोटा सा बस्ता लटकाए अपने वालिद का हाथ पकड़े, डरता हुआ स्कूल जा रहा है। वालिद बार-बार समझा रहे हैं कि स्कूल बहुत अच्छी जगह है और वहाँ के उस्ताद फ़रिश्ते जैसे ख़ूबसूरत और नरम दिल हैं जिन्हें बच्चों से सिवा प्यार करने के और कुछ नहीं आता। बच्चा मुस्कुराते हुए फ़रिश्ते का तसव्वुर करने लगता है। स्कूल जा कर देखता है कि उस्ताद, फ़रिश्ता तो दूर की बात है शैतान से भी ख़ौफ़नाक नज़र आ रहे हैं। बच्चे की डरके मारे घिग्घी बँध गई। उसे पहली बार पता लगा कि हक़ीक़त की दुनिया ख़्वाबों की दुनिया से कितनी अलग होती है।

उस्ताद ने उस बच्चे को उस दीवार के पास बिठा दिया जिसमें एक बड़ी सी खिड़की थी। थोड़ी देर बाद बच्चे ने सामने देखा कि उस्ताद दरवाज़े के बाहर खड़े किसी पर चिल्ला रहे थे, फिर उसने खिड़की की तरफ़ देखा और अगले ही पल बस्ते समेत बाहर कूद गया। घर जा नहीं सकता था लिहाज़ा स्कूल की छुट्टी के समय तक बाहर ही घूमता रहा। बाहर की दुनिया स्कूल की दुनिया से कितनी अलग थी, हवा से हिलते पेड़, फुदकते चहचहाते परिंदे, कितने ही रंगों में खिले फूल और उन पर नाचती तितलियाँ देखते-देखते कब सुबह से शाम हो गयी उसे पता ही नहीं चला।

ये सिलसिला महीनों चलता रहा। खेत, खलिहान और वीरान पगडंडियों पर चलते हुए इस बच्चे ने क़ुदरत से जो सीखा वो स्कूल की चारदीवारी में बंद बच्चे कभी नहीं सीख पाते-

तुमको रोने से बहुत साफ़ हुई हैं आँखें
जो भी अब सामने आएगा वो अच्छा होगा
रोज़ ये सोच के सोता हूँ कि इस रात के बाद
अब अगर आँख खुलेगी तो सवेरा होगा
क्या बदन है कि ठहरता ही नहीं आँखों में
बस यही देखता रहता हूँ कि अब क्या होगा

बहराइच उत्तर प्रदेश के एक मुस्लिम परिवार में 25 दिसंबर 1952 (या 1950? क्योंकि रेख़्ता की हिंदी साइट पर और किताब के फ़्लैप पर 1950 है) जन्मे इस बच्चे का नाम रखा गया था 'फ़रहततुल्लाह ख़ाँ' जो आज उर्दू शायरी की दुनिया में 'फ़रहत एहसास' के नाम से जाना जाता है। घर का माहौल मज़हबी ज़रूर था लेकिन उसमें कट्टरपन नहीं था। जवानी में मुस्लिम लीगी रहे उनके वालिद अपने सभी बच्चों को रामलीला दिखाने ले जाते थे। आज के दौर में इस बात पर शायद किसी को यक़ीन ना आए लेकिन हक़ीक़त यही है कि मज़हब को लेकर आम लोगों के दिलों में तब इतनी कटुता नहीं थी जितनी कि आज है। आज हम 'फ़रहत एहसास' की देवनागरी में छपी किताब 'क़श्क़ा खींचा दैर में बैठा' की बात किताबों की दुनिया शृंखला की इस कड़ी में करेंगे। सबसे पहले बता दूँ कि किताब का टाइटल मीर तक़ी मीर साहब के मशहूर शेर 'मीर के दीन-ओ-मज़हब को अब पूछते क्या हो उन ने तो, क़श्क़ा खींचा दैर में बैठा कब का तर्क इस्लाम किया' (क़श्क़ा खींचा अर्थात तिलक किया) से लिया गया है, और इस शेर की झलक पूरी किताब में नज़र आती है।

तुम अपने जिस्म के कुछ तो चराग़ गुल कर दो
मैं, रौशनी हो ज़ियादा तो सो नहीं सकता
***

मैं तो आया हूँ लिबासों की ख़रीदारी को
और बाज़ार ये कहता है कि नंगा हो जाऊँ
***

कभी नीचा रहा सर और कभी छोटे रहे पाँव
मैं भी हर बार कहाँ अपने बराबर निकला
***

छाँव पहले से भी बहुत कम है
पेड़ जब से घने हुए हैं बहुत
***

छिड़कनी पड़ती है ख़ुद पर किसी बदन की आग
मैं अपनी आग में जब भी दहकने लगता हूँ
***

चादर पे इक भी दाग़ नहीं क्या अज़ाब है
इक उम्र हो गई है कि हैं जस के तस पड़े

अज़ाब :मुसीबत

***

यह साँसें मिल्कियत तो मौत की हैं
मुझे लगता है चोरी कर रहा हूँ
***

जिन्हें चेहरा बदलना हो बदल लें
मैं अब पर्दा उठाने जा रहा हूँ
***

कहानी ख़त्म हुई तब मुझे ख़याल आया
तेरे सिवा भी तो किरदार थे कहानी में
***

और दुश्वार बना सकते हैं दुश्वार को हम
लेकिन आसान को आसान नहीं कर सकते
***

चलिए बात वहीं से शुरू करते हैं जहाँ छोड़ी थी फ़रहतुल्लाह ख़ाँ अब उम्र के उस दौर में हैं जब क़ुदरत बिना मज़हब, रंग, देश देखे इंसान की आँखों पर ऐसा चश्मा लगा देती है जिससे उसे सब कुछ गुलाबी दिखाई देने लगता है। फ़रहत साहब लिखते हैं कि "बात नौ-बालग़ी (किशोरावस्था) से कुछ पहले की उम्र के लड़के की है जो पहली बार एक लड़की के

चेहरे पर ख़ून की दमकती ख़ुश्बू की चकाचौंध से हैरत और हसरत ज़दा है। ये हुस्न के एक मक्तब (स्कूल) की तरह खुलने, जिस्म के दिल बनकर धड़कने और इश्क़ की पैदाइश का लम्हा था।" ये चश्मा किसी के चेहरे से नून तेल लकड़ी के चक्कर में जल्द ही उतर जाता है तो कोई इसे फ़ितरतन उतार फेंकता है। फ़रहत साहब पर ये चश्मा अब तक चढ़ा हुआ है तभी उनके ढेरों अशआर आज भी गुलाबी रंग में रंगे मिलते हैं।

अपनी शायरी के आग़ाज़ के सिलसिले में वो लिखते हैं कि "घर में शायरी का माहौल दूर दूर तक नहीं था। शायरी मेरे बाहर कहीं नहीं थी, जो भी थी अंदर ही रही होगी जो एक दिन अचानक एक झमाके से ज़ाहिर हुई। 1967 की गर्मियों में, जब मेरा दूसरा बाक़ायदा इश्क़ चल रहा था, यूँ ही बैठे बैठे दो बराबर के मिसरे ज़ेहन में कौंधे। ये एहसास कि मुझ में कुछ बज रहा है जो लफ़्ज़ों में ढाला जा सकता है मेरे लिए एक ऐसा इंकिशाफ़ (प्रकट होना) था जिसका सिलसिला आज तक जारी है।

ख़ुदा ख़ामोश बंदे बोलते हैं
बड़े चुप हों तो बच्चे बोलते हैं
सुनो सरगोशियाँ कुछ कह रही हैं
ज़बाँ-बंदी में ऐसे बोलते हैं
मुहब्बत कैसे छत पर जाए छुपकर
क़दम रखते ही ज़ीने बोलते हैं
हम इंसानों को आता है बस इक शोर
तरन्नुम में परिंदे बोलते हैं

सभी मज़हब के दोस्तों से दोस्ती निभाते, कबीर, सूर, तुलसी, रसखान और जायसी पढ़ते हुए उनकी रूह क़लन्दर सूफ़ियों वाली हो गई। इस किताब को पढ़ते वक़्त आपको कबीर की याद ना आए ऐसा हो ही नहीं सकता। ये क़लन्दरी शायद उन्हें अपनी माँ के नाना के भाई से भी मिली हो सकती है जो वाक़ई क़लन्दर थे और साल में एक बार ऊँट पर सवार अपने पीछे ढोल ताशे बजाते मुरीदों का मजमा लिए बहराइच आया करते थे।

ये क़लन्दरी ही है जो उन्हें बाज़ार तक आने से रोकती है। वो लिखते हैं कि "गाहे-बगाहे मुशायरे में मजबूरन या अपनी सी महफ़िल हो तो ब-रज़ा-ओ-रग़बत(अपनी मर्ज़ी से)शरीक हो जाता हूँ। बेशतर(अधिकतर) एक फ़र्ज़-ए-किफ़ाया (दूसरों की ओर से अदा किए जाने वाला कर्तव्य) की अदायगी के लिए। " उनके नज़दीकी लोगों में आप बजाए उनकी हम-उम्र के वो नौजवान ज़ियादा देखेंगे जिनकी ज़िन्दगी शायरी के इर्दगिर्द घूमती है।

हैरत की बात है कि आज के इस दौर में 'थोथा चना बाजे घणा' कहावत को चरितार्थ करते हुए जहाँ लोग अपने आपको प्रमोट करने और स्वगान में जी जान से लगे हुए हैं वहीं ये बच्चा जो अच्छा ख़ासा बड़ा हो चुका है हमेशा उस खिड़की की तलाश में रहता है जिससे कूद कर वो फिर से अपनी मस्ती की दुनिया में जा सके। यही कारण है कि बेहतरीन शायर होने के बावजूद आप सोशल मीडिया पर इंटरव्यू तो छोड़िए उनके शायरी पेश करते हुए अधिक वीडियो नहीं देख पाएँगे।

तुम जो तलवार लिये फिरते हो दुनिया के ख़िलाफ़
काश! ऐसा हो कि आप अपने मुक़ाबिल हो जाओ

***

बहुत मिठास भी बे-ज़ाइक़ा सी होने लगी
वो ख़ुश-मिज़ाज किसी बात पे ख़फ़ा भी तो हो

***

कुछ मर गए कि उनको पहुँचना न था कहीं
और कुछ कहीं पहुँचने की जल्दी में मर गए

***

हज़ार भेष बदल लें मगर रहेंगे वही
जो कह रहे हैं नया आइना बनाया जाए

***

तेरे गुलाब में काँटें बहुत ज़ियादा हैं
तुझे न भूलने देगा तेरा गुलाब मुझे

***

इसे बच्चों के हाथों से उठाओ
ये दुनिया इस क़दर भारी नहीं है

***

मेरी बदसूरती मुकम्मल कर
मेरे पहलू में आ हसीन मेरे

***

किनारे को बचाऊँ तो नदी जाती है मुझसे
नदी को थामता हूँ तो किनारा जा रहा है

***

मैं तो समझा था कि हम दोनों अकेले हैं मगर
उसको छूते ही हमारे बीच ख़्वाहिश आ गई

***

छोटा-मोटा तो नुक़्सान उठाया कर
कोई दिन तो दफ़्तर देर से जाया कर

***

सुनकर अक्सर दुनिया वालों की चीख़ें
दूध उतर आता है मेरे सीने में

***

फ़रहत साहब मुहब्बत के शायर हैं। इंसान की इंसान से मुहब्बत के। लोग कहते हैं कि उनकी शायरी में जिस्म को बहुत अहमियत दी गई है। जयपुर में प्रभा खेतान फ़ाउंडेशन और

रेख़्ता की ओर से आयोजित 2018 में 'लफ़्ज़' शृंखला के पहले प्रोग्राम में प्रसिद्ध शायर और कवि लोकेश कुमार सिंह 'साहिल' साहब से बातचीत करते हुए उन्होंने कहा था कि "जिस्म के रास्ते बड़ी दुश्वारियाँ पैदा कर दी गई हैं। जिस्म को जीन्स के साथ जोड़ दिया गया है। रूह एक कंडीशन है, जो अजर- अमर है। मगर इंसान को जीन्स से जोड़ दिया है। वो मेटाफ़र बन गया है। शायरी में शायर रूह का मेटाफ़र के रूप में इस्तेमाल करने लगा है। जब हम किसी से मुहब्बत करते हैं, पहली दफ़ा उसके जिस्म से इश्क़ करते हैं। फिर आगे जाकर हमारी संवेदनाएँ उनसे जुड़ती हैं। और फिर इंसान अपनी मुहब्बत को अपने तरीक़े से इंटरप्रेट करता है। "

तुम्हें उससे मुहब्बत है तो हिम्मत क्यों नहीं करते
किसी दिन उसके दर पर रक़्स-ए-वहशत क्यों नहीं करते

रक़्स ए वहशत: दीवानगी में किया जाने वाला नृत्य

इलाज अपना कराते फिर रहे हो जाने किस-किस से
मुहब्बत करके देखो ना मुहब्बत क्यों नहीं करते
मेरे दिल की तबाही की शिकायत पर कहा उसने
तुम अपने घर की चीज़ों की हिफ़ाज़त क्यों नहीं करते
कभी अल्लाह मियाँ पूछेंगे तब उनको बताएँगे
किसी को क्यों बताएँ हम इबादत क्यों नहीं करते

इसी प्रोग्राम में उन्होंने अपने और आज के दौर की शायरी और उर्दू ज़बान के बारे में बहुत दिलचस्प बातें की जिसे पढ़कर आप उनकी सोच को और अधिक समझने में शायद कामयाब हो जाए:

"मेरे अंदर शायरी हर वक़्त चलती रहती है। वो मुसलसल है। मेरे लिए ख़ुद को इंटरप्रेट करने का तरीक़ा है। वो सारे एलीमेंट्स जिनसे मेरा जिस्म बना है, वो किसी बनी-बनाई शक्ल में नहीं जाते हैं। जिस्म का बहुत बड़ा समुद्र है, जिसे हम मूसिक़ी के चाक पर रखकर चलाते हैं।

देश की आज़ादी के 20-25 सालों बाद उर्दू ज़ुबान के साथ ज़्यादती शुरू हुई। ख़ासकर इसलिए क्योंकि उस जमाने के शायर मुशायरों में चिल्ला-चिल्ला कर, चेहरा बिगाड़ कर शायरी करने लगे। जैसे सब्ज़ी बेचने वाले चिल्ला कर सब्ज़ियाँ बेचता है। एक दौर वो भी आया जब भाषा का बड़े पैमाने पर कॉमर्शियलाइज़ेशन हुआ। डिमाँड हुई तो सप्लाई होने लगी। भाषा का स्वरूप बदलकर उसे तोड़-मरोड़कर पेश किया। मानो एक तरह का मुस्लिम अफ़ेयर शुरू हो गया हो। मगर पिछले 10 सालों में माहौल बदला है। अब पढ़े-लिखे आईआईटीयिन उर्दू ज़ुबां के साथ जुड़ रहे हैं। '

न होता मैं तो यह दुख भी ना होता
यही तो सारा रोना है कि मैं हूँ

चलाता फिर रहा हूँ हल ज़मीं में
कहीं इक बीज बोना है कि मैं हूँ
ये मेरा जिस्म ही क्या मेरी हद है
ये मिट्टी का खिलौना है कि मैं हूँ

अलीगढ़ मुस्लिम यूनिवर्सिटी से शिक्षा प्राप्त फ़रहत एहसास साहब की इस किताब पर जनाब 'मुजीब क़ासमी' साहब ने यूँ लिखा है-

"फ़रहत एहसास के फिक्र-ओ-ख़याल के ज़ाविये को क़ैद नहीं किया जा सकता। अगर उनके यहाँ रिंदों सर-मस्ती है तो इश्क़-ओ-मुहब्बत का इज़हार भी। अगर उनके यहाँ शिव की शक्ति है तो पार्वती का हुस्न भी, उनके यहाँ बयान का जमाल है तो मौज़ू का जलाल भी।

इस संग्रह में हयात और कायनात के मसले, समाजी भ्रम, तशद्दुद-ज़ुल्म, हुस्न-दिलकशी की अक्कासी है। पाठकों के लिए यह मुफ़ीद शेरी मज्मूआ है।"

फ़रहत एहसास साहब और उनकी इस किताब पर जिसमें उनके 2500 से ज़ियादा चुनिंदा अशआर हैं, एक पोस्ट में क़ैद नहीं किया जा सकता।

जनाब संजीव सर्राफ़ द्वारा "रेख़्ता.ओआरजी" को दुनिया में उर्दू ज़बान की सबसे बड़ी वेबसाइट बनाने के सपने को साकार करने के पीछे 'फ़रहत एहसास' साहब और उनकी रहनुमाई में काम कर रही पूरी टीम का कमाल है।

ये किताब रेख़्ता बुक्स द्वारा प्रकाशित की गई है जिसे खुद संजीव सर्राफ साहब ने सालिम सलीम की मदद से संकलित किया है। इस किताब को आप अमेज़न और रेख़्ता की वेबसाइट से ख़रीद सकते हैं।

पहले दरिया से सहरा हो जाता हूँ
रोते-रोते फिर दरिया हो जाता हूँ
तन्हाई में इक महफ़िल सी रहती है
महफ़िल में जाकर तन्हा हो जाता हूँ
जिस्म पे जादू कर देती है वह आग़ोश
मैं धीरे-धीरे बच्चा हो जाता हूँ

फ़रहत साहब की शायरी पर बात ख़त्म करने के लिए उनके इस शेर का सहारा ले रहा हूँ जिसमें उन्होंने अपने और अपनी शायरी को यूँ ज़ाहिर किया है:

फ़रहत एहसास हूँ बाक़ी रहूँ फ़रहत एहसास
तर्ज़-ए-ग़ालिब, सुख़न-ए-मीर नहीं चाहता मैं

***

हिलते हाथ दरख़्तों के
कुमार शिव

आज 'किताबों की दुनिया' की इस शृंखला का आग़ाज़ पद्मभूषण जनाब "गोपीचंद नारंग" साहब की उस टिप्पणी से करते हैं जो उन्होंने प्रसिद्ध शायर 'प्रियदर्शी ठाकुर 'ख़याल' साहब की ग़ज़लों की किताब 'धूप, तितली, फूल' पर 'धर्मयुग' पत्रिका में बरसों पहले की गयी समीक्षा में की थी। उन्होंने लिखा कि "हमारा दुर्भाग्य है कि हम ऐसे युग को झेल रहे हैं जहाँ धरती के बँटवारे के साथ संस्कृति का भी बँटवारा हो रहा है। मेरा बरसों से ये मत है कि भाषाओं का धर्म नहीं हुआ करता। भाषा तो हर उस व्यक्ति की अपनी हो जाती है जो उसे चाहता है। जो भाषा के नाज़ उठाता है भाषा भी उसके नाज़ उठाती है। अफ़सोस की बात ये है कि अब भाषा को धर्म के साथ जोड़ दिया गया है। भाषा ही नहीं रंगों का भी विभाजन धर्मानुसार हो गया है। भाषा तो सम्प्रेषण का माध्यम है इसका धर्म से क्या लेना देना इसी तरह रंग तो ईश्वर ने सब के लिए बनाये हैं फिर क्यों उन्हें धर्म के साथ चस्पा करना? अब ग़ज़ल को ही लें, इस विधा को भी एक भाषा और धर्म-विशेष की मिल्कियत माना जाने लगा है जबकि ऐसा है नहीं।

ब-मुश्किल बचाया था चिंगारियों से,
घिरा है मगर अब चमन आरियों से
कभी कोई जयचन्द, कभी मीर जाफ़र
भरा है ये इतिहास ग़द्दारियों से
सुनिश्चित है उसका पतन इस वतन में
प्रशंसा सुनी जिसने दरबारियों से

हमारे आज के शायर 'जस्टिस शिव कुमार शर्मा' हिंदी में आज से नहीं बरसों से ग़ज़लें कहते आ रहे हैं और साहित्य में अपनी धाक जमा चुके हैं। उनकी ग़ज़लों की किताब 'हिलते हाथ दरख़्तों के' तब प्रकाशित हुई थी जब वो 'कुमार शिव' के नाम से साहित्य जगत में विख्यात थे। चूँकि इस किताब की सभी ग़ज़लों की भाषा हिंदी है और इनमें उर्दू के बहुत कम शब्द हैं तो सिर्फ़ इस बिना पर आप इन्हें 'हिंदी ग़ज़लों' का भले ही नाम दें लें लेकिन मेरी नज़र में ये सिर्फ़ ग़ज़लें ही हैं। जब उर्दू में कही ग़ज़लें 'उर्दू ग़ज़लें' नहीं कहलाती तो फिर हिंदी या मराठी या गुज़राती या पंजाबी या ब्रज-भाषा में कही ग़ज़लें क्यों उस भाषा के नाम से सम्बोधित की जाती हैं? ग़ज़ल अगर किसी भी भाषा में ग़ज़ल के निर्धारित व्याकरण के अंतर्गत कही जाती है तो वो ग़ज़ल ही कहलानी चाहिए।

वैसे ये बहस का विषय हो सकता है और हमारा उद्देश्य यहाँ बहस नहीं बल्कि किताब खोलकर आपके सामने रखना है तो चलिए वो ही करते हैं :-

नहीं था चाहे बदन पर लिबास लोगों के
हुज़ूर आए तो बस्ती ने झंडियाँ पहनीं
***

उदास देहरी है, गुमसुम है बंद दरवाज़े
ये एक घर का नहीं, क़िस्सा है ये घर-घर का
***

सुख धुएँ-सा दीखता चिमनी के ऊपर
दुख तरल होकर सतह पर बह रहे हैं
***

कितना अपनापन था, बोझिल मन से हमको विदा किया
पीछे मुड़कर देखे हमने हिलते हाथ दरख़्तों के
***

काँटे तो हँसते-हँसते सह लेता था
उसने अब उँगली में फूल चुभाया है
***

चट्टानों से फूट पड़े हैं
हम जल के ऐसे निर्झर हैं
***

ये रिश्ते ये नाते, ये अपने-पराये
भरा है यह घर-बार व्यापारियों से
***

जब से ये सावन आया है, वृक्ष हुए अनुशासनहीन
युवा चाँदनी ने जंगल में आना-जाना छोड़ दिया
***

मैं तो टूट चुका भीतर तक, मुझको तो परवाह न थी
तुम तो फागुन के मौसम थे, तुमने क्यों दर्पण तोड़ा?
***

बारिश में भीगी तो ख़ुशबू फैल गई
हुआ देह पर जादू टोना मिट्टी का
***

राजस्थान के कोटा शहर में 24 सितम्बर 1945 को जन्में जनाब 'शिव कुमार शर्मा' उर्फ़ 'कुमार शिव' का बचपन अभावों में गुज़रा। परिवार के सदस्यों के आपसी क्लेश के चलते उनके परदादा द्वारा स्थापित किया गया प्रिंटिंग का जमा-जमाया व्यवसाय धीरे-धीरे उजड़ गया। पिता सीधे-सादे नेक दिल इंसान थे इसलिए परिवार में चल रहे षड़यंत्र के शिकार होने के बावजूद उन्होंने किसी का बुरा नहीं चाहा। माँ के दिए संस्कारों की वजह से कठिन समय

में उनमें कभी हीनता का भाव नहीं आया। उनकी माँ हमेशा अडिग चट्टान की तरह उन्हें हर मुश्किल में सम्बल देती रहीं। वो सोचते थे कि विपरीत परिस्थितियों में बिना निराश हुए वो पढ़-लिखकर इन अभावों को दूर कर लेंगे और अपनी इस सकारात्मक सोच के चलते उन्होंने ऐसा करके दिखाया भी।

गीली लकड़ी, चूल्हा-चौका चिमटा-बेलन और धुआँ
भीगा अंजन, बजते कंगन, यह गोरा तन और धुआँ
यादें पीहर की सुलगी हैं धधक उठी है सीने में
आँखों से बाहर निकला है मन का चंदन और धुआँ
द्वार-द्वार पर कढ़े माँडने आँगन-आँगन रंगोली
कमरों में लेकिन मकड़ी के जाले, सीलन और धुआँ

उनका इंजीनियर बनने का सपना तब टूट गया जब हाईस्कूल में उनके उतने अंक नहीं आये जो उन्हें विज्ञान और गणित विषयों में प्रवेश दिला सकते इसलिए हार कर उन्हें कॉमर्स विषय चुनना पड़ा। समझौते किये बिना जीवन जीना संभव नहीं था। लालटेन की रौशनी में पढ़ते हुए आख़िर उन्होंने 1964 में बी.कॉम डिग्री हासिल कर ली और चम्बल-प्रोजेक्ट के कार्यालय में कनिष्ठ लिपिक की नौकरी से अपना घर चलाने लगे। दिन में नौकरी और शाम को राजकीय महाविद्यालय कोटा में चलने वाली कानून की कक्षाओं में जाने लगे। आख़िरकार मेहनत रंग लायी और 1967 में राजस्थान बार काउन्सिल ने उन्हें एडवोकेट के रूप में मान्यता दे दी। ये सब लिखने का मक़सद सिर्फ़ उस शायर के संघर्ष को जानना और उससे प्रेरणा लेना है जिसकी किताब आज हमारे सामने है।

एक काग़ज़ आग से कुछ दूर है
यूँ समझ लो आग को आराम है
ज़िन्दगी भर ज़िन्दगी का क्रम यहाँ
सुबह थी, दोपहर थी, फिर शाम है
आजकल यारों तुम्हारी दोस्ती
दुश्मनी का ही नया उपनाम है

इससे पहले कि हम 'कुमार शिव' साहब के साहित्य पक्ष की और चलें यहाँ उनकी प्रतिभा का एक दृष्टान्त लिखना उचित लग रहा है। वकील बन कर कुमार शिव कोटा के एक प्रसिद्ध वकील के चेंबर में काम सीखने लगे लेकिन जब 'कुमार शिव' को वकालत में आगे बढ़ने के अधिक मौक़े नहीं नज़र आये तो उन्होंने हिंदी में प्रथम श्रेणी में एम.ए. कर किसी सरकारी कॉलेज में व्याख्याता बनने का विचार किया। हिंदी विभागाध्यक्ष ने ये सोचकर कि एक कॉमर्स ग्रेजुएट जिसने हिंदी कभी पढ़ी नहीं एम.ए. कैसे करेगा! लिहाज़ा उन्हें हिंदी में एडमिशन देने से मना कर दिया। भला हो प्रिंसिपल साहब का जिन्होंने सिर्फ़ इसलिए कि ये लड़का अपने

कॉलेज की क्रिकेट टीम का कप्तान था; उन्हें विभागाध्यक्ष के विरोध के बावजूद एडमिशन दे दिया। वकालत की ट्रेनिंग और हिंदी की कक्षाएँ साथ-साथ चलने लगीं। आख़िर वही हुआ जिसका डर था वकालत की ट्रेनिंग के चलते एम.ए. की कक्षाएँ छूटने लगीं और उनकी अटेंडेंस फ़ाइनल परीक्षा में बैठने के स्तर से कम हो गयीं। 'कुमार शिव' साहब के विभागाध्यक्ष एवं प्रिंसिपल को दिए इस आश्वासन पर भरोसा कर कि वो परीक्षा में अवश्य उत्तीर्ण होकर दिखाएँगे; उन्हें परीक्षा में बैठने दिया। परिणाम आने पर विभागाध्यक्ष हैरान रह गए जब 'कुमार शिव' न केवल प्रथम श्रेणी में उत्तीर्ण हुए बल्कि कक्षा में प्रथम भी रहे।

आँखें पगडंडी पर रख दी दीया जलाया देहरी पर
तुमने मेरे इंतज़ार में क्यों लट में उलझाई रात?
तुमने इस जीवन में सौंपे यादों के कुछ बीज हमें
हमने आँखों के गमलों में इनसे ही महकाई रात
पलकें हैं बोझिल-बोझिल और चेहरे पर सिंदूर लगा
सुबह पूछती है सूरज से बोलो कहाँ बिताई रात

बड़े वकील के यहाँ ट्रेनिंग के दौरान रोज़ अदालतों के चक्कर और साथ ही हिंदी में एम.ए. फ़ाइनल की तैयारी चलती रही। आख़िरकार उन्होंने हिंदी से एम.ए. प्रथम श्रेणी में उत्तीर्ण की और वकालत को छोड़-छाड़ कर विश्वविद्यालय में व्याख्याता बनने के ख़्वाब देखने शुरू कर दिए लेकिन भाग्य को कुछ और ही मंज़ूर था। अचानक उनके हाथों एक दिन एक ऐसा मुक़दमा लगा जिसमें उनके जीतने की और ग़रीब मुवक्किल की ओर से केस लड़ने पर उससे कोई पैसे मिलने की उम्मीद नहीं थी। उन्होंने मुक़दमा लड़ा और नामी-गिरामी सरकारी वकील को पटखनी देते हुए उसे शान से जीत लिया। उनकी पैरवी से ख़ुश होकर जज ने उन्हें अपने कैबिन में बुला कर कहा,"वन डे यू विल रीच द टॉप, दिस इज माई प्रिडिक्शन।" जज साहब के इस वाक्य से मिले हौसले ने उनके व्याख्याता बनने की सोच को सदा के लिए भुला दिया।

थामने कल जो चले थे रौशनी की उँगलियाँ
हाथ में लेकर खड़े हैं तीरगी की उँगलियाँ
जा रहा है शाम को सूरज किनारा छोड़कर,
हिल रही है देख कर उसको नदी की उँगलियाँ
आज इसका चप्पा चप्पा ख़ून से है तर-ब-तर
किन फ़सादों में कटी हैं इस गली की उँगलियाँ

वकालत के साथ- साथ राजनीति में भी उनका दख़ल बढ़ने लगा और प्रदेश कांग्रेस पार्टी में उनकी साख बढ़ने लगी। इसी दौरान जयपुर से सहायक जनसम्पर्क अधिकारी के पद पर देश के प्रसिद्ध कवि 'तारादत्त 'निर्विरोध' कोटा ट्रांसफ़र हो कर आये। उनसे मिलता

के बाद 'कुमार शिव' का काव्य-प्रेम परवान चढ़ा। पारिवारिक गोष्ठियों से शुरू हुआ उनका काव्य-सफ़र अखिल भारतीय कवि-सम्मेलनों तक जा पहुँचा। कोटा में ही नहीं देश के अन्य भागों से भी उन्हें कवि-सम्मेलनों में काव्य-पाठ के निमंत्रण आने लगे। उनका नाम देश के काव्य-प्रेमियों में सम्मान से लिया जाने लगा। ये सब होते हुए भी उनके मन में देश की सबसे लोकप्रिय साप्ताहिक-पत्रिका 'धर्मयुग' में अपनी रचना को स्थान न मिल पाने की कसक थी। धर्मयुग के संपादक श्री 'धर्मवीर भारती' उनकी हर रचना को खेद-पूर्वक लौटा देते थे। युवा पाठक शायद न जानते हों लेकिन उस दौर में 'धर्मयुग' में आपकी रचना का छप जाना आपके उच्च-कोटि के लेखक होने का प्रमाण हुआ करता था। आख़िर 'कुमार शिव' साहब की मेहनत रंग लायी और 1973 में उनका गीत 'सांझ निर्वसना' धर्मयुग में छप ही गया।

धूप के साधक तिरस्कृत हो गए
तिमिर के चारण पुरस्कृत हो गए
क्या समय बदला कि जल थे जो कभी
कुछ हुए नवनीत, कुछ घृत हो गए
जब चली पछुआ अँधेरा बज उठा
झील के सब तार झंकृत हो गए
प्याज कच्चे और रोटी ज्वार की
मिल गई तो लोग कृत-कृत हो गए

'धर्मयुग' में फिर वो निरंतर छपते रहे और उनकी प्रतिष्ठा को चार चाँद लगते रहे। कोटा में उनकी भेंट वहाँ के अज़ीम शायर जनाब 'अक़ील शादाब' साहब से हुई और उनसे उन्होंने शायरी, ख़ासतौर से ग़ज़ल कहने के गुण सीखे; इस प्रकार गीत-ग़ज़लों से लैस हो कर वो जिस कवि सम्मेलन में जाते अपनी धाक जमा लेते। उनकी लेखनी सतत चलती रही और वो प्रसिद्ध कवि श्री वीर सक्सेना, बृजेन्द्र कौशिक ग़ज़लकार दुष्यंत कुमार, कवि सर्वेश्वर दयाल सक्सेना, गोविन्द व्यास, सोम ठाकुर, कन्हैया लाल नंदन, हरिराम आचार्य, ताराप्रकाश जोशी, रमानाथ अवस्थी, बालस्वरूप राही, कुबेर दत्त, गोपाल दास 'नीरज' तथा हरिवंश राय बच्चन आदि जैसे मूर्धन्य रचनाकारों के साथ मंच साझा करते रहे।

गहन कूपों के निकट हैं
दोस्तो! हम तो रहट हैं
फाइलों में दब गए हम
एक निर्धन की रपट हैं
झुर्रियाँ मुख पर लिखी हैं
हम समय के चित्रपट हैं
भाग्य ही अपना बुरा है
मित्र तो सब निष्कपट हैं

मैं आपको जयपुर के सवाई मान सिंह मेडिकल कॉलेज में हुए एक कवि-सम्मेलन का क़िस्सा बताता हूँ। कवि सम्मेलन चल रहा था लेकिन जम नहीं रहा था। छात्र हुड़दंग के मूड में थे और बिना कवि की प्रतिष्ठा का ख़याल किये उन्हें हूट किये जा रहे थे। संचालक महोदय और कवि गण असहाय नज़र आ रहे थे। तभी कुमार शिव को रचना पाठ के लिए पुकारा गया। ऐसे माहौल में माइक पर जाना जोखिम भरा काम होता है। कुमार शिव उठे माइक पर जा कर हाथ जोड़े और बोले "मेरा ये गीत जॉन्डिस का पेशेंट है, आप देश के होनहार डॉक्टर हैं इसलिए ये गीत इलाज के लिए आप के सामने पेश कर रहा हूँ अब आप चाहे इसे मार दें या ठीक कर दें।" छात्र हँसने लगे, अधिकांश ने इस जुमले पर तालियाँ बजाई और सभी छात्र गीत सुनने को एकदम चुप हो गए। इसके बाद उन्होंने सस्वर वो गीत पढ़ा जो आगे चलकर उनकी पहचान बना और उसे उन्हें सभी कवि सम्मेलनों में श्रोताओं की फ़रमाइश पर सुनाना पड़ता था। गीत का शीर्षक था 'पीलिया हो गया है अमलतास को' जिसकी शुरुआत इन पंक्तियों से होती है,

"तुमने छोड़ा शहर, धूप दुबली हुई, पीलिया हो गया है अमलतास को,
नींद आती नहीं है हरी घास को।"

उसके बाद छात्रों ने उनसे एक के बाद एक ढेरों गीत सुने और तालियाँ बजाई। इस तरह एक असफल-सा होता कवि सम्मेलन अत्यधिक सफल हुआ।

जानते थे दूरियों के सख़्त नियमों को मगर
आपकी नज़दीकियाँ हम आदतन बुनते रहे
काश वो ये सोचते, जाना उन्हें भी एक दिन
ज़िंदगी भर दूसरों का जो कफ़न बुनते रहे
ठोकरें लगती रहीं, छोड़े नहीं पर हौसले
आँधियों में भी दिए अपने सपन बुनते रहे

कवि-सम्मेलन के मंचो से उनका जुड़ाव बहुत समय तक नहीं रहा। वो अपनी आत्मकथा 'वक़्त ने लिखा है मुझे' में लिखते हैं कि "कवि-मंचों लोकप्रिय तो बनाया किन्तु मुझे आत्मसंतुष्टि नहीं मिली। मंचों पर सस्ती लोकप्रियता भुनाने की होड़ मची है और कविता शायरी के नाम पर जाने क्या-क्या परोसा जा रहा है। मेरा कविता लिखना छूटता नहीं है लेकिन मंच पर जाकर श्रोताओं की तालियाँ बटोरने में अब रुचि नहीं रही। इस देश या समाज में कविता की कितनी ही उपेक्षा हो, जहाँ तक मेरा सम्बन्ध है कविता मेरे अंतर्मन की ख़ुराक़ है।" लोकप्रियता के शिखर से वापस लौटने का निर्णय लेना आसान नहीं होता जबकि लोग शिखर पर बने रहने के लिए कितने ही हथकंडे अपनाते हैं।

क्षण किसी के साथ महक के थे गुलाबों की तरह
अब फफूँदी छा गई उन पर अचानक सड़ गए

फूल पलकों में सँजोकर रख लिए थे याद के
दूरियों की धूप में झुलसे सभी फिर झड़ गए
सोचते थे ढूँढ़ लेंगे ज़िन्दगी का हल कभी
नोक वाले प्रश्न अनगिन रास्ते में अड़ गए

'कुमार शिव' की ग़ज़लों की ये किताब विकास पेपरबैक्स, दिल्ली से सन 1991 में प्रकाशित हुई थी इसमें उनकी लगभग 100 ग़ज़लें संकलित हैं। इस किताब के बाज़ार में मिलने की सँभावना क्षीण ही है अलबत्ता आप इस किताब के शायर रिटायर्ड जज श्री 'कुमार शिव' साहब जो अब जयपुर शहर के निवासी हैं, आप उनके मोबाइल नम्बर 9829051118 पर कॉल कर उन्हें इन लाजवाब ग़ज़लों के लिए बधाई दे सकते हैं और उनकी कालजयी कविताएँ 'अमलतास' और उनका चाँदनी पर लिखा अद्भुत गीत 'गोरी लड़की' सुनने का सौभाग्य प्राप्त कर सकते हैं।

आख़िर में, उनकी एक छोटी बहर की ग़ज़ल के ये शे'र पढ़वाता चलता हूँ :-

तुमने छोड़ा है गाँव सावन में
मौसमी आँख से झरे बादल
नभ के चौड़े-सपाट सीने से
सट गए आज छरहरे बादल
देख लो खिलखिला रहे कैसे
धूप में श्वेत मसखरे बादल
देखकर निर्वचन दुपहरी को
आह भरते हैं छोकरे बादल

सवा नेज़े पे सूरज
डॉ. अख़्तर नज़्मी

अगर मानूस है तुमसे परिन्दा
तो फिर उड़ने को पर क्यूँ तौलता है

मानूस : हिला हुआ

कहीं कुछ है, कहीं कुछ है, कहीं कुछ
मिरा सामान सब बिखरा हुआ है
अभी तो घर नहीं छोड़ा है मैंने
ये किसका नाम तख़्ती पर लिखा है

"सुनो बोरिया बिस्तर बाँधना पड़ेगा, ये घर छोड़ कर अब ग्वालियर जाना है।" रसोई से इस जुमले पर कोई प्रतिक्रिया नहीं आयी। उन्होंने गला खंखारते हुए फिर कहा, "गवर्मेंट कमला राजा गर्ल्स कॉलेज में प्रोफ़ेसर और सदर-शोबा-ए-उर्दू का ओहदा मिला है।" कोई जवाब नहीं। कभी-कभी ख़ामोशी वो सब कुछ कह देती है जो बोल कर नहीं कहा जा सकता। बल्कि उससे भी ज़्यादा। मुलाज़मत के सिलसिले में मुख़्तलिफ़ मक़ामात का सफ़र घर के बाशिंदों के लिए सबसे मुश्किल होता है; गृहस्थी बसाना फिर उसे समेटना और फिर बसाना वो भी एक बार नहीं कई बार। अमरावती से जबलपुर फिर भोपाल और अब ग्वालियर। आप ही बताएँ इस ख़बर को सुनकर भला कौन ख़ुश या दुखी होकर जवाब देगा ? इसीलिए जवाब नहीं आया। अफ़सोस ! ज़वाब न देने से समस्या ख़त्म नहीं होती, वहीं की वहीं रहती है। समस्या का समाधान बोलने या चुप रहने से नहीं होता उससे सामना करने से होता है। लिहाज़ा सामान बाँधकर कूच की तैयारी शुरू कर दी गयी।

हम तो बिखराते हुए चलते हैं साए अपने
किसी दीवार से साया नहीं माँगा करते

***

हर एक काम सलीक़े से बाँट रक्खा है
ये लोग आग लगाएँगे, ये हवा देंगे

***

कोशिशें है उसे मनाने की
ये भी डर है कि बात मान न ले

***

नाव काग़ज़ की छोड़ दी मैंने
अब समंदर की ज़िम्मेदारी है

***

वो ज़हर देता तो सबकी नज़र में आ जाता
तो ये किया कि मुझे वक़्त पर दवाएँ न दीं
***

मैं तो चाहता ये हूँ बहस ख़त्म हो जाए
आओ तौल कर देखें, किस का बोझ भारी है
***

तू मुझे काँटा समझता है तो मुझसे बच के चल
राह का पत्थर समझता है तो फिर ठोकर लगा
***

जो मुझसे दूर बैठे हैं, सब गुल-फ़रोश हैं
मुझसे ख़रीदना हो तो ख़ुशबू ख़रीदना
***

माहौल को ख़राब न मैंने किया कभी
टूटा भी हूँ तो अपने ही अंदर बिखर गया
***

उसमें चूल्हे तो कई जलते हैं
एक घर होने से क्या होता है
***

भोपाल से ग्वालियर शायद ही कोई आना चाहे जब तक कि कोई मजबूरी ही न हो। भोपाल हरा-भरा है और झीलों से घिरा है और आपको ये बता दूँ कि रहने और जीवन-यापन के लिए ग्वालियर से सस्ता भी है - चौंक गए? जी हाँ, मैं भी चौंक गया था जब गूगल ने ये जानकारी मुझे दी। ये जानकारी अब की है जबकि मैं बात कर रहा हूँ सन 1968 की। और मैं मान लेता हूँ कि तब भी भोपाल ग्वालियर से सस्ता ही होगा। ग्वालियर आना इस परिवार की मजबूरी थी लिहाज़ा आना पड़ा। ये लोग आये और रहने लगे। ऐसा होता है कि हम जहाँ कहीं रहने लगते हैं धीरे-धीरे वो घर, मुहल्ला, लोग और शहर हमें अच्छा लगने लगता है। इस परिवार को भी ग्वालियर अच्छा लगने लगा और इतना अच्छा लगने लगा कि पूरे परिवार ने ऊपर वाले से दुआ की कि वो अब उन्हें और कहीं विस्थापित न करे। ऊपर वाला हमेशा सब की बात नहीं मानता लेकिन कभी-कभी मान भी लेता है और उसका ये कभी-कभी मान लेना ही इंसान को उससे जोड़े रखता है। ऊपर वाले ने परिवार की इस दुआ को क़ुबूल कर लिया। ग्वालियर में बसने के बाद ये परिवार विस्थापन के दर्द से मुक्त हुआ।

भूमिका लम्बी ही नहीं हो रही बे-मक़सद भी होती जा रही है इसलिए इसे विराम देते हुए बताता हूँ कि हम जिस परिवार की बात कर रहे हैं उसके मुखिया यानी हमारे आज के शायर हैं जनाब डॉ. 'अख़्तर नज़्मी' साहब जिनकी देवनागरी में छपी किताब 'सवा नेज़े पे सूरज' हमारे सामने है।

उलझनें और बढ़ाते क्यूँ हो
मुझको हर बात बताते क्यूँ हो
मैं ग़लत लोगों में घिर जाता हूँ
तुम मुझे छोड़ के जाते क्यूँ हो
फिर मेरा दिन नहीं काटे कटता
तुम ज़रा देर को आते क्यूँ हो
वादी-ए-गुल से गुज़रते जाओ
हाथ फूलों को लगाते क्यूँ हो

सबसे पहले बात करते हैं इस किताब के शीर्षक की, 'सवा नेज़े पे सूरज' का अर्थ क्या हुआ? इस किताब में दिए विवरण के अनुसार ऐसा इस्लाम में विचार किया गया है की 'जब क़यामत का दिन आएगा तब सूरज सातवें आसमान पर आ जायेगा जो ठीक पृथ्वी के ऊपर है। सूरज का सातवें आसमान पर यानी ठीक पृथ्वी के ऊपर आना 'सवा नेज़े' पे आना है जिससे सूरज के प्रचण्ड ताप से धरती पर सब विनष्ट होने लगेगा और किसी को होश नहीं रहेगा और नेज़ा यानी भाला है। हम इस बात की व्याख्या पर नहीं जाएँगे क्यूँकि ये इस पोस्ट का मक़सद नहीं है। अभी हम क़यामत की नहीं बल्कि क़यामत ढाते उन अश'आरों की बात करेंगे जो इस किताब में जगह-जगह बिखरे पड़े हैं।

कुछ लोगों को इसका भी तजुर्बा नहीं अब तक
जो सबका है वह शख़्स किसी का नहीं होता
हैरत है कि ये बात भी समझानी पड़ेगी
सूरज ही के छुपने से अँधेरा नहीं होता
मैं ज़ेहन में उसके हूँ मेरे दिल में है वो भी
इस तरह बिछड़ना तो बिछड़ना नहीं होता

इलाहबाद के जनाब मुमताज़ उद्दीन 'बेख़ुद' के यहाँ सन 1931 में 'सैयद अख़्तर जमील' का जन्म हुआ जो आगे चल कर 'अख़्तर नज़्मी' के नाम से उर्दू ग़ज़ल के आसमाँ का रौशन सितारा बना। मुमताज़ साहब का परिवार और नाते-रिश्तेदारों को रोज़ी-रोटी की तलाश में इलाहबाद छोड़ना पड़ा और वो लोग जिसको जहाँ ठिकाना मिला बस गए। घर की माली हालत ख़स्ता थी लिहाज़ा बचपन में अख़्तर साहब के बहुत से अरमान पूरे नहीं हो सके। जवानी में भी किसी ने उनकी तरफ़ जितना देना चाहिए था उतना ध्यान नहीं दिया-। वो अगर ग़लत राहों पर चल पड़ते तो उन्हें कोई समझाने वाला भी नहीं था लेकिन ऊपर वाले की मेहरबानी से उनके क़दम कभी बहके नहीं और वो सीधे रास्ते पर चलते हुए तालीम हासिल करते रहे। इसी दौरान ज़िन्दगी की जद्दोजहद को वो अश'आरों में ढालने लगे और कभी-कभी ग़ज़लें भी कहने लगे। एक अच्छे उस्ताद की तलाश शुरू हुई लेकिन दूर-दराज़ में बसे शायरों तक उनकी पहुँच नहीं हो पायी और आसपास वालों ने उन्हें तवज्जो तक नहीं दी। .

न सोचा था वो कर गुज़रेगा ये भी
मुझे अपना बना कर छोड़ देगा
मेरे हाथों में जब पतवार होगी
मेरे पीछे समंदर छोड़ देगा
ख़रीदेगा उसे जिस पर नज़र है
मुझे बोली लगाकर छोड़ देगा

उनके वालिद अफ़साने, तन्ज़िया और मज़ाहिया रेडियाई ख़ाके लिखते थे और शे'र भी कहते थे। आम-फ़हम ज़ुबान में तहदार मानवियत से आरास्ता लेकिन अपनी इल्मी बे वज़ाअती के बाइस अख़्तर साहब की उनसे मशवरा लेने की जुरअत नहीं हुई। क्या ज़माना था जब बच्चे अपने बाप की इज़्ज़त करते थे और उनसे ख़ौफ़ खाते थे अब मामला थोड़ा उल्टा हो गया है। आप इस बात का बुरा न मानें लेकिन अपवाद कहाँ नहीं होते। वालिद के स्टाइल की नक़ल करते हुए उन्होंने ग़ज़लें कहनी शुरू की और जब उनके वालिद को इस बात की ख़बर मिली तो उन्होंने सुनने की ख़्वाहिश ज़ाहिर की। वालिद ग़ज़ल सुनते ज़रूर लेकिन उन्होंने दाद कभी खुलकर बुलन्द आवाज़ में नहीं दी और अगर दाद मिलती भी थी तो ग़ज़ल सुनकर कभी उनकी आँखों में आयी चमक से तो कभी लबों पर बिखरी हलकी-सी मुस्कराहट से तो कभी हाथ की हल्की-सी जुम्बिश से। ये बात सन 1952 की है यानी जब अख़्तर साहब 21 साल के थे।

सर्फ़ कर दिया मैंने ज़िन्दगी का हर लम्हा
इसको याद करने में, उसको भूल जाने में

***

यही सच है कोई माने न माने
सब अच्छा है तो कुछ अच्छा नहीं है

***

मैं अपनी घुटन अपने दिल में लिए
हमेशा हवादार घर में रहा

***

सारे दरवाज़े एक जैसे हैं
झुक के निकलो तो सर नहीं लगता

***

शराब पी के तो मैं ख़ुद ख़रीद लूँ सबको
वो सोचता है पिलाकर ख़रीद लेगा मुझे

***

ये कहा तो बात की तह तक पहुँच सकते हैं लोग
दूर से अच्छा नज़र आता है मेरा घर मुझे

मेरी ज़ुबाँ ही फँस जाती है, मैं ही पकड़ा जाता हूँ
वो तो यार बदल देता है अपनी बात सफ़ाई से

***

जब चलो उसके रास्ते पे चलो
क्या इसी को निबाह कहते हैं

***

क्या किया है निबाहने के सिवा
जब से इस ज़िन्दगी से रिश्ता है

***

ये तरक़्क़ी पसंद शायरी के उरूज का दौर था। सभी का रुख़ उसी ओर हुआ करता था लेकिन अख़्तर साहब का रिश्ता न तरक़्क़ीपसंद शायरी से जुड़ सका न रिवायती शायरी से पूरी तरह टूट सका। धीरे-धीरे 1955 तक आते-आते उनका लहजा तब्दील होते होते पूरी तरह से जदीद शायरी पे टिक गया। इसके साथ ही उनकी मक़बूलियत का दौर शुरू होता है जो चालीस से अधिक सालों तक लगातार चलता रहा। उनकी ग़ज़लों को बड़े ग़ज़ल गायकों जैसे 'जगदीश ठाकुर', 'जगजीत सिंह', 'अनूप जलोटा' और 'अहमद हुसैन -मुहम्मद हुसैन' बंधुओं ने अपने स्वर दिए और जन-जन तक पहुँचाया। 'अख़्तर' साहब मुशायरों के शायर कभी नहीं रहे,यही वजह है कि उनके मुशायरे पढ़ते हुए के वीडियो इंटरनेट पर कहीं नहीं मिलते। वीडियो तो छोड़िए उन पर किसी का हिंदी या अंग्रेज़ी में लिखा लेख भी नहीं मिलता। उर्दू का मुझे पता नहीं क्यूँकि मुझे उर्दू पढ़नी नहीं आती। उनकी शायरी का सफ़र 1 सितंबर 1997 को मात्र 65 साल की उम्र में ग्वालियर में रुक गया वो अपने परिवार और चाहने वालों को रोता-बिलखता छोड़ गए। उनकी बेगम 'निशात अख़्तर' लिखती हैं कि "उनका साथ छूटा कहाँ है। उनकी फ़िक्र, उनका क़लाम, उनके अश'आर और इन्हीं में वो ख़ुद हर जगह मौजूद हैं। उनकी दुनिया किताबों में थी और उस दुनिया में आज भी वो हर जगह नज़र आते हैं।"

हंगामे में खोई हुई ख़ुशियाँ नहीं मिलतीं
बारात में खोया हुआ ज़ेवर नहीं मिलता
ये नींद का आलम है के शब-भर नहीं आती
आराम का ये हाल है दिन भर नहीं मिलता
पानी की तरफ़ पानी का रुख़ होता है 'नज़्मी'
सूखी हुई नदियों को समंदर नहीं मिलता

अख़्तर साहब की किताबों में 'शब-रेज़े' (उर्दू में सन 1982 में), 'ख़्वाबों का हिसाब' (उर्दू में सन 1986 में), 'सवा नेज़े पे सूरज' (उर्दू में सन 1996 में और देवनागरी में सं 2006 में) तथा मीर सय्यद अली 'ग़मगीन' पर शोध-ग्रंथ 2008 में मंज़र-ए-आम आया। हिंदी में इस किताब को 'मेधा बुक्स' नवीन शाहदरा, दिल्ली ने प्रकाशित किया है लेकिन अब उनके

पास ये किताब उपलब्ध है या नहीं ये कहना मुश्किल है। अख़्तर साहब ने सिर्फ़ ग़ज़लें ही नहीं क़ता, नज़्म, रुबाई और दोहों जैसी विधा पर भी सफलतापूर्वक क़लम चलाई है।

आख़िर में प्रस्तुत हैं नज़्मी साहब की इस किताब से चुने हुए चंद अश'आर:-

चश्मदीद एक भी गवाह नहीं
जुर्म छुप जाएगा गुनाह नहीं
***

आग तो लग गई इस घर में बचा ही क्या है
बच गया मैं तो वो कह देगा जला ही क्या है
***

इतनी सूरज से दोस्ती न करो
छोड़ जाएगा ये अँधेरे में
***

इतना अच्छा न कहो उसको के फँस जाए ज़ुबाँ
जब बुराई नज़र आए तो बुरा कह न सको
***

हमेशा घर ही में रहने से दम-सा घुटता है
तुम्हारी बात भी सच है मगर किधर जाएँ
***

इसीलिए तो बनाया है घर किताबों में
के बार-बार तुम्हारी नज़र से गुज़रूँगा
***

लगता नहीं है पढ़ने में, लगने लगेगा दिल
ऐसा करो रहीम के दोहे पढ़ा करो
***

नहीं है कोई मुरव्वत नहीं है पानी में
जो हाथ-पाँव न मारेगा डूब जाएगा
***

आँख सूरज की बंद होते ही
चाँद ने आसमाँ ख़रीद लिया
***

मुश्किल था खेल दिन के उजाले में खेलना
सूरज छुपा तो आई नज़र रौशनी मुझे
***

लम्हों का रस
शकील ग्वालियरी

सूरज है वो कि चाँद है देखूँगा फिर उसे
पहले वो मेरी आँख का कंकर निकाल दे
होगा न सेहरकारी में उससे बड़ा कोई
वो बूँद रक्खे सीप में गौहर निकाल दे

सेहरकारी : जादूगरी

काँटे तो सब निकाल लिये मैंने अपने आप
अब कोई मेरे पाँव का चक्कर निकाल दे

तारीख़ 24 अक्टूबर 1942, क़ायदे से आज घर में जश्न का माहौल होना चाहिए था लेकिन इस घर में इस तरह के फ़िज़ूल क़ायदे के लिए कोई जगह नहीं थी, इसीलिए जिस बच्चे की आज छठवीं सालगिरह थी उसके सामने केक के बजाय 'उर्दू' का क़ायदा पड़ा था, जिसे बच्चे के अब्बा उसे पढ़ा रहे थे। अब्बा ही पढ़ाते थे, वो भी जब उनका मन करता, बच्चे को स्कूल भेजना उन्होंने कभी ज़रूरी नहीं समझा। अपनी सालगिरह के मौक़े पर बच्चे के तसव्वुर में केक तो नहीं अलबत्ता नारंगी रंग की मीठी गोली ज़रूर थी और इसी वजह से उसका ध्यान किताब में नहीं था। तभी तेज आवाज़ के साथ गाल पर अब्बा के पड़े थप्पड़ से बच्चे की आँखों के सामने सितारे नाचने लगे। ऐसे में कोई भी बच्चा दो काम करेगा पहला 'वो रोयेगा' दूसरा 'वो थप्पड़ मारने वाले के मरने की दुआ करेगा। इस बच्चे ने पहला काम नहीं किया क्यूँकि उससे दूसरा थप्पड़ पड़ने का अंदेशा था लिहाज़ा दूसरा काम बड़ी शिद्दत से किया। मुश्किल ये है कि ऊपरवाला आसानी से किसी की दुआ क़ुबूल नहीं करता। इस बच्चे की भी नहीं की। बच्चा बड़ा होता रहा, उर्दू पढ़ता रहा और पिटता रहा। नतीजा? ग्यारह बरस की उम्र तक बच्चे को 'मिर्ज़ा ग़ालिब का पूरा दीवान याद हो गया, मीर, मोमिन और दाग़ के सैंकड़ो शेर याद हो गए। बच्चा ख़ुद भी धीरे-धीरे शायरी करने लगा। लोग जब सुनते और बच्चे को इज़्ज़त की नज़रों से देखते तब बच्चे की समझ मेंआया कि ऊपर वाले ने क्यों उसकी दुआ क़ुबूल नहीं की थी। अब्बा जैसे भी थे, बच्चे को उर्दू से बेपनाह मुहब्बत करना सिखा गये।

बच्चे के हिंदी सीखने के पीछे की कहानी भी मज़ेदार है। पड़ौस में रहने वाला दोस्त हिंदी फ़िल्मों और गीतों का दीवाना था और उसके घर ऐसी पत्र पत्रिकाओं का ख़ज़ाना था। बच्चा पत्र पत्रिकाओं में फ़ोटो देख कर ख़ुश होता लेकिन पढ़ नहीं पाने से निराश होता। दोस्त ने लगन से बच्चे को हिंदी के वर्णाक्षरों से परिचय कराया। बच्चे ने पत्रिकाएँ पढ़ने के लालच में हिंदी भी सीख ली। थोड़ा और बड़ा हुआ तो अंग्रेज़ी भी ऐसे ही खुद की मेहनत से सीखी और इन तीनों ज़बानों पर अधिकार, बिना स्कूल का मुँह देखे कर लिया।

कहीं भी जाये चमकने का शौक़ है उसको
वो अपने साथ अँधेरे ज़रूर रखता है

***

वहीं से चाँद मेरे साथ-साथ चलने लगा
जहाँ से ख़त्म हुई रौशनी मकानों की

***

मुझे कुछ भी नहीं आता मगर ये होशियारी है
ये मत समझो कि सब कुछ जानता हूँ इसलिए चुप हूँ

***

ठहर भी जाये तो पानी की सतह पर किश्ती
सफ़र का शौक़ लिए डगमगाती रहती है

***

मैं उसको देखूँ कुछ ऐसे कि देख भी न सकूँ
वो अपने-आप में छुप जाये जब दिखाई दे

***

छत पे सोने का ख़ूब लुत्फ़ रहा
मैंने ओढ़ा कभी बिछाया चाँद

***

जागता हो तो न देखे कोई महलों की तरफ़
किस तरह सोया हुआ आदमी ख़्वाबों से बचे

***

ध्यान में तेरे कभी बैठूँ तो क्या बैठूँ बता
जब तलक तेरा तसव्वुर भी तेरे जैसा न हो

***

ये जो सुकून सा है नतीजा है सब्र का
हँसता हुआ सा जो भी है रोया हुआ-सा है

***

सराब प्यास बुझाता नहीं कभी लेकिन
ये बात ख़ूब समझता है कौन प्यासा है

सराब : मृगतृष्णा

ये बच्चा अब बड़ा हो चला है, हारमोनियम बजाता है और सुर से गाने भी लगा है। मूसिक़ी के अलावा इसे चित्रकारी का भी शौक़ चढ़ गया है। बहुत ख़ूबसूरत पेंटिंग करने लगा है, लोग पेंटिंग देखते हैं और बच्चे का हुनर देख कर दाँतों तले उँगलियाँ दबा लेते हैं। संगीत, पेंटिंग और शायरी का शौक़ बच्चे को अपने अब्बा से मिला है जो दूसरा निकाह कर अब ये घर छोड़ कर अलग रहने जा चुके हैं। घर चलाने की ज़िम्मेदारी अब इस बच्चे के नाज़ुक काँधों

पर आ पड़ी है। घर में माँ के अलावा छोटे भाई बहन भी हैं। अब्बा की सिफ़ारिश से बच्चे की 'ग्वालियर इलेक्ट्रिक सप्लाई' में नौकरी लग गयी है, जहाँ नक़्शों की ट्रेसिंग करनी होती है। जो तनख़्वाह मिलती है उस से घर का गुज़ारा किसी तरह चल जाता है। सिर्फ़ हिंदी, उर्दू और अंग्रेज़ी के ज्ञान से ज़ियादा ढंग का काम मिलना मुश्किल था। कोई डिग्री हाथ में होती तो और बात थी लेकिन यहाँ तो स्कूल की शक्ल भी कभी नहीं देखी थी। ख़ैर वक़्त अपनी रफ़्तार से चलता रहा और इस बच्चे की, जो अब जवान हो गया था, शादी भी हो गयी। ज़िन्दगी के 24 साल मुश्किलों से जूझते हुए गुज़र रहे थे राहत का कहीं कोई रास्ता नज़र नहीं आ रहा था। तभी एक ऐसी घटना घटी जिसने इस जवान की पूरी ज़िन्दगी बदल दी। एक बार किसी रिश्तेदार ने उनके अनपढ़ होने का मज़ाक़ उड़ाया और सबके सामने खुल कर उड़ाया। इस घटना से बजाय अपमानित हो कर आँसू बहाने के, जवान ने क़सम खाई कि एक दिन इन सबका मुँह बंद करके दिखायेगा। बस ये धुन सवार हो गयी। प्राइवेट कंडिडेट की हैसियत से मेट्रिक की परीक्षा दे डाली। उसमें पास हुए तो फिर हायर सेकेंडरी भी पास कर डाली और उसके बाद इंटर फिर बी. ए. और अंग्रेज़ी में एम.ए.. की डिग्री हासिल की। यानी अगले आठ सालों में वो जवान तालीम के मुआमले में फ़र्श से अर्श पर पहुँच गया। ये बात लिखने, पढ़ने में जितनी आसान लगती है उतनी है नहीं। सोच कर देखिए ये कितने कमाल की बात है कि जिस शख़्स ने 24 साल की उम्र तक स्कूल का रुख़ न किया हो उसने अपने बलबूते पर एम.ए. करली वो भी अंग्रेज़ी भाषा में, फिर उर्दू में। इस शख़्स ने सबको दिखला दिया कि इंसान अगर ठान ले तो क्या नहीं कर सकता। उर्दू शायरी के इतिहास में ऐसा करिश्मा करने वाला शायद ही कोई दूसरा शायर हुआ हो

सवाब का तो कोई काम मुझसे हो न सका
किसी गुनाह से राहे-निजात निकलेगी

राहे-निजात : मुक्ति का रास्ता

***

बस एक आह भरी और सो गये चुपचाप
जरा सी देर में निबटाया रात-भर का काम

***

रखा सँभाल के यूँ जाँ को जिस्म में हमने
कि जैसे क़ैद हवा को हबाब में रक्खा

हबाब :बुलबुला

***

पैसे नहीं हों जेब में जिस चीज़ के लिए
वो चीज़ ये समझ लो कि बाज़ार में नहीं

***

वो राहबर हैं तो फिर आगे क्यों नहीं आते
समझ में आ गया रस्ते में रात करनी है

जैसे-जैसे डिग्रियाँ मिलती गयीं वैसे वैसे नौकरी में इस शख़्स को तरक़्क़ी मिलती गयी। मामूली ट्रेसर के ओहदे से एल.डी.सी. फिर यू.डी.सी.और यू.डी.सी से एस.जी.सी तक पूरे ऑफ़िस में इस शख़्स के जोश और जूनून की धाक जम गयी। नौकरी अपनी जगह चलती रही और इस शख़्स की शायरी अपनी जगह। शायरी इस शख़्स की रूहानी ज़रूरत बनकर ज़िन्दगी में दाख़िल हुई। शायरी को इस शख़्स ने ज़िन्दगी की जद्दोजहद और घुटन को बाहर निकालने का ज़रिया बनाया। पेंटिंग का शौक़ था जो बाद में कमर्शियल आर्ट में तब्दील हो कर अतिरिक्त आय का ज़रिया बनने लगा। नौकरी से हर महीने रुपया तो मिलता था लेकिन सुकून धीरे-धीरे कम होता जा रहा था और मन शायरी और पेंटिंग में उलझा रहता था। इस कश्मकश से निज़ात पाने के लिए मात्र 48 वर्ष की उम्र में सं 1984 में आख़िर वो दिन आया जब इस शख़्स ने अपनी 30 साल की नौकरी से प्री-रिटायरमेंट ले लिया।

अब अपनी पसंद के दो काम इस शख़्स के हाथ में रह गए थे, पहला शायरी और दूसरा पेंटिंग। शायरी रूह के लिए और पेंटिंग घर ख़र्च के लिए। नौकरी छोड़ कर इस शख़्स ने अपना 'ग्राफ़िक डिज़ाइनिंग' का काम शुरू किया जो चल निकला।

कोई कुछ भी कहे सुनो ही नहीं
ऐसे बन जाओ जैसे हो ही नहीं
न सही कोई सायादार शजर
रास्ते में कहीं रुको ही नहीं
हो कोई बदगुमाँ तो होने दो
इसका मतलब तो है हँसो ही नहीं
ऐसी बातों का सोचना भी क्या
कहना चाहो तो कह सको ही नहीं

'ग्राफ़िक डिज़ाइन' की बात आयी है तो एक वाक़िआ बताता हूँ। नवंबर 1987, ग्वालियर शहर में गहमागहमी चरम पर थी। पूरा शहर सजाया जा रहा था। राजमहल का तो हाल ही मत पूछें। लोगों में भागदौड़ मची हुई थी। किसी के पास सर खुजाने तक का वक़्त नहीं था। ये सब लोग दिसम्बर यानी अगले महीने में होने वाली, श्री 'माधवराव सिंधिया' जी की बेटी की शादी की तैयारी में व्यस्त थे। सबसे बड़ी समस्या से वो टीम जूझ रही थी जिसके ज़िम्मे शादी का कार्ड फ़ाइनल करना था। समय कम था और काम भी बहुत महत्वपूर्ण था क्यूँकि कार्ड ही तो गणमान्य अतिथियों को पहला सन्देश देता है कि शादी किस स्तर की होने जा रही है। देश-विदेश से हज़ारों डिज़ाइन के एक से बढ़कर एक लाजवाब कार्ड सामने पड़े थे। हर एक कार्ड पर चर्चा हो रही थी लेकिन कोई कार्ड पसंद नहीं आ रहा था। तभी एक ऐसा कार्ड सामने आया जिसकी डिज़ाइन देखकर सब की बाँछें खिल गयीं ये वो कार्ड था जो सभी को पसंद आया। ये कार्ड ऐसा था जैसे किसी ने मानो शायरी पेंट की है

वो, मुसव्विर यानी चित्रकार जिसने ये कार्ड डिज़ाइन किया था हमारे आज के शायर 'शकील ग्वालियरी' हैं। शायरी भी एक तरह से मुसव्विरी ही तो है। इसमें शायर लफ़्ज़ों से

पेंटिंग करता है। इस वाक़िए से आप उनके हुनर का अंदाज़ा लगा सकते हैं।

उसी हुनरमंद इंसान 'शकील ग्वालियरी' साहब की ग़ज़लों की हिंदी में एकमात्र छपी किताब 'लम्हों का रस' हमारे सामने है। इस किताब में लगभग 125 ग़ज़लें संकलित हैं। शकील साहब की ग़ज़लें बेहद आसान ज़बान में हैं और यही इनकी सबसे बड़ी ख़ूबी है। डॉक्टर 'मुख़्तार शमीम (उज्जैन)' लिखते हैं कि,"शकील ग्वालियरी जिस सलीक़े से शेर कहते हैं और एक मिसरे में जिस तरह नया मोड़ देते हैं ये सलीक़ा कम ही शायरों को नसीब हुआ है। "

देखते सब हैं मगर बंद ज़ुबाँ रखते हैं
इस तरह शहर में हम अम्नो-अमाँ रखते हैं

***

इश्क़ की इब्तिदा और इंतिहा हम से पूछो
फूल को चूम के काँटों पे ज़ुबाँ रखते हैं

***

तह में मिट्टी है कि पत्थर हैं मुझे क्या मालूम
मैं तो ये देखता हूँ फूल खिला पानी पर

***

ज़ात क्या नाम भी पूछा न नदी का उसने
इतना प्यासा था कि आते ही गिरा पानी पर

***

शायरी जैसे शकील साहब के भीतर छुपी हुई थी तभी तो उन्होंने मात्र 15-16 बरस की उम्र में बिना कोई ख़ास तालीम हासिल किये बाक़ायदा शेर कहना शुरू कर दिए। उनके इस हुनर को तराशा उनके उस्ताद-ए-मोहतरम हज़रत 'गनी मुहम्मद क़ुरैशी गनी ग्वालियरी' साहब ने। सन 1953 यानी 17 बरस की उम्र से उन्होंने सलीक़ेदार ग़ज़लें कहनी शुरू कर दीं। उनके लेखन का दायरा सिर्फ़ ग़ज़ल तक ही सीमित नहीं रहा उनके समीक्षात्मक लेख और लोक-साहित्य पर किये शोध-पत्र साहित्य जगत में चर्चा का विषय रहे। अपनी शायरी के बारे में उन्होंने लिखा है कि' मेरी शायरी का तअल्लुक़ मेरी अपनी तरह की सोच से है और मेरी सोच बनी है उन हालात से जिनसे मैं गुज़रा हूँ। यहाँ एक ख़ास बात ध्यान में रखने के क़ाबिल है कि ग़ज़ल के शेर में शायर की शख़्सियत कई छलनियों में छन कर थोड़ी बहुत अपनी झलक दिखाती है। हर शायर कुछ मख़्सूस बहरें इस्तेमाल करता है। मीर की ख़ास बहर को ग़ालिब ने कभी इस्तेमाल नहीं किया, इसलिए कि वो उनके मिज़ाज से मेल नहीं खाती थी। मैंने भी अपनी ग़ज़लों में उन्हीं चंद बहरों का इस्तेमाल किया जो मेरे ख़याल को आसानी से शेर में पिरोने में मददगार थीं। मैं शायरी में किसी भी लफ़्ज़ का इस्तेमाल बिना उसका ओरिजिन जाने नहीं करता हूँ क्यूँकि हर लफ़्ज़ का एक कल्चर होता है उस कल्चर का परसेप्शन न हो तो शब्द का उचित इस्तेमाल नहीं हो सकता। मैं अपनी शायरी में लफ़्ज़ों के माध्यम से अस्ल मफ़्हूम (मतलब) के अलावा भी कई बातें कह जाता हूँ। मानी और मफ़्हूम के अलावा मेरी

शायरी में आप तआस्सुर भी पाएँगे मैं कहता हूँ शायरी में तआस्सुर लाने के लिए हिंदी कवियों को उर्दू और उर्दू कवियों को हिंदी साहित्य पढ़ना चाहिए'

हो सलीक़ा अगर बरतने का
लफ़्ज़ रहते हैं हर ज़ुबान में ख़ुश
***

दुनिया का कोई काम हो आसान से आसान
होना हो तो होता है वगरना नहीं होता
***

तुम्हारी जीत उसे तुमसे दूर कर देगी
निबाह चाहो तो दानिश्ता हारते रहना
***

अम्न एक लफ़्ज़ है अक्सर जो उभर आता है
ख़ूने-इंसान में डूबी हुई तलवारों पर
***

साहिल पे एक क़मीज़ मिली चाक की हुई
ये किसने ख़ुदकुशी का इरादा बदल दिया
***

इश्क़ करने चले थे चाँद से हम
ख़त न फेंका गया अटारी तक
***

लिखा है जिसकी तख़्ती पर मुहब्बत
वो दरवाज़ा कोई जाँ-बाज़ खोले
***

किसी की राहतें भी बे-मज़ा हैं
किसी के दर्द में लज़्ज़त बहुत है
***

ये बात न होती तो कभी रंग न चुभते
काँटों का असर कुछ तो गुलाबों में भी आया
***

कितने नादाँ हैं वो जो सोचते हैं
इश्क़ में कामयाब हो जायें
***

शकील साहब की ग़ज़लों की पहली किताब 'तरकश' मध्यप्रदेश उर्दू अकादमी द्वारा 1986 में प्रकाशित की गयी। ग्वालियर में उर्दू ग़ज़ल के 100 साल के इतिहास के विवेचन

और समीक्षा पर केंद्रित उनकी दूसरी किताब 'पत्थरों के शहर में' सन 1996 में प्रकाशित हुई जो उर्दू साहित्य के क्षेत्र में ख़ासी चर्चित हुई। तीसरी किताब एक ग़ज़ल संग्रह 'आसमाँ पर आसमाँ' सन 2000 में चौथी और एकमात्र देवनागरी में छपी किताब 'लम्हों का रस' सन 2003 में प्रांजल शिक्षा एवं साहित्य समिति ग्वालियर द्वारा प्रकाशित की गयी। देश की लगभग सभी पत्र-पत्रिकाओं में उनकी रचनाएँ प्रकाशित हुई हैं जिनमें धर्मयुग, हंस, युद्धरत तथा अक्षरा प्रमुख हैं। इसके अलावा राणा प्रताप पर खण्ड-काव्य लिखा है। उनका शोध-पत्र स्कंदगुप्त : एक अध्ययन है। कविता संग्रहों में 'फ़स्ल बनती उम्मीदें', 'पुष्पगंध' तथा 'ऐसा क्यों होता है' विशेष उल्लेखनीय हैं। उन्होंने दतिया से प्रकाशित 'उद्भव' और 'विकास' सन्दर्भ-ग्रन्थ तथा 'ज्ञान ज्योति' और 'अस्मिता' पत्रिकाओं का संपादन भी किया है। शकील साहब म. प्र. हिंदी साहित्य सम्मेलन, म. प्र . साहित्य अकादमी से सम्बद्ध रखते हैं। आकाशवाणी के ग्वालियर केंद्र के प्रारम्भ से लेकर अब तक सहयोगी रहे हैं। आकाशवाणी ग्वालियर ने आप पर तीन घंटे की रेडियो ऑटोबायोग्राफ़ी 2014 में तैयार की थी

पलकों पे आके रुक गए ख़्वाबों के क़ाफ़िले
पानी के पास शहर-सा आबाद हो गया

***

जो हाथ थपकियों से सुला देते थे कभी
तकिये पे बस ग़िलाफ़ चढाने के रह गये

***

पागल हूँ, घर की तन्हाई
ढूँढ़ रहा हूँ बाहर आकर

***

मैं ही कश्ती भी हूँ मल्लाह भी तूफ़ान भी हूँ
और अब डूब रहा हूँ तो परेशान भी हूँ

***

अजीब बात है उनसे जो मेरे अपने हैं
मुझे ये कहना पड़ा मेरा ऐतबार करो

***

बजा रहा है कोई साज़ बंद कमरे में
लरज़ रही है छतें सात आसमानों की

***

मौजे-ख़ूँ की तह में क्या है ये किसे मालूम था
नदी उतरी तो भारी पत्थरों के सर खुले

***

सैयाद छोड़ दे दरे-ज़िन्दान खुला हुआ
फिर कोई क़ैद रह के दिखाये मेरी तरह

आओ, सो जाओ उठो और चल दो
ये ठिकाना भी ठिकाना है कोई

***

पानी जहाँ है डूबे हुओं की है यादगार
आग उनकी यादगार है जो ख़ाक हो गये

***

यूँ तो शकील साहब पर लिखने के लिए एक पोस्ट काफ़ी नहीं है, लेकिन हमारी मजबूरी है इसलिए शकील साहब की इस किताब में दर्ज जनाब 'रामकिशोर शुक्ल' साहब की इन पंक्तियों से इस पोस्ट को विराम देते हैं,"शकील की शायरी लगभग पचास साल का सफ़र तय कर चुकी है। इस दौरान उनका मिज़ाज पूरी तरह ग़ज़ल में रच-बस गया है। उनका ये ग़ज़ल-संग्रह आपको एक ऐसी दुनिया में ले जायेगा जहाँ आप अपने अतीत वर्तमान और भविष्य से रूबरू होंगे, जहाँ आप पुरानी तहज़ीब की धरोहरों और नये तौर-तरीक़ों से ख़त्म हो रही पुरानी क़द्रों के एहसासात महसूस करेंगे, जहाँ आप सच्चाइयाँ बयाँ करते हुए किरदार और धरती से आकाश तक फैली कायनात के मंज़र देखेंगे, जहाँ आप कान से देख सकेंगे और आँख से सुन सकेंगे, जहाँ आप हार-जीत से ऊपर होंगे, जहाँ आप बिना पर वाली चीज़ों उड़ती हुई देखेंगे,जहाँ आप वो सब देखेंगे और महसूस करेंगे जिनकी तलाश में इंसान सदियों से है। सबसे ऊपर आप यह महसूस करेंगे कि दुनिया में ईश्वर के बाद कोई है जो आपको पार लगा सकता है वो कोई और नहीं सिर्फ़ आप ख़ुद हैं।"

उससे बिछड़े एक मुद्दत हो गई लेकिन हमें
आज भी हर काम में उसकी इजाज़त चाहिए

***

ताज्रिबों ने ख़राब कर डाला
दोस्तों हम भी साफ़ थे दिल के

***

अगर है तंज़ ही करना नज़र मिला के करो
चढ़ा हो तीर तो सीधा रखो कमान का रुख़

***

ये तो गुलिस्तानों में रोज़ के क़िस्से हैं
फूल खिले, खिलकर शाख़ों से दूर हुए

***

ग़मे-हयात से ऐ दिल फ़रार क्या मानी
सिपाही छोड़ के लश्कर तो जा नहीं सकता

***

इज़्ज़त बचा के अपनी कैसा निकल गया है
कहते हैं चाँद भी है टुकड़ा इसी ज़मीं का
***

रौशनी में कहीं उगल देगा
मेरा साया निगल गया है मुझे
***

शायरी में शायरी हमने बहुत कम की 'शकील'
शेर भी कहना हुआ तो सादगी से कह दिया
***

काग़ज़ की कश्ती
सुदर्शन फ़ाकिर

आप कहते थे के रोने से न बदलेंगे नसीब
उम्र भर आपकी इस बात ने रोने न दिया
***

अगर ख़ुद को भूले तो, कुछ भी न भूले
के चाहत में उनकी, ख़ुदा को भुला दें
***

हम नींद की आग़ोश से क्यूँ चौंक उठे हैं
ख़्वाबों में कहीं तुमने पुकारा तो नहीं है
***

कितनी भी कोशिशों से सजा लो इसे मगर
जन्नत न ये ज़मीन बनेगी पिए बग़ैर
***

जब हक़ीक़त है के हर ज़र्रे में तू रहता है
फिर ज़मीं पर कहीं मस्जिद कहीं मंदिर क्यों है
***

आसमान तक जो न पहुँची आज तक
इक मुफ़लिस की सदा है ज़िन्दगी
***

ख़ुश्क पत्तों का मुक़द्दर लेकर
आग के शहर में रहता हूँ जनाब
***

मुझको फ़रियाद की आदत नहीं इस दुनिया में
सर झुकाता हूँ मैं तुम संग उठाओ यारो
***

बारहा मर चुके हैं इश्क़ में हम
मौत का इंतज़ार कौन करे
***

डॉ. कामरा की डिस्पेंसरी के बाहर लम्बी लाइन लगी हुई थी, हमेशा ही लगती है, पंजाब के 'फ़िरोज़पुर' शहर के पास गाँव 'रेतवाला' में और कोई ढंग का डाक्टर है भी तो नहीं। तब हर डॉक्टर को, वो चाहे जैसा हो, भगवान स्वरूप माना जाता था। डॉक्टर कामरा तो ख़ैर थे ही भगवान स्वरूप, लिहाज़ा सारे गाँव वाले उनकी बड़ी इज़्ज़त करते थे। ये सन 1940

के आसपास की बात है तब लोग हर पढ़े लिखे की इज़्ज़त किया करते थे। डॉक्टर साहब के पास बैठा उनका छः साल का बेटा, जो घर से बाहर निकलने के चाव में अपने पिता के साथ डिस्पेंसरी आ तो गया लेकिन यहाँ कुछ करने को तो था नहीं इसलिए, लगातार कोई न कोई शरारत किये जा रहा था। डॉक्टर साहब ने तंग आ कर अपने एक मुलाज़िम को आवाज़ दे कर कहा कि वो बेटे को साथ लेजा कर गाँव घुमा लाये। बेटा ख़ुश.. घूमते हुए सामने हरे भरे खेत को देख कर वहाँ हल चलाते किसान से उसने पूछा ऐ खेत किदा ऐ (ये खेत किसका है) ? किसान ने हँसते हुए कहा 'तवाडा बाश्शाओ (आपका है) फिर उसने दूर बड़े से पेड़ की ओर उँगली कर के पूछा 'ओ किदा ऐ (वो किसका है) ? किसान ने मुस्कुराते हुए कहा 'तवाडा बाश्शाओ'। बेटा मुलाज़िम की उँगली पकड़े जिस चीज़ की तरफ़ इशारा करते हुए जिस किसी से पूछता 'ऐ किदा ऐ?' तो सब उसे एक ही जवाब देते, 'तवाडा बाश्शाओ'। बेटा बहुत ख़ुश हो घर लौटा। उसे लगा जैसे उसके पिता इस गाँव के महाराजा हों और वो उनका शहज़ादा 'सुदर्शन'।

किसी रंजिश को हवा दो कि मैं ज़िंदा हूँ अभी
मुझको एहसास दिला दो कि मैं ज़िंदा हूँ अभी
मेरे रुकने से मेरी साँसे भी रुक जाएँगी
फ़ासले और बढ़ा दो कि मैं ज़िंदा हूँ अभी
ज़हर पीने की तो आदत थी ज़माने वालों
अब कोई और दवा दो कि मैं ज़िंदा हूँ अभी

प्राथमिक शिक्षा गाँव में पूरी करने के बाद जब आगे की पढ़ाई के सिलसिले में 'सुदर्शन' गाँव छोड़ कर फ़िरोज़पुर शहर आया तो उसके साथ दो हादसे हुए। पहला हादसा तब हुआ जब उसे ये बात समझ में आयी कि यहाँ पर उसकी कोई विशेष औकात नहीं है, वो कोई शहज़ादा-वहज़ादा नहीं है बल्कि वो भी यहाँ के बाक़ी बच्चों जैसा ही है। इस सच्चाई ने जैसे उसे अर्श से फ़र्श पर पटक दिया। दूसरा और बड़ा हादसा तब हुआ जब जवानी की दहलीज़ पर पाँव रखने के साथ ही उसे किसी से इश्क़ हो गया। उस दौर में किसी से इश्क़ होना बहुत बड़ी बात हुआ करती थी क्यूँकि इश्क़ करना आसान नहीं था। लड़कियाँ कड़े पहरों में रहतीं, किसी से मिलने जुलने या सन्देश लेने देने की आज जैसी सुविधा नहीं थी। अब इश्क़ हो तो गया लेकिन कामयाब नहीं हो पाया। ये आज की तरह 'तू नहीं और सही और नहीं और सही' जैसा समय नहीं था कि इससे कामयाब नहीं हुआ तो उससे कर लेते हैं। उस वक़्त, जिससे इश्क़ होता था तो गहरा होता था उसके सिवा किसी और से होने की कल्पना भी कोई नहीं करता था। लड़की के बाप ने उसकी शादी कहीं और कर दी और ये हज़रत उसकी शादी का कार्ड 'दीवाने-ग़ालिब' किताब में छुपाये टूटा दिल लिए आगे पढ़ने के लिए जालंधर आ गए।

सामने है जो उसे लोग बुरा कहते हैं
जिसको देखा ही नहीं उसको ख़ुदा कहते हैं

ज़िन्दगी को भी सिला कहते हैं कहने वाले
जीने वाले तो गुनाहों की सज़ा कहते हैं
फ़ासले उम्र के कुछ और बढ़ा देती है
जाने क्यों लोग उसे फिर भी दवा कहते हैं

पिता चाहते थे कि बेटा उनकी तरह कामयाब डॉक्टर बने लेकिन सुदर्शन पर महबूबा की जुदाई का ग़म इस क़दर हावी हुआ कि वो बाल और दाढ़ी बढ़ा कर, फटे पुराने कपड़े पहन कर एक फ़क़ीर के साँचे में ढल गए और ख़ुद को शराब में डुबो कर 'सुदर्शन फ़ाकिर' के नाम से शायरी करने लगे। उन्होंने जालंधर में एक कमरा किराये पर लिया जो पहली मंज़िल पर था और जिसके नीचे एक ढाबा था। इस कमरे का बड़ा ही दिलकश वर्णन 'रविंद्र कालिया' जी ने अपनी किताब 'ग़ालिब छुटी शराब' में किया है। कमरे में सिर्फ़ एक दरी हुआ करती थी जिसमें सिगरेट से जलने के कारण ख़ूब सारे छेद थे, कमरे के फ़र्श पर शराब की बोतलें और सिगरेट के टुकड़े बिखरे रहते जो महीने में एक आध बार होने वाली सफ़ाई के दौरान ही साफ़ किये जाते। ये कमरा जालंधर में शायरों, लेखकों और संगीतकारों का अड्डा बन गया था। स्टेशन के पास होने के कारण जो शायर लेखक जालंधर आता सीधा सुदर्शन के यहाँ रहने आ जाता। उन्हीं मौक़े- बेमौक़े आने वालों में से एक थे मशहूर ग़ज़ल गायक जनाब 'जगजीत सिंह'। उस वक़्त 'सुदर्शन फ़ाकिर' शायरी में और 'जगजीत सिंह' ग़ज़ल गायकी में अपनी पहचान बनाने के लिए संघर्ष रत थे। जगजीत सिंह जी ने एक दिन सुदर्शन से वायदा किया कि अगर कभी वो कामयाब हुए तो वो सुदर्शन की नज़्में, गीत और ग़ज़लें ज़रूर गाएँगे। जगजीत जी ने अपना वायदा निभाया और सं 1982 में अपना एक अल्बम 'द लेटेस्ट' रिलीज़ किया जिसमें शामिल सभी रचनाएँ 'सुदर्शन फ़ाकिर' साहब की थीं।

ग़म बढे आते हैं क़ातिल की निगाहों की तरह
तुम छुपा लो मुझे ऐ दोस्त गुनाहों की तरह

***

हम सा अनाड़ी कोई खिलाड़ी ढूँढ़ न पाओगे दुनिया में
ख़ुद को ख़ुद शह दे बैठे और बाज़ी अपनी मात हुई है

***

लबों से लब जो मिल गए लबों से लब ही सिल गए
सवाल गुम जवाब गुम बड़ी हसीन रात थी

***

हर शाम ये सवाल मुहब्बत से क्या मिला
हर शाम ये जवाब के हर शाम रो पड़े

***

नाख़ुदा को ख़ुदा कहा है तो फिर
डूब जाओ ख़ुदा ख़ुदा न करो

कोई मुसाफ़िर होगा जिसने दस्तक दी होगी
वरना इस घर में कब कोई अपना आता है

***

आज की रात बहुत ज़ुल्म हुआ है हम पर
आज की रात हमें आप भी कम याद आये

***

दिल की हर आग बुझाने को तेरी याद आई
कभी क़तरा, कभी शबनम, कभी दरिया बन कर

***

मेरे मरने से रंज क्यों हो उन्हें
ज़िन्दगी थी रही रही न रही

***

सुदर्शन की नौकरी जालंधर रेडियो में लग गयी। एक बार मशहूर ग़ज़ल गायिका 'बेगम अख़्तर' जालंधर के आईजी पुलिस 'आश्विन कुमार' के निमंत्रण पर लखनऊ से जालंधर आयीं। रेडियो पर उन्होंने अश्विनी कुमार की कुछ ग़ज़लें गायीं फिर उन्हें एक ग़ज़ल सुदर्शन फ़ाकिर की भी पकड़ा दी। उन्होंने ये सोच कर कि इस छोटी सी उम्र वाले शायर की ग़ज़ल में क्या दम होगा उसे बेमन से पकड़ लिया। उन्होंने स्टूडियो में धुन बनाई और उसे गाया। जब गाना शुरू किया तो उसके शब्दों से इतनी प्रभावित हुईं अलग-अलग नोट्स पर उन तीन अंतरों को बार-बार गाती रहीं। जिन आईजी साहब की ग़ज़लें गाने वो आयी थीं उनसे ज़ियादा समय उन्होंने सुदर्शन फ़ाकिर की एक ग़ज़ल को ही दे दिया। मुंबई जा कर इस ग़ज़ल को रिकार्ड करवाने का वादा करके जाते हुए बोलीं 'सुदर्शन तुम्हारी इस ग़ज़ल ने मेरा जालंधर आना सार्थक कर दिया'। ये ग़ज़ल बाद में बेगम अख़्तर की गयी सबसे मशहूर ग़ज़लों में शुमार हुई और इसे अपार लोकप्रियता मिली। उस ग़ज़ल के चंद अशआर यूँ थे-

कुछ तो दुनिया की इनायात ने दिल तोड़ दिया
और कुछ तल्ख़ी-ए-हालात ने दिल तोड़ दिया
हम तो समझे थे के बरसात में बरसेगी शराब
आयी बरसात तो बरसात ने दिल तोड़ दिया
दिल तो रोता रहे और आँख से आँसू न बहे
इश्क़ की ऐसी रवायात ने दिल तोड़ दिया
आप को प्यार है मुझ से के नहीं है मुझ से
ऐसे बेकार से सवालात ने दिल तोड़ दिया

मुंबई जा कर 'बेगम अख़्तर' साहिबा ने अपना क़ौल निभाया और इस ग़ज़ल को रिकार्ड करवाते वक़्त सुदर्शन को फ़ोन करके मुंबई बुला लिया। ये 1969 की बात है। मुंबई

में सुदर्शन जी की मुलाक़ात उस समय के बड़े संगीतकार 'मदन मोहन' जी हुई। मदन जी ने उनकी कुछ ग़ज़लों की धुनें भी बनायीं लेकिन वो ग़ज़लें रिकार्ड हों उस से पहले ही मदन मोहन जी इस दुनिया ऐ फ़ानी से रुख़सत हो गए। इस बीच बेगम अख़्तर ने 'ख़य्याम' साहब के संगीत निर्देशन में उनकी ग़ज़ल 'इश्क़ में ग़ैरत-ए-जज़्बात ने रोने न दिया 'को गा कर उन्हें मक़बूल कर दिया। शायद बहुत कम लोग जानते होंगे कि उन्हें सं 1979 में उत्तम कुमार -शर्मीला टैगोर अभिनीत फ़िल्म 'दूरियाँ' के गीत 'ज़िन्दगी मेरे घर आना' के लिए सर्वश्रेष्ठ गीतकार का फ़िल्मफ़ेयर अवार्ड दिया गया था। इस गीत को जयदेव जी ने संगीत बद्ध किया और भूपेंद्र तथा अनुराधा पौड़वाल जी ने गाया था। सुदर्शन पहले ऐसे फ़िल्मी गीतकार हैं जिसने अपने पहले ही गीत के लिए सर्वश्रेष्ठ गीतकार का फ़िल्मफ़ेयर अवार्ड जीता।

ज़िन्दगी में जब तुम्हारे ग़म नहीं थे
इतने तन्हा थे कि हम भी हम नहीं थे
वक़्त पर जो लोग काम आये हैं अक्सर
अजनबी थे वो मेरे हमदम नहीं थे
हमने ख़्वाबों में ख़ुदा बनकर भी देखा
आप थे बाँहों में दो आलम नहीं थे
सामने दीवार थी ख़ुद्दारियों की
वरना रस्ते प्यार के पुरख़म नहीं थे

सुदर्शन फ़ाकिर बेहद एकांतप्रिय, स्वभाव से बहुत संकुचित और बहुत कम लोगों से खुलकर बात करने वाले थे। उनके दोस्तों की तादाद भी ज़ियादा नहीं थी। जगजीत सिंह के अलावा बॉलीवुड के सितारे फिरोज़ खान, राजेश खन्ना और डैनी डेन्जोंगपा ज़रूर उनके गहरे दोस्त थे। यही कारण है की उनके नाम से अधिक उनकी रचनाएँ चर्चित हुईं। जगजीत सिंह की सुरीली आवाज़ में उनका लिखा भजन 'हे राम आज भी भारतीय घरों में बड़ी श्रद्धा से सुना जाता है। एन सी सी का राष्ट्रीय गीत 'हम सब भारतीय हैं' भी उन्हीं का लिखा हुआ है। 'ये काग़ज़ की कश्ती वो बारिश का पानी' सुदर्शन फ़ाकिर साहिब की नज़्म वो नज़्म थी जिसे जगजीत सिंह साहब ने लगभग अपने सभी लाइव शो में गाया। अच्छे शायर होने के बावजूद सुदर्शन कभी मुशायरों के मंच पर नहीं गए इसलिए आम जनता से उनकी दूरी बनी रही। हैरत की बात है कि इतने लोकप्रिय शायर की कोई किताब मंज़र-ए-आम पर नहीं आयी। वो अपनी किताब छपवाने का ख़्वाब अभी देखने ही लगे थे कि गले के कैंसर के कारण 18 फ़रवरी 2008 में उनकी मृत्यु हो गयी। ये भी शायद पहली बार ही हुआ है कि एक शायर की मृत्यु के 12 साल बाद उसकी पहली किताब 'काग़ज़ की कश्ती' मन्ज़रे-आम पर आयी है। इस किताब में सुदर्शन फ़ाकिर की चुनिंदा ग़ज़लों के अलावा उनके मशहूर गीत और नज़्में भी शामिल हैं। इस किताब को राजपाल एन्ड संस् ने प्रकाशित किया है और ये किताब अमेज़न से ऑन लाइन भी मँगवाई जा सकती है।

अब आख़िर में वो ग़ज़ल जिसमें सुदर्शन फ़ाकिर की ज़िन्दगी सिमट आयी है :-

हम तो यूँ अपनी ज़िन्दगी से मिले
अजनबी जैसे अजनबी से मिले
हर वफ़ा एक जुर्म हो गोया
दोस्त कुछ ऐसी बेरुख़ी से मिले
फूल ही फूल हमने माँगे थे
दाग़ ही दाग़ ज़िन्दगी से मिले
जिस तरह आप हमसे मिलते हैं
आदमी यूँ न आदमी से मिले

मौजूद की निस्बत से
महेंद्र कुमार सानी

इस इंतज़ार में हूँ शाख़ से उतारे कोई
तुम्हारे क़दमों में ले जा के डाल दे मुझको

***

तूने मुझे छुआ था क्या जाने वो मोजिज़ा था क्या
हिज्र की साअतों में भी मुझको विसाल-सा रहा

मोजिज़ा :चमत्कार, हिज्र: जुदाई, साअतों :घड़ियों, विसाल : मिलन

***

दुनिया के भेद क्या हैं क़ुरआन-वेद क्या हैं
आगाही-ए-अदम में इन्सान मर गया है

आगाही ए अदम :परलोक ज्ञान

***

उस फूल को निहारूँ और देर तक निहारूँ
शायद इसी बहाने मैं ताज़गी को पहुँचूँ

***

पहले भी तन्हा थे लेकिन हम को इल्म न था
तुझसे मिल कर हमने तन्हाई को पहचाना

***

पहले मुझको भी दुनिया से नफ़रत रहती थी
फिर मेरे जीवन तेरे इश्क़ का फूल खिला

***

तेरा दुख है जो मुझे भरता है
अपने हर सुख में अधूरा हूँ मैं

***

हमारे वास्ते होने की सूरत
वही है जो नहीं अब तक हुआ है

***

बाहर रह रह कर ये जाना
अपने अंदर जन्नत है

***

हज़ारों मंज़िलें सर कर चुका हूँ मैं लेकिन
ये ख़ुद से ख़ुद का सफ़र तो बहुत अजब सा है

***

'जहाँगीर गंज' मुझे उम्मीद है कि शायद आपने इस गाँव का नाम नहीं सुना है। इसमें आश्चर्य की कोई बात भी तो नहीं है, भारत जैसे विशाल देश में एक राज्य के लोग दूसरे राज्य के अधिकांश शहरों के नाम तक नहीं जानते, गाँव के नाम तो दूर की बात है। ये संभव भी नहीं है। चलिए हम बता देते हैं ये गाँव भारत के राज्य उत्तर प्रदेश के 'अम्बेडकर नगर' डिस्ट्रिक्ट जो 1995 में फ़ैज़ाबाद से विभक्त हो कर अस्तित्व में आया, के अंतर्गत आता है। अब अगर हम 'जहाँगीर गंज' को केंद्र में रख कर 50 की.मी रेडियस का एक गोल घेरा खींचे तो आप पाएँगे कि उस परिधि में आयी भूमी पर विलक्षण प्रतिभा के लोग पैदा हुए हैं। उन सब के नाम तो यहाँ बताने संभव नहीं हैं लेकिन उन में से कुछ के नाम उदाहरण के तौर पर लिये जा सकते हैं जैसे प्रगतिशील लेखक संग के आधार स्तम्भ, शायर, लेख़क पद्म श्री से सम्मानित जनाब 'कैफ़ी आज़मी' साहब, सोशलिस्ट पार्टी के जनक श्री 'राम मनोहर लोहिया' जी, संस्कृत भाषा से उर्दू में भगवत गीता का अनुवाद करने वाले अनूठे शायर 'अनवर जलालपुरी' साहब, मस्तिष्क चिकित्सा विज्ञान के क्षेत्र में क्रन्तिकारी खोज के लिए पद्मश्री से सम्मानित डॉक्टर 'मेहदी हसन' साहब और असामाजिक तत्वों द्वारा चलती रेल से दिए गये धक्के के कारण पैर गंवाने के बावजूद अपने बुलंद हौसलों से एवरेस्ट विजय करनी वाली, पद्म श्री से सम्मानित, दुनिया की पहली महिला, 'अरुणिमा सिन्हा'। आप सोच रहे तो ज़रूर होंगे कि मैं आपको जहाँगीर गंज के बारे में क्यों बता रहा हूँ तो इसका जवाब ये है कि हमारे आज के युवा प्रतिभाशाली शायर 'महेंद्र कुमार सानी' यहीं जहाँगीर गंज में 5 जून 1984 को पैदा हुए थे और इनका नाम भी कल को इन लोगों की फ़ेहरिश्त में शामिल हो जाये तो हैरत नहीं होनी चाहिए। उनकी ग़ज़लों की पहली किताब 'मौजूद की निस्बत से' हमारे सामने है।

एक मौजूद की निस्बत से है ये सारा वजूद
किसी अव्वल का नहीं कोई निशाँ सानी में

***

तन्हाई है फ़ुर्सत है
जीने में क्या लज़्ज़त है

***

शेर कह कर दिल-ए-मुज़्तर को करार आया तो
मसअला फिर वही दरपेश है हैरानी का

दिल-ए-मुज़्तर:बेकरार दिल, दरपेश :सम्मुख

***

मैं जागृति की अजब अजब मंज़िलों से गुज़रा
कि रात जब तेरा ध्यान कर के मैं सो रहा था

***

यूँ तो आवारगी मुझमें है बला की लेकिन
इश्क़ तेरा मुझे बादल नहीं होने देता

***

देखिए तो सब दुनिया मस्त-अलस्त लगती है
जानिये तो हर इन्साँ मुब्तिला है दहशत में

मुब्तिला :खोया हुआ

***

बिखर गया है मेरी रूह में वो ख़ार की मानिंद
वो गुल बदन मुझे शायद गुलाब कर के रहेगा

***

दूर करते हैं तुझे हम पहले
फिर जो हैरत से तुझे देखते हैं

***

ये दुनिया है इसे पाना नहीं है
इसे बस देखना है देखना है

*

है सारा खेल इन आँखों के घर में
हक़ीक़त में जो बाहर दिख रहा है

***

जहाँगीर गंज में अधिकतर उर्दू और हिंदी ही बोली जाती है और वहाँ की आबादी में मुसलमानों का प्रतिशत अधिक है। बचपन के आठ साल यहाँ बिताने के बाद यानी 1992 में 'महेंद्र कुमार सानी' जी का परिवार 'पंचकुला' स्थानांतरित हो गया। पंचकुला हरियाणा का चंडीगढ़ के साथ बसा हुआ एक प्लांड शहर है। आपकी जानकारी के लिए बताता चलूँ कि राष्ट्रीय पुरस्कार से सम्मानित अभिनेता 'आयुष्मान खुराना' यहीं के हैं। बात 1999 की है, महेंद्र तब 15 वर्ष के रहे होंगे, दसवीं कक्षा के विद्यार्थी थे, स्कूल के बाद घर लौट रहे थे कि रास्ते में पान की दुकान पर रखे टेपरिकार्डर में बज रही जगजीत सिंह की ग़ज़ल "शाम से आँख में नमी सी है आज फिर आप की कमी सी है" सुन कर उनके पाँव ठिठक गए। ग़ज़ल जैसे ही ख़त्म हुई उन्होंने पान वाले से उसे फिर से चलाने की गुज़ारिश की जब वो सीधे कहने से नहीं माना तो फिर हाथ पाँव जोड़ कर उसे मनाया और इस ग़ज़ल को चार पाँच बार सुना। रास्ते भर उसे गुनगुनाते महेंद्र घर पहुँचे। जगजीत सिंह जादू उनके सर चढ़ कर बोलने लगा। घर लौटते वक़्त पान की दुकान पर खड़े हो कर ग़ज़ल सुनना महेंद्र की दिनचर्या का हिस्सा बन गया। पान वाले को भी अब ये ग़ज़ल प्रेमी बच्चा पसंद आने लगा और वो महेंद्र के आते ही जगजीत की कोई न कोई कैसेट लगा देता।

ठहरे हुए पानी में रवानी कोई शय तू
मौजूद से आगे भी है यानी कोई शय तू
जो एक है उस एक में हर हाल है तू ही
अव्वल में अगर है कहीं सानी कोई शय तू

जो रूप है वो रंग से ख़ाली तो नहीं है
इन ज़र्द से पत्तों में है धानी कोई शय तू
सरसब्ज़ है ता-हद्दे-नज़र रेत की खेती
मौजूद के सहराओं में पानी कोई शय तू

दसवीं से बाहरवीं कक्षा तक यानी दो साल तक ये सिलसिला चलता रहा। ग़ज़लें सुन सुन कर महेंद्र को उर्दू ज़बान से मुहब्बत हो गयी और उसे बहुत से उर्दू के लफ़्ज़ भी याद हो गए। बाहरवीं के बाद छुट्टियों में महेंद्र अपने गाँव घूमने गए क्यूँकि अभी कॉलेज जाने में देरी थी। गाँव में महेंद्र के ग़ज़ल प्रेम को देख कर उनके बहुत से मुस्लिम दोस्त बन गए। महेंद्र की याद्दाश्त भी ख़ूब थी वो बात बात पर बेहतरीन शेर सुना देते थे। उनके इस हुनर के चलते उस छोटे से जहाँगीर गंज में उनकी एक पहचान बन गयी। लोग उन्हें अपने घर बुलाते, बाज़ार के रास्तों, चौराहों पर खुली चाय की दुकानों पर उसे चाय पिलाते और शायरी सुनते। ऐसी ही एक महफ़िल में महेंद्र की मुलाक़ात इलाहबाद यूनिवर्सिटी से उर्दू में एम.ए. कर रहे आफ़ताब अहमद से हो गयी जो छुट्टियों में अपने घर आये हुए थे। उम्र में अच्छा ख़ासा फ़र्क़ होने के बावजूद दोनों की उर्दू ज़बान से मुहब्बत की वजह से दोस्ती हो गयी। दो तीन दिन में एक बार होने वाली ये मुलाक़ात अब दिन में दो तीन बार होने लगी। आफ़ताब से मिलने के बाद जैसे महेंद्र के ज़ेहन में रौशनी फ़ैल गयी। ग़ज़ल कहने के नए आयाम उनके सामने खुलने लगे। बात धीरे-धीरे जगजीत सिंह की ग़ज़लें सुनने से आगे बढ़ कर अब ख़ुद शेर कहने, रदीफ़, क़ाफ़िये को निभाने तक जा पहुँची।

मिरे वजूद में तेरा वजूद ऐसे है
दरख़्त-ए-ज़र्द में जैसे हरा चमकता है

दरख़्त-ए-ज़र्द :सूखा पेड़

ये रौशनी में कोई और रौशनी कैसी
कि मुझ में कौन ये मेरे सिवा चमकता है
मैं एक बार तो हैरान हो गया 'सानी'
ये मेरा अक्स है या आइना चमकता है

आफ़ताब अहमद ने फ़िराक़ गोरखपुरी, कृष्ण बिहारी नूर, कुँवर महेंद्र सिंह बेदी 'सहर', पंडित बृज नारायण चकबस्त आदि के साथ-साथ ऐसे और कई मशहूर शायरों के नाम महेंद्र को बताये जो मुस्लिम नहीं लेकिन उर्दू के बेमिसाल शायर थे। उन्होंने महेंद्र को समझाया कि उर्दू ज़बान हमारी अपनी ज़बान है और इस पर जितना हक़ मेरा है उतना ही तुम्हारा भी है बशर्ते तुम इसे ढंग से सीखो। इस बात ने महेंद्र को रोमाँचित कर दिया और उसने फ़ैसला किया कि वो पंचकुला पहुँचते ही उर्दू लिखना पढ़ना सीखेगा। पंचकुला के जिस कॉलेज में महेंद्र ने दाखिला लिया उसके पास ही हरियाणा उर्दू अकेडमी थी वहाँ कम्पूटर के साथ उर्दू का कोर्स सीखना ज़रूरी था। महेंद्र ने कोर्स में दाखिला ले लिया और अगले दो तीन महीनों में ही

अच्छे से उर्दू लिखना पढ़ना सीख गया। महेंद्र ने अकेडमी की लाइब्रेरी में रखी उर्दू शायरी की किताबें एक एक करके पढ़ने का सिलसिला शुरू कर दिया। इन किताबों को पढ़ने के साथ ही महेंद्र ने अपनी शायरी का आग़ाज़ कर तो दिया लेकिन उसे महसूस हुआ कि शायरी ख़ास तौर पर ग़ज़ल कहना महज़ क़ाफ़िया पैमाई का नाम नहीं है। अब महेंद्र को तलाश थी एक ऐसे शख़्स की जिसकी उँगली पकड़ कर वो ग़ज़ल की टेढ़ी मेड़ी पगडंडियों पर आसानी से चलना सीख सकें।

एक जंगल सा उगा है मेरे तन के चारों ओर
और अपने मन के अंदर ज़र्द-सा रहता हूँ मैं
एक नुक़्ते से उभरती है ये सारी कायनात
एक नुक़्ते पर सिमटता फैलता रहता हूँ मैं
रौशनी के लफ़्ज़ में तहलील हो जाने से क़ब्ल
इक ख़ला पड़ता है जिस में घूमता रहता हूँ मैं

तहलील : घुल जाना

उस्ताद की तलाश महेंद्र को पंचकुला के नामवर अदीब जनाब 'टी एन राज' साहब के दर पर ले आयी। राज साहब उर्दू के आला तन्ज़ो मिज़ाह के शायर हैं और उनका शेरी मज्मूआ 'ग़ालिब और दुर्गत' उर्दू मज़ाहिया शायरी में मक़बूल हुआ। राज साहब के यहाँ उर्दू का हर बेहतरीन रिसाला आता था और हर विषय पर छपी उर्दू की श्रेष्ठ किताबें आती थीं। हरियाणा उर्दू अकेडमी की लाइब्रेरी ने जहाँ महेंद्र को रिवायती शायरी की ढेरों किताबें पढ़ने का मौक़ा दिया वहीं राज साहब के यहाँ उनका परिचय उर्दू की आज की शायरी से हुआ। राज साहब ने महेंद्र के अध्ययन विस्तार दिया लेकिन उनकी शायरी को सही पटरी पर डाला जनाब 'एस एल धवन' साहब ने। उसके बाद महेंद्र की लगन और लगातार पढ़ते रहने की आदत ने उन्हें शायरी के एक ख़ास मुक़ाम पर पहुँचा दिया।

मैं सोचता हूँ मगर क्या मुझे नहीं मालूम
मैं देखता हूँ मगर ध्यान किसके ध्यान में है
जहाँ मैं हूँ वहीं उसको भी होना चाहिए, फिर
मुझे वो क्यों नहीं मिलता, वो किस जहान में है
उसी का तर्जुमा भर मेरी शायरी 'सानी'
वो एक लफ़्ज़ जो मुब्हम-सा मेरे कान में है

मुब्हम: अस्पष्ट

इस किताब की भूमिका में जयपुर के मशहूर शायर जनाब 'आदिल रज़ा मंसूरी' साहब, जो महेंद्र की शायरी के इस सफ़र में शरीक रहे हैं, लिखते हैं कि " मौजूद के मानी जहाँ 'हाज़िर' के हैं वहीं एक मानी 'ज़िंदा' या 'जीवित' के भी हैं। 'ज़िंदा मतलब 'ज़िन्दगी' यानी ये शाइरी

ज़िन्दगी से इंसान की निस्बत की शाइरी है। जिसके सामने रोज़े-ए-अज़ल से कुछ सवाल हैं। 'वो कौन है? क्यों है? किसलिए है? ख़ुदा क्या है? है भी या नहीं? ये दुनिया क्या है? रूह क्या है? सानी का ज़ेहन भी ऐसे सवालों के घेरे में है मगर उनके यहाँ सिर्फ़ सवाल नहीं हैं उनके पास जवाब भी है जो उनके अपने हासिल-कर्दा हैं और उनकी शायरी इन जवाबों के इज़हार की शाइरी है। उनकी शाइरी में ज़ाहिर में भी एक फ़िक्री पर्दा है जहाँ उनके हमअस्र सब कुछ कह देना चाहते हैं वहीं 'सानी' कहे में कुछ अनकहा छोड़ देते हैं बल्कि ये काम वो कारी यानी पाठक के सुपुर्द कर देते हैं।"

महेंद्र सानी अपनी बात कहते हुए लिखते हैं कि 'शाइरी क्या है? इसी उधेड़बुन में एक अरसा सर्फ़ हो चुका है और ऐसा लगता है मेरी बाक़ी उम्र भी ऐसे ही गुज़रने वाली है।"

इस क़दर ख़ामुशी है कमरे में
एक आवाज़-सी है कमरे में
कोई गोशा नहीं मिरी ख़ातिर
क्या मिरी ज़िन्दगी है कमरे में
कोई रस्ता नहीं रिहाई का
वो अजब गुमरही है कमरे में
एक बाहर की ज़िन्दगी है मिरी
और इक ज़िन्दगी है कमरे में

महेंद्र जी, जो आजकल एक स्टार्टअप 'योर कोट' में मैनेजर के ओहदे पर कार्यरत हैं, का मानना है कि शाइरी के लिए कही गई ये बात ग़लत है कि इसे हर कोई नहीं कर सकता। वो बाक़ायदा शाइरी सिखाते भी हैं ग़ज़ल पर वरक़ शाप भी करते हैं। वो ख़ुद एक ऐसे परिवार से हैं जिसका शाइरी से कभी कोई नाता नहीं रहा। उनका मानना है कि हर वो इंसान जिसका ज़ेहन सवाल करता है शाइरी कर सकता है आप महेंद्र जी से 8699434749 / 7009383017 पर सम्पर्क करें उन्हें इस किताब के लिए मुबारकबाद दें और इस किताब को अमेज़न या रेख़्ता बुक्स से ऑर्डर करें। इस किताब पर बहुत से विद्वान शायरों और आलोचकों ने अपने विचार रखें हैं जिन्हें आप महेंद्र कुमार सानी जी के फ़ेसबुक अकाउंट पर पढ़ सकते हैं। मैंने आपको महेंद्र जी के बारे में जितना मुझे पता था बताया, उनकी शाइरी के बारे में. आप उन्हें पढ़ कर, अपनी राय स्वयं बनायें, चलते चलते आइए आपको उनकी एक ग़ज़ल के ये शेर भी पढ़वा देता हूँ :

जिस्म इक सहरा है सहरा के दरून
एक दरिया चस्म-ए-तर दरवेश है

दरून : अंदर, चश्म-ए-तर : भीगी आँख

* * *

ख़ल्क़ ख़ाली सीपियाँ हैं दहर में
दहर में कोई गुहर दरवेश है

ख़ल्क़ :प्रजा, दहर:संसार, गुहर : मोती

***

जाने किस फ़ुर्सत में फिरता है वो शख़्स
इस तरह तो दर-ब-दर दरवेश है

***

मुहब्बत जब नहीं होगी
आफ़ताब हुसैन

पते की बात भी मुँह से निकल ही जाती है
कभी कभी कोई झूठी ख़बर बनाते हुए
***

मिज़ाँ तक आता जाता है बदन का सब लहू खिंच कर
कभी क्या इस तरह भी याद का काँटा निकलता है

मिज़ाँ :पलक

***

मैं अपने आप में गुम था मुझे ख़बर न हुई
गुज़र रही थी मुझे रौंदती हुई दुनिया
***

रात बहुत दिन बाद आए हैं दिल के टुकड़े आँखों में
रात बहुत दिन बाद मिले हैं ये अंगारे पानी से
***

रोज़ बुनियाद उठाता हूँ नयी
रोज़ सैलाब बहा कर ले जाए
***

कुछ और तरह की मुश्किल में डालने के लिए
मैं अपनी ज़िन्दगी आसान करने वाला हूँ
***

न बात कहने की मोहलत है और न सुनने की
चले चलो यूँही एक आध इशारा करते हुए
***

जो भी सच्ची बात कहेगा ज़हर लगेगा दुनिया को
अपने सच में थोड़ा थोड़ा झूठ मिलाते रहा करो
***

कहते हो कि याद उसकी वबाले-ए-दिल-ओ-जाँ है
ऐसा ही अगर है तो भुला कर उसे देखो

वबाले-ए-दिल-ओ-जाँ : दिल और जान की मुश्किल

***

वो यूँ मिला था कि जैसे कभी न बिछड़ेगा
वो यूँ गया कि कभी लौट कर नहीं आया
***

बात तब की है जब भारत और पाकिस्तान के बीच तनाव अपने चरम पर था। आणविक युद्ध की तैयारियों के चलते दोनों देश परीक्षण कर चुके थे। ऐसे में दोनों देशों के तब के प्रधानमंत्रियों ने शांति स्थापित करने के लिए एक ऐतिहासिक क़दम उठाया। वो था, दोनों देशों के बीच बस सेवा शुरू करने का निर्णय। इस बस सेवा को नाम दिया गया 'सदा-ए-सरहद'। शुक्रवार 19 फ़रवरी 1999 का दिन भारत और पाकिस्तान के आपसी संबंधों के इतिहास में स्वर्ण अक्षरों में लिखा जायेगा। इसी दिन दोनों देशों के बीच ये बस यात्रा शुरू की गयी थी जो आज भी दिल्ली और लाहौर के बीच चलती है (बीच में कुछ समय के लिए स्थगित की गयी थी)। भारत की और से इस पहली सद्भावना बस यात्रा में तब के प्रधानमंत्री स्व. श्री अटलबिहारी बाजपेयी जी के साथ भारत के गणमान्य नागरिक भी शामिल थे। वाघा बार्डर पर पाकिस्तान के प्रधान मंत्री श्री नवाज़ शरीफ़ ने इस बस से पधारे भारतीय प्रतिनिधि मण्डल का भावभीना स्वागत किया था। लाहौर में भारतीयों के सम्मान में हुए एक शाही भोज के कार्यक्रम में श्री नवाज़ शरीफ़ और उनके केबिनेट के सदस्यों और पाकिस्तान के सम्मानित नागरिकों की मौजूदगी में एक युवा शायर ने श्री अटलबिहारी बाजपेयी जी को उन्हीं की कविताओं का उर्दू में छपा संकलन 'हम जंग न होने देंगे' भेंट में दिया। सब ने तालियाँ बजा कर उस युवा शायर को दोनों देशों की दोस्ती के लिए तैयार किये इस ख़ूबसूरत तोहफ़े के लिए बधाई दी। किसे पता था कि कुछ दिनों बाद ये तोहफ़ा ही इस शायर की जान का दुश्मन बन जायेगा।

हाल हमारा पूछने वाले
क्या बतलाएँ सब अच्छा है
क्या क्या बात न बन सकती थी
लेकिन अब क्या हो सकता है
कब तक साथ निभाता आख़िर
वो भी दुनिया में रहता है
दुनिया पर क्यों दोष धरें हम
अपना दिल भी कब अपना है

दरअस्ल हुआ यूँ कि इस नौजवान शायर की ये अदा और उसका बाजपेयी जी के साथ मुस्कुराकर फ़ोटो खिंचवाने का मंज़र उस दावत में आये एक फ़ौजी अफ़सर की निगाहों में चुभ गया। दूसरे दिन के लगभग सभी पाकिस्तानी अख़बारों में उस शायर, जिसका नाम 'आफ़ताब हुसैन' है, की बाजपेयी जी को किताब देते की फ़ोटो प्रमुखता से छपी जो उस फ़ौजी अफ़सर को और भी नागवार गुज़री। सीधी सी बात है अगर दुश्मनी ही ख़त्म हो जाये तो फ़ौज का क्या काम? वैसे भी क़लम से बन्दूक़ की दुश्मनी बहुत पुरानी है। बन्दूक़ अवाम की ज़बान बंद करने के काम आती है और क़लम अवाम को ज़बान खोलने को उकसाती है। ख़ैर साहब जैसा कि पड़ोसी मुल्क की गौरवशाली परम्परा है, कुछ महीनो के बाद ही फ़ौज ने नवाज़ शरीफ़ की शराफ़त को दरकिनार करते हुए उनकी सत्ता का पासा पलट कर मुल्क

पर क़ब्ज़ा कर लिया। आफ़ताब हुसैन की तरफ़ से दोस्ती का हाथ बढ़ाने वाली इस मासूम सी हरकत को मुल्क के साथ ग़द्दारी समझ कर फ़ौज की तरफ़ से उन पर कड़ी नज़र रखने का फ़रमान जारी हो गया। जासूस उनकी छोटी बड़ी सभी गतिविधियों को नोट करने लगे। आये दिन उनके उठाये हर क़दम की पूछताछ की जाती जैसे वो फ़ुलाँ से क्यों मिले, क्या बात की फ़ुलाँ जगह क्यों गए आदि आदि। एक शरीफ़ बेक़सूर इंसान को परेशान करने के लिए जितने हथकंडे अपनाये जा सकते थे सब अपनाये जाने लगे। उनकी अच्छी-ख़ासी सुकून से कट रही ज़िन्दगी दुश्वार की जाने लगी .

समझ में आती नहीं जिसको बात ही मेरी
वो मेरी बात की तफ़्सीर करने के लिए है

तफ़्सीर : व्याख्या

***

कोई नहीं जो कहे हर्फ़ दो तसल्ली के
जिसे भी देखिए तक़रीर करने के लिए है

***

गुज़र के आया हूँ मैं रौंदता हुआ ख़ुद को
किसी का काम था लेकिन ये काम मुझ से हुआ

***

चलता जाता हूँ मुसलसल किसी वीराने को
और लगता है मुझे जैसे घर आता हुआ हूँ

***

क्या ख़बर मेरे ही सीने में पड़ी सोती हो
भागता फिरता हूँ जिस रोग भरी रात से मैं

***

मुहब्बत है मैं उसको देखता हूँ सोचता हूँ
मुहब्बत जब नहीं होगी तो वो कैसा लगेगा

***

हवस की राह से निकलो अगर नहीं है मुहब्बत
ये रास्ता भी उसी रास्ते से जा मिलेगा

***

रास्ता देखते रहते थे कि आएगा कोई
और जिसे आना था जाने की तरफ़ से आया

***

इस समन्दर में गुज़ारा नहीं होने वाला
किसी ख़ामोश जज़ीरे की तरफ़ जाता हूँ मैं

***

सर सलामत है तो समझो न सलामत मुझको
अंदर अंदर कोई दीवार दरकती हुई है

***

पुलिस द्वारा उनसे गाहे-बगाहे पूछताछ की जाती, जिरह की जाती, डराया धमकाया जाता और इस मामूली से मसले को फ़ौज के हक़ में ले जाने के लिए उन पर दबाव बनाया जाता कि वो वही कहें जो ख़ूफ़िया एजेंट उनसे कहलवाना चाहते हैं। आफ़ताब हुसैन के ज़मीर ने पुलिस द्वारा ग़लत बयानी की पेशकश को मंज़ूर नहीं किया। ज़मीर पर अपनी किताब 'अघोषित आपातकाल' में कमलेश्वर लिखते हैं कि ' ज़मीर नाम की कोई चीज़ फ़ौज के पास नहीं होती ज़मीर नाम का बीज 'तहज़ीब-संस्कृति' के खेतों से उगता है। बारूद के गोदामों या बारूदी ज़मीन में नहीं।"

2 मार्च 2002 को कराची में एक मुशायरा आयोजित किया गया था जिसमें शिरकत करने को आफ़ताब लाहौर से कराची गए और मुशायरे के बाद किसी काम की वजह से वहीं रुक गए। चार मार्च को उनके लाहौर वाले घर पर छापा पड़ा और सारा सामान तहस-नहस कर दिया गया। असल में फ़ौजी और आई एस आई के एजेंट आफ़ताब हुसैन को गिरफ़्तार करने को आये थे। ये तो अच्छा हुआ कि वे उस वक़्त कराची में थे। कराची में आफ़ताब को उनके छोटे भाई से इस छापे की ख़बर मिली और इससे पहले कि कराची में उन पर आफ़त टूटती वो अपने गाँव चले गए।

सोचने से ही परेशानी है
मत परेशान रहो, सोचो मत
मंज़िल-ए-शौक़ किसे मिलती है
बस यूँही चलते चलो, सोचो मत
इश्क़ का का काम है सुब्हान-अल्लाह
सोचते क्या हो करो, सोचो मत
सोचते रहने से क्या होता है
उठ के कुछ काम करो, सोचो मत

गाँव से इस्लामाबाद जाने और वहाँ से भारत का वीज़ा प्राप्त करने की अलग ही कहानी है। वीसा मिलने के बाद अगर आफ़ताब हवाई जहाज़ से भारत आते तो एयरपोर्ट पर ही पकड़े जाते लिहाज़ा उन्होंने 'समझौता एक्सप्रेस' से जाना ही बेहतर समझा। वाघा बार्डर पर चेकिंग हुई लेकिन वहाँ की पुलिस इतनी मुस्तैद नहीं नहीं थी कि उन्हें पकड़ती। पाकिस्तानी ख़ूफ़िया पुलिस को भी उनके भारतीय वीसा की भनक नहीं लगी थी इसलिए वो सकुशल भारत आ गए जहाँ उन्हें राजनीतिक शरण मिल गयी। भारत में उनके बहुत से चाहने वाले और दोस्त थे जिनमें कमलेश्वर प्रमुख थे। कमलेश्वर ने ही उनकी इस दास्तान को अपनी किताब 'अघोषित आपातकाल' में विस्तार से क़लम बद्ध किया है। आज हम उनकी ग़ज़लों की किताब 'मुहब्बत

जब नहीं होगी' को आपके सामने लाये हैं। इस किताब को 'रेख़्ता बुक्स' ने प्रकाशित किया है आप इसे contact@rekhta.org से या फिर अमेज़न से आसानी से मँगवा सकते हैं। ये किताब उन्होंने 'कमलेश्वर और केदार सिंह' को याद करते हुए समर्पित की है।

चार साँसे थीं मगर सीने को बोझल कर गयीं
दो क़दम की ये मसाफ़त किस क़दर भारी हुई

मसाफ़त :दूरी

एक मंज़र है कि आँखों से सरकता ही नहीं
एक साअत है कि सारी उम्र पर तारी हुई

साअत : पल

किन तिलिस्मी रास्तों में उम्र काटी आफ़ताब
जिस क़दर आसाँ लगा उतनी ही दुश्वारी हुई

आफ़ताब हुसैन का जन्म 6 जून 1962 को तालागंग, पंजाब पाकिस्तान में हुआ। गाँव में शुरूआती तालीम के बाद ये लाहौर पढ़ने चले आये और यूनिवर्सिटी ओरियंटल कॉलेज लाहौर से उर्दू साहित्य में पोस्ट ग्रेजुएशन किया और उसी शहर में असिस्टेंट प्रोफ़ेसर के तौर पर काम करते रहे। उनकी क़ाबीलियत के चलते उन्हें 'हल्क़ा-ए-अर्बाबे-ज़ौक़' लाहौर का सेकेट्री बनाया गया। यहाँ आपको बतलाता चलूँ कि 'हल्क़ा-ए-अर्बाबे-ज़ौक़' 29 अप्रैल 1939 को पाकिस्तान का एक महत्वपूर्ण साहित्यिक मूवमेंट था जिसे 'नून मीम राशिद' और 'मीरजी' ने शुरू किया और बाद में इसमें पाकिस्तान के प्रसिद्ध साहित्यकारों के अलावा भारत के 'कृष्ण चन्दर' और 'राजेंद्र सिंह बेदी' जैसे साहित्यकारों भी जोड़ा। लाहौर से शुरू हुआ ये मूवमेंट अब पाकिस्तान के विभिन्न शहरों के अलावा 'भारत, यूरोप और नार्थ अमेरिका के बहुत से शहरों में भी शुरू हो चुका है। बीस साल की उम्र यानी सन 1982 में ही आफ़ताब हुसैन ने अपनी शायरी की बदौलत पाकिस्तान में वो मुक़ाम हासिल कर लिया था जिसे हासिल करने में दूसरे अपनी पूरी उम्र ख़र्च कर देते हैं।

कोई नहीं जो बरा-ए-नज़र भी देख सके
हर एक ने उसे देखा है देखने के लिए

नरा-ए-नज़र: आँखों की पहुँच से बाहर

बदल रहे हैं ज़माने के रंग क्या क्या देख
नज़र उठा कि ये दुनिया है देखने के लिए
गुज़र रहा है जो चेहरे पे हाथ रक्खे हुए
ये दिल उसी को तरसता है देखने के लिए

पाकिस्तान में आफ़ताब साहब की ज़िन्दगी सुकून से कट रही थी तभी वो हादसा हुआ जिसका ज़िक्र ऊपर किया जा चुका है। भारत में शरण लेने के कुछ अरसे बाद वो अदीबों के

आलमी इदारे (P. E. N.) की दावत पर जर्मनी चले गए और वहाँ से ऑस्ट्रिया की कल्चरल मिनिस्ट्री और विएना शहर के बुलावे पर 'राइटर इन रेसिडेंस' के तहत वहीं बस गए। विएना यूनिवर्सिटी से तुलनात्मक साहित्य में पीएच. डी. की डिग्री लेने के बाद अब उसी यूनिवर्सिटी में दक्षिणी एशिया के साहित्य और संस्कृति का अध्यापन करते हैं और वहाँ से एक जर्मन-इंग्लिश भाषा की पत्रिका 'वर्ड एंड वर्ल्ड' भी निकालते हैं। हिंदी के अलावा उनकी रचनाएँ इटेलियन, इंग्लिश, पर्शियन, बंगाली और जर्मन आदि कई भाषाओं में पढ़ी एवं सराही जाती हैं। ग़ज़ल के अलावा वो विभिन्न सामाजिक समस्याओं पर विचारोत्तेजक लेख भी लिखते हैं। किसी ने सही कहा है कि ज़िन्दगी में जो होता है अच्छे के लिए होता है अगर वो बाजपेयी जी की कविताओं की उर्दू में किताब न छपवाते और उन्हें स्वयं भेंट न देते तो शायद वो वहाँ नहीं होते जहाँ आज हैं।

कार-ए-दुनिया कहीं निमटा है किसी से भी कहीं
आप बेकार मुसीबत में, पड़े रहते हैं

कार-ए-दुनिया: दुनिया के काम

शेर का नश्शा भी अफ़यून से कुछ कम तो नहीं
कि जो पड़ जाते हैं इस लत में, पड़े रहते हैं

अफ़यून: अफ़ीम

यार लोग आ के सुना जाते हैं बातें क्या क्या
और हम हैं कि मुरव्वत में, पड़े रहते हैं
अब तो पड़ने में कोई लुत्फ़ न रहने में मज़ा
बस पड़े रहने की आदत में, पड़े रहते हैं

यूँ तो आफ़ताब हुसैन साहब की अलग अलग विषयों पर अब तक आधा दर्जन से अधिक किताबें उर्दू इंग्लिश में छप कर बाज़ार में आ चुकी हैं लेकिन उर्दू में छपी उनकी ग़ज़लों की एकमात्र किताब 'मतला' 1999 में छपी थी जो भारत और पाकिस्तान में बहुत चर्चित रही. आफ़ताब हुसैन इस किताब की भूमिका में लिखते हैं कि शेर कहना मेरे लिए एक सुखद अनुभव है कि ये अभिव्यक्ति का वो माध्यम है जो मेरी ऊर्जा को जीनलाइज़ करता है। शेर कहते हुए मेरी नज़रों में कोई विशेष पाठक नहीं होता, मैं ख़ुद भी नहीं होता। बस एक तरंग होती है जो मुझसे लिखवाये चली जाती है। मेरी शाइरी का विषय-वस्तु क्या है? मैंने इसके बारे में कभी ग़ौर नहीं किया। मैं समझता हूँ कि ज़िन्दगी ही की तरह शाइरी भी एक फैली हुई कायनात है। मैं इतना ज़रूर जानता हूँ कि मैं अपना सच लिखता हूँ और अपनी पूरी क़ुव्वत के साथ लिखता हूँ। "

मेरी गुज़ारिश है कि आप आफ़ताब हुसैन साहब को पढ़ें और फिर ख़ुद फ़ैसला करें कि उनकी शाइरी कैसी है। आख़िर में उनकी एक ग़ज़ल के चंद शेर आपकी ख़िदमत पेश करते हुए विदा लेता हूँ:

मंज़िल हाथ नहीं आ पाती ख़्वाब अधूरा रह जाता है
राह-ए-तलब पर चलते चलते आदमी आधा रह जाता है

राह-ए-तलब: ख़्वाहिशों की राह

कभी-कभी तो दिल की धड़कन बंद भी हो जाती है साहब
कभी-कभी तो सीने में बस दर्द धड़कता रह जाता है

तुझको भूल चुके हैं हम भी लेकिन ऐसी बात नहीं कुछ
सूरज डूब भी जाए अगर तो एक धुँदलका रह जाता है

वक़्त का पहिया चले तो फिर कब चल सकता है ज़ोर किसी का
आदमी अपने आप को क्या-क्या चीज़ समझता रह जाता है

***

ग़ालिब और दुर्गत
टी.एन. राज़

जाने क्या अंजाम होगा अब मिरी तक़दीर का
ख़ुदकुशी के वक़्त टूटा सिलसिला ज़ंजीर का

सिलसिला :कड़ी

उसने दिल की धड़कनें मुझको सुनाने के लिए
डाला है तावीज़ गर्दन में मिरी तस्वीर का
भैंस की आँखों पे पट्टी बाँध कर तहबंद से
राँझा पहने फिर रहा है आज लहँगा हीर का

कल्पना कीजिये कि भैंस की आँखों पर राँझे का तहबंद है और उसके पीछे राँझा हीर का लहँगा पहने ठुमकता चल रहा है। इस दिलकश मंज़र को देख कर आपकी क्या प्रतिक्रिया होगी? आप हैरान होंगे या मुस्कुरायेंगे या ठहाका लगा कर हँसेंगे। मेरे ख़याल से आप हैरान तो बाद में होंगे पहले अगर आप बिंदास नहीं हैं तो मुस्कुरायेंगे वरना ठहाका लगाएँगे। ये मुस्कुराने और ठहाके लगाने का गुण ही आपको जानवरों से अलग करता है क्यूँकि सिर्फ़ जानवर ही न मुस्कुराते हैं न ठहाके लगाते हैं। तो आज किताबों की दुनिया शृंखला की इस कड़ी में हम आपको पहली बार मुस्कुराने और ठहाके लगाने की दावत देते हैं। पता नहीं क्यों हमारे समाज में हँसने और ठहाके लगाने को बेहूदगी समझा जाता है। शायद इसीलिए आप लोगों को सड़कों या महफ़िलों में खुल कर ठहाके लगाते नहीं देख पाते। ख़ास तौर पर तथाकथित सभ्रांत लोगों को। तमीज़दार लोग सिर्फ़ मुस्कुराते हैं वो भी हौले से। इस से तनाव बढ़ता है। इस तनाव भरे युग में अपना मानसिक संतुलन बनाये रखने के लिए खुल कर हंसना सबसे कारगर इलाज है। मेरी बात शायद आपको नागवार गुज़रे इसलिए चलिए उन फ़िल्मी गानों का ज़िक्र करते हैं जो हँसने की पैरवी करते हैं। आज के दौर के युवा ने शायद मुकेश के गाने न सुने हों लेकिन हमारे दौर में उनका फ़िल्म 'किनारे किनारे' का ये गाना हमें बहुत बड़ा सबक देता था 'जब ग़मे-इश्क़ सताता है तो हँस लेता हूँ, हादिसा याद ये आता है तो हँस लेता हूँ ' उन्हीं का गाया फ़िल्म 'आशिक़ी' का एक और गीत है 'तुम आज मेरे संग हँस लो तुम आज मेरे संग गा लो और हँसते गाते इस जीवन की उलझी राह सँवारो '। ये दोनों गाने सिखाते हैं कि विपरीत परिस्थितियों से बाहर निकलने का एक ही रास्ता है -हँसो।

जो किसी बहाने घर में कभी सालियाँ भी आतीं
भला फिर ये क्यों झमेला मुझे नागवार होता

***

फिर भला इसमें लुत्फ़ ही क्या है
इश्क़ जब गालियों भरा न हुआ

हुआ था दर्द से भारी तो ग़म क्या सर के कटने का
न सर कटता मिरा तो ज़िन्दगी भर सर फिर होता

***

मुर्ग़ बिरयानी सभी कुछ है पसंद
पेट में हो गैस तो फिर खाएँ क्या

***

पार्टी को तोड़िये, फिर जोड़िये, फिर तोड़िये
रंग ले ही आएगी मौक़ा-परस्ती एक दिन

***

बदल कर ज़रा भेस हम हीजड़ों का
नवाबों के रंगी हरम देखते हैं

***

दफ़्तर में आ ही जाता हूँ कुछ वक़्त काटने
वैसे किसी के बाप का नौकर नहीं हूँ मैं

***

जब से बढ़ा है शहर में मौतों का सिलसिला
हमराह अपने रखता हूँ इक नौहागर को मैं

नौहागर :रोने पीटने वाला

***

वो सियाह ज़ुल्फ़ें जो बन कर नाग डसती थीं हमें
वक़्त की फटकार खा कर अब सिवय्याँ हो गईं

***

गंजे हुए हैं हम मियाँ जूते ही खा के इश्क़ में
जिसको हो अपना सर अज़ीज़ उसकी गली में जाए क्यों

***

पंजाब का एक प्रमुख शहर है पटियाला जो अपने 'पैग' के अलावा दीवान 'जर्मनी दास' की किताब 'महाराजा' और 'महारानी' में चर्चित महाराजा भूपेंद्र सिंह के क़िस्सों के अलावा मूसिक़ी के उस घराने के लिए प्रसिद्ध है जिससे जनाब बड़े ग़ुलाम अली ख़ाँ साहब भी मुतअल्लिक़ थे। उसी शहर में एक मिठाई की दूकान थी, जिसकी मिठाइयों की मिठास से ज़्यादा मीठी उसके मालिकों की ज़ुबान हुआ करती थी। दुकान के मालिकों से ख़ालिस उर्दू, हिंदी और पंजाबी में कभी शे'र तो कभी उनकी पैरोडी तो कभी चटपटे जुमले सुनता हुआ ग्राहक एक की जगह तीन मिठाइयाँ ले लेता और फिर भी वहीं जमा रहता। दुकान के मालिक श्री मातू राम जी के बेटे 'राज़' को दुकान जा कर अपने पिता, भाई और मामा की लच्छेदार बातें सुननी बड़ी अच्छी लगतीं। घर में माँ भी, कभी कभी ऐसे जुमले जड़ देती कि राज़ हँसते-हँसते लोटपोट हो जाता। शायरी में राज़ की दिलचस्पी बढ़ने लगी। इस ख़ुशनुमा

माहौल में राज़ कब शायरी करने लगा उसे पता ही नहीं चला और तो और कब मिर्ज़ा ग़ालिब उसके ज़ेहन पर सवार हो गए इसकी भी ख़बर नहीं लगी। ग़ालिब का जादू उनके सर चढ़ कर बोलने लगा।

रात का सन्नाटा हो और राज़दाँ कोई न हो
बीवियाँ तन्हा ही घूमें और मियाँ कोई न हो

***

थान पर खच्चर के मैंने ऊँट बाँधा था जो कल
रंग उस पर वो चढ़ा कि हिनहिनाता जाए है

थान : खूँटा

***

मुहल्ले वालों का सर फोड़ना है बात अलग
फटेगी शर्ट तो समझोगे तुम रफ़ू क्या है

***

अच्छे ख़ासे को भी लंगड़ा कह दिया
ज़ाइक़े बदनाम हैं यूँ आम के

***

मेरे अल्लाह मेरी पारसाई पर करम करना
मुसलसल तेज़ बारिश में वो लिपटा जाए है मुझ से

***

साँडों की लड़ाई में परेशान सभी थे
कुत्ता मिरे पीछे था तो भैंसा मिरे आगे

***

सोहबत का जानवर की हुआ उन पे ये असर
पाली है जब से लोमड़ी चालाक हो गए

***

हम हो चुके है घुटनों से लाचार क्या करें
यानी उचक के हुस्न का दीदार क्या करें

***

मरते थे जो हसीन वो मुँह फेर कर चले
इस चौखटे पे झुर्रियों की मार देख कर

***

इश्क़ के ख़ुतूत ने दिखलाया रंगे-ख़ास
महबूब जितने थे उन्हें ले भागे डाकिए

ख़ुतूत :चिट्ठियाँ

***

योग, आसन और प्राणायाम ही के ज़ोर पर
भक्तनों को ले के स्वामी एक दिन उड़ जाएँगे

***

साधुओं का होगा संगम अब के जो भी घाट पर
है ख़बर वो ऐश-ओ-इश्रत टैंट में ही पाएँगे

***

ये राज़ ही हमारे आज के शायर हैं जिनका पूरा नाम श्री 'त्रिलोकी नाथ काम्बोज' है लेकिन अदबी हलक़ों में इन्हें "टी.एन. राज़" के नाम से जाना जाता है। इनकी किताब "ग़ालिब और दुर्गत" हमारे सामने है जिसमें राज़ साहब ने, जैसा कि आपने अब तक पढ़ कर समझ ही लिया होगा, ग़ालिब साहब की मशहूर ग़ज़लों की वो दुर्गत की है कि ग़ालिब उसे पढ़ कर बजाय नाराज़ होने के क़ब्र के अँधेरे में मारे ख़ुशी के भंगड़ा कर रहे होंगे। कारण ये कि जो काम राज़ साहब ने किया है वो बच्चों का खेल नहीं है। तन्ज़-ओ-मिज़ाह यानी हास्य व्यंग की शायरी करना, वो भी ग़ालिब की ज़मीन पर, बहुत ही मुश्किल काम है लेकिन साहब राज़ साहब ने इस काम को अंजाम दिया है और क्या ख़ूब दिया है। किताब पढ़ते पढ़ते दिल बाग़-बाग़ हो जाता है। अगर ये काम आसान होता तो अब तक बहुत से शायर इसे कर चुके होते। ऐसा नहीं है कि बाक़ी शायरों ने कोशिश नहीं की, ख़ूब की लेकिन साहब ग़ालिब की ज़मीन इतनी सख़्त है कि बहुत से खेती करने वालों के तो इस कोशिश में हल ही टूट गए और जो थोड़े बहुत हल चला पाए उनके ख़यालों के बीज उसमें पनपे ही नहीं। ग़ालिब छोड़िए वैसे भी तन्ज़-ओ-मिज़ाह पर आसानी से क़लम नहीं चलती तभी तो शायरी के इतिहास में संजीदा शायरों के नाम की तो एक कभी न ख़त्म होने वाली लम्बी सी लिस्ट बन जायेगी लेकिन ढंग के तन्ज़-ओ-मिज़ाह के शायर शायद उँगलियों पर गिनने लायक़ भी न हों। एक नज़ीर अकबराबादी ज़रूर ज़ेहन में आते हैं जबकि इस विधा में नस्र में लिखने वालों की तादाद ज़रूर कुछ बड़ी है। सच्ची बात तो ये है कि किसी को हँसाना मुश्किल है और रुलाना बहुत आसान इसलिए लोग आसान काम को ज़ियादा तरज़ीह देते हैं और रुलाने के नये-नये तरीक़े ईज़ाद करते रहते हैं।

गाड़ी रुकती नज़र नहीं आती
छींक वक़्ते-सफ़र नहीं आती
जूता बाटा का अब चले कैसे
पहले सी वो रबर नहीं आती
आँख में जब से उतरा मोतिया
कोई सूरत नज़र नहीं आती
ज़हमते-गैस होगी सुब्ह-रफ़अ
नींद क्यों रात भर नहीं आती

ज़हमते गैस -गैस की तकलीफ़, सुब्ह-रफ़अ : सुबह दूर

बीवी जाती है जब भी मायके को
कोई भी साली घर नहीं आती

जनाब त्रिलोकी नाथ उर्फ़ टी.एन. साहब का जन्म 19 सितम्बर 1934 में पटियाला में हुआ। 'राज़' तख़ल्लुस ज़ाहिर सी बात है बाद में जुड़ा। परिवार का तअल्लुक़ क्यूँकि मिठाई से था, जिसमें पढ़ाई से ज़्यादा तजुर्बा काम आता है, लिहाज़ा अपनी पढ़ाई लिखाई पर परिवार में से किसी ने कोई ख़ास तवज्जोः नहीं दी। 'राज़' साहब ठहरे इस परिवार के बिगड़े शहज़ादे इसलिए जनाब ने वो काम नहीं किया जो ख़ानदानी था बल्कि इसके उलट पढ़ाई लिखाई की। पढ़ाई-लिखाई क्या की यूँ समझिए कि 'उनके ख़याल आये तो आते चले गए' की तर्ज़ पर वो पढ़ते चले गए। उर्दू और हिंदी में एम.ए. की डिग्रियाँ पा कर जब उनका जी नहीं भरा तो हज़रत एल एल बी की ओर मुड़ गए और उसकी भी डिग्री हासिल कर ली वो भी 'ऑनर्स' के साथ। ये तो हुई पढ़ाई की बात अब ज़रा शौक़ देखें जनाब के, शायरी तो, जैसा आपको पता लग चुका है, ख़ैर था ही साथ में ज्योतिष में भी ज़ोर आज़माइश करते हुए महारत हासिल कर ली और शतरंज सीख कर अच्छे अच्छे उस्तादों को पानी पिलाने लगे। रोज़ी रोटी के लिए वक़ालत करने की ठानी लेकिन अदालत में मी लार्ड मी लार्ड बोलने से कोफ़्त होने लगी तो मास्टरी, अफ़सरी, प्रोफ़ेसरी और फिर सरकार में नौकरी दर नौकरी करते हुए ख़ूब पापड़ बेले। लेक्चरारी में बंधे कुछ दिन कुरुक्षेत्र में भी रहे और जब वहाँ मन नहीं लगा तो पंचकुला आ गए और हुकूमत हरियाणा के महकमा-ए-क़ानून से वाबस्ता हो गए फिर वहीं से आख़िर में सितम्बर 1993 में बतौर डिप्टी सेकेट्री रिटायर हुए।

मुर्ग़ चोरी का रोज़ खाता हूँ
मैं नहीं जानता सज़ा क्या है
मैं चला हूँ विदेशी दौरे पर
ये न पूछो कि मुद्दआ क्या है
रह के सुहबत में उनकी चलेगा पता
घोड़ा क्या चीज़ है गधा क्या है
बीवी उम्मीद से है पचपन में
या इलाही ये माजरा क्या है

ग़ालिब के अलावा राज़ साहब ने ज़ौक़, फ़ानी, जोश, शकील, जिगर, फ़िराक़, क़तील शिफ़ाई साहिर जैसे अज़ीम शायरों की ग़ज़लों की भी इसी तरह दुर्गत करने में कोई कसर छोड़ी। इस किताब में आप ग़ालिब के अलावा इन सब शायरों की ग़ज़लों पर की गयी पैरोडी का भी मज़ा उठा सकेंगे। राज़ साहब अपनी इस किताब की भूमिका में लिखते हैं कि "चचा ग़ालिब के शेर 'मौत से पहले आदमी ग़म से निजात पाए क्यों के पेशे नज़र उदासी, बेचैनी, तनाव और परेशानी हर इंसान को ज़िन्दगी के किसी न किसी मोड़ पर घेरे हुए है। इन के बीच हँसी ख़ुशी के मौक़े जुटा लेने वाला इंसान ही ख़ुशक़िस्मत है। क्यूँकि मिज़ाह का लुत्फ़ लेते रहने

वाले इंसान के लिए दुनिया के ग़मों को बर्दाश्त करने के लिए एक नयी ताक़त और हिम्मत पैदा हो जाती है। नामवर मिज़ाह निगार जनाब 'मुज्तबा हुसैन' अपनी किताब 'तकल्लुफ़ बरतरफ़' में एक जगह लिखते हैं ' मैं हँसी को मुक़द्दस फ़रीज़ा (पावन कर्तव्य) मानता हूँ और क़हक़हा लगाने को ज़िन्दगी का सबसे बड़ा एडवेंचर -- ज़िन्दगी के बेपनाह ग़मों में घिरे रहने के बावजूद इंसान का क़हक़हा लगाना ऐसा ही है जैसे विशाल समंदर में भटके हुए किसी जहाज़ को अचानक कोई टापू मिल जाए।

सुनता वो कम है हसीं उसको सुनाए न बने
भैंस के सामने ज्यूँ बीन बजाए न बने
नाक में दम जो करे उसका पसीना मेरे
बात गर्मी में बिना लक्स नहाए न बने
सब्ज़ी जो सस्ती मिली हमने ज़्यादा ले ली
अब उठाए न उठे और गिराए न बने

मिर्ज़ा ग़ालिब उर्दू के महान और कालजयी शायर हैं। प्रत्येक गायक इनकी ग़ज़लों को अपना स्वर प्रदान करने में फ़ख़्र महसूस करता है। सहगल, सुरैय्या, बेगम अख़्तर, रफ़ी, तलत महमूद जगजीत सिंह और ग़ुलाम अली जैसे गायकों ने इनकी ग़ज़लों को गा कर अत्यंत लोकप्रिय बना दिया है। 'ग़ालिब-जीवन,शायरी, ख़त और सफ़र-ए-कलकत्ता' नामक पुस्तक हिंदी में ग़ालिब ग़ज़लों की सरल व्याख्या और उनके जीवन सम्बन्धी बहुत ही दिलचस्प जानकारियों सहित एक लाजवाब कारनामा है जिसका अगला संस्करण एक नयी आब-ओ-ताब के साथ प्रकाशनाधीन है। बहुत पहले इस पुस्तक को सम्पादित करते हुए राज़ साहब ने निश्चय किया था कि क्यों न इस अज़ीम शायर को उन्हीं की ज़मीनों में अंकुरित हास्य-व्यंग रुपी श्रद्धा सुमन अर्पित किये जाएँ। तो लीजिये फलस्वरूप फ़िलहाल आप क़हक़हों से भरपूर ' ग़ालिब और दुर्गत' का थोड़ा आनंद लें जिसकी ख़ुशवंत सिंह, डॉ. गोपीचंद नारंग, बशीर बद्र, निदा फ़ाज़ली, प्रो जगन्नाथ आज़ाद, सागर ख़य्यामी, इब्राहिम अश्क जैसे साहित्यकारों ने भूरी भूरी प्रशंसा की। ये किताब 'साक्षी पेपरबैक्स' एस -16, नवीन शाहदरा, दिल्ली 110032 से प्रकाशित हुई है। आप ये पुस्तक सीधे प्रकाशक से 09810461412 पर संपर्क कर या फिर अमेज़न से ऑन लाइन भी मँगवा सकते हैं।

तिरे बन्दे का ऐ मालिक कभी तो पेच-ओ-ख़म निकले
कभी इसकी भी दुम निकले कभी इसका भरम निकले
डिनर ढाबे पे जिन साहब को कल मैंने खिलाया था
वही हज़रत मिरी महबूब के चौथे ख़सम निकले
ये सब बरसाती मेंढक हैं ये लीडर दुम हैं कुत्ते की
हज़ारों बार पिट कर भी न कमबख़्तों के ख़म निकले

ख़म : टेढ़ा पन

पुलिस ने रात भर पीछा किया था चोर का लेकिन
निशाँ जब सुब्ह को देखे तो भैंसों के क़दम निकले
नज़ाकत को ग़ज़ल की हम ने ढाला है ज़राफ़त में
न ग़ालिब ने कसर छोड़ी न हम ही 'राज़' कम निकले

ज़राफ़त: हास्य

राज़ साहब के मित्र डॉ. नाशिर नक़वी साहब लिखते हैं कि ' 86 साल की उम्र में भी ये शख़्स किसी तौर पर अपने आप को बूढ़ा क़ुबूल करने को तैयार नहीं क्यूँकि इनका ख़याल है कि आदमी दिल से बूढ़ा नहीं होना चाहिए। बूढ़ा वो होता है जो हँसने-हँसाने से परहेज़ करता है। बस यही वो अदा है जो टी एन राज़ को जवाँ और हरदिल-अज़ीज़ बनाए हुए है। आप उनसे 9646532292 या 9988097276 पर बात कर खुद इस बात का यक़ीन कर सकते हैं। नक़वी साहब आगे लिखते हैं कि ' राज़ की मिज़ाहिया शायरी में एक बड़ी ख़ूबी ये है कि वो हँसने-हँसाने के साथ समाज को दरपेश मौजूदा मसअलों और बुराइयों से वाक़िफ़ कराने में कामयाब हैं। राज़ ख़ुद को निशाना बना कर किसी ऐब को उजागर करके अपने दाएँ बाएँ फैली कुरीतियों के छीटें बिखेरते हैं जो बड़े दिल गुर्दे की बात है। इनका हर शेर एक अदबी और मेयारी लतीफ़े का सा असर छोड़ता है। जिस आदमी में, जिस समाज में हँसने हँसाने की सलाहियत नहीं होती वो समाज टी बी ज़दा होता है, जहाँ हर इंसान के सीने में घुटन और तनाव की खाँसी सुनाई देती है। इस माहौल में अगर कोई शख़्स अपने मज़ाहिया अंदाज़ एहसास और इज़हार से मुस्कुराने, हँसने और क़हक़हा लगाने की प्रेरणा देता है तो उसे फ़रिश्ता ही कहा जायेगा। राज़ साहब इस माने में फ़रिश्ता हैं क्यूँकि वो कहीं हल्के और कहीं तीखे तन्ज़ के साथ हँसने और हँसाने का अनोखा और अछूता गुर जानते हैं।

मैं पंचकुला के होनहार शायर जनाब 'महेंद्र कुमार सानी' जी का बेहद शुक्रगुज़ार हूँ जिनके कारण मुझे इस बाकमाल शायर का पता चला। चलिए देखते हैं कि राज़ साहब ने जिगर मुरादाबादी साहब की एक ग़ज़ल की क्या ख़ूब दुर्गत की है:

यूँ ज़िन्दगी तबाह किए जा रहा हूँ मैं
पीरी में भी विवाह किए जा रहा हूँ मैं

पीरी : बुढ़ापा

बस का तो इस बुढ़ापे में कुछ भी नहीं रहा
क्या क्या न फिर भी चाह किए जा रहा हूँ मैं
उन गुलरुख़ों पे जो हुए खंडर मेरी तरह
हसरत भरी निगाह किए जा रहा हूँ मैं

गुलरुख़ों : फूल से चेहरे वाले

बीवी की डाँट है कभी अफ़सर की झाड़ है
दोनों से ही निबाह किए जा रहा हूँ मैं

और अब आख़िर में फ़िराक़ साहब की एक ग़ज़ल की भी दुर्गत देख लें। सच तो ये है कि मैं सभी की दुर्गत तो एक पोस्ट में पढ़वा नहीं सकता सिर्फ़ आपसे गुज़ारिश ही कर सकता हूँ कि ऐसी अनमोल किताब का आपके पास होना ज़रूरी है क्यूँकि कुछ पता थोड़े ही होता है कि ज़िन्दगी में न जाने कब आपको हँसने की ज़रूरत पड़ जाय, इसलिए अग्रिम इंतज़ाम करके रखें।

किसी के इश्क़ में मरना जो जी में ठान लेते हैं
वो अपनी क़ब्र का जुगराफ़िया पहचान लेते हैं

जुगराफ़िया : भूगोल

नज़र के वास्ते सुर्मा, जबीं के वास्ते बिंदी
वो क्या क्या क़त्ल का मेरे लिए सामान लेते हैं
इधर बीवी जो दे ताने उधर मच्छर सताते हों
तो सर से पाओं तक हम पूरी चादर तान लेते हैं
रिटायर हो के जब से 'राज़' हम बैठे हैं घर अपने
नहीं चलती हमारी, बीवी के फ़रमान लेते हैं

सरहद के आर-पार की शायरी
अहमद कमाल परवाज़ी

शहरों का भटकना मिरी आदत का करम था
जंगल की शुरुआत तिरी याद ने की है

***

एक ही तीर है तरकश में तो उजलत न करो
ऐसे मौक़े पे निशाना भी ग़लत लगता है

***

क़त्ल होने की सिफ़त बाद के असबाक़ में है
पहले ख़ंजर की कसौटी पे उतरना सीखो

सिफ़त-ख़ूबी, असबाक़-पाठों

***

कौन रक्खेगा ख़बर बाद में इस रिश्ते की
लाओ माँ-बाप की तस्वीर को उल्टा कर दूँ

***

अभी तो शक है ग़लत रहनुमाई करने का
हमें यक़ीन अगर हो गया तो क्या होगा

***

तन्हा रहने का सबब हो तो बहुत गहरा हो
वर्ना तन्हाई भी किरदार से गिर जाती है

***

जब से समझ में आया कि हम भी है आदमी
उस दिन से आदमी पे भरोसा नहीं किया

***

अना का बोझ भी रक्खा है मेरे शाने पर
ये हाथ काँप रहा है सलाम करते हुए

***

छोड़ कर खेल कैसे हट जाता
मैं जुआरी था और हार में था

***

बहुत कम किताबें ऐसी होती हैं जिन्हें पढ़ने के बाद आपका दिल कई दिनों तक दूसरी किताब उठाने को न करे। आप सिर्फ़ और सिर्फ़ उसी में डूबे रहना चाहें। ऐसी किसी किताब का लिखने वाला अगर आपके लिए अनजान हो तो लुत्फ़ दुगना हो जाता है क्यूँकि नामी

गरामी शायर से तो आपको उम्मीद होती ही है कि उसका कलाम क़ाबिले-तारीफ़ होगा लेकिन जब अनजान शायर का कलाम आपको झूमने पर मजबूर कर दे तो वो ख़ुशी लफ़्ज़ों में बयाँ नहीं हो सकती। इसे यूँ समझें कि अमूनन शराब की ब्रांड से हमें नशे का थोड़ा बहुत अंदाज़ा हो जाता है लेकिन अगर बोतल पर कोई ऐसा ब्रांड लिखा हो जिसे आपने कभी देखा सुना न हो और उसे पी कर उसका नशा उतरने का नाम न ले तो सोचिये उसका मज़ा क्या होगा?

उस्ताद शायर और संपादक 'तुफ़ैल चतुर्वेदी' साहब और आज के दौर के नौजवान बेहतरीन शायर लिप्याँतरकार जनाब 'इरशाद ख़ान सिकंदर' साहब ने मिल कर हमें जिस शायर से मुलाक़ात करवाई है उसे पढ़ कर दोनों को फ़र्शी सलाम करने को जी चाहता है। अगर ये दोनों आपस में न मिलते तो यक़ीन जानिये 'राजपाल एन्ड संस' वालों की 'सरहद आर-पार की शायरी' वाली ये शृंखला इतनी दिलकश न होती। दोनों ही शायरी के मर्मज्ञ हैं, जौहरी हैं लिहाज़ा इनके हाथ से जो निकलेगा वो बहुमूल्य ही होगा।

इस शृंखला के एक आध शायर को छोड़ बाकि के सभी शायर ऐसे हैं जिन्हें हिंदी पाठकों ने शायद ही कभी पढ़ा हो। पाकिस्तानी शायरों को न पढ़ पाने के कई कारण हो सकते हैं लेकिन अपने देश के ऐसे बेमिसाल शायरों को हिंदी के पाठक इसलिए नहीं पढ़ पाए क्यूँकि नंबर एक, उनका काम सिर्फ़ उर्दू में ही शाया हुआ है नंबर दो, उन्होंने अपनी शायरी के मयार से कभी समझौता नहीं किया इसलिए वो मुशायरों के मंच पर लोकप्रिय होने के लिए कही जाने वाली सतही और चौंकाने वाली शायरी से ताल मेल नहीं बिठा पाये।

हमारे घर के ग़मों का कोई सवाल नहीं
सवाल ये है कि दरवाज़ा खोलना है अभी
अँधेरी रात का लम्बा सफ़र तो बाद में है
ये जगमगाता हुआ शहर काटना है अभी
तुम्हारे साथ गुज़ारे हुए महीनों से
तुम्हें निकालते रहने का सिलसिला है अभी

अच्छी और मेयारी शायरी कभी भुलाई नहीं जा सकती। वो कभी न कभी सामने आती ही है और लोगों के दिलो-दिमाग़ पर छा जाती है। जनाब तुफ़ैल चतुर्वेदी साहब इस किताब की भूमिका में इसी बात को अपने ख़ास अंदाज़ में यूँ बयाँ करते हैं ' ऐसी शायरी किस काम की जिसे स्टेज पर ड्रामेबाज़ी गायकी का सहारा लेना पड़े? मुशायरे में ग़ज़ल गायकी के बल पर या कूल्हा लगाने से चल जायेगी मगर वक़्त तो बड़ी ज़ालिम चीज़ है। उसकी नज़र में जगह बनाने के लिए बड़ी मेहनत दरकार है। वो निर्मम है। किसी का लिहाज़ नहीं करता। किसी का ड्रामा, गाना उसे याद नहीं रहता बक़ौल जनाब दिलावर फ़िगार साहब 'ये टेंटुआ तो किताबों में छप नहीं सकता'।"

जो चोट दे गए उसे गहरा तो मत करो
हम बेवक़ूफ़ है कहीं चर्चा तो मत करो

माना के तुमने शहर को सर कर लिया मगर
दिल जा-नमाज़ है इसे रस्ता तो मत करो

जा-नमाज़ -नमाज़ पढ़ने की चटाई

तामीर का जुनून मुबारक तुम्हें मगर
कारीगरों के हाथ तराशा तो मत करो

तामीर -निर्माण

आज हम जिस शायर की बात कर रहे हैं उसे अपने दौर के कद्दावर शायर, जो अपनी अदाकारी के बल पर मुशायरों की जान हुआ करते थे, ने अपने साथ मिलाने की भरसक कोशिश की, लुभावने वादे किये लेकिन कामयाब नहीं हो सके। ऐसा क्या था इस शायर में कि उसे अपने दल में शामिल करने के लिए इस नामचीन शायर को मिन्नतें करनी पड़ीं? जवाब है -उसकी लाजवाब शायरी। ऐसी शायरी जो सामईन के दिलो-दिमाग़ पर हमेशा के लिए तारी हो जाय। मैं आपको उस कद्दावर शायर का नाम तो नहीं बताऊँगा लेकिन उस शायर का नाम ज़रूर बताऊँगा, जिसने किसी भी दल का हिस्सा बनने से साफ़ इन्कार कर दिया जिसने कभी अपने उसूलों से समझौता नहीं किया जो अगर चाहता तो किसी का पिछलग्गू बन कर दाम और नाम दोनों कमाता। अपनी शर्तों पे जीने वाले और अकेले चलने वाले इस अज़ीम शायर का नाम था जनाब 'अहमद कमाल परवाज़ी'।

हिंदी पाठकों के लिए ही नहीं बल्कि उर्दू जानने वालों के लिए भी 'परवाज़ी' साहब का नाम बहुत जाना पहचाना नहीं है। मैंने उनके बारे में जानने के लिए गूगल खंगाला अपने शायर मित्रों से बात की लेकिन कुछ हासिल नहीं हुआ। आख़िर उनके छोटे बेटे 'नावेद परवाज़ी' मेरी मदद को सामने आये। उनकी बदौलत ही आज आप 'परवाज़ी' साहब के बारे में पढ़ पा रहे हैं। उनकी बाकमाल शायरी को देवनागरी में पहली बार 'सरहद के आर-पार की शायरी' किताब में शाया किया है राजपाल एन्ड संस् ने।

तिरी ख़्वाहिश से ऊपर उठ रहा हूँ
यही लम्हा नतीजा हो गया तो

***

ग़म का एहसास नहीं है तो अधूरापन है
एक आँसू भी टपक जाए तो पूरा हो जाऊँ

***

नायाब कोई चीज़ गुज़रती है तो हम लोग
ये सोचने लगते हैं हमारी तो नहीं है

***

सही तो ये था कि रस्ते में ख़ुश्क हो जाता
बुरा तो ये है कि दरिया में गिर गया दरिया

***

जो खो गया है कहीं ज़िन्दगी के मेले में
कभी-कभी उसे आँसू निकल के देखते हैं
***

चलो ये देख लें अब किसकी जीत होती है
मैं ख़ाली हाथ तिरे हाथ में निवाला है
***

खिलौने बाद में पहले तू इस रसीद से खेल
ऐ मेरे लाल तिरी फ़ीस भर के आया हूँ
***

शुरू में मैं भी इसे रौशनी समझता था
ये ज़िन्दगी है इसे हाथ मत लगा लेना
***

बच्चों की तरह तुमको बरतना नहीं आता
दुनिया तो हवाओं में उड़ाने के लिए है
***

वो अगर आज की माँ है तो थपकती कब है
तू अगर आज का दिल है तो धड़कता क्यों है
***

महाकाल की नगरी 'उज्जैन' में 11 मार्च 1944 को कमाल साहब का जन्म हुआ। आठ भाई बहनों में वो सातवें नंबर पर थे। पिता उज्जैन के किसी हॉस्पिटल में कम्पाउंडर थे, घर की माली हालत अच्छी न होते हुए भी उन्होंने अपने सभी बच्चों को बेहतरीन तालीम दिलवाने में कोई कसर नहीं छोड़ी। कमाल साहब के बड़े भाई इक़बाल हुसैन हॉकी के ज़बरदस्त खिलाड़ी होने के साथ-साथ शायरी भी करते थे। अपने दोस्तों के घरों पर अक्सर होने वाली नशिस्तों में इक़बाल साहब अपने साथ कमाल साहब को भी ले जाते। अपने भाई के कलाम पर मिलती वाहवाहियों से कमाल साहब बहुत ख़ुश होते और ख़ुद भी वैसा ही कुछ लिखने की कोशिश करते। बड़े भाई को कमाल साहब ने एक आध बार अपना लिखा दिखाया जिसे उन्होंने देख कर ख़ारिज कर दिया लेकिन कमाल साहब ने लिखना नहीं छोड़ा। कभी कभी तो वो अपने भाई के कलाम में कमियाँ निकाल कर उसे अपनी छोटी बहन को सुनाया करते क्यूँकि बड़े भाई को बताने से डाँट का डर जो था। ग़ज़ल सीखने के लिए उन्होंने उज्जैन के शायर 'तुफ़ैल' साहब की शागिर्दी तो की लेकिन ये सिलसिला ज़ियादा दिन चला नहीं। ज़्यादातर वो अपने लिखे को तब तक काटते छाँटते रहते जब तक उन्हें अपने कलाम से पूरी तसल्ली न हो जाती।

इक रोज़ तुमसे हाथ मिलाने की आरज़ू
इतनी शदीद थी कि मिरे हाथ जल गये

शदीद : तीव्र

मेरी तरह से ट्रेन भी सुनसान हो गई
एक-एक करके सारे मुसाफ़िर निकल गये
ये उन दिनों की बात है जब दर्द दर्द था
अब तो हमारे ज़ख़्म भी सोने में ढल गये

कॉलेज के दिनों में उनकी दोस्ती कुछ ऐसे लोगों से हुई जो गुंडे क़िस्म के थे जो जुआ खेलते और हर किसी से झगड़ते फिरते थे। दोस्तों के कहने पर कमाल साहब एक कमरा किराये पर लेकर लोगों को जुआ खिलाने लगे लेकिन ख़ुद कभी नहीं खेला। इससे उन्हें आमदनी होने लगी और अपनी जेब, जैसा कि उन्होंने अपने बेटे नावेद को बताया,अठ्ठनियों चवन्नियों से भरने लगे। एक दिन उन्हें लगा कि जो ज़ायक़ा कभी बड़ी मुश्किल से हाथ आयी चवन्नी की चाय पीने में आता था वो लोगों को जुआ खिला कर हासिल हुई दौलत से मिली चाय में नहीं आता है। बस उसी दिन से उन्होंने जुआ खिलाना बंद कर दिया और पढ़ाई में लग गए।

एम.ए. एल.एल.बी की डिग्री हासिल करने के बाद जिला सहकारी केंद्रीय बैंक मर्यादित की 'मकदोने' ब्रांच में नौकरी करने लगे। मकदोने उज्जैन से लगभग 60 की.मी. दूर एक गाँव है। शुरू में तो मकदोने की हवा उन्हें रास नहीं आयी इसलिए वापस उज्जैन चले आये लेकिन जब घरवालों ने नौकरी छोड़ने पर ऐतराज़ किया तो वापस लौट गए। यहीं से उनकी शायरी के सफ़र का आग़ाज़ हुआ। गाँव की खुली आबोहवा, खेत खलियान, कच्ची पगडंडियाँ, किसान और उनके परिवारों की ख़ुशियाँ, परेशानियाँ, मिट्टी की सौंधी ख़ुशबू सब उनकी शायरी में जगह पाने लगे। बैंक पहुँचने के लिए उन्हें साइकिल से लम्बा रास्ता तय करना पड़ता था और इस पूरे रास्ते में उनका दिमाग़ शेर बुनता रहता जिसे वो बैंक पहुँचते ही काग़ज़ पर उतार लेते थे। शायर वही बन सकता है जो धुनी हो, ये पार्ट टाइम जॉब नहीं है, शायर को चौबीसों घंटे शायरी में ही डूबे रहना पड़ता है। दुनियादारी के काम साथ-साथ चलते रहते हैं और दिमाग़ शेर कहने में उलझा रहता है। ये तपस्या है, इसे जो जितनी शिद्दत से करता है उतना ही उसे इसका फल मिलता है। कमाल साहब के बिस्तर पर तकिये के पास हमेशा एक रजिस्टर और पैन पड़ा रहता था जिसमें वो रात कभी भी उठ कर अचानक आया ख़याल दर्ज कर लिया करते थे।

तुझसे बिछड़ूँ तो तिरी ज़ात का हिस्सा हो जाऊँ
जिस पे मरता हूँ उसी ज़हर से अच्छा हो जाऊँ
तुम मिरे साथ हो ये सच तो नहीं है लेकिन
मैं अगर झूठ न बोलूँ तो अकेला हो जाऊँ
मैं तिरी क़ैद को तस्लीम तो करता हूँ मगर
ये मेरे बस में नहीं है कि परिन्दा हो जाऊँ
वो तो अंदर की उदासी ने बचाया वर्ना
उनकी मर्ज़ी तो यही थी कि शगुफ़्ता हो जाऊँ

शगुफ़्ता- ख़ुशहाल

समझौता परस्ती कमाल साहब की आदत का हिस्सा नहीं थी। वो जो करते हमेशा अपनी तरफ़ से परफ़ेक्ट किया करते। चाहे कपड़े पहनने का शऊर हो, बैंक का काम हो, लोगों से मेल मुलाक़ात हो, दोस्तों से दोस्ती हो, रिश्तेदारों से रिश्तेदारी निबाहना हो या बच्चों की पढ़ाई हो यानी कोई काम हो वो उसे पूरी शिद्दत और ईमानदारी से करने की कोशिश करते। यही कारण है कि उनकी शायरी उनके समकालीन शायरों से बहुत अलग और असरदार है। इस किताब के बाहरी फ़्लैप पर कमाल साहब की शायरी का निचोड़ कुछ यूँ बयाँ किया गया है, "अहमद कमाल परवाज़ी की शायरी जैसे ज़िन्दगी की मुश्किलों से होड़ लेती हुई। तीखे तंज़ कसती हुई सबको होशियार, ख़बरदार करती हुई आगे बढ़ती है। परवाज़ी रवायतों को तोड़ते हुए अपनी ग़ज़लों में ऐसे ऐसे विषय पिरोते हैं जो शायद पहली बार उर्दू ग़ज़ल का हिस्सा बने हैं जैसे -रबी और खरीफ़ की फ़स्ल, बच्चों के स्कूल की फ़ीस, सियासत के दाँव-पेच, गाँव की ज़िन्दगी ---"

ये अलग बात है कि उन्हें इस शायरी की बदौलत वो मक़बूलियत हासिल नहीं हुई जिसके वो हक़दार थे। मक़बूलियत का दरअस्ल आपके हुनर से कोई सीधा रिश्ता नहीं होता कई बार ये तिकड़म या क़िस्मत से हासिल होती है, ज़्यादातर ये भी देखा गया है कि हुनरमंद लोगों को मक़बूलियत आसानी से मिलती भी नहीं क्यूँकि वो अपने वक़्त से बहुत आगे की सोच वाले होते हैं। दूसरी ख़ासियत जो कमाल साहब के बेटे 'नावेद' ने मुझे बताई वो ये कि 'कमाल' साहब बहुत सकारात्मक सोच के इंसान थे। कैसे भी हालात हों उनकी सोच हमेशा पॉजिटिव रहती। हर हाल में ख़ुश रहना और अपने साथ रहने वालों को हमेशा ख़ुश रखना उन्हें आता था। हर किसी की मदद करने में उन्हें ख़ुशी हासिल होती थी। घर परिवार के लोग, रिश्तेदार,दोस्त जब कभी किसी मौक़े पर एक साथ इकठ्ठा होते तो कमाल साहब को पुकारते जो अपने जुमलों और क़िस्सों से सबके पेट में हँसा-हँसाकर दर्द कर दिया करते। लोग उनकी ज़िंदादिली की मिसाल दिया करते थे।

तिरे ख़िलाफ़ गवाही तो दे रहा हूँ मगर
दुआएँ माँग रहा हूँ तिरी रिहाई की

***

मेरी आदत मुझे पागल नहीं होने देती
लोग तो अब भी समझते हैं कि घर जाता हूँ

***

हम इत्तिफ़ाक़ से दोनों ही झूठ बोलते थे
यही तो चीज़ तअल्लुक़ में ऐतबार की थी

***

कह तो देता हूँ यहाँ लोग मिरे अपने हैं
बाद में नाम बताने में उलझ जाता हूँ

***

रंजिशें कैसे छोड़ सकता हूँ
शहर में अजनबी न हो जाऊँ
***

मेरा दिल भी किसान है या रब
इसका क़र्ज़ा अदा नहीं होता
***

घाव की शक्ल में निकलता है
चाँद बरसात के ज़माने में
***

उम्र भर पेड़ लगाने का नतीजा रख दे
ला मिरे हाथ पे सूखा हुआ पत्ता रख दे
***

ये तो अच्छा है कि हक़ मार रहे हो लेकिन
इससे क्या होगा अभी और निखरना सीखो
***

इसमें जीने की तमन्ना ही अजब लगती है
प्यार तो डूब के मरने के लिए होता है
***

एक तो रिटायरमेंट दूसरे तीनों बेटों का पढ़ लिख कर नौकरी के सिलसिले में घर छोड़ कर बाहर जाना बेटियों का आगे की पढ़ाई के लिए हॉस्टल का रुख़ करना कमाल साहब को तन्हा कर गया। इसी बीच एक ऐसा हादसा भी हुआ जो उन्हें नागवार गुज़रा जिसका यहाँ ज़िक्र करना उनकी निजी ज़िन्दगी में घुसपैठ जैसी हरकत कहलाएगी लेकिन उसकी वजह से उन्हें गहरा सदमा लगा और वो दिल की बीमारी पाल बैठे। इसका एहसास उन्हें अपने एक भाई के इंतेक़ाल के बाद हुआ जब वो उन्हें दफ़ना कर लौट रहे थे लेकिन अपनी ख़ुद्दारी के चलते उन्होंने अपनी इस तकलीफ़ का इज़हार किसी नहीं किया। उन्हें अल्लाह के सिवा और किसी से कभी कोई उम्मीद नहीं रखी। अपनी परेशानी किसी को बताने के हक़ में कभी नहीं रहे।

29 दिसम्बर 2007 शाम की बात है तीन बेटों में से मँझला बेटा जो ईदुलजुहा पर घर आया हुआ था कमाल साहब से गले मिल कर नौकरी पर वापस जाने के लिए अपने दोनों भाइयों के साथ रेलवे स्टेशन के लिए निकला। अभी तीनों भाई स्टेशन पहुँचे ही थे कि कमाल साहब के अज़ीज़ दोस्त जिया साहब का बड़े भाई के पास फ़ोन आया कि वापस घर पहुँचो तुम्हारे अब्बा की तबीअत नासाज़ है उन्हें ठण्डा पसीना आ रहा है। तीनो भाई वापस लौटे तब तक कमाल साहब हॉस्पिटल पहुँच चुके थे। एक घंटे की मशक़्क़त के बाद डॉक्टर ने उन्हें मृत घोषित कर दिया। उनके ज़नाज़े में जैसे लोगों का सैलाब उमड़ पड़ा। भले ही उज्जैन के बाहर लोग उन्हें ज़ियादा न जानते हों लेकिन वो अपने शहर के लोगों के लाडले थे।

उनके इंतेक़ाल के बाद एक दिन जब उनके बड़े भाई ने, जिन्होंने कभी उनके कलाम को ध्यान से नहीं पढ़ा था, अचानक उनकी एक किताब को पढ़ना शुरू किया तो पढ़ते चले गए और आख़िर में भरे गले से बोले, 'अफ़सोस कमाल इतने कमाल का शायर था ये मुझे आज पता चला'..काश अपने बड़े भाई के इस जुमले को सुनने के लिए उस वक़्त कमाल मौजूद होते।

पहले मालूम नहीं था कि सफ़र होते हैं
अब ये मालूम नहीं है कि सफ़र कितने हैं
एक पत्ती से भी महरूम उगाने वाला
काटने वाले के हाथों में शजर कितने हैं
कल तलक कितना परेशान था घर की ख़ातिर
आज घर छोड़ के निकला हूँ तो घर कितने हैं

कमाल साहब की उर्दू में दो किताबें प्रकाशित हुई थीं पहली 1988 में 'मुख़्तलिफ़' और दूसरी 2005 में 'बरकरार'.. कमाल साहब की दिली ख़्वाहिश थी कि उनकी ग़ज़लें देवनागरी में भी शाए हों लेकिन ऐसा हो नहीं सका। सं 2009 में उनके दोस्तों ने उनकी ग़ज़लों को देवनागरी में 'चाँदी का वरक़' नाम की किताब में छपवाया। अफ़सोस, ये किताब हिंदी पाठकों के हाथ जितनी पहुँचनी चाहिए थी पहुँच नहीं पायी। अब तो शायद ही ये बाज़ार में मिले। देवनागरी में उनकी श्रेष्ठ ग़ज़लें अब 'सरहद आर-पार की शायरी' में ही संकलित हैं। ये किताब हर ग़ज़ल प्रेमी के संग्रह में होनी चाहिए क्यूँकि इसमें संकलित ग़ज़लें बार बार पढ़ने लायक़ हैं बल्कि यूँ कहूँ कि हज़ार बार पढ़ने लायक़ हैं तो ग़लत नहीं होगा।

आख़िर में आइए उनके चंद चुनिंदा अशआर आपको पढ़वाता चलता हूँ:

छोटी-सी एक बात पर मंज़र बदल गए
दामन फटा तो हाथ से रिश्ते निकल गये

***

अँगूठे देके उतारा गया ख़रीफ़ का बोझ
रबीअ फ़स्ल में बाज़ू चुका दिए जाएँ

***

मुझे बताओ काबा किस तरफ़ है
मैं हुज़रा छोड़ के चकरा गया हूँ

***

पहले तो घर में रहने की आदत सी डाल दी
अब कह रहे हैं क़ौम के धारे से कट गया

***

बस एक पल में दो आलम तलाश कर लेना
वो एक बार निगाहें उठा के देखेंगे

***

ग़म के बग़ैर जश्न मुकम्मल न हो सका
ऐसा लगा कि कोई मचलने से रह गया
***

यहाँ का मसअला मिट्टी की आबरू का नहीं
यहाँ सवाल ज़मीनों पे इख़्तियार का है
***

एक पागल है जो दिन भर यही चिल्लाती है
मेरे भारत के लिए कौन-सी बस जाती है
***

मैंने किरदार से गिरते हुए लोगों की तरफ़
इतना देखा है कि कमज़ोर निगाहें कर लीं
***

पाँव के नीचे फूल रख देगा
ज़िन्दगी भर निकालते रहना
***

सरहद के आर-पार की शायरी
अज़हर फ़राग़

तेरी शर्तों पे ही करना है अगर तुझको क़ुबूल
ये सहूलत तो मुझे सारा जहाँ देता है

***

सभी ने देखा मुझे अजनबी निगाहों से
कहाँ गया था अगर घर नहीं गया था मैं

***

मुस्कुराना सिखा रहा हूँ तुझे
अब तिरा दुख भी पालना पड़ेगा

***

क्यों बात बढ़ाना चाहते हो
तुम अपनी कमगुफ़्तारी से

कम गुफ़्तारी -कम बोलना

***

ख़ुद ही पढ़ते हैं क़सीदे उसके
ख़ुद ही दाँतों से ज़ुबाँ काटते हैं

***

मैं जानता हूँ मुझे मुझसे माँगने वाले
पराई चीज़ का जो लोग हाल करते हैं

***

हम अगर अबके साल भी न मिले
फिर उधेड़ोगी तुम ये स्वेटर क्या

***

तुझे खोकर तो तिरी फ़िक्र बहुत जायज़ है
तुझे पाकर भी तिरा ध्यान रखा जाएगा क्या

***

मैं ये चाहता हूँ कि उम्र भर रहे तिश्नगी मिरे इश्क़ में
कोई जुस्तजू रहे दरमियाँ तिरे साथ भी तिरे बाद भी

***

तुम अपने कर्ब का इज़हार कर भी सकती हो
कि प्याज़ काट के ये वक़्त कट भी सकता है

कर्ब: दुख

***

अब तो इक़रार भी नहीं दरकार
अब तिरी ख़ामुशी का क्या कीजे

***

बाज़-औक़ात ख़ुशी छू के गुज़र जाती है
रह भी जाती है कभी लॉटरी इक नंबर से

***

ओकाड़ा, पाकिस्तान के पंजाब प्रोविन्स का एक शहर जिसमें मुहल्ले हैं और मुहल्ले के घर एक दूसरे से जुड़े हुए। देखा ये गया है कि जहाँ घर जुड़े होते हैं वहाँ उनमें रहने वाले लोगों के दिल भी आपस में जुड़े होते हैं। लोगों की तकलीफें और ख़ुशियाँ साँझी होती हैं। सबको पता होता है कि किसके घर के सामने वाले पेड़ का पीला पत्ता टूट के नीचे गिरा है और किसके पड़ौस के पेड़ में फल लगे हैं। इन्हीं मुहल्ले में से एक मुहल्ले का बच्चा एक घर से दूसरे घर यूँ घुसता है जैसे दूसरा घर भी उसके अपने घर का ही विस्तार हो। किसी भी घर में जा कर कुछ भी माँग के खा लेता है ये हाल सिर्फ़ इस बच्चे का ही नहीं है सभी बच्चों का है। यहाँ के सभी बच्चों के लिए मुहल्ले के सभी घर उनके अपने हैं।

जिस बच्चे का ज़िक्र मैं कर रहा हूँ उसकी पैदाइश 31 अगस्त 1980 की है और उसके घर का माहौल अलबत्ता थोड़ा सख़्त है। माँ-बाप दोनों सख़्त मिज़ाज़ हैं लेकिन बच्चे से प्यार करने वाले हैं। बच्चे को घर में शरारतें करने की सहूलिहत नहीं मिलती लिहाज़ा वो ये काम बाहर करता है। बच्चा अपने शहर, मुहल्ले में बहुत ख़ुश है उसे लगता है शायद सारी दुनिया इतनी ही ख़ूबसूरत है और सारी दुनिया के लोग आपस में ऐसे ही मुहब्बत से रहते हैं। बच्चे की ज़िन्दगी के पंद्रह सोलह साल यूँ ही हँसी ख़ुशी से बीत जाते हैं। तभी एक दिन बच्चे के वालिद ऐलान करते हैं कि वो लोग ओकाड़ा छोड़ कर अपने और बच्चों के बेहतर मुस्तक़बिल के लिए जल्द ही लगभग 250 की.मी. दूरी पर बसे बड़े शहर बहावलपुर जा कर बस जाएँगे जहाँ उनके बाकि रिश्तेदार रहते हैं। बच्चा समझ नहीं पाता कि वो इस बात पर ख़ुशी ज़ाहिर करे या अपने पुराने दोस्त और मुहल्ले को छोड़ने का ग़म मनाये।

धूप में साया बने तन्हा खड़े होते हैं
बड़े लोगों के ख़सारे भी बड़े होते हैं

ख़सारे - नुक़सान

***

ले आयी छत पे क्यों मुझे बेवक़्त की घुटन
तेरी तो ख़ैर बाम पे आने की उम्र है

***

उसे कहो जो बुलाता है गहरे पानी में
किनारे से बँधी किश्ती का मसअला समझे

***

वो दस्तयाब हमें इसलिए नहीं होता
हम इस्तेफ़ादा नहीं देखभाल करते हैं

इस्तेफ़ादा -लाभ उठाना

***

दफ़्तर से मिल नहीं रही छुट्टी वगरना मैं
बारिश की एक बूँद न बेकार जाने दूँ

***

यानी अब भी सादा दिल हूँ अंदर से
अच्छा चेहरा देख के धोका खाता हूँ

***

बेतकल्लुफ़ है बहुत मुझसे उदासी मेरी
मुस्कुराऊँ तो पकड़ती है मुझे कॉलर से

***

हम हुए क्या ज़रा ख़फ़ा तुमसे
जिसको देखो तुम्हारा हो गया है

***

बदल के देख चुकी है रियाया साहिबे-तख़्त
जो सर क़लम नहीं करता ज़ुबान खींचता है

साहिबे-तख़्त: राजा

***

हमारे ग़म कहीं कम पड़ गए तो क्या होगा
इरादा है कि अभी हमने और जीना है

***

होते-होते होगा वस्ल हमारा पाक तकल्लुफ़ से
पैर अभी मानूस नहीं है नये-नवेले बूट के साथ

***

सर झटकने से कुछ नहीं होगा
मैं तिरे हाफ़िज़े में रह गया हूँ

हाफिज़े: मस्तिष्क/ याद्दाश्त

***

तब किसे पता था कि बहावलपुर आकर ये बच्चा शायरी करेगा और एक दिन पूरी दुनिया में 'अज़हर फ़राग़' के नाम से जाना जायेगा। 'अज़हर फ़राग़' साहब की लाजवाब शायरी को हम हिन्दी पाठकों तक पहुँचाने के लिए सबसे पहले हमें जनाब तुफ़ैल चतुर्वेदी साहब को उनकी ग़ज़लों के संपादन और इरशाद ख़ान सिकंदर साहब को लिप्याँतर के लिए तहे दिल से शुक्रिया अदा करना होगा। ये दोनों ग़ज़लों के पारखी हैं इसलिए 'सरहद पार की

शायरी' शृंखला की इस कड़ी में उन्होंने 'अज़हर' साहब की शायरी के अनमोल मोती पिरोये हैं जिसे राजपाल एन्ड सन्स ने पहली बार देवनागरी में प्रकाशित किया है।

दीवारें छोटी होती थीं लेकिन पर्दा होता था
ताले की ईजाद से पहले सिर्फ़ भरोसा होता था
कभी-कभी आती थी पहले वस्ल की लज़्ज़त अंदर तक
बारिश तिरछी पड़ती थी तो कमरा गीला होता था
शुक्र करो तुम उस बस्ती में भी इक स्कूल खुला
मर जाने के बाद किसी का सपना पूरा होता था
जब तक माथा चूम के रुख़सत करने वाली ज़िंदा थी
दरवाज़े से बाहर तक भी मुँह में लुक़्मा होता था

बहावलपुर ओकाड़ा से बड़ा शहर है लिहाज़ा इसमें रहने के तौर तरीक़े ओकाड़ा से अलग थे। मोहल्लों की जगह कॉलोनीज थीं जिनमें घर एक दूसरे से जुड़े हुए नहीं दूर दूर थे। लोगों के दिलों में भी जुड़ाव नहीं था। लोगों के आपसी सम्बन्ध दुआ सलाम और आप कैसे हैं? मैं ठीक हूँ, से आगे आसानी से नहीं बढ़ते थे। अज़हर को शुरू शुरू में ऐसे माहौल में बड़ी घुटन महसूस होने लगी। कुछ दिन अनमने से बीते, धीरे-धीरे कॉलेज के दोस्तों के बीच मन रमने लगा और पता नहीं कब अज़हर को शायरी का शौक़ लग गया। उम्र के इस बासंती मोड़ पर जब हर तरफ़ फूल खिले नज़र आते हैं और हवाओं में चन्दन की महक आने लगती है अधिक तर नौजवान अपने दिल में उमड़ रहे जज़्बातों को शायरी, कविता के माध्यम से वयक्त करने लगते हैं। एक उम्र के बाद बहुत से तो इस रुमानियत से बाहर निकल कर दूसरी तरफ़ चल देते हैं और कुछ बिरले इसमें डूब जाने की सोचने लगते हैं। अज़हर को शायरी से बेपनाह मुहब्बत हो गयी लेकिन उसे कोई सही ग़लत बताने वाला उस्ताद नहीं मिल रहा था। सीनियर शायरों का रुख़ बेहद रूखा था और वो सिखाने के नाम पर मुँह बना लिया करते थे। ऐसे में किसी ने उन्हें उस्ताद शायर 'नासिर अदील' साहब का नाम सुझाया जो उस वक़्त अपनी नासाज़ तबीअत के चलते शायरी छोड़ चुके थे।

हर शीशे का डर है भय्या
बच्चों वाला घर है भय्या
ऐनक का वावैला करना
ठोकर से बेहतर है भय्या

वावैला: हंगामा

मैं जो तुमको ख़ुश दिखता हूँ
पर्दे की झालर है भय्या
आधा-आधा रो लेते हैं
एक टिशू पेपर है भैय्या

अपनी एक ग़ज़ल काग़ज़ पर लिख कर अज़हर साहब 'अदील' साहब को ढूँढ़ते-ढूँढ़ते उन तक जा पहुँचे। 'अदील' साहब को मिल कर उन्हें लगा जैसे किसी दरवेश से मिल रहे हों। बड़े अदब से अज़हर साहब ने उन्हें आदाब किया और वो काग़ज़ जिस पर वो अपनी ग़ज़ल लिख कर लाये थे उनके सामने रख दिया। 'अदील' साहब ने काग़ज़ उठाया ग़ज़ल पढ़ी और काग़ज़ को बड़ी ऐतियाद से एक और रख कर अज़हर साहब को ग़ौर से देखा और उन्हें मीर की एक ग़ज़ल सुनाई उसका मतलब समझाया फिर ग़ालिब का शेर सुना कर उसकी व्याख्या की आख़िर में कुमार पाशी की एक ग़ज़ल सुना कर उसके रदीफ़-क़ाफ़िये के इस्तेमाल पर विस्तार से बताते रहे। एक आध घंटे की इस गुफ़्तगू के दौरान एक बार भी उन्होंने उस ग़ज़ल की चर्चा नहीं की जो अज़हर साहब अपने साथ लाये थे। अगले दिन अज़हर साहब अपनी एक और ग़ज़ल 'अदील' साहब को दिखाने जा पहुँचे और 'अदील' साहब ने फिर वो ही किया जो पहले दिन किया था, इस बार उन्होंने नासिर काज़मी, ज़फर इक़बाल और फ़िराक़ साहब का कलाम उन्हें बड़े मन से सुनाया और उसके एक एक लफ़्ज़ पर चर्चा की। ये सिलसिला इसी तरह एक दो महीने तक रोज़ यूँ ही चलता रहा। काग़ज़ पर लिख कर लाई अज़हर साहब की ग़ज़लें एक के ऊपर एक तह कर बिना किसी चर्चा के रखी जाती रहीं। धीरे-धीरे अज़हर साहब उस्तादों के कलाम और उनकी बारीकियाँ 'अदील' साहब से सुन-सुन कर समझ गये कि जो ग़ज़लें रोज़-रोज़ काग़ज़ पर लिख कर वो ला रहे हैं उन्हें ग़ज़ल कहना ग़ज़ल की तौहीन है। अब ऐसे उस्ताद की शान में सिर्फ़ सज्दा ही किया जा सकता है जो बिना कुछ कहे आपको ये एहसास करवा दे कि बरख़ुरदार ग़ज़ल कहना इतना आसान नहीं है जितना समझा जा रहा है।

तुझसे कुछ और तअल्लुक़ भी ज़रूरी है मिरा
ये मुहब्बत तो किसी वक़्त भी मर सकती है
मेरी ख़्वाहिश है कि फूलों से तुझे फ़त्ह करूँ
वरना ये काम तो तलवार भी कर सकती है
हो अगर मौज में हम जैसा कोई अँधा फ़क़ीर
एक सिक्के से भी तक़दीर सँवर सकती है

इस बात को अच्छे से समझने के बाद अज़हर साहब ने 'अदील' साहब से सबसे पहले ग़ज़ल का अरूज़ सीखा, लफ़्ज़ बरतने का हुनर और ग़ज़ल के क्राफ़्ट की बारीकियाँ समझीं। जब बात कुछ समझ में आयी तब उन्होंने उस्ताद की रहनुमाई में ग़ज़लें एक बार फिर से कहनी शुरू कीं। 'अदील' साहब का ये जुमला कि 'कोरस में गाने वाले का अपना सुर कितना भी सुरीला हो सोलो गाने वाले के जैसी पहचान नहीं बना सकता' अज़हर साहब ने गाँठ बाँध लिया और उस तरह की शायरी से अलग ऐसी शायरी करनी शुरू की जो विषय और क्राफ़्ट में सबसे अलग थी। नतीजा? वो हज़ारों शायरों की भीड़ में अपनी पहचान बनाने में कामयाब हुए। बड़ा उस्ताद वो होता है जिसके शागिर्द उसकी जैसी नहीं बल्कि उस से बेहतर शायरी करते हैं। शागिर्द के नाम से उस्ताद का नाम रौशन होना चाहिए। अज़हर साहब की शायरी

की कामयाबी के ताज में उस दिन एक बेशक़ीमती रत्न तब जुड़ा जब 2017 में 'जावेद अख़्तर' साहब ने अपनी सदारत में दुबई के एक मुशायरे में उन्हें सुनने के बाद कहा कि "यार अब तुम्हारे बाद क्या मुशायरा पढ़ना है?"

मुहब्बत के कई मानी हैं लेकिन
ज़ियादा सामने का सिर्फ़ तू है
दुआ भूली हुई होगी किसी को
फ़लक पर इक सितारा फ़ालतू है
कहीं भी रख के आ जाता हूँ ख़ुद को
न जाने किस को मेरी जुस्तजू है
ख़ुदा सुनता है जैसे बेज़बाँ की
नमाज़ उस की भी है जो बेवज़ू है

ऐसा नहीं है कि ये कामयाबी जनाब अज़हर फ़राग़ को रातों रात मिल गयी। इस कामयाबी और अपनी मौजूदगी को दर्ज करवाने में उन्हें एक लम्बा अरसा लगा। अपना रास्ता, जो सबसे अलग हो, उसे खोजना और फिर उस पर चलना आसान नहीं होता। जिस तरह के रंग की शायरी अज़हर साहब करते थे वो उस ज़माने में क़ुबूल ही नहीं होती थी। एक बार जब उन्होंने एक बहुत नामवर प्रगतिशील शायर को अपना ये शेर 2001 में सुनाया कि 'ग़लत न जान मेरी दूसरी मुहब्बत को, यक़ीन कर ये तेरे हिज्र की तलाफ़ी है (हिज्र -बिछोह, तलाफ़ी-प्रायश्चित) तो वो उनके मुँह की और हैरत से तकता रहा और सर झटक कर चल दिया। उस ज़माने में, जब अहमद फ़राज़ का ये शेर ' हम मुहब्बत में भी तौहीद (ईश्वर को एक मानना) के क़ायल हैं फ़राज़, एक ही शख़्स को महबूब बनाये रक्खा' पाकिस्तान की गली गली में मशहूर था, लोग इस बात पे यक़ीन रखते थे कि 'मुहब्बत एक से होती है हज़ारों से नहीं, रौशनी चाँद से होती है सितारों से नहीं' अज़हर का ये शेर कि 'तुझसे कुछ और तअल्लुक़ भी ज़रूरी है मेरा, ये मुहब्बत तो किसी वक़्त भी मर सकती है' लोगों के गले नहीं उतरा।

वक़्त बदला लोगों की सोच बदली और कल तक अज़हर फ़राग़ की जिस शायरी को नकार दिया गया था उससे नयी नस्ल के लोग जुड़ने लगे। नौजवान शायरों ने उनकी राह पकड़ी और शायरी में नयी फ़िज़ा के आने का ऐलान कर दिया। फ़राग़ साहब की इस सोच ने कि 'शायर को सालों के आगे का पता होना चाहिए, सौ साल बाद कैसी दुनिया होगी उसका तसव्वुर होना चाहिए तभी उसका नाम शायरी में ज़िंदा रहेगा। आज के हालत पर शायरी करना तो अख़बार की ख़बर लिखने जैसा काम होगा' ग़ज़ल कहने के अंदाज़ को बदल दिया

रात की आग़ोश से मानूस इतने हो गये
रौशनी में आए तो हम लोग अंधे हो गये

आग़ोश -गोद, मानूस -अभ्यस्त

आँगनों में दफ़्न हो कर रह गई हैं ख़्वाहिशें
हाथ पीले होते-होते रंग पीले हो गये
भीड़ में गुम हो गये हम अपनी उँगली छोड़कर
मुनफ़रीद होने की धुन में औरों जैसे हो गये

मुनफ़रीद-अनूठे

बड़े उस्ताद उन्हीं नौजवानों को अपना शागिर्द बनाया करते जिनसे या तो उन्हें कोई फ़ायदा हासिल होने की उम्मीद होती या फिर किसी दोस्ती या तअल्लुक़ात का क़र्ज़ चुकाना होता। इस वजह से ऐसे युवा जिनमें अच्छी शायरी करने का जज़्बा तो होता था लेकिन उस्ताद तक रसाई का ज़रिया नहीं होता था, आगे नहीं बढ़ पाते थे। इससे दोयम दर्जे के शायर मंज़रे-आम पर छाने लगे और शायरी में गिरावट आने लगी। अज़हर साहब ने नौजवानो की इस तकलीफ़ को शिद्दत से महसूस किया क्यूँकि वो ख़ुद भी शुरू में इस समस्या से दो चार हो चुके थे।

तब अज़हर साहब ने, पाकिस्तान के नौजवान शायरों को ग़ज़ल की बारीकियाँ सीखने में मदद पहुँचाने की ग़रज़ से एक फ़ोरम का गठन किया। अज़हर साहब की रहनुमाई में इस फ़ोरम से जुड़ कर नौजवान शायरों ने एक दूसरे से बहुत कुछ सीखा और शायरी के क्षेत्र में नाम कमाया। बहावलपुर में 2010 के बाद 'नयी ग़ज़ल' की लहर चली जिसमें नौजवान शायरों ने उन सभी विषयों पर जो समाज में कभी टैबू समझे जाते थे, ग़ज़लें कहीं जो बहुत मक़बूल हुईं, नयी ज़मीनें तलाशी गयीं, नए विषय उठाये गए, क्राफ़्ट और कहन की खोज की गयी। ये सब करने में ग़ज़ल के अरूज़ के साथ कोई छेड़छाड़ नहीं की गयी। नयी ग़ज़ल को रिवायती ग़ज़ल के एक्टेंशन के रूप में पेश किया गया। इस बदलाव ने ग़ज़ल में नयी जान फूँक दी, पढ़ने सुनने वालों को इसमें ताज़गी का एहसास हुआ और इससे ग़ज़ल की लोकप्रियता में चार चाँद लग गए।

अज़हर साहब का मानना है कि जिस तरह आम पढ़ने सुनने वालों ने जहाँ इस नयी ग़ज़ल को ख़ुशी से अपनाया वहीं आलोचक अभी भी ग़ज़ल की उसी पुरानी रवायत से चिपके बैठे हैं और इस ताज़गी को नकारने में लगे हैं। पारम्परिक लोग बदलाव को आसानी से नहीं स्वीकारते लेकिन वक़्त उन्हें बाद में स्वीकारने को मजबूर कर देता है। सरकारों के भरोसे रहने से साहित्य का कभी भला नहीं हो सकता। पाठ्य-पुस्तकों में अभी भी उन्हीं को जगह मिलती है जिनकी रचनाएँ अब अपना महत्व खो चुकी हैं यानी सम-सामयिक नहीं हैं। सरकारों को चाहिए की वो चुनिंदा नौजवानों के कलाम भी पाठ्य-पुस्तकों में लाये ताकि आने वाली पीढ़ी को अंदाज़ा हो कि आज के दौर की सोच और शायरी कैसी है।

ग़ज़ल को पूरी तरह से समर्पित अज़हर भाई की दो किताबें सन 2006 में 'मैं किसी दास्ताँ से उभरूँगा' और सन 2017 में 'इज़ाला' के नाम से उर्दू में मंज़र-ए-आम पर आ चुकी हैं। हिंदी में जैसा की पहले बताया है ये ही एक मात्र किताब है जिसमें उनकी 80 ग़ज़लें संकलित हैं और सभी बार बार पढ़ने लायक़ हैं।

अज़हर फ़राग़ साहब के बारे में सब कुछ एक पोस्ट में समेट लेना संभव नहीं लेकिन

और कोई चारा भी तो नहीं इसलिए थोड़े को ज़ियादा माने और आख़िर में उनके ये चंद अशआर पढ़ें-

हम जिसे चाहे अपना कहते रहें
वही अपना है जिसे पा लिया जाये

***

फिर उसके बाद गले से लगा लिया मैंने
ख़िलाफ़ अपने उसे पहले ज़हर उगलने दिया

***

ये नहीं देखते कितनी है रियाज़त किसकी
लोग आसान समझ लेते हैं आसानी को

रियाज़त :अनवरत अभ्यास से आने वाली सिद्धता

***

घर में किसका पाँव पड़ा
छत से जाले उतर गये

***

कुछ इतना सहल न था रौशनी से भर जाना
नज़र दिये पे बड़ी देर तक जमानी पड़ी

सहल: सरल

***

कोई तो नाम हो तअल्लुक़ का
किस हवाले से बोझ ढोया जाय

सरहद के आर-पार की शायरी
रफ़ी रज़ा

ये जो मौजूद है इसी में कहीं
इक ख़ला है तुझे नहीं मालूम
***

तब कहाँ था वो अब कहाँ पर है
पूजता है! तुझे नहीं मालूम
***

इश्क़ खुलता नहीं किसी पर भी
दायरा है! तुझे नहीं मालूम
***

रोते-रोते ये क्या हुआ तुझको
हँस पड़ा है! तुझे नहीं मालूम
***

जिस किताब का ज़िक्र हम करने जा रहे हैं उसके शायर के बारे में किताब के फ़्लैप पर क्या लिखा है आइए सबसे पहले वो पढ़ते हैं। "पहली बात कि ये इस शायर की शायरी में जब मुहब्बत दाख़िल होती है तो पूरी कायनात में फूल खिलने लगते हैं। ग़ुस्सा फूटता है तो बदला नहीं बेबसी होती है। जब ये शायर हैरत के संसार में दाख़िल होता है तो पाठक भी हैरतज़दा हो जाते हैं और सबसे बड़ी बात ये कि ये बने बनाये ढर्रे पर नहीं चलना चाहता और ख़ुद ही सब अनुभव करना चाहता हैं।

सबसे ख़ास बात ये शायर बहुत ईमानदारी से शायरी करता है और जैसा कि इस किताब भूमिका में लिखा है 'ईमानदार शायरी यूँ ही अवाम को बैचैन करने वाली होती है। ये कुछ-कुछ ठहरे पानी में कंकर, बल्कि भारी पत्थर फेंकने का काम है। ज़ाहिर है पानी उछलेगा आवाज़ होगी और छींटे पड़ेंगे तो लोग मार से बचने की कोशिश ही करेंगे, मगर ईमानदार शायरी से कैसे बचा जा सकता है? बंद कमरे के दरवाज़ों, दीवारों को पार कर सुनने की शक्ति पर दस्तकें ही नहीं देती अपितु हथौड़े बजाती है।"

उसे भी ज़िद थी कि माँगूँ तो सब जहाँ देखे
दराज़ मैं भी कहाँ हाथ करने वाला था

दराज़ : फैलाना

खुली हुई थी बदन पर रूवाँ-रूवाँ आँखें
न जाने कौन मुलाक़ात करने वाला था

मैं सामने से उठा और लौ लरज़ने लगी
चिराग़ जैसे कोई बात करने वाला था

किताब 'सरहद के आर-पार की शायरी' शीर्षक के अंतर्गत छपने वाली सीरीज जिसके बारे में आप पहले पढ़ चुके हैं में दो शायर होते हैं एक भारत से दूसरे पाकिस्तान से। इस बार भारतीय शायर हैं जनाब 'तुफ़ैल चतुर्वेदी' साहब जिनकी बेहतरीन शायरी के अलावा इस किताब में आप उनकी लिखी लाजवाब भूमिका भी पढ़ सकते हैं उन्होंने ने ही अपनी और पाकिस्तानी शायर की शायरी के संपादन की ज़िम्मेवारी भी उठाई है। पाकिस्तानी शायर हैं जनाब 'रफ़ी रज़ा' साहब जिनकी उर्दू ग़ज़लों का लिप्यँतरण नौजवान शायर 'इरशाद ख़ान 'सिकंदर' साहब ने किया है।

आज हम पाकिस्तानी शायर 'रफ़ी रज़ा' की शायरी और उनकी ज़िन्दगी पर थोड़ी बहुत बात करेंगे। थोड़ी बहुत इसलिए कि उनकी शायरी पर ही इतनी लम्बी बात हो सकती है कि जिसे समेटने में अच्छी-ख़ासी मोटी किताब भी छोटी पड़े।

रफ़ी रज़ा साहब का नम्बर तुफ़ैल साहब ने दिया और रफ़ी साहब से अपने बारे में मुझे बताने की सिफ़ारिश सिकंदर भाई ने की, मैं दोनों का शुक्रगुज़ार हूँ क्यूँकि उनके सहयोग के बिना ये पोस्ट संभव नहीं थी।

पाकिस्तान में चिनाब नदी के किनारे 'रबवह' (रबवा) जो पंजाब प्रोविंस में है में 9 अक्टूबर 1962 को मुहम्मद रफ़ी का जन्म हुआ। ये नाम उनकी ख़ाला ने बहुत इसरार करके रखवाया जो भारत के विलक्षण और लोकप्रिय गायक 'मुहम्मद रफ़ी' की ज़बरदस्त प्रशंसक थीं। बाद में मुहम्मद नाम कहीं पीछे छूट गया और सिर्फ़ रफ़ी रह गया। रज़ा तख़ल्लुस भी उन्होंने बाद में रखा। अहमदिया जमात में पैदा हुए रफ़ी रज़ा का जीवन आसानी भरा नहीं रहा। यहाँ ये बताना ज़रूरी हो जाता है कि अहमदिया इस्लाम का एक संप्रदाय है। इसका प्रारंभ मिर्ज़ा ग़ुलाम अहमद (1835-1908) के जीवन और शिक्षाओं से हुआ। अहमदिया आंदोलन के अनुयायी ग़ुलाम अहमद को मुहम्मद साहब के बाद एक और पैग़म्बर (दूत) मानते हैं जबकि इस्लाम में पैग़म्बर मुहम्मद ख़ुदा के भेजे हुए अन्तिम पैग़म्बर माने जाते हैं। दुनिया भर के दूसरे मुसलमान इन्हें काफ़िर मानते हैं। इनके हज करने पर भी प्रतिबंध है। सन 1974 में अहमदिया संप्रदाय के मानने वाले लोगों को पाकिस्तान में एक संविधान संशोधन के जरिए ग़ैर-मुस्लिम क़रार दे दिया गया था। एक मुस्लिम देश में ग़ैर-मुस्लिम माने जाने वाले समुदाय की क्या हालत होती है ये वही समझ सकता है जिसने इसे भुगता है।

दुख का इलाज ढूँढ़ रहा था बहाव में
रो-रो के मैंने और दुखा ली हुई है आँख

***

जाते-जाते न मुड़ के देख मुझे
शाम के वक़्त शाम होने दे

***

ये जो कनारे-चश्म तड़प सी है, रंज है
ऐ दिल! यक़ीन कर अभी रोया नहीं गया

***

मैं बुझाता हूँ किसी इश्क़ में मर्ज़ी से अगर
जा चमकता है कहीं और सितारा मेरा

***

मैं शाख़े-उम्र पे बस सूखने ही वाला था
लिपट गया कोई आकर हरा-भरा मुझसे

***

इल्म ख़ुद भी बड़ी मुसीबत है
इससे बढ़ कर वबाल है ही नहीं

***

उसको अंदाज़ा मिरी प्यास का फिर
रेत को पानी पिलाने से हुआ

***

दुश्मन से ही लड़ा है अभी ख़ुद से तो नहीं
मैदाने-कार-ज़ार में आया नहीं है तू

मैदाने-कार-ज़ार : युद्ध स्थल

***

तू ने नफ़रत से मिरी जान तो क्या लेनी थी
मैं यही काम मुहब्बत से किए जाता हूँ

***

एक चलना है कि खिंचता ही चला जाता हूँ
एक रुकना है कि ताक़त से किए जाता हूँ

***

रबवह(रबवा) में उन्होंने पहले 'तालीम उल-इस्लाम' स्कूल और फिर कॉलेज से एफ़ एस सी तक की तालीम हासिल की। तालीम के साथ-साथ देश दुनिया में फैले मज़हबों के बारे में भी जानकारी की। आठवीं क्लास तक आते-आते वो इस्लाम की तारीफ़ पढ़ चुके थे।

पढ़ने का शौक़ रफ़ी साहब को दीवानगी की हद से आगे तक था। ये शौक़ उन्हें अपनी वालिदा से मिला। स्कूल की किताबों के अलावा वो जो जहाँ कहीं कुछ भी लिखा मिलता उसे बहुत दिलचस्पी से पढ़ते चाहे वो सौदा सुलफ़ के साथ आये काग़ज़ पर लिखा हो या दवाओं के साथ आये रैपर पर। दवाओं के रैपर पढ़-पढ़ कर तो उन्हें बहुत सी दवाओं के फ़ार्मूले तक याद हो गए थे जो अमूमन मेडिकल सेल्स रिपेरजेंटेटिव को भी याद नहीं हुआ करते।

एफ़ एस सी करने के बाद वो रबवह छोड़ कर इंस्ट्रूमेंटेशन इंजीनियरिंग के कोर्स के लिये, जो तीन साल का था, सरगोधा के पॉलिटेक्निक कॉलेज में पढ़ने चले गये। ये कोर्स तीन की

जगह चार साल में पूरा हुआ, क्यों? इसके पीछे की कहानी ये बताती है कि किसी भी मुल्क में डिक्टेटरशिप लागू होने पर आम इंसान की ज़िन्दगी पर क्या असर पड़ता है। डिक्टेटर को जो वो सोचता है उसे लागू करने की पूरी आज़ादी होती है वो अपनी भलाई के लिए कुछ भी कर गुज़रने से गुरेज़ नहीं करता। उसे अवाम की कोई परवाह नहीं होती। ये ज़िया उल हक़' के शासन काल की बात है। तक्षिला के पॉलिटेक्निक कॉलेज में कुछ लड़कों ने ज़िया के ख़िलाफ़ बग़ावत की तैयारी के लिए हथियार कॉलेज के एक कमरे में छुपाने शुरू कर दिए। ये बात फ़ौजियों को किसी तरह पता चल गयी। ज़िया उल हक़ तक जब ये ख़बर पहुँची तो उसने, बजाय एक तक्षिला के पॉलिटेक्निक कॉलेज पर एक्शन लेने के, देश के सभी पॉलिटेक्निक कॉलेजों पर एक्शन ले लिया और उन्हें एक साल के लिए बंद कर दिया। इस तुग़लकी निर्णय से पूरे मुल्क के बेक़सूर छात्रों का जिनका इस बग़ावत से दूर दूर का भी रिश्ता नहीं था, पूरा एक साल ख़राब हो गया।

इंस्ट्रूमेंटेशन की पढ़ाई के साथ-साथ रफ़ी साहब ने प्राइवेटली बी. ए. की डिग्री जिसमें उर्दू एडवांस और लिटरेचर एडवांस के साथ-साथ फ़ारसी भी शामिल थी, हासिल कर ली। इस तरह उन्हें उर्दू साहित्य की अच्छी ख़ासी जानकारी हो गयी।

ऐ वाइज़ा तू ख़ुदा की तरफ़ से है ही नहीं
इसीलिए तिरा लहजा डपटने वाला है

वाइज़ा : धर्मोपदेशक

***

डर रहा था मैं गहरी खाई से
पाँव फिसला तो मेरा डर निकला

***

तो क्या दुआएँ करूँ सानहों के होने की
गले मिले हैं सभी सानहे के होने से

सानहों : दुर्घटनाओं

***

जिसकी ज़ुबाँ का ज़ख़्म मिरी रूह तक गया
कौन उससे पूछता तिरी तलवार है कहाँ

***

तू मिल रहा है मुझसे मगर आग है किधर
मिट्टी को क्या करूँ मैं, मुझे जान चाहिए

***

वो रौशनी मिरी बीनाई ले गयी पहले
फिर उसके बाद मिरा देखना मिसाल हुआ

***

ख़ुदा का नाम लिया और फिर भरा साग़र
लो मैं शराब को ख़ुद ही हराम करने लगा

***

बहुत दिनों से ख़मोशी थी चीख़ कर टूटी
जो ख़ौफ़ था मिरे अंदर दहाड़ कर निकला

***

महक रही है कोई याद गुफ़्तगू की तरह
सुलग-सुलग के अगरबत्ती जल रही है कोई

***

वो पहली मुहब्बत चली आती है बुलाने
वो पहला ख़सारा मुझे रुकने नहीं देता

ख़सारा : घाटा

***

रफ़ी साहब को खेल-कूद में बेहद दिलचस्पी थी। स्कूली दिनों में वो तक़रीबन हर खेल की टीम में शिरकत करते और टीम को जिताते लेकिन उनके इस हुनर को किसी ख़ास टूर्नामेंट के वक़्त, सिफ़ारिशी बच्चों की ख़ातिर नज़रअंदाज़ कर दिया जाता। जब भी स्कूल के बाहर कोई टीम भेजनी होती उसमें उनकी जगह किसी रसूख़दार बच्चे का नाम होता। ये भेदभाव दुनिया भर में खेलों में ही नहीं बल्कि ज़िन्दगी में कहाँ नहीं होता? रफ़ी साहब इस बात को जानते थे लेकिन जब ये भेदभाव वो अपने साथ ज़रूरत से ज़ियादा होते देखते तो इस नाइंसाफी पर ख़ून के घूँट पी कर रह जाते। उन्होंने टीम वाले खेलों को छोड़ उन खेलों की तरफ़ रुख़ किया जिसमें आप अकेले अपने दमखम पर हिस्सा लेते हैं जैसे एथेलेटिक्स और ख़ूब मैडल जीते।

आठवीं जमात से रफ़ी साहब को लिखने का शौक़ परवान चढ़ा। उन्हें लगा कि कहानियाँ लिखने से ग़ज़लें और नज़्म लिखना आसान है। इसके लिए उस्ताद की तलाश शुरू हुई, कुछ मिले भी लेकिन वहाँ भी जब उन्होंने दोयम दर्जे के शायरों को वाह वाही पाते और उस्ताद को उनकी हौसला अफ़ज़ाही करते देखा तो उस्ताद की तलाश बंद कर दी और किताबों का सहारा लिया। किताबों को अपना उस्ताद बनाया उन्हीं से अरूज़ सीखा और ग़ज़ल में लफ़्ज़ बरतने का सलीक़ा भी। आज वो जिस मुक़ाम पर हैं वो अपने इस पढ़ने की आदत की वजह से ही हैं।

उन्होंने अपनी ग़ज़ल सं 1979 में कही जो लाहौर के उस रिसाले में छपी जो अहमीदियों में बहुत मक़बूल था। बाद में उनकी ग़ज़लें बग़ावती तेवर वाली थीं जो जिया की हुकूमत के ख़िलाफ़ थीं लेकिन क़िस्मत से फ़ौजियों की नज़रों से बच गयीं वरना उन दिनों बग़ावत करने और शासक के ख़िलाफ़ लिखने वालों को उठा कर जेल में डाल दिया जाता था।

धीरे-धीरे वो पहले छोटी छोटी नशिस्तों में और फिर मुशायरों में ग़ज़लों में पढ़ते पढ़ते मक़बूल होते तो होते गए लेकिन उन्हें ये मक़बूलियत थोथी लगी। उन्हें ये बात समझ में आने

लगी कि अगर शायरी की दुनिया में अपना नाम पुख़्ता तौर पर दर्ज करवाना है तो वो लिखना पड़ेगा जो सबसे अलग हो। चौंकाने वाली शायरी कुछ वक़्त आपको वाह वाही दिला देती है लेकिन उसके बाद उसका कोई वजूद नहीं रह जाता।

करती है हर घड़ी मिरे दिल में शुमारे-उम्र
क़िस्तों में क़ैद से यूँ रिहा हो रहा हूँ मैं

शुमारे-उम्र : उम्र की गिनती

***

बदन थमाते हुए ये नहीं बताया था
तमाम उम्र ये कोहे-गिराँ पकड़ना है

कोहे-गिराँ : भारी पहाड़

***

ये सूरज बुझ रहा है जो उफ़क़ में
मुझे अपनी कहानी लग रही है

***

एक इस उम्र का ही काटना काफ़ी नहीं क्या
इश्क़ का बोझ मिरी जाँ पे इज़ाफ़ी नहीं क्या

इज़ाफ़ी : अतिरिक्त

***

तुम मिल गए तो देखो तुम्हारी ख़ुशी को फिर
चारों तरफ़ से दुख ने हिफ़ाज़त में ले लिया

***

सब्ज़ होने से हक़ीक़त तो नहीं बदलेगी
लाख इतराए मगर अस्ले-शजर मिट्टी है

अस्ले-शजर : पेड़ की वास्तविकता

***

अब बोलने लगा हूँ ज़मीं के ख़िलाफ़ भी
मुझको बना रहा है निडर इतना आसमान

***

नतीजा कुछ भी निकले कुछ तो निकले
मुसलसल इम्तिहाँ का क्या किया जाये

***

सुनने से तो ख़ुशबू का तअल्लुक़ भी नहीं है
क्यों बात वो करता है महकने के बराबर

***

ये फड़फड़ाता हुआ शोला खोल दे कोई
बंधा चराग़ से क्यों आग का परिंदा है
***

इंस्ट्रूमेंटेशन के बाद उनकी दिलचस्पी इलेक्ट्रॉनिक्स की और हुई इसलिए उन्होंने इलेक्टॉनिक्स के क्षेत्र में तालीम हासिल की और पाकिस्तान में जब कम्यूटर आया तो वो उस इंडस्ट्री के साथ जुड़ गए। ये उनकी ज़िन्दगी का टर्निंग प्वाइंट था क्यूँकि इसी इंडस्ट्री ने उन्हें कैनेडा में बसने और नौकरी का मौक़ा दिया और वो पाकिस्तान से कैनडा शिफ्ट हो गए। अंतर्राष्ट्रीय स्तर की कम्यूटर कंपनियों में काम करते करते वो जल्द ही उकता गए और फ़ार्मेसी की और मुड़ गए लेकिन वहाँ भी उनका मन ज़्यादा देर तक नहीं टिका। बेचैनी की हालत में किसी ने उन्हें 'एंटोमोलोजी' का कोर्स करने की सलाह दी। एंटोमोलोजी आप जानते होंगे कि इंसेक्ट्स और उनके इंसान के साथ संबंध का विज्ञान है। केनेडा की प्रतिष्ठित यूनिवर्सिटी से उन्होंने एंटोमोलोजी का कोर्स किया और वो अभी उसी से जुड़ी इंडस्ट्री में काम कर रहे हैं।

ये सब करने के साथ-साथ शायरी का सफ़र भी लगातार चलता रहा। शायरी में उन्होंने अपनी मेहनत से अपनी जगह बनाई। रफ़ी साहब का मानना है कि आप जो कुछ भी करें दिल से करें और सबसे अलग करने की सोचें। पगडंडियों पर चलने वालों के पाँव के निशान उस पर ज़्यादा देर तक नहीं रह पाते, यदि आप अपने पाँव के निशान छोड़ना चाहते हैं तो आपको अलग रास्ते पर ही चलना होगा। एक पिटे हुए धारे से ख़ुद की शायरी को अलग रखना बेहद मुश्किल काम है। रफ़ी साहब चाहते हैं कि उनकी शायरी पढ़ कर लोग पहचान लें कि ये कलाम रफ़ी रज़ा का है।

मिरे मिज़ाज को बख़ियागरी नहीं आती
तअल्लुक़ात का धागा उधड़ता रहता है
***

खिड़की से देखते हुए क्यों पीछे हट गईं
क्या रौशनी गली की बुझाने लगी हो तुम
***

सिमटने की कोई हद पार कर आया हूँ क्या मैं
जो अब मेरा बिखर जाना ज़रूरी हो गया है
***

कहना तो था कि ख़ुश हूँ तुम्हारे बग़ैर भी
आँसू मगर कलाम से पहले ही गिर गया
***

सोचते रहने में अंदाज़ा नहीं था मुझको
सोचते रहने में मुहलत ने निकल जाना है
***

न जाने किसको ज़रूरत पड़े अँधेरे में
चराग़ राह में देखा था घर नहीं लाया
***

सर उठाता हूँ तो ढह जाता हूँ
कोई दीवार हूँ मिट्टी की तरह
***

रफ़ी साहब का मानना है कि "एक नयी धारा या सोच या तर्ज़, जिसे क़ुबूलियत भी मिले बल्कि क़ुबूलियते-आम मिले, को शायरी में पैदा करना बहुत मुश्किल काम है क्यूँकि यदि अलग करने की फ़िक्र में आप शायरी की ज़ुबान या उसकी स्टाइल या डिक्शन बदल देते हैं तो फिर उसकी तासीर कम हो जाने का डर रहता है। उर्दू ग़ज़ल का मसअला ये है बल्कि ख़ासियत ये है कि इसे तग़ज़्ज़ुल के बग़ैर क़ुबूलियत नहीं मिलती। तग़ज़्ज़ुल का मतलब ऐसे है जैसे जब आपको भूख लगती है और आपको खाना दिखाया जाता है तो उस खाने की ख़ुशबू से उसको देखने से आपके मुँह में स्लाइवा बनना शुरू हो जाता है जिसे राल टपकना भी कहते हैं। ग़ज़ल में तग़ज़्ज़ुल वो राल ही है जो श्रोता सुनने से पहले ख़ुद को तैयार करते हुए अपने ज़ेहन को एक ख़ास रौ में ले के आता है एक ख़ास माहौल उसके ज़ेहन में होता है वो उसी को एक्पेक्ट करता और उसी पर रिएक्ट करता है। यानी भर पेट खाने के बावजूद खाने को देखते रहने और उसे लगातार खाने को दिल करे। जिसे खा कर वो कहे कि अहा स्वाद आ गया। ये स्वाद ही तग़ज़्ज़ुल है। स्वाद जो आपके सेंसेस को जगा दे। बासी फ़ीका अधपका खाना सिर्फ़ बेहद भूखा इंसान ही खा सकता है। भरपेट इंसान को तो उसे देखना भी गवारा नहीं होगा खाना तो दूर की बात है। देखिए दुनिया भर में मसाले वही होते हैं नमक मिर्च हल्दी धनिया आदि उनका अनुपात ही खाने में स्वाद लाता है, ये अनुपात सीखना ही असली हुनर है।

अपनी शायरी में जो ये स्वाद यानी तग़ज़्ज़ुल पैदा कर लेता है वो कामयाब हो जाता है। शायरी सहज होनी चाहिए, बहती हुई सी, रवानी लिए हुए। चौंकाने वाली शायरी की उम्र लम्बी नहीं होती चाहे उसे कितनी भी मक़बूलियत मिली हो। कामयाबी के लिए एक बात ये भी है कि अपनी शायरी में आप मुश्किल लफ़्ज़ों के इस्तेमाल से परहेज़ करें। उन्होंने अपनी शायरी में उन लफ़्ज़ों का इस्तेमाल भी किया है जिनमें फ़्लो नहीं होता जैसे पछाड़ उखाड़ झाड़ आदि और इसे लोगों ने इसे पसंद भी किया।

कौन कहता है कि ईमान से डर लगता है
मुझको अल्लाह के दरबान से डर लगता है
ग़ैर के डर का वो अंदाज़ा लगा सकता है
जिस मुसलमाँ को मुसलमान से डर लगता है
झाँकते क्यों नहीं ख़ुद अपने गिरेबान में आप
आप को अपने गिरेबान से डर लगता है

कल सुनी गुफ़्तगू हैवानों की छुपा कर मैंने
सभी कहते थे कि इंसान से डर लगता है

रफ़ी साहब ने कुछ अलग क़िस्म की शायरी करने के लिए अपने साथ के और पुराने शायरों को पढ़ना शुरू किया और उन पर आलोचनात्मक लेख भी लिखने लगे। आलोचना में उन्होंने बहुत ईमानदारी से काम किया और आलोचना करते वक़्त ये नहीं देखा कि शायरी उनके दोस्तों की है या दुश्मनों की। कुछ तो मज़हबी पाखण्ड के विरोधी विचारों के कारण और कुछ आलोचना में सच कहने के कारण उनके दुश्मनों की तादाद दोस्तों से बहुत ज़्यादा हो गयी। इससे उनकी सोच में बिल्कुल भी फ़र्क़ नहीं पड़ा। वो साफ़ तौर पर सबसे कहते भी हैं कि फ़ुलाँ शख़्स की शायरी में मुझे ये कमी नज़र आ रही है यदि आप मेरी दलील से इत्तेफ़ाक़ नहीं रखते तो तो कोई बात नहीं आप बताएँ कि मैं कहाँ ग़लत हूँ और यदि आप साबित करते हैं कि मैं ग़लत हूँ तो मुझे अपनी ग़लती मानने में कोई ऐतराज़ नहीं है लेकिन होता इसके उलट है लोग आलोचना से तिलमिला जाते हैं और व्यक्तिगत बातों पर कीचड़ उछालना शुरू कर देते हैं। रफ़ी साहब ऐसी लोगों और उनकी बातों से घबराते नहीं हैं बिना डरे अपनी बात पुख़्ता ढंग से कहते हैं।

तुफ़ैल साहब ने किताब की भूमिका में लिखा भी है कि "ग़लत को ढोल बजा कर सबके सामने लाना इसलिए भी ज़रूरी है कि ऐसा न किया जाये तो दुरुस्त के साथ सदियों से होती आयी नाइंसाफ़ी बंद नहीं हो पायेगी। ये विरोध बड़े पैमाने पर लोगों में उलझन पैदा करता है। कान-पूँछ लपेट कर कूँ कूँ करते हुए किसी तरह ज़िन्दगी जीने वाले लोग ग़ुर्राने वाला लहजा नापसंद तो करेंगे ही।"

रफ़ी साहब शायरी के अलावा एक्टिविस्ट भी हैं और बेहद ज़रूरतमंदों की मदद के लिए किसी भी हद तक चले जाते हैं। उर्दू में उनके दो ग़ज़ल संग्रह 'सितारा लकीर छोड़ गया' और 'इतना आसमान' प्रकाशित हो चुके हैं। देवनागरी में पहली बार राजकमल प्रकाशन ने उनकी शायरी को इसे प्रस्तुत किया है। आप अगर शायरी यानी अच्छी और भीड़ से अलग क़िस्म की शायरी पढ़ने में रुचि रखते हैं तो ये किताब आपके पास ज़रूर होनी चाहिए जो कि अमेज़न से ऑन लाइन मँगवाई जा सकती है।

चलते चलते आइए पढ़ते उनकी एक छोटी बहर की ग़ज़ल के चंद शे'र:

जहाँ रोना था रो सके न वहाँ
इसी ख़ातिर इधर उधर रोये

लोग रोये बिछड़ने वालों पर
और हम ख़ुद को ढूँढ़ कर रोये

कोई चारा बचा नहीं होगा
वर्ना क्यों मेरे चारागर रोये

चारागर : चिकित्सक

है ख़ुदा जब कि हर जगह मौजूद
छुपछुपा कर कोई किधर रोये

कुछ निशान काग़ज़ पर
के.पी.अनमोल

बच्चे साँस रोके बैठे थे तभी मंच से नाम की घोषणा हुई और उसके बाद जो तालियाँ बजी उन्होंने रुकने का नाम ही नहीं लिया। रुकती भी कैसे? आख़िर ऐसा करिश्मा स्कूल में पहली बार जो हुआ था। लगातार तीसरी बार प्रथम स्थान। आठवीं कक्षा में, नौवीं में और अब दसवीं में भी। अनवरत बजती तालियों के बीच मुस्कुराता हुआ वो बच्चा मंच पर आया जिसका नाम घोषित करते वक़्त शिक्षक की ख़ुशी का पारावार न था। वो बच्चा इस शिक्षक का ही नहीं स्कूल के हेडमास्टर से लेकर सभी शिक्षकों का चहेता था। सिर्फ़ पढ़ाई में ही नहीं क्रिकेट के मैदान पर जब वो बल्ला ले कर उतरता तो विपक्षी टीम के बॉलर को समझ नहीं आता कि वो उसे कहाँ बॉल डाले जहाँ उसका बल्ला न पहुँच पाये, कप्तान ये सोच कर परेशान होता कि वो फ़ील्डर कहाँ खड़ा करे ताकि उसके बल्ले से निकली बॉल बाउंडरी पार न कर पाये और जब वो बॉल लेकर ओवर फेंकने जाता तो बल्लेबाज़ अपनी क़िस्मत को कोसता कि कहाँ इसके सामने आ गया।

वो एक ऐसा बच्चा था जिस पर पूरे स्कूल को गर्व था। स्कूल वालों को तो पक्का यक़ीन था कि अब ग्यारवीं में ये बच्चा टॉप करेगा ही और फिर अगले साल बाहरवीं की बोर्ड परीक्षा में वो मैरिट में आ कर स्कूल का नाम पूरे प्रदेश में रौशन करेगा।

ग्यारवीं कक्षा में उसके शिक्षकों ने एक मत से उसे साइंस दिलवा दी। शिक्षक चाहते थे कि बच्चा साइंस की पढ़ाई कर इंजिनियर बने जबकि बच्चे का रुझान आर्टस की ओर था। घर और स्कूल वालों के इसरार से बच्चे ने आख़िर, बेमन से ही सही, साइंस पढ़ना मंज़ूर किया और क्लास टेस्ट्स में आशा के अनुरूप सबसे आगे रहा।

वार्षिक परीक्षाएँ सर पर थीं और पढ़ाई पूरे ज़ोर पर, तभी वो हुआ जिसकी किसी को उम्मीद नहीं थी।

खड़े ऊँचाइयों पर पेड़ अक्सर सोचते होंगे
ये पौधे किस तरह गमलों में रह कर जी रहे होंगे

***

दहशत के मारे भाग गये दश्त तरफ़
लफ़्ज़ों ने सुन लिया था छपाई का फ़ैसला

***

बुलन्दियों पे ज़रा देर उसको टिकने दें
अभी ग़लत है उसे आपका सफल कहना

***

अफ़सोस, दर्द, टीस, घुटन, बेकली, तड़प
क्या-क्या पटक के जाती है दुनिया मेरे आगे

आग से शर्त लगाई है तुम्हारे दम पर
ऐ हवाओं! न मेरा नाम डुबाया जाए

***

उसे कुछ इस तरह शिद्दत से ख़ुद में ढूँढ़ता हूँ मैं
मुसाफ़िर जिस तरह रस्ते में छाया ढूँढ़ते होंगे

***

रात-भर प्यार हँसी, शिकवे, शिकायत मतलब
एक कमरे का हँसी ताजमहल हो जाना

***

बे सबब अपनी फ़ितरत को बदलने बजाय
चंद आँखों में खला जाय, यही बेहतर है

***

रखा था इसलिए काँटों के बीच तूने मुझे
ऐ मेरी ज़ीस्त! तुझे इक गुलाब होना था

***

आँख खुली जब, चिड़िया ने चुग डाले खेत
अब क्या, अब तो खर्राटे पर रोना था

***

इस बात को अभी यहीं छोड़ कर चलिए थोड़ा पीछे चलते हैं। राजस्थान के जालोर जिले का एक गाँव है 'सांचोर' जिसका अभी हाल ही में अख़बारों में ज़िक्र आया है क्यों कि वहाँ जून 2020 में एक 2.78 किलो का उल्का पिंड बहुत बड़े धमाके साथ गिरा था उसी सांचोर गाँव में 19 सितम्बर 1989 को एक मध्यमवर्गीय परिवार में उस प्रतिभावान बच्चे का जन्म हुआ जिसका ज़िक्र हम ऊपर कर चुके हैं। बच्चे में पढ़ने की भूख उसके पिता को बचपन से ही नज़र आने लगी। ये बच्चा अपनी क्लास की किताबों के अलावा अपने से बड़े भाइयों की क्लास की किताबें ख़ास तौर पर हिंदी की बड़े चाव से पढ़ डालता।

पिता ने एक बार उसे बाज़ार से राजस्थान पत्रिका द्वारा प्रकाशित बच्चों की पाक्षिक पत्रिका 'बालहँस ' पढ़ने को ला कर दी। इस पत्रिका को पढ़ कर तो जैसे बच्चे में और पढ़ने की भूख बढ़ गयी। पिता के संग जाकर उसने वो दूकान देख ली जहाँ बालहंस के अलावा और दूसरी बच्चों की पत्रिकाऐं जैसे 'नन्दन', 'नन्हें सम्राट' आदि मिला करती थीं। पाठ्यपुस्तकों के अलावा अब ये पत्रिकाऐं भी नियमित रूप से पढ़ी जाने लगीं। पत्रिकाएँ देख कर बच्चे का मन करता कि उसकी रचनाएँ और फ़ोटो भी ऐसे ही इन पत्रिकाओं में छपे जैसे दूसरे लेखकों के छपती हैं। पत्रिकाओं में छपने की इस प्रबल चाह में बच्चे ने लिखना शुरू किया।

बहुत हुआ कि हक़ीक़त की छत पे आ जाओ
भरी है तुमने अभी तक उड़ान काग़ज़ पर

हैरत है पीपल की शाख़ों से कैसे अरमाँ
पतले-पतले धागों में आ कर बँध जाते हैं
***

पेशानी पर बोसा तेरी चाहत का
दिल पर कितने जंतर-मंतर करता है
***

हर इक जगह तलाशते हैं अपना आदमी
कहने को जात-पात से हैं कोसो दूर हम
***

अजब-सा ख़ौफ़ है बस्ती में तारी
शहर को धर्म का दौरा पड़ा है
***

नाज़ुक मन पर रंग हज़ारों चढ़ते हैं
दिल से दिल की जब कुड़माई होती है
***

ज़्यादा सहूलतों के हैं नुक़्सान भी ज़्यादा
साये बड़े तो होंगे ही परबत के मुताबिक़
***

कुछ नहीं मुझ में कहीं भी कुछ नहीं है
पर 'नहीं' में भी तेरी मौजूदगी है
***

अगरचे छाँव है तो धूप भी है
कई रंगों में क़ुदरत बोलती है
***

हर क़दम पर हादसों का डर सताता है यहाँ
ज़िन्दगी है हाइवे का इक सफ़र अनमोल जी
***

ग्यारवीं में बच्चे ने पहली कविता लिखी जो, कि जैसा उस उम्र का तक़ाज़ा होता है, थोड़ी रोमाँटिक थी, लिहाज़ा उसने किसी को नहीं दिखाई। फिर देश प्रेम से ओतप्रोत एक कविता लिखी जो हर किसी को पढ़वाने लायक़ थी। बच्चा चाहता था कि इस कविता को वो अपने पिता को दिखाए क्यूँकि उन्हीं की प्रेरणा से ही उसने लेखन शुरू किया था। बच्चा अपनी इस कविता को पिता को दिखाता उस से पहले ही पिता बीमार हो गये। बच्चे ने सोचा कि दो तीन दिन बाद जब पिता ठीक हो जायेंगे तब दिखायेगा लेकिन 'तभी वो हुआ जिसकी किसी को उम्मीद नहीं थी'

पिता के अचानक इस तरह दुनिया-ए-फ़ानी से रुख़्सत होने के बाद जैसे बच्चे के पाँवों

तले से ज़मीन ही खिसक गयी। घर में एक मात्र वो ही कमाने वाले थे लिहाज़ा उनके जाने के बाद घर की माली हालात बिगड़ गयी। गंभीर आर्थिक संकट मुँह बाए खड़ा हो गया। ग्यारवीं की परीक्षाएँ सर पर थीं लेकिन मातमपुर्सी के रस्मो-रिवाज के चलते बच्चा उन दिनों एक अक्षर भी नहीं पढ़ पाया जिन दिनों उसकी सबसे ज़ियादा ज़रूरत थी। नतीजा वो हुआ जो नहीं होना चाहिए था। प्रथम श्रेणी में पास होने की उम्मीद में पढ़ने वाले बच्चे की सप्लीमेंट्री आयी। आकाश नापने के ख़्वाब देखने वाले परिंदे के मानों पर ही कतरे गये।

लेखन छूटा, स्कूल छूटा, पढ़ाई छूटी लेकिन हिम्मत और हौसला नहीं छूटा। बच्चे ने परिवार को आर्थिक सम्बल देने के लिए गाँव में अपनी परचूनी की छोटी सी दूकान खोल ली और साथ ही ख़ाली वक़्त में प्राइवेटली बारहवीं की परीक्षा की तैयारी की और पास हुआ।

चाय का कप, ग़ज़ल, तेरी बातें
कैसे अरमान पलने लगते हैं

***

जो फेंकी ज़िन्दगी ने यार्कर थी
उस अंतिम गेंद पर छः जड़ चुका हूँ

***

दफ़्तर, बच्चे, बीवी, साथी, रिश्ते-नाते, दुनियादारी
सबके सबको ख़ुश रख पाना इतना तो आसान नहीं है

***

बहुत आसान है मुश्किल हो जाना
बहुत मुश्किल है पर आसान होना

***

बहुत मासूम है दिल गर बिछड़ जाये कोई अपना
फ़लक पर नाम का उसके सितारा ढूँढ़ लेता है

***

आदमी बनने की ख़ातिर छटपटाता वो रहा
रब समझ कर तुम इबादत उम्र भर करते रहे

***

पीठ से ख़ंजर ने करली दोस्ती
और फिर बदला अधूरा रह गया

***

समंदर हो कि मौसम हो या फिर लाचार इंसाँ हो
कहाँ समझे जहाँ वाले किसी की ख़ामोशी की हद

***

ख़त के लफ़्ज़ों के बीच मैं ख़ुद को
उसकी टेबल पे छोड़ आया हूँ

थोड़ा अच्छा होना, होता है अच्छा
वरना महँगी पड़ जाती अच्छाई है
***

बच्चे की पढ़ने की ललक देखिए कि घोर आर्थिक तंगी होने के बावजूद उसने अपनी दूकान पर नियमित अख़बार मँगवाना शुरू दिया क्यूँकि अख़बार के साथ अलग अलग दिन विशेष परिशिष्ट जो आते थे। परचूनी की दूकान से थोड़ी बहुत आमदनी होने लगी। धीरे-धीरे कहावत 'हिम्मत-ए-मर्दां मदद ए ख़ुदा' सच होने लगी। मुश्किल हालात ने बच्चे को मानसिक रूप से मज़बूत बनाया और अपने पाँव पर खड़े होने का हुनर तो सिखाया लेकिन आगे क्या करना है ये समझाने वाला न कोई घर में था न गाँव में। बच्चे ने अपनी समझ के अनुसार सरकारी नौकरी पाने के लिए बी.ए. में अंग्रेज़ी विषय लिए, पास हुआ लेकिन सरकारी नौकरी नहीं मिली। एक दिन अपनी दूकान किसी सौंप कर वो एक प्राइवेट स्कूल में बच्चों को पढ़ाने की नौकरी करने लगा। स्कूल में नौकरी इसलिए की ताकि पढ़ने लिखने का मौक़ा मिलता रहे। कुछ समय बाद अपना एक छोटा सा कोचिंग सेंटर खोल लिया जो चल निकला। ज़िन्दगी ढर्रे पर लौटने लगी।

तभी सं 2009 के अंत में आमिर ख़ान की फ़िल्म आयी 'थ्री इडियट्स ' जिसे देख बच्चे को एहसास हुआ कि वो जो कर रहा है उसे जीना नहीं कहते। ज़िन्दगी में अगर अपने सपने साकार करने का प्रयास न किया तो जीना व्यर्थ है। सपना था लेखक बनने का। सन 2010 इस बच्चे के जीवन में टर्निंग प्वाइंट बन कर आया। अपने सपने साकार करने ये लिए इस बच्चे ने अपने जमे -जमाये काम के साथ-साथ गाँव भी छोड़ दिया।

सपनों को साकार करने की धुन में जोखिम उठाने वाला ये बच्चा आज हिंदी ग़ज़ल के आकाश में एक चमकता सितारा है जो के.पी.अनमोल के नाम से जाना जाता है। इन्हीं की ग़ज़लों की किताब 'कुछ निशान काग़ज़ पर' हमारे सामने है जिसे 'किताबगंज प्रकाशन' ने प्रकाशित किया है। ये ग़ज़लें पाठक के दिल पर निशान छोड़ने में सक्षम हैं।

ख़ूब ज़रूरी हैं दोनों
झूठ ज़रा-सा ज़्यादा सच
***

ख़ुद को बना सका न मैं सौ कोशिशों के बाद
और उसने एक बार में छू कर बना दिया
***

सवाल ये नहीं है लौट कैसे आया वो
सवाल ये है कि वो लौट कैसे आया है
***

कुछ रोज़ कोई मेरा भी ज़िम्मा सँभाल ले
तंग आ चुका हूँ अब तो मैं ख़ुद को सँभाल कर

कुछ न मन का कर सकें, ये वक़्त की कोशिश रही
काम मन के ही मगर हम, ख़ासकर करते रहे

***

अनमोल जी ने गाँव छोड़ जोधपुर का रुख़ किया जहाँ उन्हें एक स्वस्थ साहित्यिक माहौल मिला। जोधपुर में स्वतंत्र लेखन के साथ कम्पीटीटिव परीक्षाओं की तैयारी भी चलने लगी। जोधपुर के वरिष्ठ साहित्यकारों के सानिध्य से उन्होंने बहुत कुछ सीखा। इतना सब होने के बावजूद अनमोल जी को अपनी मंज़िल का रास्ता सुझाई नहीं दे रहा था। तभी उनके जीवन में आये एक शख़्स ने उन्हें हिंदी में एम.ए. करने की सलाह दी। इस सलाह से जैसे मंज़िल का रास्ता आलोकित हो गया। हिंदी शुरू से अनमोल जी का प्रिय विषय रहा था। उन्होंने हिंदी में सिर्फ़ प्रथम श्रेणी से एम.ए. ही नहीं किया बल्कि कॉलेज में टॉप भी किया।

व्यक्तिगत कारणों से वो 2014 में जोधपुर से रुड़की आ गए और फिर यहीं के हो कर रह गए। रुड़की में उन्होंने वेब डिज़ाइनिंग का कोर्स किया और फिर उसी को पेशा बना लिया। वेब डिज़ाइनिंग से उनकी भौतिक ज़रूरतें पूरी होती हैं लेकिन अपनी मानसिक ज़रूरीयात को वो 'हस्ताक्षर' वेब पत्रिका निकाल कर पूरा करते हैं। पिछले पाँच से अधिक वर्षों से लगातार प्रकाशित 'हस्ताक्षर' हिंदी की प्रतिष्ठित वेब पत्रिका के रूप में स्थापित हो चुकी है। इस अनूठी मासिक वेब पत्रिका में आप हिंदी में साहित्य की लगभग सभी विधाओं को पढ़ सकते हैं। यदि आप किसी विधा में लिखते हैं तो अपना लिखा प्रकाशन के लिए भेज भी सकते हैं। हस्ताक्षर वेब पत्रिका का अपना एक विशाल पाठक समूह है जो लगातार बढ़ता ही जा रहा है।

जीवन में अब अनमोल वो काम करते हैं जिसे उनका दिल चाहता है। थ्री ईडियट्स फ़िल्म की टैग लाइन की तरह उनके जीवन में अब 'आल इज वैल' है।

ज़रा सा मुस्कुराने लग गये हैं
मगर इसमें ज़माने लग गये हैं
जवाँ उस दम हुईं रूहें हमारी
बदन जब चरमराने लग गये हैं
बस इक ताबीर के चक्कर में मेरे
कई सपने ठिकाने लग गये हैं
मुसलसल अश्क, बेचैनी उदासी
मेरे ग़म अब कमाने लग गये हैं

इस 'ऑल इज वैल' के पीछे कितना संघर्ष छुपा है इसका किसी को अंदाज़ा नहीं है। अनमोल जी के जीवन की कहानी हमें प्रेरणा देती है कि ऊपर वाले के दिए इस जीवन को हमें अपने हिसाब से अपनी ख़ुशी से जियें। ऊपर वाला माना बहुत ही कम लोगों को सब कुछ तश्तरी में परोस कर देता है लेकिन सबको एक चीज़ बहुतायत में देता है वो है 'हिम्मत'। अफ़सोस बहुत कम लोग ऊपर वाले के दिए इस गुण को अपनाते हैं। अपने सपनों को साकार

करने में संघर्ष करना पड़ता है और जो हिम्मत से संघर्ष करता है उसे मंज़िल मिलती ही है।

अनमोल जी की बचपन से छपने की चाह ने ही उन्हें आज इस मुक़ाम पर ला खड़ा किया है। 'कुछ निशान काग़ज़ पर' से पहले उनका एक ग़ज़ल संग्रह 'इक उम्र मुकम्मल' भी छप चुका है। हिंदी के वरिष्ठ ग़ज़ल कारों जैसे श्री ज़हीर क़ुरेशी, ज्ञान प्रकाश विवेक, हरेराम समीप, अनिरुद्ध सिन्हा आदि ने उनकी ग़ज़लों को अपने ग़ज़ल संकलन में शामिल किया है उन पर आलोचनात्मक लेख लिखे हैं, ये बात युवा ग़ज़लकार के लिए किसी भी बड़े ईनाम से कम नहीं है।

हिंदी ग़ज़ल पर अनमोल जी के लिखे आलोचनात्मक लेख बहुत चर्चित हुए हैं। उनकी ग़ज़लें देश की प्रतिष्ठित पत्रिकाओं और वेब पत्रिकाओं में निरंतर प्रमुखता से स्थान पाती हैं। दूरदर्शन राजस्थान और आकाशवाणी से भी उनकी ग़ज़लें प्रसारित हुई हैं। इसके अलावा उनकी ग़ज़लें, न्यूज़ीलैंड की 'धनक', केनेडा की 'हिन्द चेतना', सऊदी अरब की 'निकट', आयरलैंड की 'एम्स्टेल गंगा' और न्यूयार्क की 'NASKA; जैसी लोकप्रिय वेब पत्रिकाओं में प्रकाशित हो चुकी हैं। सहज सरल भाषा में गहरी बात व्यक्त करने में सक्षम ये ग़ज़लें पढ़ते सुनते वक़्त सीधे दिल में उतर जाती हैं।

मृदु भाषी अनमोल जी आज जहाँ हैं, वहाँ बहुत ख़ुश हैं और संतुष्ट हैं यही तो एक सफल जीवन की उपलब्धी होती है।

इतना सब कुछ मिल जाने पर भी अनमोल जी को अपनी पहली रचना अपने पिता को न सुना पाने का ग़म अभी भी सालता है। वो इस बात का ज़िक्र करते हुए बहुत भावुक हो जाते हैं। हमें यक़ीन है कि चाहे वो अब उनके आसपास मौजूद नहीं हैं लेकिन जहाँ भी हैं आज अपने बेटे को इस मुक़ाम पर देख कर ख़ुश होते होंगे। अनमोल की कामयाबी के पीछे उनके पिता की अदृश्य दुआओं का ही हाथ है। आज वो जो हैं उनकी दी हुई तरबियत का ही नतीजा हैं।

अनमोल जी को उनके उज्जवल भविष्य के लिए आप उनके मोबाइल न. 8006623499 पर शुभकामनाएँ देते हुए उनसे इस किताब की प्राप्ति का आसान रास्ता पूछ सकते हैं।

आइए अंत में उनकी ग़ज़ल ये शेर पढ़वाता चलता हूँ।

ये क्यों सोचूँ किसी ने क्या कहा है
मेरे जीने का अपना फ़लसफ़ा है
बहुत गहरी ख़ामोशी ओढ़ मुझमें
समंदर दूर तक पसरा पड़ा है
मेरी नज़रों से देखो तुम अगर तो
इसी दीवार में इक रास्ता है
नदी बहती है कितना दर्द लेकर
किनारों को कहाँ कुछ भी पता है

किरचियाँ दर्द की
मीना नक़वी

जो अपनी ज़मीनों की हिफ़ाज़त नहीं करते
इज़्ज़त के फ़लक उनसे मुहब्बत नहीं करते
***

जाने किसलिए हस्सास इतना दिल हुआ मेरा
तबस्सुम में मुझे आवाज़ आती है कराहों की

हस्सास :संवेदनशील

***

ख़त हमारे रख लिये और हमसे नज़रें फेर लीं
एक काग़ज़ से भी कम क़ीमत हमारे दिल की है
***

ये और बात है मंसूब हूँ मैं उससे मगर
ये सच है उस पे मेरा इख़्तियार कुछ भी नहीं
***

ऐ ज़िन्दगी बस उसमें दो बातें मिलीं मुझको
इक तजरुबा मीठा है, इक याद कसैली है
***

वुसअतें उमीदों की क़ैद करके क्या होगा
ख़्वाब के परिंदों के घोंसले तो घर में हैं

वुसअतें :ऊँचाइयाँ

***

ये सारे तमग़ा-ओ-सौग़ात अपने पास रखें
कटे सरों को अता करके ताज क्या होगा
***

किसी के हाथ में होती है डोर क़िस्मत की
पतंग बनना किसी का नसीब होता है
***

जब तक रही तलाश तो लुत्फ़े-सफ़र रहा
मंज़िल पे जब पहुँच गए मंज़िल नहीं रही
***

फिर बहारों का पलट आना तो नामुमकिन है
छू के सूखे हुए पेड़ों को तू संदल कर दे
***

टैक्सी ठीक वहीं आ कर रुकी जहाँ का पता उसे बुक करते वक़्त लिखवाया गया था। ड्राइवर ने सामने ही शहर की मशहूर आयुर्वेदिक क्लिनिक 'मीना नर्सिंग होम' देख कर इत्मीनान की साँस ली। यहीं टैक्सी बुलवाई गयी थी। इस नर्सिंग होम को टैक्सी ड्राइवर अच्छे से पहचानता है। तीन साल पहले ही तो उसने अपनी बीवी का इलाज यहाँ से करवाया था और अब वो इस इलाज के कारण ही एक अच्छी ख़ासी सेहतमंद ज़िन्दगी गुज़ार रही है। ड्राइवर ने सोचा ज़रूर किसी मरीज़ ने ही टैक्सी बुक करवाई होगी। उसने हार्न बजाने की सोची और तभी क्लिनिक का दरवाज़ा खोल कर आहिस्ता से जो ख़ातून बाहर निकलीं उसे ड्राइवर ने फ़ौरन पहचान लिया। अरे, यही तो वो डॉक्टर हैं जिन्होंने उसकी बीवी का इलाज किया था और उसे दवा देते वक़्त मुस्कुरा कर कहा था कि 'बेफ़िक्र रहो बेटी तुम जल्दी ही ठीक हो जाओगी, बस दवा वक़्त से लेती रहना और इलाज पूरा करवाना।'

धीमे क़दमों से चलती जब वो ख़ातून टैक्सी के पास पहुँची तब ड्राइवर ने ग़ौर किया कि उनके हाथ में एक छोटा सा सिलेंडर है जिस पर लिखा है 'ऑक्सीजन' और जिसमें से निकली एक ट्यूब ख़ातून की नाक में जा रही है। ड्राइवर को माज़रा समझ नहीं आया उसने लपक के टैक्सी का दरवाज़ा खोला, ख़ातून उसे देख हलके से मुस्कुराई और फिर टैक्सी में बैठ गयीं . बैठने के बाद ख़ातून ने अपने हाथ में पकड़ा हुआ एक काग़ज़ का टुकड़ा ड्राइवर को पकड़ाते हुए हौले से कहा 'मुझे यहाँ ले चलो'।

ड्राइवर ने काग़ज़ पे लिखे को पढ़ा और अदब से कहा, 'जी मोहतरमा ज़रूर, बस आधा घंटा लगेगा यहाँ पहुँचने में, आप आराम से बैठें।' पूरे सफ़र के दौरान ड्राइवर को ये एहसास होता रहा कि मोहतरमा आराम से नहीं बैठ पा रही है। तेज साँस लेने की आवाज़ लगातार उसके कानों से टकराती रही थी। बैक व्यू मिरर में ड्राइवर ने ये भी देखा कि तकलीफ़ के बावजूद मोहतरमा के चेहरे पर शिकन नहीं है और होंठों पर हलकी सी मुस्कुराहट है। 'ऊपर वाले का निज़ाम भी कमाल है जो सबकी तकलीफ़ों को दूर करता है उसे ही इतनी तकलीफ़ दे रहा है। वो फ़रिश्तों का भी इम्तिहान लेता है शायद' ड्राइवर ने सोचा।

मरहम लगाने आया था ज़ख़्मों पे वो मेरे
ज़ुल्मों-सितम का साथ में लश्कर लिये हुए

***

चेहरा किसी का जिस्म किसी का लगा लिया
आसाँ नहीं रही कोई पहचान इन दिनों

***

न जाने क्यों मुझे हर शख़्स टूटा-टूटा लगता है
जो ख़ुद किरचों में बिखरा है, मैं उस दरपन से क्या माँगूँ

***

भड़क उठी है बनकर आग ये रिश्तों की ठण्डक भी
कि हम अब बर्फ़ में रहकर जलन महसूस करते हैं

***

मुझको इन्कार ज़रूरत से नहीं है लेकिन
नाम उल्फ़त का न लो जिस्म से रग़बत करके

रग़बत:चाह, दिलचस्पी

***

वो ख़ुशी में अपनी ख़ुश है मैं भी अपने ग़म में ख़ुश
दिन हैं उसके पास मेरे पास हैं रातें बहुत

***

मौसम हो कि बे-मौसम जब चाहें बरस जाएँ
जब हमको ज़रूरत हो बरसात नहीं मिलती

***

अब मुहब्बत में कशिश है तो फ़क़त इतनी है
लोग रिश्तों को निभाते हैं ज़रूरत की तरह

***

दर्द की सुरंगों में है बला की तारीकी
क्यों अँधेरे रास्तों पर रौशनी नहीं जाती

***

अब्र कुछ देर बरस के जो चला जाता है
देर तक पेड़ की शाख़ों को रुलाती है हवा

***

लगभग आधे घंटे बाद टैक्सी अपने मुक़ाम पर जा पहुँची। एक घर के बाहर बीस पच्चीस लोग खड़े टैक्सी का इंतज़ार ही कर रहे थे। टैक्सी के रुकते ही एक जनाब ने तपाक से दरवाज़ा खोलते हुए कहा, 'तशरीफ़ लाइए मीना नक़वी साहिबा, इस हाल में भी आप ने हम लोगों के बीच आ कर जो हमारा मान बढ़ाया है उसके लिए शुक्रिया बहुत छोटा लफ़्ज़ है।' 'किस हाल में?' हँसते हुए मीना जी ने कहा, 'अरे आपका मतलब इस सिलेंडर से है? अनवर कैफ़ी साहब अब तो ये मेरा पक्का साथी है मैं जहाँ जाती हूँ मेरे साथ ही चला आता है अब न मैं इसे छोड़ती हूँ और न ये मुझे। आप मुझे बुलाएँ और मैं न आऊँ ये मुमकिन नहीं।' मीना जी की ये बात सुन कर वहाँ खड़े सब लोग उनकी शायरी और अदब के प्रति दीवानगी को देख क़ायल हुए बिना नहीं रह सके। मीना जी ने टैक्सी ड्राइवर से कहा 'तुम यहीं मेरा इंतज़ार करना मैं थोड़ी देर में आती हूँ' और मेज़बान अनवर कैफ़ी साहब के साथ अंदर चली गयीं। अनवर साहब ने जब उनकी तबीअत का हाल पूछा तो मुस्कुराते हुए बोलीं, 'तबीअत का हाल मत पूछा करें, आप तो जानते ही हैं मुझे कैंसर है अब ये बीमारी मुझे जिस हाल में रखेगी रहूँगी, बरसों हो गए इसका साथ निभाते, जब तक हिम्मत है निभाती रहूँगी। चलिए छोड़िए ये सब बातें आप तो नशिस्त शुरू करें।' नशिस्त शुरू हुई, आधा घंटा बैठने के बाद मीना जी की तबीअत बिगड़ने लगी तो वो अनवर साहब से बोलीं, 'आप मुझसे पहले पढ़वा लें मैं और नहीं रुक सकती। उसके बाद बड़े मन से वो दस पंद्रह मिनट तक अपने चंद चुनिंदा अशआर

सुनाती रहीं और लोग सुन कर झूमते रहे।

इस वाक़िए के कुछ महीनों बाद वो मुरादाबाद से अपने बेटे 'नायाब ज़ैदी' के साथ नोएडा चली गयीं और वहीं 15 नवम्बर 2020 के दिन, सिर्फ़ 65 साल की उम्र में वो इस दुनिया को अलविदा कह गयीं।

किताबों की दुनिया में आज हम मीना नक़वी साहिबा की हिंदी में छपी किताब 'किरचियाँ दर्द की' आपके लिए लाये हैं। जिसे 'एवाने-अदब पब्लिशर्ज तुर्कमान गेट दिल्ली' ने प्रकाशित किया है।

मुझे फ़ुर्सत नहीं यादों से जिस की
वो मुझको चाहता है फ़ुर्सतों में

***

जन्म देने वाली का नाम कुछ नहीं होता
शाख़ जानी जाती है फूल के हवालों से

***

जिस पे रिश्तों के निभाने की हो ज़िम्मेदारी
उसके हिस्से में फ़क़त मात हुआ करती है

***

यूँ रास्तों से इन दिनों दिलचस्पियाँ बढ़ीं
क़दमों की ख़ाक हो गई मंज़िल मिरे लिए

***

उस घड़ी शजर के सब पत्ते गुनगुनाते हैं
जब कोई नई चिड़िया शाख़ पे उतरती है

***

इसीलिए तो ये चाँद तारे मद्धम हैं
हमारी पलकों पे जुगनू सजा गया है कोई

***

ये तो अच्छा हुआ कलियों का गला घोंट दिया
वरना ख़ुशबू भी हवाओं में बिखर सकती थी

***

जब बर्फ़ की चादर ओढ़ चुके, मेरे ख़्वाबों के ताजमहल
रातों की सियाही बोने लगी आँखों में जलन अंगारों सी

***

क़ाफ़िले ग़म के गुज़रते ही रहे
ज़िन्दगी इक राहगुज़र सी हो गई

***

उसकी चाहत उसकी क़ुर्बत उसकी बातें उसकी याद
कितने उनवाँ मिल गए हैं इक कहानी के लिए
***

'नगीना' उत्तर प्रदेश के 'बिजनौर' के अंतर्गत आने वाला एक छोटा सा क़स्बा है। इस क़स्बे के सैयद इल्तज़ा हुसैन ज़ैदी साहब के यहाँ एक बेटे और बेटी के बाद 20 मई 1955 को तीसरी संतान जो हुई वो लड़की थी, उस का नाम रखा गया 'मुनीर ज़ोहरा' जो बाद में 'मीना नक़वी' के नाम से मशहूर हुईं। 'नगीना' में तब मुस्लिम लड़कियों के लिए पढ़ने का कोई स्कूल नहीं था लेकिन मीना जी के वालिद बेहद सुलझे हुए और तालीम के ज़बरदस्त हामी इंसान थे, लिहाज़ा उन्होंने मीना जी को 'दयानन्द वैदिक कन्या अन्तर कॉलेज' में दाख़िला दिला दिया। इसी कॉलेज से मीना जी ने पहली क्लास से इंटर तक की पढ़ाई बहुत अच्छे नंबरों से पास हो कर पूरी की। शुरू से ही स्कूल में होने वाले जलसों में मीना जी हमेशा अपनी ही लिखी कोई कहानी या कविता सुनाया करती थीं। लिखने पढ़ने का शौक़ मीना जी को बचपन से पड़ गया था। ज़ैदी साहब अदब नवाज़ थे इसलिए घर की आलमारियाँ किताबों से भरी हुई थीं। ये किताबें मीना जी को अपनी और बुलातीं और वो इनकी तरफ़ खिंची चली आतीं। सबसे ख़ास बात ये थी कि घर के अदबी माहौल का असर सब बच्चों पर पड़ा। मीना जी उनकी बड़ी आपा और उनके बाद हुई पाँच छोटी बहनें और सभी भाई हमेशा अपनी पसंद की किताबों को लिए घर भर में इधर उधर बैठ कर पढ़ते रहते।

अदब नवाज़ डॉ. शेख नगीनवी अपने एक लेख में मीना जी के घर के अदबी माहौल के असर को यूँ बयाँ करते हैं "विश्व साहित्य में कोई दूसरा उदाहरण नहीं मिलता जहाँ सात सगी बहनों में पाँच बहनें साहित्य सर्जन कर रही हों और उन्होंने विश्व स्तर पर अपनी पहचान बनायी हो। मीना नक़वी की चार दूसरी बहनें 'शमीम ज़ेहरा' 'डाक्टर नुसरत मेहदी' 'अलीना इतरात रिज़वी' और 'नुसहत अब्बास' किसी परिचय की मोहताज नहीं हैं और इन सभी पाँचों बहनों की शायरी को विश्व स्तर पर एक पहचान मिली हुई है।" इन में से 'डाक्टर नुसरत मेहदी' साहिबा के बारे में आप किताबों की दुनिया शृंखला में पढ़ ही चुके हैं।

ये सभी बहनें अपनी दादी जान जो 'अंदलीब' तख़ल्लुस से शायरी करती थीं के नक़्शे-क़दम पर चली हैं।

बाद में बेशक समन्दर पर उठायें ऐतराज़
पहले दरिया ख़ुद में पैदा इतनी गहराई करें
***

ज़रा-सी सम्त बदल ली जो अपनी मर्ज़ी से
तो नाव आ गई तूफ़ान के निशाने पर
***

तेरे सितम से लरज़ तो गया बदन लेकिन
ये और बात है आँखों में डर नहीं आया

मेरी उड़ान इस लिए भी हो गई थी मोतबर
क़दम तले ज़मीन थी नज़र में आसमान था

***

शीशा-ए-दिल से नहीं आहो-फ़ुग़ाँ से निकलीं
किरचियाँ दर्द की निकलीं तो कहाँ से निकलीं

आहो-फ़ुग़ाँ :रुदन

***

चलो हवाओं से थोड़ी सी गुफ़्तगू कर लें
हमें चिरागों पे इस बार ऐतबार है कम

***

दरअस्ल वो नींदें हैं आग़ोश में अश्कों की
पलकों की मुंडेरों से हर शब जो फिसलती हैं

***

बूढ़े माँ-बाप से बेज़ार वो घर लगता है
उम्र लंबी हो तो ऐ ज़िन्दगी डर लगता है

***

दरवाज़े पे नाम अपना हम लिख ही नहीं सकते
ताउम्र रहे हैं हम ग़ैरों के मकानों में

***

इस नए दौर में चाहत का है मंज़र ऐसा
जैसे सहरा में उड़े रेत बगूलों की तरह

***

मीना जी ने इंटर करने बाद मेडिकल की डिग्री हरिद्वार से आयुर्वेद में ली। भाषा से उनका लगाव इतना ज़ियादा था कि उन्होंने अंग्रेज़ी, संस्कृत और हिंदी में प्राइवेटली पढ़ाई कर एम.ए की डिग्रियाँ हासिल कीं। इन तीनों भाषाओं में एम.ए. करने वाले और फिर उसके बाद उर्दू में शायरी करने वाले लोग आपको विरले ही मिलेंगे।

यूँ तो मीना जी ने अपनी शायरी का आग़ाज़ 'नगीना' से ही कर दिया था लेकिन उसे परवाज़ मिली जब उनकी शादी मुरादाबाद जिले के 'अगवानपुर' गाँव के निवासी जनाब हमीद आग़ा साहब से हुई। 'अगवानपुर' मुरादाबाद से महज़ 13 की.मी. की दूरी पर है। मुरादाबाद की फ़िज़ा ही शायराना है। जिगर मुरादाबादी साहब का ये शहर देश के अव्वल दर्जे के शायरों की ख़ान है। मुरादाबाद की हवा और आग़ा साहब के साथ ने उन्हें लिखने का हौसला और हिम्मत दी। उनकी बेतरतीब शायरी को तरतीब वार लिखने की सलाह दी। इससे पहले वो, जब कोई ख़याल ज़ेहन में आता उसे उस वक़्त जो कुछ भी हाथ में होता उसे तुरंत उसी पर लिख कर छोड़ देती फिर वो चाहे हाथ में पकड़ा कोई रिसाला हो अख़बार हो यहाँ तक कि मरीज़ों के नुस्ख़ों की पर्चियाँ ही क्यों न हों। उन्होंने अपनी शायरी को अव्वल मुक़ाम तक पहुँचाने के लिए नामचीन शायर जनाब 'होश नोमानी रामपुरी' और जनाब 'अनवर कैफ़ी

मुरादाबादी' को अपना उस्ताद तस्लीम किया। इन दो उस्तादों की रहनुमाई में मीना जी ने वो मुक़ाम हासिल किया जिसका तसव्वुर हर शायर करता है।

मैंने पूछी मुहब्बत की सच्चाई जब
नाम उसने मेरा बर्फ़ पर लिख दिया
***

गिरने वाले को न गिरने दिया पलकें रख दीं
अपने अश्कों को दिया ख़ुद ही सहारा मैंने
***

मुझको दहलीज़ के उस पार न जाने देना
घर से निकलूँगी तो पहचान बदल जायेगी
***

सहमे सहमे इन चिरागों की हिफ़ाज़त तो करो
आँधियों का पैरहन ख़ुद काग़ज़ी हो जाएगा
***

जाँ बचने की इम्कान अगर हैं तो इसी में
लुट जाने का सामान रखें साथ सफ़र में
***

कुर्बत का असर होगा ये ही सोच के कुछ लोग
काँटों से गुलाबों की महक माँग रहे हैं
***

पहले उसने चिराग़ों को रौशन किया
फिर हवाओं में कुछ आँधियाँ डाल दीं
***

क्यों मैंने ख़ुद ही अपनी मसीहाई बेच दी
बच्चे तो मेरे अपने भी बीमार थे बहुत
***

ये क्या कि रोज़ वही एक जैसी उम्मीदें
कभी तो आँखों में सपने नए सजाऊँ मैं
***

उस्तादों की रहनुमाई में मीना जी ने अपने अलग अंदाज़, लब-ओ-लहजा और ज़ुबान से शायरी की दुनिया में पहचान बनाई। उन्होंने तल्ख़तर विषयों को रेशमी लफ़्ज़ों में पिरोने का फ़न सीखा और सीखा कि कैसे कड़वाहट को लफ़्ज़ों की शकर में लपेट कर पेश करते हैं। मीना नक़वी जी के लिए शायरी पेशा नहीं बल्कि शौक़ था और इस शौक़ को वो पूरी ज़िम्मेदारी, फ़िक्र, एहसासात, तजुर्बात से रंगीन बना रही थीं। नर्सिंग होम की ज़िम्मेवारी के

साथ-साथ घर गृहस्ती और दो बच्चों की परवरिश का ज़िम्मा उठाते हुए उन्होंने अपने लिखने के इस शौक़ को कभी कमज़ोर नहीं पड़ने दिया।

उनकी लगभग एक दर्जन किताबें मंज़र-ए-आम पर आ चुकी हैं इनमें से तीन 'दर्द पतझड़ का' 'किर्चियाँ दर्द की' और 'धूप-छाँव' देवनागरी लिपि में उपलब्ध हैं। सिर्फ़ उर्दू में प्रकाशित 'सायबान', 'बादबान','जागती आँखें,'मंज़िल' और 'आइना' बहुत चर्चित हुई हैं। मीना जी की ग़ज़लें देश की सभी प्रसिद्ध उर्दू और हिंदी की पत्रिकाओं में छप चुकी हैं यही कारण है कि वो उर्दू और हिंदी पाठकों में समान रूप से लोकप्रिय हैं।

मीना जी को ढेरों अवार्ड्स मिले हैं जिनमें दिल्ली, बिहार उर्दू अकेडमी द्वारा दिया गया साहित्य सेवा सम्मान, बिहार कैफ़ मेमोरियल सोसाइटी द्वारा दिया गया बेहतरीन शायरा एवार्ड, सरस्वती सम्मान, सुर साधना मंच हरियाणा सम्मान उर्दू अकेडमी बिहार द्वारा रम्ज़ अज़ीमाबादी अवार्ड प्रमुख हैं। सबसे बड़ा सम्मान तो वो प्यार है जो मीना जी के पाठकों ने उन्हें दिया है। वो आज हमारे बीच भले ही नहीं हैं लेकिन वो अपने पाठकों के दिलों में हमेशा रहेंगी।

अपनी मृत्यु से सिर्फ़ दो दिन पहले उन्होंने जो ग़ज़ल फ़ेसबुक पर पोस्ट की उसे मैं आपको पढ़वाते हुए विदा लेता हूँ। (जैसा डॉ. शेख़ नगीनवी साहब के लेख में लिखा है)

मकान-ए-इश्क़ की पुख़्ता असास हैं हम भी
यक़ीन मानिये! दुनिया शनास हैं हम भी

ये और बात कि गुल की रिदा हैं ओढ़े हुए
ख़िज़ाँ की रुत के मगर आसपास हैं हम भी

फ़क़त तुम्हीं में नहीं है ख़ुलूस का ख़ेमा
मुहब्बतों के क़बीले को रास हैं हम भी

परेशाँ तन्हा नहीं है वो लम्हा ए फ़ुर्क़त
ग़ज़ब का सानेहा था बदहवास हैं हम भी

अभी तो सब को मयस्सर हैं सबके साथ हैं हम
कि कुछ दिनों में तो बाद अज़ क़यास हैं हम भी

अज़ : से, क़यास : अंदाज़ा

जो दिल के सफ़्हे पे लिखा था तूने चाहत से
उसी फ़साने का इक इक्तेबास हैं हम भी

इक्तेबास: उद्धरण

आज उनका ख़त आया
कैफ़ भोपाली

बात सन 1991 की गर्मियों की है जब भोपाल में रात के तीन बजे मुशायरे के नाज़िम जनाब अनवर जलालपुरी साहब ने माइक पर कहा कि 'हज़रात, आइए ज़िन्दगी के जो फ़ीके तीखे रंग हैं उनकी रोमानी कैफ़ियत को ग़ज़ल में बड़ी ख़ूबसूरती से तर्जुमानी करने का हुनर जिस फ़नकार को आता है उसका नाम है 'कैफ़ भोपाली' मैं बड़े अदब से कैफ़ भोपाली साहब से गुज़ारिश कर रहा हूँ कि वो तशरीफ़ लायें और हमारे मुशायरे को नवाज़ें, आइए मोहतरम 'कैफ़ भोपाली' साहब, तब ये सुन कर सामयीन में हलचल सी मच गयी। पीछे बैठे,अधलेटे अलसाये से लोग चाक चौबंद हो कर आगे आ कर बैठने लगे। तालियाँ बजने लगीं। कैफ़ साहब जो खादी का सफ़ेद कुर्ता पायजामा और सर पर सफ़ेद पगड़ी सी पहने बैठे थे को दो लोगों ने मिल कर उठाया। वो उठे और लगभग लड़खड़ाते हुए माइक पर पहुँचे। साफ़ लग रहा था कि वो बीमार हैं लेकिन माइक पकड़ कर जब उन्होंने झूम कर अपनी ग़ज़ल के ये अशआर सुनाये तो हँगामा बरपा हो गया। उन्हें शायरी पढ़ते देख लगा ही नहीं के ये बुज़ुर्ग जो शहर भोपाल की शान है, बीमार है और अपनी ज़िन्दगी का आख़िरी मुशायरा पढ़ रहा है।

(संशय की स्तिथि में इस क्लिप को यू ट्यूब पर देख लें)

तेरा चेहरा कितना सुहाना लगता है
तेरे आगे चाँद पुराना लगता है
तिरछे-तिरछे तीर नज़र के चलते हैं
सीधा-सीधा दिल पे निशाना लगता है
आग का क्या है पल दो पल में लगती है
बुझते-बुझते एक ज़माना लगता है
पाँव न बाँधा पंछी का पर बाँधा है
आज का बच्चा कितना सयाना लगता है
सुनने वाले घंटों सुनते रहते हैं
मेरा फ़साना सब का फ़साना लगता है

मज़े की बात ये हुई कि इस ग़ज़ल के साथ ही मीर तक़ी मीर और दाग़ जैसे उस्तादों के स्कूल वाली शायरी से दामन छुड़ा कर उर्दू शायरी को एक नया बाँकपन नये आसमान नये परवाज़ देने वाले इस बेमिसाल शायर ने बिना रुके इसी रदीफ़ वाली अपनी दूसरी ग़ज़ल भी लगे हाथ सुना डाली। ये ग़ज़ल पहली ग़ज़ल से ज़रा भी कम दिलकश नहीं थी। रदीफ़ वही, क़ाफ़िये अलग लेकिन सामईन पर असर, वही -जादुई, आप भी पढ़ें और लुत्फ़ लें:

तेरा चेहरा सुबह का तारा लगता है
सुबह का तारा कितना प्यारा लगता है
तुमसे मिल कर इमली मीठी लगती है
तुमसे बिछुड़ कर शहद भी खारा लगता है
रात हमारे साथ तू जागा करता है
चाँद बता तू कौन हमारा लगता है

ख़्वाजा मुहम्मद इब्राहिम साहब का ताल्लुक़ यूँ तो कश्मीर से था लेकिन वो भोपाल आ कर बस गए। शायरी से इनका तो दूर दूर तक कोई रिश्ता नहीं था लेकिन इनकी शरीके हयात 'शायरा ख़ानम' जो लखनऊ की रहने वाली थीं 'आजस' तख़ल्लुस से शायरी करती थीं। बेगम शायरा ख़ानम ने 20 फ़रवरी 1917 को अपने मायके लखनऊ में पैदा हुए बच्चे का नाम रखा 'ख़्वाजा मुहम्मद इदरीस' जिसे दुनिया 'कैफ़ भोपाली' के नाम से जानती है। कैफ़ साहब आम बच्चों की तरह खेलकूद में कोई दिलचस्पी नहीं रखते थे। अपने में खोये रहना उनका शगल था। कभी स्कूल का मुँह नहीं देखा घर पर ही अरबी फ़ारसी की पढ़ाई की और सिर्फ़ सात साल की उम्र से शायरी करने लगे। वाल्दा ही उनकी उस्ताद थीं। कैफ़ साहब की शायरी में जो सूफ़ीयाना रंग है वो उनकी माँ की वजह से है।

हिंदी में कैफ़ साहब की शायरी की किताब 'गुल से लिपटी तितली' कभी छपी थी जो अब कहीं आसानी से उपलब्ध नहीं है लेकिन हिंदी पाठकों के लिए भोपाल के शायर और रचनाकार जनाब 'अनवारे इस्लाम' साहब द्वारा सम्पादित किताब 'आज उनका ख़त आया' जिसे पहले पहल प्रकाशन भोपाल ने सं 2017 में प्रकाशित किया था, अमेज़न से मँगवाई जा सकती है। आज वही किताब हमारे सामने है।

इस किताब की प्राप्ति की जानकारी के लिए और कैफ़ साहब की शायरी के इस लाजवाब संकलन के लिए मुबारकबाद देने को आप अनवारे इस्लाम साहब से उनके मोबाइल न 7000568495 पर सम्पर्क कर सकते हैं।

तेरी लटों में सो लेते थे बेघर आशिक़ बेघर लोग
बूढ़े बरगद आज तुझे भी काट गिराया लोगों ने

***

उन्हें मैं छीन कर लाया हूँ कितने दावेदारों से
शफ़क़ से, चाँदनी रातों से, फूलों से, सितारों से

शफ़क़ : सुबह, ऊषा

***

कभी होता नहीं महसूस वो यूँ क़त्ल करते हैं
निगाहों से, कनखियों से, अदाओं से, इशारों से

***

एक कमी थी ताजमहल में
मैंने तिरी तस्वीर लगा दी
***

आपने झूठा वादा करके
आज हमारी उम्र बढ़ा दी
***

अज़्मते-सुक़रातो-ईसा की क़सम
दार के साये में हैं दाराइयाँ

अज़्मते-सुक़रातो-ईसा-सुक़रात और ईसा की महानता, दार-सूली, दाराइयाँ -बादशाही

***

चारागर मरहम भरेगा तो कहाँ
रूह तक हैं ज़ख़्म की गहराइयाँ
***

बुरा न मान अगर यार कुछ बुरा कह दे
दिलों के खेल में ख़ुद्दारियाँ नहीं चलतीं
छलक-छलक पड़ी आँखों की गागरें अक्सर
सम्भल-सम्भल के ये पनहारियाँ नहीं चलतीं
***

मत देख के फिरता हूँ, तिरे हिज्र में ज़िंदा
ये पूछ के जीने में मज़ा है के नहीं है
***

दरो-दीवार पे शक्लें सी बनाने आई
फिर से बारिश मेरी तन्हाई चुराने आई
***

उलझे बाल बड़ी बड़ी ज़हीन आँखें और तीखे नाक नक़्श वाले के कैफ़ साहब बहुत भावुक थे। शुरू-शुरू की शायरी का रूमानी अंदाज़ और आशिक़ाना मिज़ाज़ उनकी शख़्सियत का हिस्सा था। उनकी इश्क़िया शायरी बहुत व्यक्तिगत कही जा सकती है मगर उनकी जाति ज़िन्दगी में इस प्रकार का कोई प्रसंग नहीं मिलता। शायरी करते और यार दोस्तों में फक्कड़ घूमते कैफ़ जब बड़े हुए तो उनके आवारा मिज़ाज को देख कर घर वालों चिंता हुई। लिहाज़ा राह पर लाने की ग़रज़ से उनका निकाह इफ़्तिख़ार बानो से कर दिया गया ताकि घर चलाने की फ़िक्र में वो कोई काम धंधा करें। सीधी सादी घरेलू बानो न ख़ुद शायरा थीं न उनकी शायरी में कोई दिलचस्पी थी अलबत्ता किफ़ायत से घर चलाना उन्हें आता था। कैफ़ साहब को उन्होंने शायरी के लिए पूरी छूट दे कर घर चलाने के साथ-साथ चार बेटी और एक बेटे को पालने की ज़िम्मेदारी भी अपने सर ओढ़ ली। ऐसा नहीं है कि कैफ़ साहब को घर की आर्थिक स्तिथि का अंदाज़ा नहीं था लेकिन वो अपनी फक्कड़पन की आदत से मजबूर थे।

जब हालात बिगड़े और नौबत फ़ाक़ा मस्ती तक आ गयी तो उन्होंने रियासत पठारिया में 30 रु महीने की नौकरी कर ली। मगर उनकी आज़ाद तबीअत नौकरी की बंदिशों को ज़ियादा दिनों तक बर्दाश्त न कर सकी और उन्होंने नौकरी छोड़ उस वक़्त देश में आज़ादी के लिए चल रही जंग में अपनी बग़ावती शायरी के ज़रिये नया जोश भरने का बीड़ा उठा लिया। उन दिनों भोपाल में अंग्रेज़ों के ख़िलाफ़ 'प्रजामण्डल' संस्था का गठन किया गया था जिसके कैफ़ साहब जागरूक कार्यकर्ता बन गए और बहुत सी मशहूर इंक़लाबी नज़्में लिखीं। उनकी नज़्म 'दुनिया में वफ़ाओं का सिला है कि नहीं है, मेरा कोई हस्सास ख़ुदा है कि नहीं है' बहुत मक़बूल हुई। अंग्रेज़ों ने उनके बग़ावती तेवर देख कर उन्हें जेल में डाल दिया।

मयकशों आगे बढ़ो तश्ना लबो आगे बढ़ो
अपना हक़ माँगा नहीं जाता है छीना जाये है
आप किस किस को भला सूली चढ़ाते जाएँगे
अब तो सारा शहर ही मन्सूर बनता जाये है

मन्सूर: एक संत जिसे सच बोलने के जुर्म पर सूली चढ़ा दिया गया

दाग़ दुनिया ने दिये, ज़ख़्म ज़माने से मिले
हमको तोहफ़े ये तुम्हें दोस्त बनाने से मिले
हम तरसते ही, तरसते ही, तरसते ही रहे
वो फ़लाने से, फ़लाने से, फ़लाने से मिले

***

जिस्म पर बाक़ी ये सर है क्या करूँ
दस्ते-क़ातिल बे हुनर है क्या करूँ
चाहता हूँ फूँक दूँ इस शहर को
शहर में उनका भी घर है क्या करूँ
'कैफ़' मैं हूँ एक नूरानी किताब
पढ़ने वाला कम नज़र है क्या करूँ

***

आ तेरे मालो-ज़र को मैं तक़दीस बख़्श दूँ
आ अपना मालो-ज़र मिरी ठोकर में डाल दे

मालो-ज़र : धन दौलत, तक़दीस : पवित्रता

मैंने पनाह दी तुझे बारिश की रात में
तू जाते जाते आग मेरे घर में डाल दे

***

चलते हैं बच के शैख़-ओ-बरहमन के साये से
अपना यही अमल है बुरे आदमी के साथ

देश आज़ाद हो गया और कैफ़ साहब को भी जेल से रिहाई मिल गयी। आज़ादी के बाद देश में उपजे हालात कैफ़ साहब को बेचैन करने लगे। उन्हें अपनी धरती के बँटने का बहुत दुख था। उनका स्वास्थ बिगड़ने लगा। ये उनकी ज़िन्दगी का सबसे बुरा दौर था। उनका ये हाल देख उनके दोस्त अख़्तर अमानउल्ला ख़ान उन्हें मुंबई ले आये जहाँ उनकी मुलाक़ात कमाल अमरोही से हुई। कमाल साहब ख़ुद बेहतरीन शायर थे लिहाज़ा उन्हें कैफ़ साहब की शायरी बहुत पसंद आयी। कमाल साहब ने अपनी फ़िल्म 'दायरा' का एक भक्ति गीत कैफ़ साहब से लिखवाया 'देवता तुम हो मेरा सहारा" जो बहुत मक़बूल हुआ। ये बात 1953 की है। कमाल उन दिनों मीना कुमारी जी को लेकर एक यादगार भव्य फ़िल्म बनाना चाहते थे। उस फ़िल्म का मुहूर्त हुआ सन 1956 में, जिसका नाम था 'पाकीज़ा' और जो 16 साल बाद रीलीज़ हुई। इस फ़िल्म के दो गाने कैफ़ साहब ने लिखे थे 'चलो दिलदार चलो' और 'आज हम अपनी दुआओं का असर देखेंगे' मज़े की बात है कि दोनों ही गाने सुपर हिट हुए। 'पाकीज़ा' के गाने 'चलो दिलदार चलो' के पीछे की कहानी बताता चलता हूँ हालाँकि उसका कैफ़ साहब से कोई लेना देना नहीं है लेकिन चूँकि ये गाना कैफ़ साहब ने लिखा इसलिए बता रहा हूँ।

'पाकीज़ा' बनते बनते मीना कुमारी जी को सिरोसिस ऑफ़ लिवर की बीमारी ने जकड़ लिया था और वो शूटिंग पर भी कभी नहीं आ पाती थीं। 'चलो दिलदार चलो' गीत मीना जी पर फ़िल्माए जाने वाले मुजरे के सीन के लिए लता मंगेशकर जी की आवाज़ में रिकार्ड हुआ था। किसी कारणवश बाद में उसे राजकुमार और मीना जी पर फ़िल्माने का विचार किया गया और गाना फिर से लता जी के साथ रफ़ी साहब को लेकर युगल स्वर में रिकार्ड किया गया। ये रफ़ी साहब का अकेला सुपर हिट गाना है जिसमें उन्होंने सिर्फ़ गाने के मुखड़े की एक लाइन गाई है और एक आलाप लिया है, बस। मीना जी चूँकि बीमार थीं इसलिए राजकुमार के साथ उनके बॉडी डबल के रूप में पद्मा खन्ना को लिया गया जिसमें उनका चेहरा दिखाई नहीं देता। लगभग साढ़े तीन मिनट के इस अद्भुत गाने में राजकुमार और मीना कुमारी के बॉडी डबल की उपस्तिथि सिर्फ़ दस या बारह सेकेण्ड की है, कैमरा सारे गाने में सिर्फ़ झील, नाव, बादल, आकाश और चाँद पर ही घूमता रहता और आपको पता भी नहीं चलता। ये गीतकार, संगीतकार, कैमरामैन और निर्देशक के कमाल का गाना है। फ़िल्मी दुनिया में उन्होंने बहुत से गाने नहीं लिखे। फ़िल्म 'रज़िया सुल्तान' और 'शंकर हुसैन' के गाने ही उन्होंने लिखे। शंकर हुसैन फ़िल्म एक ऐसी फ़िल्म थी जो सिर्फ़ अपने गानों के कारण याद रही। उसी फ़िल्म का एक गाना जिसके बोल फ़िल्म में थोड़े बदले हुए हैं यूँ है-

इंतिज़ार की शब में चिलमनें सरकती हैं
चौंकते हैं दरवाज़े, सीढ़ियाँ धड़कती हैं
आज उनका ख़त आया, चाँद से लिफ़ाफ़े में
रात के अँधेरे में चूड़ियाँ चमकती हैं
बार बार आती हैं उस गली की आवाज़ें
पाँव डगमगाते हैं पिंडलियाँ लचकती हैं

चाँदनी के बिस्तर पर रात जब चमकती है
बिन किसी के खनकाये चूड़ियाँ खनकती हैं

***

(आप यूँ करें कि इस लेख को यहीं छोड़ शंकर हुसैन के इस गाने को गूगल की मदद से सामने लाएँ और फिर ईयर फ़ोन लगा कर आँखें बंद कर इसे सुनें। कसम से ये गाना आपको किसी और ही दुनिया में ले जाएगा)

दरअस्ल फ़िल्मी दुनिया कैफ़ साहब जैसे फ़क़ीराना मिज़ाज इंसान के लिए थी ही नहीं लिहाज़ा वो उसे छोड़छाड़ कर भोपाल आ गए। 'कैफ़ साहब का मन मुशायरों में, नशिस्तों में लगता था। वो थे भी मुशायरों के शायर। उनकी मौजूदगी मुशायरे की कामयाबी की गारंटी मानी जाती थी। वो एक शहर के मुशायरे से दूसरे शहर के मुशायरे तक बस चलते ही रहते। लगातार घूमना उन्हें पसंद था। निदा फ़ाज़ली अपनी किताब 'चेहरे' में लिखते हैं कि "मैं अमरावती के निकट बदनेरा स्टेशन पर मुंबई की गाड़ी की प्रतीक्षा कर रहा था। गाड़ी लेट थी। मैं समय गुज़ारने के लिए स्टेशन से बाहर आया। एक जानी-पहचानी मुतरन्निम आवाज़ ख़ामोशी में गूँज रही थी। यह आवाज़ मुझे कुलियों, फ़क़ीरों और तांगे वालों के उस जमघट की तरफ़ ले गयी जो सर्दी में एक अलाव जलाये बैठे थे और उनके बीच में 'कैफ़ भोपाली' झूम-झूम कर उन्हें ग़ज़लें सुना रहे थे और अपनी बोतल से उनकी आवभगत भी फ़रमा रहे थे। श्रोता हर शेर पर शोर मचा रहे थे।

कैफ़ को दुनिया से बहुत ऐशो-आराम की ख़्वाहिश नहीं थी, लेकिन शराब उनके शौक़ में पहले पायदान पर थी प्रत्येक शहर के रास्ते मकान और छोटे-बड़े शहरी उन्हें अपनी बस्ती का समझते थे। वे मुशायरों के लोकप्रिय शायर थे। जहाँ जाते थे, पारिश्रमिक का अंतिम पैसा ख़र्च होने तक वे वहीं घूमते-फिरते दिखाई देते थे। एक मुशायरे से दूसरे मुशायरे के बीच का समय वे इसी तरह गुज़ारते थे। उनकी अपनी कमाई शराब एवं शहर के ज़रूरतमंदों के लिए होती थी। अन्य ख़र्चों की पूरी ज़िम्मेदारी उसी मेज़बान की होती थी, जो मुशायरे का संयोजक होने के साथ उनका प्रशंसक भी होता था। विशिष्ट तरन्नुम में शेर सुनाते थे। शेर सुनाते समय, आवाज़ के साथ पूरे जिस्म को प्रस्तुति में शामिल करते थे। जिस मुशायरे में आते थे, बार-बार सुने जाते थे। हर मुशायरे में उनकी पहचान खादी का वह सफ़ेद कुर्ता-पायजामा होता था जो विशेष तौर से उसी मुशयारे के लिए किसी स्थानीय खादी भंडार से ख़रीदा जाता था।"

हाय लोगों की करम फ़र्माइयाँ
तोहमतें, बदनामियाँ, रुस्वाइयाँ
ज़िन्दगी शायद इसी का नाम है
दूरियाँ, मजबूरियाँ, तन्हाइयाँ
क्या ज़माने में यूँ ही कटती है रात
करवटें, बेताबियाँ, अंगड़ाइयाँ

क्या यही होती है शाम-इंतज़ार
आहटें, घबराहटें, परछाइयाँ

कैफ़ साहब ने ग़ज़लों अलावा आकाशवाणी के लिए बहुत से नाटक, नौटंकी और गीत लिखे। वो अपनी ज़्यादातर शायरी कोड शब्दों या बिंदुओं में लिखते थे और वक़्त मिलने पर उसे उर्दू लिपि में बदल लेते थे। कैफ़ साहब को कभी सम्मान पाने या अवार्ड लेने की तमन्ना नहीं रही। अक्सर वो अपने सम्मान में होने वाले जलसों में जाने से भी कतराते थे। उन्हें 1989 में मध्यप्रदेश फ़िल्म जर्नलिस्ट की तरफ़ से 'फ़िल्म रत्न', भारतीय भाषा साहित्य सम्मलेन में 'भारत भूषण ' सम्मान, आलमी उर्दू कांफ्रेंस में 'रियाज़ ख़ैराबादी अवार्ड' और उर्दू अकेडमी से 'मिराज मीर ख़ाँ अवार्ड' आदि अनेक अवार्ड्स से सम्मानित किया गया। टैगोर की गीतांजली अनुवाद बीच छोड़ उन्होंने क़ुरआन शरीफ़ का सरल आम उर्दू ज़बान में काव्य अनुवाद करने का फ़ैसला लिया। क़ुरआन-पाक के इस काव्य अनुवाद का कुछ भाग 'मफ़हूमूल क़ुरआन' शीर्षक से दुबई में छपा और बहुत पसंद किया गया। इस काम को भी वो कैंसर जैसी बीमारी के शिकंजे में आने की वजह से पूरा नहीं कर सके और 24 जुलाई 1991 के दिन इस दुनिया-ए-फ़ानी से रुख़्सत हो गये।

कौन आएगा यहाँ कोई न आया होगा
मेरा दरवाज़ा हवाओं ने हिलाया होगा

दिल नादाँ न धड़क ऐ दिले-नादाँ न धड़क
कोई ख़त ले के पड़ोसी के घर आया होगा

दिल की क़िस्मत ही में लिक्खा था अँधेरा शायद
वरना मस्जिद का दिया किसने बुझाया होगा

इस गुलिस्ताँ की यही रीत है ऐ शाख़े-गुल
तूने जिस फूल को पाला वो पराया होगा

खेलने के लिए बच्चे निकल आए होंगे
चाँद अब उसकी गली में उतर आया होगा

गुल से लिपटी हुई तितली को गिरा कर देखो
आँधियों! तुमने दरख़्तों को गिराया होगा

कैफ़ साहब के नवासे जनाब क़मर साक़िब की रहनुमाई में भोपाल के अदब नवाज़ लोगों ने उनकी जन्म शदाब्दी के अवसर पर भोपाल में 11 फ़रवरी 2017 को एक शानदार अंतर्राष्ट्रीय मुशायरे का आयोजन किया और साल भर तक उनकी याद में विभिन्न अदबी कार्यक्रम करते रहने का बीड़ा उठाया। इस मुशायरे में कैफ़ साहब की बेटी शायरा डॉ. परवीन कैफ़ ने भी हिस्सा लिया। परवीन जी ने कैफ़ साहब की शायरी पर डॉक्टरेट की है।

17 सितम्बर 2017 को भोपाल में मध्यप्रदेश उर्दू अकेडमी द्वारा 'याद-ए-कैफ़' मनाया गया जिसमें कैफ़ साहब पर तीन सत्रों में अलग अलग कार्यक्रम हुए। इसके अलावा हाल ही में भोपाल के शाहजहाँ बाद में एक लाइब्रेरी भी उनके नाम से खोली गयी।

कैफ़ साहब की यादें आज भी उन शहरों क़स्बों और गावों के लोगों में बसी हुई है जहाँ जहाँ उन्होंने अपनी शायरी सुनाई।

आख़िरी में उनके कुछ और शे'र आपको पढ़वा कर विदा लेता हूँ।

घटा छाई हुई है, तू ख़फ़ा है, रिन्द प्यासे हैं
ये क़त्ले-आम, क़त्ले-आम, क़त्ले-आम है साक़ी
मिरी क़िस्मत की मुझको कब मिलेगी मैं ये क्यों सोचूँ
ते तेरा काम, तेरा काम, तेरा काम है साक़ी

***

सवाल ये था के अब इसके बाद क्या होगा
दिये ने रख ली सरे-आम, आफ़्ताब की बात

***

महफ़िल में देखते हैं कुछ इस ज़ाविये से वो
हर शख़्स कह रहा है के मैं ख़ुशनसीब हूँ

***

मत किसी से कीजिये यारी बहुत
आज की दुनिया है व्यापारी बहुत

***

वो हमारे हैं न हम उनके लिये
दोनों जानिब है अदाकारी बहुत

***

जब कहा है रोटी को चाँद सा हँसी मैंने
क़हक़हे लगाये हैं मसखरे अदीबों ने

***

ये दौर वो है के संजीदा हो गये दोनों
न अब जवान है राँझा न हीर है कमसिन

***

समझाते हैं नासेह मुझे इश्क़ के नुक़्ते
पूछो कि मियाँ तुमने कभी इश्क़ किया भी

***

बरगद की छाँव में भी तो सोते हैं लोग-बाग
हम ढूँढ़ते फिरें तिरी ज़ुल्फ़ों के साए क्यों

***

ज़िन्दगी बाप की मानिंद सज़ा देती है
रहम दिल माँ की तरह मौत बचाने आई
***

दुनिया को चंद लोग समझते हैं पायदार
ये कितनी पायदार है ठोकर लगा के देख
***

बहारों का सोग
मजीद अमजद

मैं रोज़ इधर से गुज़रता हूँ कौन देखता है
मैं जब इधर से न गुज़रूँगा कौन देखेगा
***

मिरि तबाहियों का भी फ़साना क्या फ़साना है
न बिजलियों का तज़्किरा न आशियाँ की बात है

तज़्किरा : वर्णन

***

निगाह में बसा-बसा निगाह से बचा-बचा
रुका-रुका, खिंचा-खिंचा ये कौन मेरे साथ है
***

चराग़ बुझ चुके, पतंगे जल चुके, सहर हुई
मगर अभी मिरी जुदाइयों की रात, रात है
***

जुनूने-इश्क़ की रस्मे-अजीब क्या कहना
मैं उनसे दूर वो मेरे क़रीब क्या कहना
***

ये सोज़-ए-दरूँ, ये अश्के-रवाँ, ये काविशे-हस्ती क्या कहिए
मरते हैं कि कुछ दिन जी लें हम, जीते हैं कि आख़िर मरना है

सोज़-ए-दरूँ : आंतरिक वेदना, अश्के-रवाँ : बहते आँसू, काविशे-हस्ती : जीने की कोशिश

***

तिरी पलकों की जुम्बिश से जो टपका
उसी इक पल के अफ़्साने ज़माने
***

उन्हीं की ज़िन्दगी जो चल पड़े हैं
तिरी मौज़ों से टकराने ज़माने
***

बात यही कोई 1970 के आसपास की होगी, साहीवाल जो पाकिस्तान के पंजाब राज्य का एक क़स्बा है उस कस्बे के 'स्टेडियम होटल' में पड़ी एक गोल सी मेज के इर्दगिर्द दस पन्द्रह लोग बैठे हैं। टेबल पर अभी अभी खाए बिस्कुटों की ख़ाली प्लेटें, पानी के गिलास,चाय के कप और ऐश ट्रे में बुझे-अधबुझे सिगरेट के टुकड़े हैं जिनसे धुआँ उठ रहा है। जो लोग यहाँ आसपास के रहने वाले हैं उनके लिए ये रोज़ का दृश्य है। रोज़ शाम के पाँच बजते-बजते

इसी टेबल पर बरसों से महफ़िल जमनी शुरू हो जाती है जो सात बजे तक जमी रहती है। एक पचास साठ के बीच की उम्र का दुबला पतला शख़्स पिछले पन्द्रह सोलह साल से रोज़ धीमी चाल से साइकिल चलाता यहाँ आता है जिसके आते ही महफ़िल में जान आ जाती है और उसके बाद सिगरेट, चाय-कॉफ़ी, बिस्कुट और भी बहुत कुछ खाने पीने का सामान जमा हुए लोगों की फ़रमाइश के हिसाब से आता रहता है। इन लोगों में बातचीत हमेशा हल्की आवाज़ में होती है, कभी किसी ने इस मेज पर किसी को बहस करते या ऊँची आवाज़ में बात करते नहीं सुना जबकि सबको पता है कि यहाँ इस टेबल पर जो भी आता है उसका अदब से ख़ास रिश्ता या लगाव होता है और ऐसे लोग बिना शोर मचाये बातचीत नहीं करते। यहाँ बैठने वाले शायर भी हैं, अफ़साना निगार भी, नॉवलिस्ट भी हैं और पत्रकार भी। इस टेबल पर बैठने वाले हर शख़्स की निगाहें उस तरफ़ होती हैं जिस तरफ़ वो साइकिल पर मध्यम रफ़्तार से आने वाला बैठा होता है। ये ख़ास शख़्स बोलता बहुत कम है, सुनता ज़ियादा है।

आज लेकिन मामला कुछ अलग है। इस टेबल पर एक शख़्स सर झुकाए खड़ा है और साइकिल पर आने वाले शख़्स की निगाहें उस पर आग बरसा रहीं हैं। धीमी लेकिन रोबदार आवाज़ में उस से सवाल किया गया है 'तुमने हमारे सामने ये गुस्ताख़ी की कैसे बरख़ुरदार?' ये बात सुनकर तुरंत एक काली शेरवानी पहने शख़्स ने कहा 'माफ़ करें हुज़ूर आज नासिर को मैं ही पहली बार आपकी बज़्म में लाया हूँ, ये गुस्ताख़ी इससे नहीं, मुझसे हुई है, मुझे इसे बताना चाहिए था कि इस टेबल पर बैठने के कुछ उसूल हैं।' तब सर झुकाए शख़्स ने बेहद मुलायम लफ़्ज़ों में हाथ जोड़ते हुए पूछा 'मुझसे आख़िर ऐसी क्या गुस्ताख़ी हो गई उस्ताद?' अपनी गर्दन काली शेरवानी पहने हुए की तरफ़ करते हुए साइकिल पर आने वाले शख़्स ने कहा, 'लो अब तुम ही इसे बताओ अनवर।' अनवर ने गला साफ़ किया फिर बोले, 'मियाँ इस टेबल पर पिछले सोलह सत्तरह सालों से जनाब की मौजूदगी में जो भी खाने पीने का सामान मँगवाया जाता है उसके बिल का हमेशा जनाब ही भुगतान करते आये हैं ये ही इस टेबल का उसूल है लेकिन आज तुमने अनजाने में बिल भुगतान की पेशकश करते हुए जेब से रुपये निकाल कर वेटर को दे दिए, ये जनाब की शान में गुस्ताख़ी है जिसे ये कभी बरदाश्त नहीं कर सकते। आज तुम पहली बार आए हो इसलिए ये रुपये उठाओ और याद रखो कि आईंदा आप ऐसी हरकत दुबारा न करें।' इस वाक़िए के थोड़ी बाद महफ़िल बर्ख़ास्त हो गयी। साइकिल सवार ने सब को ख़ुदा हाफ़िज़ कहा अपनी साइकिल उठाई और धीमी रफ़्तार से उसे चलाते हुए अगले मोड़ से ओझल हो गया।

बिल भुगतान की पेशकश करने वाले शख़्स ने पास खड़े अपने दोस्त अनवर से कहा 'कमाल के इंसान हैं 'मजीद अमजद' साहब, जितना उनके बारे में सुना था उससे बढ़ कर।'

इक लहर उठी और डूब गए होटों के कँवल आँखों के दीये
इक गूँजती आँधी वक़्त की बाज़ी जीत गई, रुत बीत गई
तुम आ गए मेरी बाहों में कौनैन की पेंगें झूल गई
तुम भूल गए, जीने की जगत से रीत गई, रुत बीत गई

कौनैन : दो दुनियाएँ -भौतिक-आध्यात्मिक

इक ध्यान के पाँओं डोल गए, इक सोच ने बढ़ कर थाम लिया
इक आस हँसी, इक याद सुनाकर गीत गई, रुत बीत गई
ये लाला-ओ-गुल क्या पूछते हो सब लुत्फ़े-नज़र का क़िस्सा है
रुत बीत गई जब दिल से किसी की पीत गई, रुत बीत गई

***

ख़याले-यार तिरे सिलसिले नशे की रुतें
जमाले-यार तिरी झलकियाँ गुलाब के फूल

जमाले-यार : प्रेमिका की ख़ूबसूरती

***

सुलगते जाते हैं चुपचाप हँसते जाते हैं
मिसाले-चेहरा-ए-पैग़मबराँ गुलाब के फूल
कटी है उम्र बहारों के सोग में 'अमजद'
मेरी लहद पे खिलें जावेदाँ गुलाब के फूल

लहद : क़ब्र, जावेदाँ : हमेशा के लिए

***

किसको बतायें अब जो ये उलझन आन पड़ी है
जब तक तुमको भूल न पायें, याद न आयें

***

प्यार की मीठी नज़र से तूने जब देखा मुझे
तल्ख़ियाँ सब ज़िन्दगी की लुत्फ़े-सामाँ हो गयीं
छा गईं दुश्वारियों पर मेरी सहल-अंगारियाँ
मुश्किलों का इक ख़याल आया कि आसाँ हो गयीं

सहल-अंगारियाँ =बेफ़िक्री

'मजीद अमजद' एक ऐसे शायर है जिससे हिंदी के पाठक तो छोड़ें, उर्दू वाले भी अधिक परिचित नहीं हैं। परिचित नहीं हैं से मेरा मतलब ये है कि उतने परिचित नहीं हैं जितने होने चाहिए। क्यों नहीं है इसका उत्तर हमें शमीम हनफ़ी जैसे बड़े आलोचक द्वारा उनके बारे में लिखी इन पंक्तियों से मिलता है "कभी-कभी कुछ फ़नकार एक इंडस्ट्री बन जाते हैं अपने आप में और फिर सब कुछ उन्हीं के इर्दगिर्द घूमता है और दूसरे जो उनसे किसी लिहाज़ से कम नहीं बल्कि बाज़-औक़ात तो उनमें से कुछ का क़द निकलता हुआ होगा, उनकी अनदेखी हो जाती है। फ़ैज़ और मन्टो जैसे रचनाकारों को इंडस्ट्री बन जाने की मिसाल हमारे सामने है जबकि मजीद अमजद जैसे बड़े और अहम शायर पसे-पुश्त डाल दिए गए। जदीद नज़्म निगारी के बानियों में एक अहम नाम मजीद अमजद का है। क्या ज़बान, क्या ख़याल, क्या उस्लूब (स्टाइल),क्या तर्ज़े-एहसास हर सतह पर मजीद अमजद ने अपना इनफिराद (मौलिकता) क़ायम किया है। बहुत फ़िक्र-अंगेज़ है उनकी शायरी जिसकी तह में कहीं एक गहरी उदासी की कारफ़रमाई रहती है।

मजीद अमजद यूँ तो अपनी नज़्मों की वजह से जाने जाते हैं लेकिन उन्होंने ग़ज़लें भी कहीं जो अपनी मिसाल आप हैं। उनकी ग़ज़लों की तादाद नज़्मों के मुकाबले बहुत कम है लेकिन जितनी हैं जो हैं कमाल हैं।

ऐनीबुक प्रकाशन ने हाल ही में मजीद अमजद साहब की कुलियाते-ग़ज़ल और चुनिंदा नज़्में 'बहारों का सोग' नाम से प्रकाशित की है। इस किताब के लिप्यंतरण और सम्पादन की ज़िम्मेदारी पं. अर्श सुल्तानपुरी उठाई है। गम्भीर शायरी का लुत्फ़ लेने वाले हिंदी पाठक इसे पढ़ कर ज़रूर आंनदित होंगे। आप इस किताब को अमेज़न से ऑन लाइन या फिर जनाब 'पराग अग्रवाल' को 9971698930 पर फ़ोन कर मँगवा सकते हैं।

इस पोस्ट में इसी किताब से उनकी ग़ज़लों के शेर बानगी के लिए आपके सामने हैं।

शम'अ के दामन में शोला, शम'अ के क़दमों में राख
और हो जाता है हर मंज़िल पे परवाने का नाम

***

ज़िन्दगी की राहतें मिलती नहीं मिलती नहीं
ज़िन्दगी का ज़हर पी कर जुस्तजू में घूमिए

***

झोंकों में रस घोले दिल
पवन चले और डोले दिल

***

जीवन की रुत के सौ रूप
नग़मे, फूल, झकोले, दिल

***

यादों की जब पेंग चढ़े
बोल अलबेले बोले दिल

***

किसकी धुन है बावरे मन
तेरा कौन है भोले दिल

***

निज़ामे-कुहना के साये में आफ़ियत से न बैठ
निज़ामे-कुहना तो गिरती हुई इमारत है

निज़ामे-कुहना : जान से मारने के प्रबंधक, आफ़ियत :ख़ैरियत

दिलों की झोंपड़ियों में भी रौशनी उतरे
जो यूँ नहीं तो ये सब सैले-नूर अकारत है

सैले-नूर :रौशनीकी किरण, अकारत :बेकार

दिन कट रहे हैं कश्मकशे-रोज़गार में
दम घुट रहा है साया-ए-अब्रे-बहार में

साया-ए-अब्रे-बहार :बहार के बादल का साया

आती है अपने जिस्म के जलने की बू मुझे
लुटते हैं निकहतों के सुबू जब बहार में

निक़हतों के सुबू =ख़ुशबू की सुराही

गुज़रा उधर से जब कोई झोंका तो चौंक कर
दिल ने कहा ये आ गए हम किस दयार में

चलिए अमजद साहब के बारे में थोड़ा जानें। लगभग एक सौ सात साल पहले यानी 29 जून 1914 को झंग शहर, जो अब पाकिस्तान में है, के मियाँ मुहम्मद अली के यहाँ मजीद साहब का जन्म हुआ। अभी वो छोटे ही थे कि उनके वालिद ने दूसरी शादी कर ली। उनकी माँ को ये बरदाश्त नहीं हुआ और वो नन्हें मजीद को गोद में उठाये अपने मायके आ गयीं। आप उस बच्चे की क़िस्मत का अंदाज़ा लगाएँ जिसको बाप के होते हुए यतीम की ज़िन्दगी बितानी पड़ी और उस बीवी का जो शौहर की मौजूदगी में बेवाओं की तरह रही। उनके नाना मियाँ नूर मुहम्मद, जो अरबी फ़ारसी के विद्वान थे, ने बचपन से ही मजीद साहब को दोनों ज़ुबानों से रूबरू करवाया। अमजद साहब ने मेट्रिक तक की पढ़ाई इस्लामिया कॉलेज झंग से और गवर्मेंट कॉलेज लाहौर से सं 1934 में ग्रेजुएशन किया। लाहौर में जब कहीं नौकरी नहीं मिली तो आख़िर झंग के एक अर्ध सरकारी अख़बार 'उरूज' में बतौर एडिटर काम करने लगे।

मजीद साहब का बचपन चूँकि एक आम बच्चे से अलग था लिहाज़ा उन्होंने अपने जज़्बात का इज़हार करने को शायरी का दामन थामा। उनके साथ के बच्चे जब उनसे कोई जाती सवाल पूछते तो वो झल्ला जाते। उनके दुख दर्द कोई समझता नहीं था इसलिए वो किसी से शेयर भी नहीं करते थे। उन्होंने अपनी एक दुनिया बना ली जिसमें वो तन्हा रहना पसंद करते। सातवीं क्लास से वो अपने दिल में जो महसूस करते उसे एक डायरी में नज़्म की शक्ल में दर्ज कर लेते। उनकी शायरी में बचपन के हालात का गहरा असर है क्यूँकि उनका खेलकूद नाज़ो-नख़रे उठवाने का वक़्त बरबाद हो गया इसलिए उनकी शायरी में दुखभरा एहसास मिलता है। उनकी शादी भी छोटी उम्र में कर दी गयी थी जो बदक़िस्मती से कामयाब नहीं हो सकी.

पढ़ने का उन्हें बचपन से ही शौक़ था, 'उरूज' अख़बार में नौकरी के दौरान उन्होंने विदेशी साहित्य ख़ूब पढ़ा जिसमें कीट्स,शैली,ऑस्कर वाइल्ड, विक्टर ह्यूगो और कामू जैसे लेखक विशेष हैं। दस साल 'उरूज' में गुज़ारने के बाद उन्होंने असिस्टेंट फ़ूड कंट्रोलर के पद पर, ता-उम्र सरकारी नौकरी की।

जो तुम हो बर्क़े-नशेमन तो मैं नशेमने-बर्क़
उलझ पड़े हैं हमारे नसीब क्या कहना

बर्क़े-नशेमन :घोंसले पर गिरने वाली बिजली, नशेमने-बर्क़: वो घोंसला जिस पर बिजली गिरे

लरज़ गई तेरी लौ मेरे डगमगाने से
चराग़े-गोशा-ए-कू-ए-हबीब क्या कहना

चराग़े-गोशा-ए-कू-ए-हबीब: प्रेमिका की गली के ताक़ में जलने वाला चराग़

***

मेरे नसीबे-शौक़ में लिक्खा था ये मक़ाम
हर-सू तिरे ख़याल की दुनिया है, तू नहीं

***

बोझल पर्दे, बंद झरोखा, हर साया रंगीं धोका
मैं इक मस्त हवा का झोंका, द्वारे-द्वारे झाँक चुका

***

सहरा-ए-ज़िन्दगी में जिधर भी क़दम उठे
रस्ते में एक आरज़ुओं का चमन पड़े
इस जलती धूप में ये घने साया-दार पेड़
मैं अपनी ज़िन्दगी इन्हें दे दूँ जो बन पड़े

***

साँझ-समय इस कुँज में ज़िन्दगियों की ओट
बज गई क्या-क्या बाँसुरी रो गए क्या-क्या लोग
गठरी काल रैन की सोंटी से लटकाए
अपनी धुन में ध्यान-नगर को गए क्या-क्या लोग
मीठे-मीठे बोल में दोहे का हिन्डोल
सुन-सुन उसको बाँवरे हो गए क्या- क्या लोग

***

रूहों में जलती आग ख़यालों में खिलते फूल
सारी सदाक़तें किसी काफ़िर निगाह की

सदाक़तें: सच्चाई

जब भी ग़मे-ज़माना से आँखें हुईं दो-चार
मुँह फेर कर तबस्सुमे-दिल पर निगाह की

***

नौकरी के सिलसिले में उनका ट्रांसफ़र 1945 में लाहौर से 'साहीवाल' हो गया। 'साहीवाल' में तन्हा रह कर गुज़ारा 29 साल का वक़्त उनकी 60 साला ज़िन्दगी का सबसे बेहतरीन वक़्त था। वो हमेशा इस कोशिश में रहते कि कहीं उनका ट्रांसफ़र बड़े शहर में न हो जाय। ज़िंदादिल, बेहद संवेदनशील- कहीं कोई हरा दरख़्त कट जाय, कोई बच्चा उदास हो जाय, चींटी किसी के पाँव से कुचली जाये या कोई परिंदा ज़ख़्मी हो जाये तो बहुत दुखी हो जाने वाले, सबके काम आने वाले, छोटे बड़े की इज़्ज़त करने वाले, कोई मिल गया तो साइकिल से उतर कर उसके साथ चलने वाले मजीद अमजद को 'साहीवाल' में सब पहचानते थे।

'साहीवाल' जिसका पुराना नाम मोंटगुमरी था के पास ही विश्व प्रसिद्ध ईसवी से लगभग 2500 वर्ष पूर्व की सभ्यता के अवशेष 'हड़प्पा' में मिले थे। इन अवशेषों के अध्यन के लिए जर्मनी से एक लड़की 'शालात' सरकारी मेहमान की हैसियत से 1957 में 'साहीवाल' आयी और मजीद अमजद साहब के घर पर रुकी। क्यों रुकी इसका मुझे पता नहीं लेकिन रुकी ये ज़रूर पता है। हो सकता है कि साहीवाल में ढंग का होटल न हो और मजीद साहब के पास क्यूँकि दो कमरों का मकान था और वो अकेले रहते थे तो सरकार द्वारा उसे अपने घर पर रखने का उन्हें आदेश मिला हो। ख़ैर वो रही और रोज़ शाम को मजीद साहब के साथ गप्पें मारती हुई कैनाल कॉलोनी से स्टेडियम होटल तक की लम्बी सैर करती। साहीवाल जैसे छोटे क़स्बे में एक स्थानीय बन्दे के साथ गोरी लड़की का हँस-हँसकर बतियाते हुए सैर करना सबके लिए दिलचस्पी का विषय था। 'शालात' मजीद साहब के ज्ञान से बहुत प्रभावित थी और शायद मजीद साहब भी उसे मन ही मन पसंद करने लगे थे। जब 'शालात' की घर वापसी का वक़्त आया तो मजीद साहब ने सोचा की उसे अपने दिल की बात बता दूँ यानी इज़हारे-मुहब्बत कर दूँ, लिहाज़ा वो उसे छोड़ने स्टेशन गए और साथ फूलों का गुलदस्ता भी ले गए। शर्मीले मजीद अमजद ने गुलदस्ता अपनी साइकिल पे ये सोच कर छोड़ा कि वो इसे गाड़ी चलने पर 'शालात' को पकड़ाएँगे। स्टेशन पर बतियाने में वक़्त का पता ही नहीं चला और गाड़ी स्टेशन से रेंगने लगी तो वो भी 'शालात' के साथ ही बातें करते करते ट्रेन पर चढ़ गए और क्वेटा,जो लगभग दो सौ किलोमीटर दूर था, जहाँ 'शालात' को उतरना था, तक चले गए, ये भूल कर कि साहीवाल स्टेशन पर वो जो अपनी साइकिल खड़ी कर आये हैं उस पर फूलों का गुलदस्ता रखा है। सफ़र ख़त्म हो गया लेकिन दिल की बात ज़बाँ पर न आ पायी। ऐसा कई बार होता है कि ज़िन्दगी की ट्रेन का स्टेशन आ जाता है, दिल की कई बातें दिल ही में रह जाती हैं और मुहब्बत के फूल गुलदस्ते में लगे-लगे मुरझा जाते हैं।

उस मोड़ पर अभी जिसे देखा है कौन था
संभली हुई निगाह थी सादा लिबास था
यादों के धुंधले देश खिली चाँदनी में रात
तेरा सुकूत किसकी सदा का लिबास था

सुकूत : मौन

ऐसे भी लोग हैं जिन्हें परखा तो उनकी रूह
बे-पैरहन थी जिस्म सरापा लिबास था

***

मेरी मानिंद ख़ुद-निगर तन्हा
ये सुराही में फूल नरगिस का

ख़ुद-निगर : स्वार्थी, ख़ुद में लिप्त

***

हाय वो ज़िन्दगी-फ़रेब आँखें
तूने क्या सोचा मैंने क्या समझा

***

घुँघरुओं की झनक-मनक में बसी
तेरी आहट! मैं किस ख़याल में था

***

है जो ये सर पे ज्ञान की गठरी
खोल कर भी इसे कभी देखा

***

फिर लौट कर न आया, ज़माने गुज़र गए
वो लम्हा जिसमें एक ज़माना गुज़ारा था

***

वो एक टीस जिसे तेरा नाम याद रहा
कभी-कभी तो मिरे दिल का साथ छोड़ गई

***

झुकें जो सोचती पलकें तो मेरी दुनिया को
डुबो गई वो नदी जो अभी बही भी न थी

***

'शालात' के जाने के बाद अमजद साहब बहुत दिन उदास रहे और फिर उन्होंने 'म्यूनिख' उन्वान से एक नज़्म कही जो उर्दू शायरी में एक अहम स्थान रखती है। साहीवाल में मजीद साहब के यहाँ बाहर से अक्सर शायर आ कर ठहरा करते थे उन्हीं में एक थे भारत से आये शायर 'साहिर लुधियानवी'। एक शाम मजीद साहब ने साहिर को अपनी ताज़ा लिखी नज़्म सुनाई जिसकी शुरुआत की सतरें थीं, 'ये दुनिया ये तख़्तों ये ताज़ों की दुनिया, ये रस्मों में लिथड़े रवाज़ों की दुनिया' साहिर ने नज़्म सुन कर मजीद साहब के हाथ पकड़ते हुए कहा इस नज़्म की कुछ सतरें आप मुझे इस्तेमाल करने दें, मजीद साहब ख़ुशी-ख़ुशी मान गए। साहिर ने अपने हिसाब से इस नज़्म को कहा जो बेहतरीन है लेकिन उसकी कुछ सतरें मजीद साहब की हैं, इस नज़्म को फ़िल्म 'प्यासा' में मुहम्मद रफ़ी साहब ने गाकर अमर कर दिया। इसी तरह मन्टो साहब के इसरार पर मजीद साहब ने उन पर भी एक नज़्म कही है जो बहुत सराही गयी ख़ास तौर पर ये लाइनें 'कौन है जो बल खाते ज़मीरों के पुर-पेच धुंधलकों में /रूहों के इफ़्रीत-कदों (राक्षसों के घर) के ज़हर-अन्दोज़ (ज़हरीले)महलकों (छोटी जगह) में /ले आया है यूँ बिन पूछे अपने आप /ऐनक के बर्फ़ीले शीशों से छनती नज़रों की चाप /कौन है ये गुस्ताख़ /ताख़ तड़ाक।

शायरी के माध्यम से ख़ुद को दुनिया से जोड़ने वाले, दाद वसूलने और किसी को ख़ुश करने की ख़्वाहिश से कोसों दूर हो कर शायरी करने वाले मजीद साहब को जीते जी वो पहचान नहीं मिली जिसके वो हक़दार थे। उनकी सिर्फ़ एक किताब 'शबे-रफ़्ता' ही उनके सामने 1958 में शाया हुई थी।

उस दौर के पाँच बड़े शायरों फ़ैज़ (1911), नासिर काज़मी (1925), मुनीर नियाज़ी (1928)नून मीम राशिद (1910) और जोश (1898) के साथ में मजीद साहब का नाम

शुमार होता है। मजीद साहब के पास ख़यालों की बहुत बड़ी रेंज थी उनके शायरी के केनवास पर इतने रंग है जो और किसी शायर के यहाँ नज़र नहीं आते।

बिखरती लहरों के साथ दिनों के तिनके भी थे
जो दिल में बहते हुए रुक गए, नहीं गुज़रे
***

ध्यान में रोज़ छमछमाता है
क़हक़हों से लदा हुआ ताँगा
***

दो तरफ़ बँगले रेशमी नींदें
और सड़क पर फ़क़ीर इक नाँगा
***

तू कि अपने साथ है अपने बदन के वास्ते
कोई तेरे साथ तन्हा है तिरे दिल के लिए
***

दुनिया के ठुकराए हुए लोगों का काम
पहरों बैठे बातें करना दुनिया की
***

क़ालीनों पर बैठ के अज़्मत वाले सोग में जब रोए
दीमक लगे ज़मीर इस इज़्ज़ते-ग़म पर क्या इतराए थे

अज़्मत: प्रभावशाली

***

तुझे तो इल्म है क्यों मैंने इस तरह चाहा
जो तूने यूँ नहीं चाहा तो क्या, जो तू चाहे
***

सलाम उन पे तहे-तेग़ भी जिन्होंने कहा
जो तेरा हुक्म जो तेरी रज़ा जो तू चाहे

तहे-तेग़ : तलवार के नीचे

***

रिटायरमेंट के बाद मजीद साहब की माली हालत और सेहत बिगड़ती गयी। सरकार के ख़िलाफ़ जब तक लिखने की वजह से उनकी पेंशन और वज़ीफ़ा रोक दिया गया लेकिन फिर भी उनका स्टेडियम होटल जाने और अपनी टेबल के बिल अदा करने की आदत में कभी रुकावट नहीं आयी। एक बार जब महफ़िल बर्ख़ास्त हुई तो आदतन मजीद साहब ने बिल अदायगी के लिए जब जेब में हाथ डाला तो पाया कि वो ख़ाली है तब मुस्कुराते हुए वेटर से बोले, 'आज का बिल उधार रहा मियाँ इसे कल अदा करूँगा।' होटल का मालिक 'जोगी' जो

अमजद साहब का जिगरी दोस्त था, उनकी माली हालत से वाक़िफ़ था लेकिन कुछ मदद नहीं कर पा रहा था क्योँ कि उसे डर था कि मदद की पेशकश से कहीं उनकी ख़ुद्दारी को ठेस न पहूँचे। आज दूर से ये नज़ारा देख उससे रहा नहीं गया वो टेबल पर आया और आराधना फ़िल्म के गाने 'बागों में बहार है' की तर्ज़ पर अमजद साहब से पूछा, 'मजीद भाई ये होटल किसका है?' मजीद साहब ने जवाब दिया 'आपका' जोगी ने फ़ौरन पूछा 'आप दोस्त किसके है?' मजीद साहब ने मुस्कुराते हुए कहा 'आपका', 'जोगी साहब ने बिना वक़्त गँवाए फिर पूछा 'इस टेबल पर आया सामान किसका था?' मजीद साहब ने कहा 'आपका' जोगी हँसते हुए बोला कि 'जब होटल मेरा है, आप मेरे हैं, टेबल पर रखा सामान मेरा है तो इसके बिल अदा करने का हक़ किसका हुआ?अमजद साहब बिना सोचे बोले 'आपका'। ये ही जोगी सुनना चाहता था वो मुस्कुराते हुए वहाँ जमा सब लोगों से बोला 'सुना आप सबने माजिद भाई ने क्या कहा, आज से इस टेबल पर इनकी मौजूदगी में जो आएगा उसका बिल खाक़सार ही अदा करेगा। मन ही मन में अमजद साहब समझ गए कि जोगी ने उनकी इज़्ज़त को बड़ी ख़ूबसूरती से बचाया है। उस दिन के बाद से जोगी ने कभी मजीद साहब को बिल अदा नहीं करने दिया। हाय कहाँ गए ऐसे लोग और ऐसे दोस्त!!

धीरे-धीरे आँख से नज़र आना बंद हो गया। 11 मई 1974 की दोपहर को खाना खाने के बाद उन्होंने अपने खिदमतगार 'अली मुहम्मद' जो शुरू से उन्हीं के पास रहता था लेकिन काम कहीं और करता था को बाज़ार से कुछ लाने को भेजा। जब वो वापस लौटा तो उसने देखा कि मजीद साहब बेसुध अपनी खाट पर पड़े हैं। डॉक्टर बुलवाया गया जिसने आते ही उन्हें मृत घोषित कर दिया।

साहीवाल के डिप्टी कमिश्नर जावेद क़ुरेशी जो मजीद साहब के प्रशंसक थे को जैसे ही ख़बर मिली उन्होंने उनके घर में पड़े वो सारे काग़ज़ात जिन पर मजीद साहब ने कुछ लिख रखा था यूनाइटेड बैंक के लॉकर में रखवा दिए। उनके कलाम के चोरी हो जाने का अंदेशा जो था।

जावेद साहब ने अपनी देखरेख में आनन फानन में फ़ूड विभाग का एक छोटा ट्रक जिसमें खाने का तेल गाँव गाँव सप्लाई होता था को धो पौंछ कर तैयार करवाया उनकी देह को फूलों से सजाया और उन्हें झंग दफ़नाने के लिए भेज दिया। जनाज़े में उनका अपना कोई नहीं था सिवा उन चंद दोस्तों के जो उनके साथ स्टेडियम होटल की टेबल के इर्दगिर्द बैठा करते थे।

उनकी वफ़ात के बाद लॉकर से काग़ज़ निकाल कर पढ़े गए और उनके लिखे को 'शबे -रफ़्ता के बाद' शीर्षक से छपवाया गया।

आज उन पर सैंकड़ो किताबें और हज़ारों आर्टिकल छप चुके हैं लेकिन उन्हें देखने वाले मजीद साहब नहीं हैं। उनकी जन्म शताब्दी के अवसर पर झंग में जो एक पब्लिक पार्क भी बनवाया गया था वो अब देख रेख के अभाव में कूड़े के ढेर में बदल चुका है। यू ट्यूब पर आप उस पार्क की हालत देख, शर्मिंदा हो सकते हैं। भारत हो या पाकिस्तान, अदीबों के साथ हम ऐसा व्यवहार क्यों करते हैं? शायद किसी के पास जवाब हो लेकिन मेरे पास नहीं है।

अंत में उनके चंद अशआर और :

चैत आया, चेतावनी भेजी, 'अपना वचन निभा'
पतझड़ आई, पत्र लिखे, 'आ जीवन बीत चला'
***

ख़ुशियों का मुख चूम के देखा, दुनिया मान भरी
दुख वो सजन कठोर कि जिसको रूह करे सज्दा
***

शीशे की दीवार ज़माना, आमने सामने हम
नज़रों से नज़रों का बँधन, जिस्म से जिस्म जुदा
***

तिरे ख़याल के पहलू से उठ के जब देखा
महक रहा था ज़माने में कू-ब-कू तिरा ग़म
***

मुझे ख़बर भी न थी और इत्तिफ़ाक़ से, कल
मैं इस तरफ़ से जो गुज़रा वो इंतज़ार में थे
***

गुलाब रेत पर
शमीम बीकानेरी

ये कोई सन 1960 के आसपास की बात होगी बीकानेर के राजकीय पाबू पाठशाला, जो आठवीं यानी मिडल क्लास तक ही थी, में रोज़ की तरह असेम्बली की घंटी बज चुकी थी। एक मेज पर हारमोनियम और दूसरी पर तबला रखा था। स्कूल स्टाफ़ के सभी लोग, अध्यापक गण मेज के दोनों ओर क़तार में खड़े थे। बच्चे भाग भाग कर अपनी अपनी क्लास की लाइन में खड़े हो रहे थे। रोज़ की ही तरह असेम्बली से पहले होनी वाली गहमगहमी मची हुई थी। तभी हैड मास्साब अपने कमरे से बाहर निकले और हारमोनियम वाली टेबल के पास खड़े हो कर एक नज़र सबको देखा। उनके देखने के अंदाज़ से सारी हलचल शांत हो गयी। आपस में चुहुल करते बच्चे, खुसपुस करते स्टाफ़ मेंबर और अध्यापक चुपचाप सीधे खड़े हो गए। अभी सात बजने में तीन मिनट बाक़ी थे, रोज़ ठीक सात बजे प्रार्थना शुरू होती थी। हैड मास्साब ने तबले की टेबल के पास खड़े बच्चे से पूछा, 'राम जी तूने तबला ठीक से मिला लिया न?' जी साब, मैंने बजा कर देख लिया है, बिल्कुल सही कसा हुआ है 'रामजी ने फ़ुर्ती से जवाब दिया। 'हूँ' हैड मास्साब बोले फिर हारमोनियम की और देखते हुए बोले आज ये कहाँ गया?' किसी के पास जवाब नहीं था इसलिए कोई नहीं बोला। सात बजने से ठीक एक मिनट पहले एक दुबला पतला लड़का दौड़ता हुआ आया और सीधा हारमोनियम वाली टेबल के पास जा कर खड़ा हो गया। हैड मास्साब ने देखा कि वो पसीने से तर-बतर है और हाँफ रहा है। 'अरे क्या हुआ बेटा? तुम ऐसे पसीने में भीगे दौड़ते क्यों आ रहे हो?' हैड मास्साब ने पूछा। 'साब मैं अब्बा के साथ आ रहा था लेकिन रास्ते में उनकी साइकिल पंचर हो गयी, मुझे देरी न हो जाये इसलिए भागता आ रहा हूँ' लड़के ने सर झुका के जवाब दिया। हैड मास्साब ने प्यार से लड़के के सर पर हाथ फेरते हुए कहा, 'कोई बात नहीं बेटा थोड़ी साँस ले लो फिर शुरू करना। 'नहीं साब प्रार्थना में देरी नहीं होनी चाहिए' कह कर लड़के ने हारमोनियम पर उँगलियाँ फेरनी शुरू करदी। हारमोनियम पर थिरकती उँगलियों से सुरों की बारिश होने लगी जिसे सुन सभी की आँखें अपने आप बंद हो गयीं हाथ जुड़ गए और स्वर उस लड़के के स्वर से जुड़ गए 'हे शारदे माँ, हे शारदे माँ, अज्ञानता से हमें तार दे माँ'' प्रार्थना के बाद हैड मास्साब ने लड़के को गले लगाते हुए कहा 'जियो हनीफ़ बेटा ज़िन्दगी में हमेशा यूँ ही सुरीले बने रहना और वक़्त का ध्यान रखना -जुग जुग जियो'

सब ये माने बैठे थे कि एक दिन 'हनीफ़' हारमोनियम का उस्ताद बनेगा और बीकानेर का नाम देश विदेश में ऊँचा करेगा लेकिन होनी को कुछ और ही मंज़ूर था। 'हनीफ़' ने बीकानेर का नाम ज़रूर रौशन किया लेकिन हारमोनियम उस्ताद बन कर नहीं बल्कि ग़ज़लों का उस्ताद बन कर एक ऐसा उस्ताद जिसने ग़ज़ल को अपने मुख़्तलिफ़ अंदाज़ में कुछ यूँ परिभाषित किया

बताऊँ दोस्तों मैं आपको कि क्या है ग़ज़ल
कमाले-फ़न को परखने का आइना है ग़ज़ल
ये एक फ़न है इशारों में बात करने का
इसीलिए तो हर-इक सिन्फ़ से सिवा है ग़ज़ल

सिन्फ़ : विधा, सिवा : बढ़कर

गुलाब, चम्पा, चमेली कि रात की रानी
जो इन को छू के गुज़रती है वो हवा है ग़ज़ल

***

दिलों के शहरों को फ़त्ह करने का जिस में फ़न है वही ग़ज़ल है
जो नोके-ख़ामा पे झिलमिलाती हुई किरन है वही ग़ज़ल है

नोके-ख़ामा : क़लम की नोक

कहीं है जंगल की शाहज़ादी कहीं है शहरों की ज़ेबो-ज़ीनत
कहीं पे झरनों की रागनी में जो नग़्मा-ज़न है वही ग़ज़ल है

ज़ेबो-ज़ीनत : ख़ूबसूरती, नग़्मा-ज़न : गाती हुई

वो ठण्डी-ठण्डी सी रौशनी से धुला-धुला सा चमन का मन्ज़र
गुलाब चेहरे पे दहकी-दहकी सी जो अगन है वही ग़ज़ल है
ग़ज़ल की तारीफ़ पूछते हैं 'शमीम' क्या मेरे दोस्त मुझसे
मेरे सवालों से उसके माथे पे पे जो शिकन है वही ग़ज़ल है

***

'मुहम्मद हनीफ़' जिनका ज़िक्र ऊपर किया है 27 नवम्बर 1949 को राजस्थान के नागौर में जनाब 'अल्लाह बख़्श' साहब के यहाँ पैदा हुए। जनाब 'अल्लाह बख़्श' हालाँकि पढ़े लिखे नहीं थे लेकिन दुनियादारी की समझ उन्हें ख़ूब थी। ज़िन्दगी जो हमें सिखाती है उसे कोई स्कूल कॉलेज हमें नहीं सिखा पाता लिहाज़ा ज़िन्दगी की पाठशाला में 'अल्लाह बख़्श' साहब ने ख़ूब सीखा और इसी के चलते वो बड़े बड़े आलिमों से बहस कर लिया करते थे। मुलाज़मत के सिलसिले में वो नागौर से बीकानेर आकर बस गये। बचपन से ही मुहम्मद हनीफ़ अपने बड़े भाई 'मुज़फ़्फ़र हुसैन सिद्दीक़ी' को हमेशा किताबें पढ़ते हुए देखते। यूँ तो मुज़फ़्फ़र हुसैन साहब की दीनयात अदबियात, समाजियात और सियासियत पर अच्छी पकड़ थी लेकिन उनका रुझान शायरी की तरफ़ ज़ियादा था। ग़ालिब, मीर, मोमिन, दाग़, जोश, फ़ैज़ और इक़बाल के सैंकड़ों शेर उन्हें जबानी याद थे। उन्हीं को देख सुन कर मुहम्मद हनीफ़ भी शायरी के दीवाने हो गए और बड़े भाई की तरह जब वक़्त मिलता शायरी की किताबें पढ़ने लगे। छुप छुप कर शेर कहने की कोशिश भी करने लगे। छुप-छुपकर इसलिए क्यूँकि उन्हें अपनी शायरी के मयार पर पूरा भरोसा नहीं था। एक दिन अचानक बड़े भाई साहब की नज़र उस कॉपी पर पड़ी जिसमें हनीफ़ साहब ने शेर लिख रखे थे। शेर पढ़ कर बड़े भाई साहब पता नहीं क्या सोच कर मन ही मन मुस्कुरा दिये लेकिन किसी से कुछ बोले नहीं।

उनकी मुस्कराहट का राज़ कुछ दिनों बाद मुहल्ला भिश्तियान मदीना मस्जिद के ज़ेरे

साया होने वाले जश्ने-ईदे-मौलादुन्नबी के तरही मुशायरे में खुला जिसमें उन्होंने हनीफ़ साहब को अचानक मंच से तरही मिसरे 'मुहम्मद दस्तगीरे दो जहाँ हैं' पर ग़ज़ल पढ़ने का न्योता दिया। 21 साल के 'हनीफ़' इस तरह अचानक बुलाये जाने पर घबरा गये क्यूँकि इस से पहले उन्होंने कभी किसी के सामने अपना कलाम नहीं सुनाया था। हनीफ़ साहब की घबराहट देख कर भाई साहब बोले 'हनीफ़ मियाँ घबराओ नहीं हम तुम्हारी कॉपी पढ़ के जान चुके हैं कि तुम शेर कहते हो और ख़ूब कहते हो, आओ तुम्हें आज सबको अपना कलाम सुनाने का मौक़ा देते हैं।' भाई साहब की हौसला अफ़ज़ाही से हनीफ़ साहब ने शेर सुनाये और दाद भी हासिल की।

फ़ितरत हमारी शीशओ-सीमाब की सी है
जब भी गिरे हैं टूट गये और बिखर गये

शीशओ-सीमाब : शीशा और पारा

बे-दाग़ अपने आप को कहते थे वो, मगर
जब आइना दिखाया तो चेहरे उतर गये
सुर्ख़ी शफ़क़ की, आतिशे-गुल और जिगर का ख़ूँ
सब मिलके तेरी माँग में सिन्दूर भर गये

सुर्ख़ी शफ़क़ : सुबह शाम की लालिमा, आतिशे-गुल : फूलों की लालिमा

जिनके ज़मीर ज़िंदा हैं ज़िंदा हैं वो 'शमीम'
जिनके ज़मीर मर गये वो लोग मर गये

***

दिखाई दे कि न दे एहतियात है लाज़िम
कब आस्तीन में खन्ज़र दिखाई देता है

***

उस दिन तू ख़ामोश रहा तब देखेंगे
जिस दिन पानी तेरे सर से गुज़रेगा
पीली चादर ओढ़ के बैठेगा मौसम
क़ाफ़िला जब पत्तों का शजर से गुज़रेगा

***

तुम्हारे दर्द को दिल में बसा लिया क्यूँकर
मैं चाहता तो तुम्हें भूल भी तो सकता था

***

अपने बच्चों को जो देखा तो समझ में आया
घर पहुँचता है सरे-शाम परिंदा कैसे
लाके चेहरे पे तबस्सुम की लकीरें ऐ दोस्त
छोड़ दूँ मैं दिल-नाकाम को रोता कैसे

***

उस मुशायरे के बाद बड़े भाई साहब को लगा कि 'हनीफ़' साहब की शायरी में अभी कच्चापन है और इस्लाह के लिए अब इन्हें किसी उस्ताद की ज़रूरत है। उस वक़्त बीकानेर में बहुत से उस्ताद शायर थे लेकिन भाई साहब ने हनीफ़ साहब को उस वक़्त के मशहूर शायर उस्ताद 'मस्तान बीकानेरी' साहब जिनका ये शेर हर ख़ास-ओ-आम की ज़ुबान पर था "हज़ारों दैरो-हरम ने लिबास बदले मगर, शराब-ख़ाना अभी तक शराब-ख़ाना है" के पास शागिर्दी के लिए भेजा। बीकानेर में सबको पता था कि 'मस्तान साहब' का ज़ियादा वक़्त अपने दोस्त 'महबूब खान' की टेलरिंग की दुकान पर ही बीतता है लिहाज़ा उन्हें ढूँढ़ने में कोई मुश्किल पेश नहीं आयी। हनीफ़ साहब अपने बड़े भाई साहब के हवाले से मस्तान साहब से मिले और उनका शागिर्द बनने की इच्छा ज़ाहिर की। मस्तान साहब ने उनसे कहा कि 'देखो बरख़ुरदार दरअस्ल मेरे पहले से ही बहुत से शागिर्द हैं तुमको मैं अपनी शागिर्दगी में ले तो लूँगा, लेकिन उसके लिए मेरी एक शर्त है।' 'मुझे आपकी हर शर्त मंज़ूर है आप हुक्म करें' हनीफ़ साहब तपाक से बोले। मस्तान साहब ने मुस्कुराते हुए कहा कि 'तुम मुझे अपना कलाम सुनाओ, अगर मुझे पसंद आया तो ही मैं तुम्हें शागिर्दगी में लूँगा वरना नहीं।' 'जी मुझे मंज़ूर है' कह कर हनीफ़ साहब उन्हें अपना कलाम सुनाने लगे। एक दो कलाम के बाद ही मस्तान साहब ने उन्हें गले लगाते हुए कहा, 'तुम जैसा शागिर्द पा के मैं ही क्या कोई भी उस्ताद फ़ख़्र महसूस करेगा, आज से तुम मेरे शागिर्द हुए और आज से तुम अपने नाम मुहम्मद हनीफ़ को छोड़ कर मेरे दिए नए, 'शमीम बीकानेरी' के, नाम से शायरी करोगे।

आज हमारे सामने 'शमीम बीकानेरी' साहब की ग़ज़लों की एकमात्र किताब 'गुलाब रेत पर' है, जो 'सर्जना' प्रकाशन बीकानेर से प्रकाशित हुई है। आप इस किताब को sarjanabooks@gmail.com पर मेल से या वाग्देवी प्रकाशन को 0151 2242023 पर फ़ोन करके मँगवा सकते हैं। मात्र 88 पेज में सिमटी ये किताब रिवायती शायरी के दीवानों के लिए किसी ख़ज़ाने से कम नहीं। नए शायर भी इस किताब से शायरी में लफ़्ज़ बरतने और रवानी का हुनर सीख सकते हैं।

बादे-सर-सर चली उड़े पत्ते
देखता रह गया शजर तन्हा
सारी रौनक़ उसी के दम से थी
वर्ना, मैं और इस क़दर तन्हा

***

फेंका ये किसने संगे-मलामत मिरी तरफ़
इस शहर में तो मेरा शनासा कोई न था

संगे-मलामत : बुराइयों का पत्थर, शनासा : परिचित

बस्ती में साँस लेने को लेते थे सब मगर
जिस का ज़मीर ज़िंदा हो ऐसा कोई न था

***

शहर में हर सू सन्नाटा है
सारा जंगल बोल रहा है
***

बोली लगाये जाते थे ख़ुशफ़हमियों में लोग
मैं बिक रहा था और ख़रीदार मुझ में था
***

क्या कहा तेरे दिल पे और दस्तक
कोई रहता है इस मकान में क्या
***

जान है तो जहान है वर्ना
जान है और जहान में क्या
***

क्यों बलाएँ मुझे डराती हैं
मैं नहीं हूँ तेरी अमान में क्या
***

मैं तजर्बे की बिना पर तड़पने लगता हूँ
किसी पे जब भी कोई ऐतबार करता है
***

राजकीय पाबू पाठशाला से आठवीं पास करने के बाद हनीफ़ साहब ने राजकीय सादुल उच्च माध्यमिक विद्यालय से दसवीं की परीक्षा पास की। तभी राजस्थान बिजली बोर्ड के दफ़्तर में वैकेंसी निकली जिसमें उनका सलेक्शन हो गया। वो आगे पढ़ना चाहते थे लेकिन हाथ आयी सरकारी नौकरी को छोड़ना उन्हें गवारा नहीं हुआ, दूसरे, घर के हालात देखते हुए उन्हें नौकरी करना ज़ियादा मुनासिब लगा। नौकरी से हर महीने मिलने वाली आय के चलते उनका जीवन पटरी पर आ गया। 'मस्तान साहब' की रहनुमाई में उनकी शायरी को पंख लग गये। 'मस्तान' साहब शमीम साहब को दिलो जान से शायरी के पेचोख़म से रूबरू करवाने लगे। उस्ताद-शागिर्द की ये जोड़ी पूरे बीकानेर में मशहूर हो गयी। 'मस्तान' साहब का छोटा-बड़ा कोई काम शमीम साहब की शिरकत के बिना मुकम्मल नहीं होता। वो अपने उस्ताद को साइकिल पर बिठाये कभी हस्पताल कभी बाज़ार, कभी किसी दफ़्तर कभी, किसी मुशायरे या नशिस्त में लाते ले जाते लोगों को नज़र आ जाया करते।

बीकानेर में 13 दिसंबर 1980 को जश्ने-एज़ाज़े-मस्तान मनाया गया। इस मौक़े पर एक ऑल इण्डिया मुशायरा भी हुआ जिसमें मुल्क के नामवर शायर जैसे जनाब मख़्मूर सईदी, शीन काफ़ निज़ाम, ख़ुदादाद ख़ाँ मुनीस और हज़ारों सामईन की मौजूदगी में 'मस्तान, साहब ने शमीम साहब को शॉल ओढ़ा कर अपना जा-नशीन घोषित किया। शायद ये पहला मौक़ा था जिसमें एक उस्ताद ने अपने शागिर्द को भरी महफ़िल में अपना जा-नशीन घोषित किया हो।

आते-आते ही तो जीने का हुनर आएगा
जाते-जाते ही तो मरने की झिझक जायेगी

तब कहीं जा के मिला है उसके होने का पता
ख़ुद को अपने आप से जब बे-ख़बर मैंने किया
दोस्तों के दिल भी कब आलूदगी से पाक थे
बस इसी बाइस दिल-दुश्मन को घर मैंने किया

आलूदगी : प्रदूषण

नींद उचटती देखी है जब से अमीरों की 'शमीम'
ज़िन्दगी को बेनियाज़े-सीमो-ज़र मैंने किया

बेनियाज़े-सीमो-ज़र : धन दौलत की परवाह न करने वाला

***

हमारे हक़ में रही ज़िन्दगी से मौत अच्छी
उमीद किस से थी और कौन क़द्रदाँ निकला

***

शबनम का रक़्स आरिज़े-गुल पर फबन के साथ
देखा है आफ़ताब की पहली किरन के साथ

आरिज़े-गुल : फूल का चेहरा (गाल)

***

रखते थे जो हवाओं से लड़ने का हौसला
जलते रहे चराग़ वो ही बाँकपन के साथ
मख़मल की सेज थी कि तरसती ही रह गयी
हम सो गये ज़मीन पे अपनी थकन के साथ

***

उदास पेड़ तुझे चहचहे भी होंगे नसीब
वो शाम होते ही तुझ पर तयूर उतारेगा

तयूर: परिंदे

***

शमीम साहब को मस्तान साहब की रहनुमाई में रहने का मौक़ा सिर्फ़ 17 अक्टूबर 1983 तक ही मिला इसी दिन 'मस्तान' साहब इस दुनिया-ए-फ़ानी को अलविदा कह गए, लगभग 12 साल के इस वक़्फ़े में मस्तान साहब की इल्म की सुराई में जो कुछ था वो सब उन्होंने शमीम साहब के प्याले में उँडेल दिया। शमीम साहब ने न सिर्फ़ बीकानेर में बल्कि पूरे भारत में देश के नामी गरामी शायरों साथ मुशायरे पढ़े और वाह वाही हासिल की।

मुशायरों और नशिस्तों के दौरान उन्होंने देखा कि ज़ियादातर शायर अपना कलाम पढ़ने तक मंच पर बैठे रहते हैं और पढ़ने के बाद धीरे से खिसक लेते हैं या जब कोई नया शायर अपना कलाम पढ़ रहा होता है तो उसकी तरफ़ कोई तवज्जोह नहीं देते और आपसी बातचीत में उलझे रहते हैं। ये आदत बड़े नामचीन शायरों में ज़ियादा पाई जाती है। शुरू में शमीम साहब को भी इस तरह का माहौल देखने को मिला और इस से वो दुखी भी हुए। बाद में जब

जो उस्ताद शायर हो गए तब उन्होंने इस बात का ख़ास ध्यान रखा कि किसी नए शायर की हौसला अफ़ज़ाही से वो चूक न जाएँ। नए शायरों को ध्यान से सुनना अच्छे शेरों पर झूम कर दाद देना शमीम साहब की ख़ासियत थी। वो मंच पर से कभी बीच में उठ कर नहीं गए। बाज दफ़ा उनकी तबीअत ख़ासी ख़राब होती तो भी लोगों के लाख कहने पर भी मंच नहीं छोड़ते थे। इस उसूल का उन्होंने हमेशा पालन किया।

दोस्ती को मिरी ठोकर में उड़ाने वाला
दुश्मनी को भी मिरी अब तो तरसता होगा
किसी इंसान से मिलने को तरस जाओगे
वो ज़माना भी है नज़दीक जब ऐसा होगा
रौशनी बढ़ती चली जाती है धीरे-धीरे
कोई आँचल किसी चेहरे से सरकता होगा

***

हर तरफ़ हैवानियत रक़्साँ है अब तो शहर में
क्या कहें, इंसान को देखे ज़माने हो गये
तब मज़ा है जब कोई ताज़ा सितम ईजाद हो
छोड़ इन हर्बों को ये हर्बे पुराने हो गये

हर्बे : लड़ाई के हथियार

***

ज़मीन तकती है हैरत से उनके चेहरों को
जो आसमाँ की तरफ़ सर उठा के देखते हैं
कहा है 'मीर' ने ये इश्क़ भारी पत्थर है
ये बात है तो ये पत्थर उठाके देखते हैं
हमारे जुर्म पे जाती नहीं किसी की नज़र
मज़े तो लोग हमारी सज़ा के देखते हैं

***

किस मुँह से हम अपने घर की बात करें
लोग नहीं महफ़ूज़ इबादतगाहों में

***

कैसी लज़्ज़त है तड़पने में उसे क्या मालूम
दिल पे हावी जो कोई ग़म नहीं होने देता

***

अपनी मोतियों जैसी सुन्दर लिखाई, फिर वो चाहे हिंदी, उर्दू या अंग्रेज़ी लिपि हो, बेहद विनम्र आचरण और मेहनत के कारण शमीम साहब बिजली बोर्ड के दफ़्तर में अपने से सीनियर और जूनियर लोगों के चहेते थे। 30 सितम्बर 2009 को बिजली बोर्ड के दफ़्तर

से रिटायर होने पर उन्हें सबने भावपूर्ण विदाई दी। रिटायरमेंट के बाद उनकी मुशायरों में शिरकत बढ़ गयी। अपने बेमिसाल तरन्नुम से जब वो सामईन को अपनी ग़ज़लें सुनाते तो वातावरण तालियों से गूँजने लगता।

शमीम साहब के बेहद अज़ीज़ और क़रीब रहे बीकानेर के शायर जनाब 'ज़ाकिर अदीब' साहब जो उनसे मशवरा-ए-सुख़न भी लेते थे, उनको याद करते हुए कहते हैं कि 'जहाँ तक शमीम साहब के अदबी सफ़र की बात है वो बहुत ही लो-प्रोफ़ाइल शायर थे, उन्होंने हमेशा मुशायरे इस अंदाज़ में पढ़े जिसके लिए ग़ालिब का वो मिसरा हम इस्तेमाल कर सकते हैं कि "न सताइश की तमन्ना न सिले की परवाह"। कहने मतलब ये कि वो ख़ुद को प्रोमोट करने से बचते थे। मेरा और शमीम साहब का मेलजोल का सिलसिला 1982 से शुरू हुआ जो उनके इंतक़ाल तक ज़िंदा रहा, हाँ बीच के तीन चार साल हम दोनों के बीच बोलचाल किसी ग़लतफ़हमी के चलते बंद रही लेकिन इस दौरान न तो मैंने उनके और न शमीम साहब ने मेरे बारे में किसी से कुछ ग़लत कहा। यूँ समझें कि हमने बशीर बद्र साहब के इस मशहूर शेर 'दुश्मनी जम कर करो लेकिन ये गुंजाइश रहे, जब कभी हम दोस्त बन जाएँ तो शर्मिंदा न हों' को अपनाया। ग़लतफ़हमी दूर हुई और हम दोनों फिर से बिना शर्मिंदा हुए गले मिल गए।

शमीम साहब को राजस्थान उर्दू अकादमी की ओर से सन 2011-12 के लिए बिस्मल सईदी अवार्ड और 2012-13 के लिए शेरी तख़लीक़, नवाये-जाँ पर 11000 रु० का ईनाम, अंजुमन तरक़्क़ी-ए-उर्दू फ़तेहपुर शेखावाटी की ओर से 'जिगर मुरादाबादी' अवार्ड, 2010 और 2012 में बीकानेर की संस्थाओं द्वारा बहुत से अभिनन्दन पत्र और अवार्ड दिए गए। राजस्थान पत्रिका की ओर से उन्हें 2017 में कर्णधार विशिष्ट सम्मान प्रदान किया गया।

सन 2014 से उन्हें अस्थमा की शिकायत रहने लगी जो लगातार बढ़ती गयी आख़िर 18 फ़रवरी 2019 को बीकानेर की सर ज़मीं के इस अलबेले शायर ने इस दुनिया-ए-फ़ानी को अलविदा कह दिया।

दिल की दुनिया रौशन करने की ख़ातिर
इक कोने में याद के जुगनू रक्खेंगे

***

कई रंजो-ग़म कई पेचो-ख़म, रहे इश्क़ में थे क़दम-क़दम
जो गुज़र गये वो गुज़र गये, जो ठहर गये वो ठहर गये

***

ये जंग मसाइल का कोई हल तो नहीं है
इस जंग को तुम आग लगा क्यों नहीं देते
गो, ज़ख़्मे-जिगर अब भी तारो-ताज़ा हैं लेकिन
क्या बात है, पहले सा मज़ा क्यों नहीं देते

***

दिल भी तेरा है जान भी तेरी
सोचता हूँ कि फिर मेरा क्या है

डूबने वाले से कोई पूछे
नाख़ुदा क्या है और ख़ुदा क्या है

***

हम से दग़ा करे वो दग़ाबाज़ है मगर
अब उसको क्या कहें जो ख़ुद से दग़ा करे

***

ऐसा लगता है कि चढ़ती हुई नद्दी जैसे
झील बन के तेरी आँखों में उतर आई है

***

ग़म तो अपने साथ अदम से आये थे
अपने ही हमज़ाद से हम डर जायें क्या

हमज़ाद; साया, जो साथ में पैदा हुआ हो

***

आग से, पानी से, मिट्टी से बने हैं पैकर
ज़िन्दगी का मगर एहसास दिलाती है हवा
एक चिन्गारी भी शोलों में बदल सकती है
आग का साथ कुछ इस तरह निभाती है हवा

***

जीने न दे हयात की गर्दिश अगर तुझे
ये किसने कह दिया है कि मर जाना चाहिए

***

(शमीम साहब के बारे में ज़रूरी जानकारियाँ देने के लिए मैं शमीम साहब के बेटे जनाब सईद अहमद सिद्दीक़ी, जनाब ज़ाकिर अदीब साहब और जनाब सुनील गज्जाणी जी का तहे दिल से शुक्रिया अदा करता हूँ।)

आँखों में रात कट गयी
दिलावर अली 'आज़र'

सुख़न-सराई कोई सहल काम थोड़ी है
ये लोग किस लिए जंजाल में पड़े हुए हैं

***

किसी किसी को है तरबीयते-सुख़नसाज़ी
कोई कोई है जो ताज़ा लकीर खींचता है

***

शेर वो लिक्खो जो पहले कहीं मौजूद न हो
ख़्वाब देखो तो ज़माने से अलग हो जाओ

***

शायरी ऐसे झमेलों से बहुत आगे है
इस नए और पुराने से अलग हो जाओ

***

लफ़्ज़ एहसास का अलाव है
शायरी इज़्तिराब से है मियाँ

इज़्तिराब:बेचैनी

***

लफ़्ज़ों के हेर-फेर से बनती नहीं है बात
जब तक सुख़न में लज़्ज़ते-सोज़े-दुरूँ न हो

लज़्ज़ते-सोज़े-दुरूँ : भीतर की पीड़ा का स्वाद

***

हम क़ाफ़िया-पैमाई के चक्कर में पड़े हैं
है सिन्फ़े-सुख़न क़ाफ़िया-पैमाई से आगे

***

"ये बहुत ख़ुशी की बात है कि इन दिनों ग़ज़लें ख़ूब लिखी जा रही हैं। इस विधा की लोकप्रियता का ग्राफ़ ऊपर ही जाता जा रहा है। उर्दू हिंदी के अलावा दूसरी भाषाओं में भी इस विधा पर ख़ूब काम हो रहा है। ग़ज़ल, जैसा की हज़ारों बार पहले भी कहा गया है जितनी दिखाई देती है उतनी आसान विधा है नहीं। यही कारण है कि इस दौर में आयी हुई ग़ज़ल लेखन की सुनामी में अधिकतर ग़ज़लें साधारण या अतिसाधारण की श्रेणी में आती हैं। ग़ज़लकार कोई नयी बात पैदा कर नहीं पा रहे। कारण ये है कि आजकल कल हर कोई अपना कलाम दूसरे को सुना कर खिसक जाने की फ़िराक़ में रहता है, न तो वो किसी दूसरे को सुन कर ख़ुश हैं न पढ़ कर। पढ़ना तो जैसा छूट ही गया है। ऊपर दिए शेर कामयाब

ग़ज़ल कहने के लिए ज़रूरी बातों की ओर इशारा करते हैं। सवाल ये है कि ऐसा शेर कहा कैसे जाये जिसका मफ़हूम ओर ज़मीन पहले से न बरती गयी हो? जवाब है कि जिस तरह क़ुदरत अपने आप को कभी नहीं दोहराती कुछ वैसा ही शायरी में भी करना होगा। हर दिन सूरज उगता है, सवेरा होता है, चिड़ियाएँ चहचहाती हैं रात होती है चाँद निकलता है, हवा चलती है लेकिन फिर भी हर दिन, हर रात नयी लगती है। हर पल नया होता है। कहीं कोई दोहराव नहीं जबकि यूँ कुछ भी बदला नज़र नहीं आता। ये बात हमारे आज के शायर ने एक इंटरव्यू में कही थी। आप इन हज़रात की शायरी को पढ़ते वक़्त महसूस करेंगे कि उन्होंने ग़ज़ल के बारे में जो शेर कहें हैं उन्हें अपनी ग़ज़लों में बहुत हद तक उतारा भी है।

पाकिस्तान के युवा शायर जनाब दिलावर अली 'आज़र' का नाम हिंदी पाठकों के लिए शायद नया हो क्यूँकि उनकी ग़ज़लें हिंदी में बहुत कम छपी हैं। उनकी ग़ज़लों की हिंदी में जो पहली किताब मंज़र-ए-आम पर आयी है वो है "आँखों में रात कट गयी" जिसका लिप्यंतरण और संपादन किया है जाने माने युवा शायर 'इरशाद ख़ान 'सिकंदर' ने और जिसे 'मायबुक सलेक्ट पब्लिशिंग ने अपनी 'नायाब बुक सीरीज़' के अंतर्गत प्रकाशित किया है। इस किताब को आप 9910482906 पर मायबुक से संपर्क कर मँगवा सकते हैं या फिर इरशाद भाई से उनके मोबाइल 098183 54784 पर मँगवाने का आसान तरीक़ा पूछ सकते हैं।

इल्म जितना भी हो कम पड़ता है इंसानों को
रिज़्क़ जितना भी हो बँटने के लिए होता है

***

मेरी तन्हाई ने पैदा किए साये घर में
दीवार कोई दर से नमूदार हुआ

***

आज की रात गुज़ारी है दिये ने मुझमें
आज का दिन मिरे अंदर से नमूदार हुआ

***

उसके होंठों को नहीं आँख को दी है तर्जीह
प्यास को प्यास बुझाने से अलग रक्खा है

***

फेंक कर संगे-ख़मोशी किसी दीवाने ने
गुनगुनाती हुई नद्दी का रिदम तोड़ दिया

***

मेरे रस्ते के अलावा भी कई रस्ते थे
क्यों क़दम रख के मिरा नक़्शे-क़दम तोड़ दिया

***

अब मुझको एहतिमाम से कीजे सपुर्दे-ख़ाक
उकता चुका हूँ जिस्म का मलबा उठा के मैं

हद्दे-अदब की बात थी हद्दे-अदब में रह गयी
मैंने कहा कि मैं चला उसने कहा कि जाइए
***

इक तिरा साथ तिरा क़ुर्ब मिले पलभर को
यार खिलने को कहाँ फूल नहीं खिल सकते

क़ुर्ब : निकटता

***

मैं जो यारों की मुहब्बत में बिछा जाता हूँ
मेरी दरवेश तबीअत मुझे ले डूबेगी
***

'हसन अब्दाल' जी हाँ यही नाम है पाकिस्तान के उस शहर का जहाँ के एक छोटे से मुहल्ले सख़ी नगर के निवासी जनाब बशीर अहमद साहब के यहाँ 12 सितम्बर 1984 को दिलावर बशीर ने आँखें खोली जिसे अदब की दुनिया दिलावर अली 'आज़र' नाम से पहचानती है। दिलावर साहब पर बात करने से पहले चलिए जरा सी हसन अब्दाल शहर के बारे में बात कर ली जाय। पता नहीं क्यों लेकिन मुझे लगता है कि ज़्यादातर पाठकों ने शायद 'हसन अब्दाल' का नाम ही न सुना हो। इस शहर के बारे में मैं इसलिए बताना चाहता हूँ कि किसी भी शायर के कलाम में उस जगह और वहाँ के माहौल का असर ज़रूर होता है जहाँ उसने बचपन और जवानी बिताई हो। 'हसन अब्दाल' एक बहुत ही ख़ूबसूरत शहर है। दिलावर अली साहब का बचपन 'गुनगुनाती हुई नदियों, बहते हुए झरनों, साफ़ पानी के तालाबों और सरसब्ज़ शादाब पहाड़ों के दरमियान बीता। इस शहर में सिक्खों का बेहद ख़ूबसूरत और प्रसिद्ध गुरुद्वारा 'पंजा साहिब' है जिसके परिसर के अन्दर और बाहर लगभग दो सौ सिख परिवार सैंकड़ो सालों से मुसलमानों के बीच शांति से रह रहे हैं। हिन्दू और बौद्ध के लिए के लिए महत्वपूर्ण केन्द्र, सदियों पुराने विश्व प्रसिद्ध तक्षशिला विश्वविद्यालय के अवशेष भी इसके निकट ही मिले थे। हसन अब्दाल में सिख गुरु श्री गुरु नानक देव जी के अलावा मुग़ल बादशाह अकबर और औरंगज़ेब के ठहरने के भी प्रमाण मिलते हैं।

दिलावर अली की ग़ज़लें प्रकृति के नज़ारे, इंसानी जज़्बात और एहसासात की मुकम्मल तर्जुमानी करती हैं।

इस क़बीले में कोई इश्क़ से वाक़िफ़ ही नहीं
लोग हँसते हैं मिरी चाक-गिरेबानी पर
***

वो समझता है कि बेचैन हूँ मिलने के लिए
और मैं वक़्ते-मुलाक़ात बदल सकता हूँ
***

साँस की धार से कटता रहा धारा दिल का
ज़िन्दगी हिज्र के दौरान सज़ा बनती गयी

हिज्र : जुदाई

***

देखता हूँ मैं उसे ख़ुद से जुदा होते हुए
सोचता हूँ वो मिरे साथ कहाँ तक जाता

***

वो मुझे देखता रहे और मैं
देखना देखता रहूँ उसका

***

झाँक कर देखता नहीं कोई
फूल खिलते हैं रायगाँ मुझमें

रायगाँ : व्यर्थ

***

ख़ुदा का शुक्र आईना मिला है
किसी ने शक्ल पहचानी हमारी

***

सब अपने अपने ताक़ में थर्रा के रह गये
कुछ तो कहा हवा ने चराग़ों के कान में

***

ये जिस वजूद पे तुम नाज़ कर रहे हो मियाँ
यही वजूद बहुत रायगाँ निकलता है

***

फिर भी ख़ामोश ही रहता हूँ मैं अपने घर में
बात सुनते हैं अगरचे दरो-दीवार मिरी

***

दिलावर अपने स्कूली दिनों से ही ग़ज़लें कहने लगे थे यानी जब से उन्होंने होश सँभाला। वो कहते हैं कि 'बचपन ख़ुशियों से भरपूर हुआ करता था। असली ख़ुशी तब तक ही रहती है जब तक आपके पास शऊर नहीं है। शऊर जब भी आता है तो बचपन की सारी चीज़ों आपसे छिन जाती हैं। मुझे जब शऊर आया तो मैं बचपन की वो शरारतें, जैसे नदी किनारे से केंकड़े पकड़ कर छोटी बहनों के हाथ में ये कह कर पकड़ाना कि ले तेरे लिए नदी किनारे से रंगीन पत्थर लाया हूँ और उनका केंकड़ा देख कर डर मारे उछलना, दोस्तों को धक्का दे कर नदी में गिरा कर हँसना, लोगों की खड़ी साइकिलों की हवा निकाल देना, भूल कर संजीदा हो गया। मैं उन सब सवालों के ज़वाब ढूँढ़ने लगा जो शऊर आने के बाद आते हैं और जिनका जवाब आसानी से नहीं मिलता। लड़कपन में दिल की बात किससे कहें कौन समझेगा सोच कर मैंने बात करने को

शायरी का सहारा लिया। मेरी शायरी पढ़ कर कुछ लोग मेरी दिल की बात समझ लेते हैं कुछ नहीं।

पहले अपने स्कूल और फिर कॉलेज की लाइब्रेरी से मुहब्बत हद दर्जे की हो गयी। शायरी की किताबें पढ़नी शुरू की तो बहुत से सवालों के जवाब ख़ुद-ब-ख़ुद मिलने लगे। मीर का दीवान कई कई बार पढ़ डाला। हर बार शेरों के माने नए मिलने लगे। शायरी पढ़ने का एक जूनून सा तारी हो गया। हर वक़्त उसी के नशे में रहता। ये देख घर वाले परेशान हो गये। शायर का जो तसव्वुर आम लोगों के दिल में ऐसा ही है -बिखरे बाल, शराब और मुहब्बत में ग़र्क़ इंसान जो अक्सर फ़ाक़े करता है, इसलिए घर वालों का परेशाँ होना जायज़ था। घर वाले सोचने लगे कि ये अपनी ज़िन्दगी में बैलेंस कैसे बिठा पायेगा? लिहाज़ा मुझे शायरी से इतर कुछ करने की सलाह दी जाने लगी पर जब देखा कि मुझ पर कोई बात असर नहीं कर रही तो मुझे मेरे हाल पे छोड़ दिया।

दरमियाँ कोई नहीं कोई नहीं कोई नहीं
तुम हमारे हम तुम्हारे रास्ते में रास्ता

***

इसमें खुलते हैं बहुत पेच मगर आख़िर तक
ये मुहब्बत है मुहब्बत नहीं खुलती साईं

***

अजीब रात उतारी गयी मुहब्बत पर
हमारी आँखें, तुम्हारे चराग़ जलते हैं

***

यानी इस ख़्वाब को ताबीर नहीं कर सकते
गोया इस ख़्वाब को मिस्मार करोगे साहब

मिस्मार : ध्वस्त

***

उम्र गुज़ारी मुन्तज़िरी में तब जा कर मालूम हुआ
वस्ल की साअत हिज्र से बढ़कर जी लरज़ाने वाली है

मुन्तज़िरी: इंतज़ार, साअत : घड़ी

***

मैं जान लूँगा कि अब साँस घुटने वाला है
हरे दरख़्त से जब शाख़ कट रही होगी

***

दोस्त देखे जा रहे हैं ताकि तन्हाई मिटे
साँप ढूँढ़े जा रहे हैं आस्तीनों के लिये

***

तुमने दीवार से भी सर नहीं फोड़ा जाकर
जानेवाले पसे-दीवार चले जाते हैं

रोता है कौन अपनी रऊनत से हार कर
अपने किये पे आप ही शर्मिंदा कौन है

रऊनत: घमण्ड

***

वो एक पल कि जो गुज़रा तिरी मय्यत में
उस एक पल में मिरी उम्र कटने वाली है

***

किसे ख़बर थी जहाँ में कि जिस्म की ख़ुशबू
बिखरने वाली नहीं है सिमटने वाली है

***

दिलावर साहब किसी एक को अपना उस्ताद नहीं बनाया। शायरी उन्होंने किताबें पढ़ कर सीखी। उस्ताद रिवायती शायरों से लेकर जदीद शायरों को पूरे दिल से पढ़ा। नतीजा ये हुआ कि उनकी शायरी में निख़ार आता गया। अपने से सीनियर शायरों की इज़्ज़त करते हुए उनसे राब्ता क़ायम किया और अपने कलाम की बेहतरी के लिए उनसे मशवरा लेने में कभी गुरेज़ नहीं किया। अपने बराबर के और अपने से छोटे शायरों से दोस्ताना व्यवहार रखा उनसे भी मशवरा लेने में झिझके नहीं। धीरे-धीरे पहले पूरे पाकिस्तान में और फिर पकिस्तान के बाहर भी उनकी शायरी की चर्चा होने लगी और उनके प्रशंसक बढ़ने लगे। उनका पहला ग़ज़ल संग्रह 'पानी' सं 2013 में मंज़र-ए-आम पर आया जिसे आलोचकों ने बहुत पसंद किया और उसे पिछली तीन दहाइयों में आये किसी नौजवान शायर का सबसे मज़बूत और मुकम्मल संग्रह माना। इसके ठीक तीन साल बाद उनका दूसरा ग़ज़ल संग्रह 'माख़ज़' प्रकाशित हुआ जो पहले वाले संग्रह से बहुत अधिक प्रसिद्ध हुआ। इस ग़ज़ल संग्रह को आलोचकों और सीनियर शायरों ने दिलावर 'आज़र' का दूसरा नहीं क़दम क़रार दिया।

पाकिस्तान के मशहूर शायर जनाब ज़फर इक़बाल साहब ने लिखा कि 'दिलावर अली आज़र की शायरी से गुज़रते हुए आधुनिक उर्दू ग़ज़ल पर मेरा ईमान और पुख़्ता हो गया है, शेर कहते तो बहुत से और भी हैं मगर शेर को शेर बनाना किसी किसी को ही आता है ये शायर मुझे चंद ही दूसरों के साथ अगली पंक्ति में खड़ा दिखाई देता है इसका लहजा दोषमुक्त और आत्मविश्वास का ज़ज़बा आश्चर्यजनक है। इसकी ग़ज़लें ताज़गी और तासीर का एक ऐसा झोंका है जिसने आसपास का सारा वातावरण सुगन्धित कर दिया है इस शायरी ने मुझे ख़ुशी से भर दिया है।'

दोस्त तो दोस्त है दुश्मन भी बराबर का चुनो
हू-ब-हू हम नज़र आते हैं अदू में अपने

अदू : दुश्मन

***

एक वो प्यास जो बुझती है सुबू से अपनी
एक ये आग जो होती है सुबू में अपने

सुबू : मदिरा पात्र

* * *

देखता कोई नहीं आँख उठा कर मुझको
फ़ायदा क्या है मुझे चाक-गिरेबानी से

* * *

हमी को वो किसी इमकान में नहीं रखता
हम ऐसे लोग जो होते भी हैं फ़क़त उस के

* * *

वो हमेशा ही ख़सारे में रहा है जिसने
फ़ैसला करके मुहब्बत में नज़र सानी की

* * *

तेरी आसानी ने मुश्किल में मुझे डाल दिया
मिरी मुश्किल ने तिरे वास्ते आसानी की

* * *

उसकी आँखें देखने वालो तुम पर वाजिब है
शुक्र करो इस दुनिया में कुछ अच्छा देख लिया

* * *

पहले धुंधला दिए नक़ूश मिरे
फिर मुझे आइना दिखाया गया

नक़ूश : निशान

* * *

वो ज़ख़्म जिस्म पे आया नहीं अभी जिसके
कुरेदने को ये नाख़ुन सँभाल रक्खा है

* * *

जो समझता हो उसे बारे-दिगर क्या कहना
फ़ायदा कोई नहीं बात के दोहराने में

बारे-दिगर : दोबारा

* * *

हसन अब्दाल छोड़ कर अब कराची आ बसे दिलावर अली 'आज़र' की मौजूदगी के बिना पाकिस्तान में अब कोई मुशायरा मुकम्मल नहीं माना जाता। युवाओं में बेहद लोकप्रिय दिलावर 'आज़र' की दोनों किताबों पर गवर्मेंट सादिक़ अजर्टन कॉलेज से 2013 में, यूनिवर्सिटी ऑफ़ लाहौर पाकपटन से 2017 में, जी सी यूनिवर्सिटी फ़ैसलाबाद से 2018 में शोध पत्र प्रकाशित किये जा चुके हैं। उनकी तीसरी किताब 'कीमिया' का उनके सभी पाठकों को बेसब्री से इंतज़ार है।

दिलावर 'आज़र' को 2013 में लफ़्ज़ अदबी अवार्ड और 2016 में बाबा गुरु नानक जी अदबी अवार्ड से नवाज़ा गया है। किताब 'आँखों में रात कट गयी में' आज़र साहब की 127 ग़ज़लें संग्रहित हैं, उनकी शायरी का पूरा लुत्फ़ लेने के लिए आपको उनकी इस किताब को मँगवा कर पढ़ना होगा।

जाने क्या रम्ज़ है कि पिंजरे में
आजकल फड़फड़ा नहीं रहे तुम

रम्ज़ : संकेत

***

कमाल ये है मुझे देखती हैं वो आँखें
मलाल ये है उन्हें देखना नहीं आता

***

शहर में कोई नहीं जिसको दुआ दी जाये
सो मिरी उम्र दरख़्तों को लगा दी जाये

***

आँख में नींद के रस्ते से उतरता है सराब
ख़्वाब तो प्यास बढ़ाने के लिए होते हैं

सराब : मृगतृष्णा

***

तमाम उम्र की जिसमें थकान उतरेगी
वो एक लम्हा भी शायद तुम्हारे ध्यान से है

***

हाशिये पर आदमी
अश्विनी त्रिपाठी

जब क़लम ने तालियों की चाह में लिक्खी ग़ज़ल
तब किताबों से निकलकर मीर ने रोका मुझे
***

चंद सिक्कों की खनक पर डगमगाया जब कभी
पर्स में रक्खी तेरी तस्वीर ने रोका मुझे
***

बोलते लब रोक ना पाए मेरे क़दमों को तब
मौन आँखों से छलकते नीर ने रोका मुझे
***

जवाबों से दो चार होना सरल है
कठिन है निकलना सवालों से होकर
***

आँसू पीकर हँस देने को
सचमुच में हँसना समझूँ क्या
***

तुम कहती हो प्यार है मुझसे
मुझको है उतना समझूँ क्या
***

सियासी लोग बहरे तो न थे पर
उन्हें हर लब पे ताला चाहिए था
***

वो जवानी और थी जो सर कटाना चाहती थी
ये जवानी सिर्फ़ अपना सर बचाना चाहती है
***

ख़ुद को ख़ुद में ढूँढ़ना होगा सरल
तू अगर साँचों में ढलना छोड़ दे
***

तब मुझे आभास होता है स्वयं की जीत का
जब किसी जलते दिये से हार जाती है हवा
***

'कहिए क्या परेशानी है' ?डॉक्टर ने चश्मा आँखों पर ठीक करते हुए अपना पैड निकाल

कर पूछा। 'डॉक्टर साहब यूँ तो कोई परेशानी नहीं है बस कभी सर में तेज़ दर्द होता है, कभी हल्का धुंधला दिखाई देने लगता है और रात में कभी कभी नाक से पानी आ जाता है।' डॉक्टर ने ध्यान से बात सुनी फिर सामने बैठे मरीज़ से कहा कि 'देखिए आपको इस पानी का सेम्पल टेस्ट करवाना पड़ेगा।' जवाब मरीज़ की पत्नी ने दिया, 'डॉक्टर साहब नाक से आये पानी की वजह से रात में जब तकिया गीला हो जाता है तब पता लगता है, ऐसे में सेम्पल कैसे लें? ये थोड़े पता चलता है कि कब पानी आएगा।' डॉक्टर ने पैड पर कुछ लिख कर उस काग़ज़ को फाड़ कर मरीज़ को देते हुए कहा ' ये डायगनोस्टिक सेंटर का नाम पता है आप वहाँ चले जाएँ वो अपने आप सेम्पल ले लेगा, जब रिपोर्ट आ जाये तो मुझे दिखा दें। 'मरीज़ की पत्नी के चेहरे पर चिंता की रेखाएँ देख कर डॉक्टर ने मुस्कुराते हुए कहा 'आप कोई टेंशन न लें, सब ठीक होगा।' डॉक्टर के इस तरह दिए कथन से कब किसी भारतीय पत्नी की चिंता कम हुई है जो अब होती? पति की बीमारी से चिंतित पत्नी तब तक चिंतित रहती है जब तक वो पूर्ण रूप से ठीक नहीं हो जाता।

डायगनोस्टिक सेंटर से आयी रिपोर्ट को देख कर इस बार डॉक्टर ने चश्मा उतार कर टेबल पर रखते हुए मरीज़ से कहा कि 'आपकी नाक से सेरीबो स्पाइनल फ्लूइड (सी एस एफ़) आ रहा है।' स्त्रियों का सिक्स्थ सेंस ग़ज़ब का होता है इसी के चलते मरीज़ की पत्नी समझ गयी कि मामला गड़बड़ है, तुरंत घबराते हुए पूछा, 'सेरीबो स्पाइनल फ्लुइड? ये ठीक तो हो जायेंगे न?' डॉक्टर ने, जितना वो सहज हो सकता था सहज होते हुए, कहा, 'जी बिल्कुल ठीक हो जायेंगे।' मरीज़ ने सहजता से पूछा कि ये बीमारी आख़िर है क्या?' डॉक्टर ने अपने पैड पर दिमाग़ का स्केच बनाया और समझाने लगा कि 'देखो हमारे सर में एक झिल्ली होती है जिसमें ये लिक्विड भरा रहता है, किसी कारणवश अगर झिल्ली में कहीं दरार आ जाये या उसमें छोटा सा छेद हो जाए तो वो लिक्विड नाक के रास्ते बाहर आने लगता है।' पत्नी ने आधी बात ही सुनी और वो सुबकने लगी। मरीज़ अलबत्ता शांत भाव से डॉक्टर की बात सुनता रहा आख़िर में डॉक्टर ने कहा कि 'मैं ये दवा आपको लिख कर देता हूँ इसे एक हफ़्ते तक लगातार लें और फिर मुझसे मिलें।' मरीज़ ने उत्साह से दवाएँ लेनी शुरू कीं और एक हफ़्ता इसी उम्मीद में बीत गया कि आज नहीं तो कल डॉक्टर की दी हुई दवाएँ असर दिखाएँगी ही।

अफ़सोस कि हफ़्ता बीतने के बाद भी मरीज़ की दशा में जरा भी फ़र्क़ नहीं पड़ा। नाक से पानी जैसे द्रव का बहना और पत्नी का चिंतित रहना बदस्तूर जारी रहा।

जरा सा भी तो खारापन नहीं देता है बादल को
समंदर ख़ुश है नदियों से मिली सौग़ात को लेकर

***

वृक्ष के देवत्व को स्वीकार करके जो चला था
वह प्रगति रथ आ चुका है लौह निर्मित आरियों तक

***

वक़्त रहते छोड़ दो कुंठा घृणा के रास्तों को
अन्यथा यह ले चलेंगे मानसिक बीमारियों तक

हमने उन हाथों में ख़ंजर और तमंचे दे दिए हैं
जो पहुँचना चाहते थे रंग और पिचकारियों तक

***

अनसुनी करना नहीं बेटी की उस आवाज़ को तुम
जो तुम्हें ख़ामोश रहकर कुछ बताना चाहती है

***

एक से दिखते हैं ख़ुशियाँ हो या मातम
आदमी भी शामियाने हो न जाएँ

***

जो शरारत सीख ना पाए अभी तक
डर है वो बच्चे सयाने हो न जाएँ

***

छले जाने से बचना भी सरल था
महज़ इनकार करना सीख लेते

***

दुखों में गर सुखों को ढूँढ़ना था
उन्हें स्वीकार करना सीख लेते

***

बहुत होता सरल अपनी अना से दूर हो जाना
अगर आता हमें रसख़ान, मीरा, सूर हो जाना

***

मुहब्बत में कभी ना हाथ अपना आज़माएँ वे
जिन्हें बर्दाश्त ना होगा बिखर कर चूर हो जाना

***

एक हफ़्ते के बाद डाक्टर ने कुछ और टेस्ट करवाए और आख़िर में कहा कि इस झिल्ली का छेद बंद करने के लिए हमें आपका ऑपरेशन करना पड़ेगा। ये दवाओं से ठीक होने वाला केस नहीं है। बहुत रेयर है। डॉक्टर ने पत्नी की ओर देख कर कहा कि 'आपको हिम्मत रखनी होगी, घबराने से काम नहीं चलेगा। ये ऑपरेशन के बाद बिल्कुल ठीक हो जायेंगे भरोसा रखें।' स्त्री, जिसे हम कमज़ोर मानते हैं विपरीत परिस्थितियों में वज्र सी मज़बूत भी हो जाती है। पत्नी ने मुस्कुराने की कोशिश करते हुए कहा, 'डॉक्टर साहब मुझे आप पर और अपने ईश्वर पर अटूट विश्वास है, इन्हें कुछ नहीं होगा। आप ऑपरेशन की तारीख़ पक्की करें।

ऑपरेशन टेबल पर लेटे मरीज़ का चेहरा ढँक दिया गया है। उसे कुछ दिखाई नहीं दे रहा सिर्फ़ सुनाई दे रहा है। औपचारिकता के लिए कोई फॉर्म भरा जा रहा है। डॉक्टर किसी से कह रहा है कि लिखिए, "मरीज़ का नाम 'अश्विनी त्रिपाठी', जन्म तिथि दस अगस्त 1978, स्थान बाराँ -राजस्थान। क्यों ठीक है न अश्विनी बाबू?" 'जी डॉक्टर साहब सही जानकारी

है' अश्विनी ने मुस्कुराते हुए जवाब दिया। 'तो शुरू करें अश्विनी जी?' आवाज़ आयी। 'जी करिए, मैं ठीक हूँ 'अश्विनी ने जवाब दिया। एनेस्थीसिया लगते ही अचानक अश्विनी के कानों में सूं की आवाज़ आने लगी आँखें मुंदने लगीं और बाहर की आवाज़ें आनी बंद हो गयीं। बाहरी दुनिया से नाता टूटते ही अंदर का संसार जाग गया। अश्विनी को अपना बाराँ का घर दिखाई देने लगा जिसके आँगन में वो भाग रहा है उसके पीछे उसकी तीन बड़ी बहनें भाग रही हैं लेकिन वो किसी की पकड़ में नहीं आ रहा। चारों खिलखिला रहे हैं। तीन बहनों का छोटा प्यारा एक मात्र भाई 'अश्विनी', पूरे घर का लाडला है। शैतान मगर पढ़ाई-लिखाई में होशियार, तेज़-तर्रार बच्चा।

जिसे झोपड़ी ही महल लग रही थी
वो इंसाँ महल को महल लिख न पाया

***

प्यार में अभिव्यक्तियों का दौर है
प्यार में एहसास कम है इन दिनों

***

पास आने पर लगा कुछ दूरियाँ हैं लाज़मी
दूर रहकर दूर रहना भी कहाँ अच्छा लगा

***

भूख को कुछ रोटियाँ मिल जाएँ बस
उसको क्या गीता से या क़ुरआन से

***

छोड़ दो सम्मान की आशा अगर
तुमको को जीना है यहाँ सम्मान से

***

शिव के जैसा भोलापन ना हो जिसमें
विष को अंगीकार नहीं कर सकता है

***

तन के भीतर देख नहीं पाता है जो
वो मन पर अधिकार नहीं कर सकता है

***

हर सियासत की गली में यह विरोधाभास है
श्वेत वस्त्रों को पहनने आदमी काले गए

***

कुछ ख़ताएँ भी ज़रूरी है यहाँ
हर ख़ता को ना सुधारा कीजिए

***

न पूछो तिजोरी बता ना सकेगी
ख़जाने का डर ख़ुद ख़ज़ाने से पूछो
***

अश्विनी को ऑपरेशन टेबल पर लेटे हुए याद आ रहा है कि उसकी रुचि विज्ञान विषय में थी जो कि आज भी उतनी ही है। उसका सपना था कि या तो वो डॉक्टर बने या इंजीनियर, इसलिए उसने ग्यारवीं में साइंस विषय लिये थे। बाराँ क्यूँकि छोटी जगह है इसलिए कोचिंग के लिए घर वालों ने उसे पास ही के शहर 'कोटा' भेजने का निर्णय लिया था। 'कोटा' जैसा कि सब जानते हैं पूरे भारत में मेडिकल और इंजीनियरिंग की कोचिंग के लिए विख्यात है। यहाँ कोचिंग लिए बच्चों का देश के प्रसिद्ध इंजीनियरिंग और मेडिकल कॉलेजों में दाखिला होता हैं। अश्विन ने डॉक्टर बनने का सपना आँखों में पाले जी तोड़ पढ़ाई की। 'कोटा' में बहुत से बच्चे ऐसे ही सपने आखों में लिए पढ़ते हैं लेकिन उन सबके सपने पूरे नहीं होते। अश्विनी जैसे बहुत से बच्चे एक आध प्रतिशत से रह जाते हैं। अश्विन उन बच्चों में से नहीं था जो असफलता से निराश हो जाते हैं। उसने कोशिश पूरी की लेकिन अगर मंज़िल नहीं मिली तो कोई बात नहीं। एक रास्ता बंद होने से जीवन नहीं रुकता। उसे याद है वो कोटा से ख़ाली हाथ लेकिन बुलंद हौसलों से वापस बाराँ लौटा। बी एस सी की फिर उसके बाद बी एड और प्राइवेट स्कूल में ग्यारवीं बाहरवीं के बच्चों को साइंस पढ़ाने लगा।

तभी सरकारी स्कूलों में नए अध्यापकों की नियुक्तियों की घोषणा हुई। अश्विनी ने अप्लाई किया और उसका सलेक्शन हो गया। उसे घर से लगभग 80 की मी दूर एक सरकारी स्कूल में सेकिंड ग्रेड साइंस अध्यापक के पद पर नियुक्ति का पत्र मिला। सरकारी नौकरी, चाहे घर से दूर ही मिले, छोड़नी नहीं चाहिए। अश्विनी बाराँ छोड़ वहीं रहने लगा जहाँ स्कूल था लेकिन घर के पास के किसी स्कूल में ट्रांसफ़र के प्रयास उसने जारी रखे। प्रयास सफल हुए और उसका ट्रांसफ़र घर से लगभग 16 की.. मी. दूर सरकारी स्कूल में हो गया। जीवन सहज गति से चलने लगा, इसमें मिठास घोलने को साथ मिला पत्नी के रूप में मिली मित्र का, जिसने उसके घर को दो जुड़वाँ बच्चों की किलकारियों से भर दिया।

साइंस के साथ-साथ अश्विनी की रुचि हिंदी भाषा में भी थी। जब वो छोटा था तो फ़ुरसत के पलों में पिता उसे अपनी गोद में बिठा कर सूरदास, तुलसी, मीरा, कबीर आदि के पद सुना कर समझाते थे। पिता के समझाने का अंदाज़ और कवियों के शब्द उस पर जादू कर देते उसे लगता ये सिलसिला कभी ख़त्म न हो पिता यूँ ही समझाते रहें और वो मुग्ध हो कर सुनता रहे। धीरे-धीरे हिंदी में उसकी रुचि पद्य की और अधिक होती गयी। वो घर में आने वाली अख़बार और पत्रिकाओं में छपी कविताएँ बहुत मनोयोग से पढता, उन्हें गुनगुनाता और मन ही मन कविताएँ रचने लगता। बाद में जब भी उसे पढ़ाने से फ़ुरसत मिलती वो अपने मन की भावनाएँ काग़ज़ पर उतारने लगता। उसने देखा है कि जो लोग अपनी भावनाएँ व्यक्त नहीं कर पाते वो कुंठित हो जाते हैं और जो कर पाते हैं वो सहज रहते हैं, शांत रहते हैं। अश्विनी अपनी कविताएँ अब अपने यार दोस्तों और साहित्य प्रेमी वरिष्ठ जन को सुनाने लगा। यार दोस्त उसकी रचनाएँ सुन कर तालियाँ बजाते और बड़े बुज़ुर्ग पीठ थपथपाते,कहीं कोई कमी देखते,तो बताते।

कि जिस मसअले पर सियासत टिकी है
उसी को सियासत ने टाला हुआ है
***

कहीं हैं मयस्सर निवाला न इसको
कहीं ख़ुद बदन ही निवाला हुआ है
***

इसे इक मुकम्मल ग़ज़ल हम बना लें
यह जीवन हमारा महज़ काफ़िया है
***

बुझो आग बुझती है जैसे हवन की
जलो जैसे मंदिर में जलता दिया है
***

जबकि उनसे पूछ कर दीपक जलाया है अभी
ये अँधेरे भर रहे हैं फिर हवा के कान क्यूँ
***

पहुँचना है हमें सद्भावना के शीर्ष तक लेकिन
डगर जाती है काई से सने दुर्गम ढलानों से
***

तिरंगा भी दुखी है रंग बँटते देखकर अपने
मगर उम्मीद है उसको वतन के नौजवानों से
***

जो पौध चाहती है दरख़्तों में बदलना
उस पर किसी दरख़्त की छाया न कीजिए
***

गर चाहते हैं आप ये रिश्ते बचे रहें
आईना बन के सामने आया न कीजिए
***

साँचा-ए-इंसानियत तो हम सभी के पास है
पर कोई राजी नहीं होता पिघलने के लिए
***

पढ़ना और पढ़ाना अश्विनी के जीवन के अभिन्न अंग बन गए। कविताओं, दोहों, मुक्तकों, छंदों आदि से गुज़रती हुई अश्विनी की काव्य यात्रा ग़ज़ल तक आ पहुँची। ग़ज़ल के शिल्प के जादू ने अश्विनी को मंत्र मुग्ध कर दिया। ग़ज़ल में सिर्फ़ दो मिसरों में गहरी बात कहने का जो ये फ़न है वो जितना दिखाई देता है उतना सरल है नहीं। अश्विनी को पता चल गया था कि ढंग का एक शेर कहने में पसीने आ जाते हैं और पसीने बहा कर भी ढंग का शेर

हो जाए तो ग़नीमत समझें। ग़ज़ल का शिल्प समझने और शेर को कहने के अंदाज़ को समझने के लिए अश्विनी ने किताबों का सहारा लिया, उन्हें अपना गुरु बनाया। धीरे-धीरे उसने ग़ज़लें कहनी शुरू कीं। वो हर वक़्त शायरी में डूबा रहने लगा। स्कूल जाते वक़्त रस्ते में अगर कोई मिसरा उसके दिमाग़ में आ जाता तो वो अपनी मोटर साइकिल सड़क के एक किनारे रोक कर अपनी कॉपी निकालता उसमें लिखता और फिर आगे बढ़ता। ये सिलसिला लगभग रोज़ ही होने लगा। वो अपनी ग़ज़लें पहले मित्रों को सुनाता फिर उस्तादों को और जब उसे यक़ीन हो जाता कि वो कुछ ढंग का कह पा रहा है तब ही उसे फ़ेयर कर कॉपी में लिखता।

बाराँ ही नहीं बल्कि उसके आसपास होने वाले कवि सम्मेलनों और मुशायरों में उसे बुलाया जाने लगा। 'कोटा' के राष्ट्रीय स्तरीय कवि सम्मेलनों और मुशायरों में भी वो शिरकत करने लगा। उसकी रचनाएँ देश की प्रसिद्ध पत्र पत्रिकाओं जैसे 'समकालीन भारतीय साहित्य, हंस, वागर्थ, पाखी, मधुमती आदि में प्रकाशित होने लगीं। आकाशवाणी कोटा से उसकी ग़ज़लें प्रसारित हुईं। अश्विनी की पहचान 'बाराँ' से निकल कर पहले 'कोटा' और फिर पूरे देश में होने लगी।

छाँव याद है पेड़ों की, फल याद रहे
भूल गए हम बीजों की क़ुर्बानी को

***

जब भी माँ-बाप से कहता हूँ शहर आने को
तब वो मिट्टी उठा माथे से लगा लेते हैं

***

वो इक पौधा जो पत्थर पर उगा है
न जाने क्या सिखाना चाहता है

***

महका करती हैं वो हिज्र की रातें भी
याद तेरी जब कस्तूरी हो जाती है

***

जो कि ख़ुशहाली मुझे ताउम्र ना दे पाएगी
वो समझ मुझको महज बदहालियों में आ गई

***

तब भ्रमर से पुष्प का मकरंद ही खतरे में था
आजकल तो पुष्प की हर पंखुरी ख़तरे में है

***

जिस पीपल ने जितना ज़्यादा ताप सहा
वो उतनी ही ज़्यादा छाया करता है

***

कभी भी जो पिघल पाते नहीं है
किसी साँचे में ढल पाते नहीं है

समंदर को भी कमतर आँकते हैं
कुएँ से जो निकल पाते नहीं हैं
***

बदलना चाहते हैं हम ज़माना
मगर ख़ुद को बदल पाते नहीं है
***

अश्विनी के विचारों का ये सिलसिला तब टूटा जब उसे अचानक डॉक्टर की आवाज़ सुनाई दी 'बधाई हो, इनका ऑपरेशन सफल हुआ है।' उसके बाद पत्नी का भीगे स्वर में कहना 'धन्यवाद डॉक्टर साहब मैंने कहा था न कि मुझे आप पर और मेरे ईश्वर पर पूरा भरोसा है 'सुनाई दिया। ठीक तभी अश्विनी के कानों में दोनों बच्चों की आवाज़ आयी 'कैसे हो पापा' और अश्विनी ने कोशिश कर आँखें खोल दीं। उसने पत्नी और दोनों बच्चों को पास खड़े मुस्कुराते देखा और माँ की आँखों से टपकते आँसुओं को देखा फिर धीरे से अपना हाथ माँ के हाथ पर रख दिया। 'आपको एक हफ़्ते बाद घर भेज देंगे, घर पर ही अब आपको लम्बा आराम करना है, समझे अश्विनी जी' डॉक्टर ने मुस्कुराते हुए कहा और कमरे से बाहर चला गया।

घर पर काम ही क्या था सिवाय पढ़ने लिखने के। इस अवसर का भरपूर फ़ायदा उठाया अश्विनी जी ने। अपनी पुरानी लिखी ग़ज़लों को एक बार फिर से पढ़ा जहाँ उचित लगा उन्हें ठीक किया और कुछ नयी ग़ज़लें भी कही। मित्रों और घरवालों ने इन ग़ज़लों को प्रकाशित करवाने का प्रस्ताव दिया और इस तरह 'अश्विनी त्रिपाठी' जी की पहली ग़ज़लों की किताब 'हाशिये पर आदमी' मंज़र-ए-आम पर आयी।

इस किताब को जिसमें अश्विनी जी की 84 ग़ज़लें है को 'बोधि प्रकाशन जयपुर' ने प्रकाशित किया है। इस किताब की प्राप्ति के लिए आप बोधि प्रकाशन के 'मायामृग' जी से 9829018087 पर संपर्क कर सकते हैं। भले ही अश्विनी जी की ये ग़ज़लें सीधी सरल भाषा में कही गयी हैं लेकिन इनका पाठक के सीधे दिल में उतर जाने की क्षमता पर संदेह नहीं किया जा सकता। इन ग़ज़लों के लिए आप अश्विनी जी को उनके मोबाइल न. 8890628632 पर संपर्क कर बधाई दे सकते हैं। एक शायर के लिए उसके पाठकों से मिली प्रशंसा से बढ़ कर और कुछ नहीं होता।

आख़िर में पेश हैं इस किताब से लिए उनके कुछ और शेर:

बच्चे पढ़ना सीखे तब से
अख़बारों से डर लगता है
माँ कहती है झुकना सीखो
जब चौखट पर सर लगता है
***

लोभ, धोखा, जालसाज़ी दिख रहे हैं वर्क़ पर
आज खिसका जा रहा है हाशिये पर आदमी
ज़िन्दगी की अब ग़ज़ल कहना बहुत आसाँ नहीं
हर तरफ़ अटका पड़ा है क़ाफ़िये पर आदमी

***

जिस दिन उस से आँखें चार नहीं होतीं
उस दिन जाना पड़ता है मयख़ाने में
तन से तन की दूरी कितनी कमतर है
उम्र गुज़र जाती है मन तक जाने में
मेरे भीतर इक भोला सा बच्चा है
मर जाता हूँ उसको रोज़ बचाने में

***

इंसानों को सिर्फ़ डराना ठीक नहीं
डर अक्सर हथियारों से मिलवाता है

***

धनक के सामने
वसीम बट

फटी पुरानी सियाह रात की रिदा के लिए
अभी सुई से मुझे रौशनी गुज़ारनी है
तमाम उम्र जुदाई की साअते-नाज़ुक
कभी निबाहनी है और कभी गुज़ारनी है

साअते : समय

तो क्या यह तय है कि वो फ़ैसला न बदलेगा
तो क्या यह क़ैद मुझे वाक़ई गुज़ारनी है

***

कोई कुछ भी गुमान कर लेगा
चुप की चिलमन है गर हमारे बीच

***

बहते बहते एक दरिया से कहीं मिल जाएगा
बारिशों के बाद पानी बे निशाँ होता नहीं
रौशनी के पैरहन में आ गई ताज़ा महक
रात में कलियों का खिलना रायग़ाँ होता नहीं

राएगां :व्यर्थ, बेकार

***

यह ख़याले-ख़ाम कब तक थपकियाँ देता रहे
जो यहाँ पर हो रहा है वो कहाँ होता नहीं
मो'तबर ठहरा वही आबादियों की आँख में
लफ़्ज़ के चेहरे से जो मानी बयाँ होता नहीं

***

ख़ुद है मुश्किल पसंद मुश्किल में
उसकी मुश्किल-कुशाई ही मुश्किल है

मुश्किल-कुशाई: मुश्किल से निकलना

मंज़िलों तक पहुँचने वालों ने
जो रियाज़त बताई मुश्किल है

रियाज़त :मेहनत

मुश्किलों से निकल के जान लिया
मुश्किलों से रिहाई मुश्किल है

***

आज मौसम कुछ ज़ियादा ही ख़ुशगवार था, यूँ तो नैरोबी में अमूमन मौसम ख़ुशगवार ही रहता है लेकिन जुलाई से अक्टूबर तक बाकि महीनों से कुछ ज़ियादा ठण्डा। सूट पहने हुए बुज़ुर्ग ने अपनी टाई को ठीक किया और अपने लग्ज़री ऑफ़िस की सीट से उठ कर सामने लगी शीशे की विशाल दीवार से पर्दा हटा कर बाहर देखने लगा। 75 साल की उम्र के बावजूद इस बुज़ुर्ग के चेहरे की चमक नौजवानों को मात कर रही थी। ऑफ़िस के मेन गेट से बाहर वाली सड़क पर कारें तेज़ी से आ जा रही थीं। 'सर आपकी कॉफ़ी' बुज़ुर्ग की सेकेट्री ने ऑफ़िस में अंदर आते हुए कहा, 'इसे आपकी मेज़ पर रख दूँ?' बुज़ुर्ग ने बिना चेहरा घुमाये बाहर देखते हुए कहा, नहीं मुझे यहीं देदो, सुबह से सीट पर बैठे-बैठे थक गया हूँ। सेकेट्री, कॉफ़ी का मग बुज़ुर्ग को पकड़ा कर धीरे से ऑफ़िस के बाहर चली गयी। मग से उठती कॉफ़ी की ख़ुशबू से उसके ज़ायक़े का अंदाज़ा लगाया जा सकता था। बुज़ुर्ग ने हलके से एक सिप लिया और मुस्कुराया। कॉफ़ी बेहद ज़ायक़ेदार थी। अगला सिप लेते वक़्त उसने देखा कि सड़क पर एक बच्चा अपने साथ सूट बूट में चल रहे रोबीली शख़्सियत के एक बुज़ुर्ग की उँगली थामे उछलता हुआ चल रहा है। बुज़ुर्ग की आँखें बच्चे के साथ चल रहे बुज़ुर्ग पर टिक गयीं। अरे मेरे नाना जान भी बिल्कुल ऐसे ही थे।

'नाना' का ध्यान आते ही बुज़ुर्ग की यादों में सियालकोट की वो कोठी आ गयी जिसके बरामदे की आराम कुर्सी पर उसके नाना हुक़्क़ा गुड़गुड़ाते हुए किसी से बतिया रहे थे। 'अस्सलाम वालेकुम' नाना, बुज़ुर्ग जो उस वक़्त 22 साल के नौजवान थे, ने कहा। 'वालेकुम अस्लाम' बरख़ुरदार जीते रहिए। मुबारक हो सुना है तुम्हारा पंजाब यूनिवर्सिटी लाहौर से बी फार्मेसी का रिज़ल्ट आया है।' नाना मुस्कुराते हुए बोले। 'जी, ठीक सुना है आपने तभी तो आपके लिए आपकी पसंदीदा मिठाई लाया हूँ।' कहते हुए नौजवान ने पीठ पीछे छुपाया मिठाई का डिब्बा आगे करते हुए कहा। नाना ने एक टुकड़ा मुँह में डाला और मुस्कुराते हुए सामने बैठे शख़्स को देते हुए बोले 'ये नौजवान मेरा नवासा है।' 'नाना, आप रिज़ल्ट क्या आया पूछेंगे नहीं? युवक ने हैरान होते हुए पूछा। 'पहले कभी पूछा है जो आज पूछूँ?' नाना हँसते हुए बोले।

अब हैरान होने की बारी नाना के सामने बैठे शख़्स की थी वो नाना की और मुख़ातिब होते हुए बोला, 'मियाँ जमशेद अली राठौर साहब आप पूछेंगे नहीं कि रिज़ल्ट क्या रहा?' यार रहमत अली कम से कम मेरा नाम तो पूरा बोला करो बोलो जमशेद अली राठौर पीएच. डी.। सियालकोट में जमशेद अली राठौर हज़ारों होंगे लेकिन पीएच.डी. मैं अकेला हूँ, नाना ठहाका लगाते हुए बोले। 'बेशक-बेशक' सकपकाते हुए रहमत साहब ने फ़रमाया 'मैं आइंदा इस बात का ख़याल रखूँगा। 'मियाँ रहमत जिस नौजवान का नाना पीएच.डी. हो और जिसके ख़ानदान की निस्बत 'अल्लामा इक़बाल' से हो उस से मैं रिज़ल्ट पूछूँ? लानत है, नाना मुस्कुराते हुए बोले 'हमारे यहाँ इम्तिहान का नतीजा नहीं पूछा जाता सिर्फ़ पोज़ीशन पूछी जाती है,और मैं इसकी शक्ल देख कर बता सकता हूँ कि इसे फर्स्ट पोज़ीशन मिली है क्यों बरख़ुरदार? ' ' जी आप ने सही कहा' नौजवान ने कहा। नाना उठे और अपने नवासी को गले लगा लिया।

याद है वो आशना जो उन्स आँखों में भरे
राह तकता था किसी की खिड़कियों की ओट से
क्या शरीके-ज़ात है कुछ साअतों का आदतन
देखना मीठी नज़र से तल्ख़ियों की ओट से
रात चिड़ियाँ जुगनुओं से क्यों तलब करती रहीं
कुछ तसल्ली की शुआएँ डालियों की ओट से
मैली मैली इस फ़िज़ा में चाँद भी खदशे में है
मुश्किलों से झाँकता है बादलों की ओट से

***

बस्ती, दरिया, सहरा, जंगल देख चुके तो सीखा है
शब में तन्हा चलते रहना, डर में सोच समझ कर रहना
जानी पहचानी शक्लें हैं देखे भाले से हथियार
हमला आवर घर वाले हैं, घर में सोच समझ कर रहना
फ़क़त तुम्हारा नहीं इसमें मेरा ज़िक्र भी है
गये दिनों की मुहब्बत को मो'तबर रखना
वफ़ा की बात मुफ़स्सल बयान करनी है
अदावतों की कहानी को मुख़्तसर रखना

मुफ़स्सल: विस्तृत, ब्योरे से

मुझे ख़बर है तुझे आँधियों का ख़ौफ़ नहीं
मगर सँभाल के अल्फ़ाज़ का ये घर रखना

***

ज़मीं पे ख़ाक की चादर बिछाने वाले ने
बुलंदी आँख में रक्खी तो साथ डर भी दिया

***

इस ग़म को ग़मे-यार का हासिल न कहो तुम
ये दायमी ग़म मेरी तबीअत का सिला है

दायमी: चिरस्थाई

***

बुज़ुर्ग कॉफ़ी का मग लिए ऑफ़िस में करीने से लगे ख़ूबसूरत सोफे पे बैठ गए। यादों का सिलसिला जो एक बार शुरू हुआ तो उसने रुकने का नाम ही नहीं लिया। बी-फार्मा करने के बाद नौजवान ने पाकिस्तान की फार्मेसी कंपनियों में मुलाज़मत की लेकिन दिल को तसल्ली नहीं मिली। हर जगह करप्शन का बोल बाला दिखा। नौजवान के वालिद मोहतरम मुहम्मद बशीर बट सियालकोट में डिप्टी सैटलमेंट कमिश्नर थे हज़ारों को उन्होंने प्लाट एलाट किये, अगर वो चाहते तो अपने अपने रिश्तेदारों को एक नहीं कई प्लाट दिला देते लेकिन नहीं न उन्होंने अपने लिए कोई प्लाट लिया न अपने किसी रिश्तेदार को दिलवाया। ऐसे वालिद

की औलाद का करप्शन से कोई नाता कैसे हो सकता था। पढ़े लिखे नाना, एम ऐ पास वालिद और बी.ए. पास वालिदा ने उनकी तरबियत में ईमानदारी घोट कर मिला दी थी। नौजवान को अच्छे से याद है जब एक दिन उनके वालिद ने उन्हें कहा था कि "बरख़ुरदार वसीम बट ज़िन्दगी में कितनी भी मुश्किलें आयें, सह लेना लेकिन याद रखना जब कभी मुँह में लुक्मा डालो वो हलाल का हो, लफ़्ज़ सच का हो और अमल में दियानतदारी हो।" वो दिन है और आज का दिन वसीम ने वालिद की इस सीख का हमेशा पालन किया है।

ये मेरी तारीख़ का तारीक पहलू बन गया
मैं रहा ग़ाफ़िल उसी से जो मेरे नज़दीक था
रात भर अहबाब मेरे दिल को बहलाते रहे
एक चेहरे की कमी थी वरना सब कुछ ठीक था

***

मैं एक उम्र से तेरे दिलो-दिमाग़ में हूँ
मुझे क़ुबूल न कर मेरा ऐतबार तो कर

***

पुर सुकूं कितना था वो जब फ़ासले थे दरमियाँ
रंग फीका पड़ गया अब क़ुर्बतों के ख़ौफ़ से

क़ुर्बत: निकटता

***

जब सरे-महफ़िल अना की मुफ़्त सौग़ातें बटीं
बा वफ़ा सारे अलग थे रंजिशों के ख़ौफ़ से
ना-गहानी सानहों के हो गए वह भी शिकार
घर से जो बाहर न निकले हादसों के ख़ौफ़ से

ना-गहानी सानहे: अचानक होने वाली दुर्घटना

***

कैसी मुश्किल में आ गया है वो
जिसको आसानियाँ समझनी हैं
बस्तियों की चहल-पहल देखूँ
घर की वीरानियाँ समझनी हैं
मुझको ख़ुद से तो आशनाई हो
अपनी नादानियाँ समझनी हैं

***

जब अँधेरों ने पुकारा घर से बस हम ही गये
अब उजालों ने बुलाया है तो हमसाये गए

हमसाये: पड़ोसी

***

वालिद की अचानक हुई वफ़ात से नौजवान वसीम पर मुसीबतों का पहाड़ टूट पड़ा। आठ छोटे बड़े भाई बहनों को उन्हीं का सहारा था। उन्होंने हिम्मत नहीं हारी और तब तक राहत की साँस नहीं ली जब तक उन्होंने अपनी सारी ज़िम्मेवारियाँ पूरी नहीं कर लीं।

सं 1974 में अचानक क़िस्मत ने करवट ली और वो पाकिस्तान छोड़ कर कीनिया के नैरोबी शहर में आ गए। बुज़ुर्ग, जो अब वसीम बट वसीम के नाम से पूरे कीनिया में जाने जाते हैं, कॉफ़ी के मग को ग़ौर से देखते हुए फिर यादों के गलियारों में गश्त करने लगते हैं। उन्हें नैरोबी में बिताये शुरू के संघर्ष के दिन अच्छे से याद हैं जब एक अजनबी शहर में अपने पाँव जमाने के लिए रात दिन कितनी जद्दोजहद की थी। कोशिशों का नतीजा अच्छा निकला उन्होंने दो साल की अथक मेहनत के बाद 'ग्लोब फार्मेसी' के नाम से कम्पनी खोली और 1977 में पूर्वी अफ्रीका में इंजेक्शन बनाने का पहला कारख़ाना लगाया।

ईमानदारी सच्चाई और दयानतदारी के चलते कारोबार में बरकत होने लगी। इसी दौरान वसीम साहब को शायरी का शौक़ चढ़ा। यूँ शायरी वो सियालकोट में सं 1973 से ही करने लगे थे लेकिन एक बार नैरोबी में जब उनके पाँव जम गए और घर के सभी लोग ख़ुशहाल ज़िन्दगी जीने लगे तो ये शौक़ परवान चढ़ता गया। नतीज़तन उनकी शायरी की पहली किताब 'धनक के सामने' सं 2001 में लाहौर से प्रकाशित हुई। इस किताब ने दुनिया भर में फैले उर्दू प्रेमियों को बहुत प्रभावित किया। देश विदेश में फैले उर्दू साहित्य के आलोचकों ने इस किताब पर प्रशंसात्मक लेख लिखे जिनमें जयपुर के जनाब फ़राज़ हामिदी भी शामिल हैं। फ़राज़ साहब को वसीम साहब की शायरी पढ़ कर ख़याल आया कि इसे उन लोगों तक भी पहुँचाया जाना चाहिए जो उर्दू नहीं पढ़ सकते लिहाज़ा उन्होंने इस किताब का हिंदी में लिप्याँतरण किया और फिर अपनी इस ख़्वाहिश का इज़हार करते हुए वसीम साहब से फ़ोन पर इस किताब को हिंदी में प्रकाशित करने की इज़ाज़त माँगी जो वसीम साहब ने ख़ुशी से दे दी। नवम्बर 2008 में अदबी दुनिया पब्लिकेशन जयपुर से इसका प्रकाशन हुआ। नवम्बर 2008 में अदबी दुनिया पब्लिकेशन जयपुर से इसका प्रकाशन हुआ। अफ़सोस की बात है कि अब अदबी दुनिया प्रकाशन में अब ये किताब उपलब्ध नहीं है, आपकी क़िस्मत बुलंद हो तो हो सकता है आपको ये किसी बड़ी लाइब्रेरी में मिल जाए।

मुझे यह वहम था हमसाये पानी लाएँगे
मैं वरना घर में लगी आग बुझने क्यों देता
पुरानी सोच की सादा हथेलियों पे कभी
नए ख़याल की मेहँदी लगाने क्यों देता

***

जो रो रहे थे, वो पत्ते थे, ख़्वाब थे, क्या थे
मैं कच्ची नींद से जागा तो चल रही थी हवा
उसी मुक़ाम से अपनी उड़ान तेज़ हुई
कि जिस मुक़ाम पे लहजा बदल रही थी हवा

***

बस एक बात मेरी उसको नापसंद रही
कि मेरी सोच का एक ज़ाविया अलग सा है
ख़ुशी की दस्तकें मुझसे ही क्यों गुरेज़ाँ हैं
लिखा जो दर पे है शायद पता अलग सा है

***

मैं अपने आप को अक्सर झिड़क भी देता हूँ
तभी तो मुझसे मेरी बात बनती जाती है
वही दरख़्त है अब भी सफ़ेद फूलों का
मगर तने से वो तहरीर मिटती जाती है
ये आसमान तो सदियों से अपना दुश्मन था
जमीं भी पाँव तले से निकलती जाती है

***

इतनी सारी राहतों को अब न भेजो एक साथ
सुख को सहने की अनोखी आदतें होने तो दो

***

अचानक टेबल पर पड़े फ़ोन की घंटी बजने से बुज़ुर्ग वसीम बट साहब की यादों का सिलसिला टूटा। कॉफ़ी का मग टेबल पर रखते हुए फ़ोन उठाया और धीरे से बोले 'हैलो वसीम दिस साइड' दूसरी तरफ़ सेकेट्री थी बोली 'कल शाम चार बजे केन्या उर्दू सेंटर के सदस्य आपकी सदारत में एक मीटिंग करना चाहते हैं उनको आपसे मंज़ूरी चाहिए, क्या बोलूँ? वसीम साहब ने एक पल सोचा और कहा 'मंज़ूरी देदो'। सन 1992 में जब वसीम साहब ने केन्या उर्दू सेंटर की बुनियाद रक्खी तो किसी ने नहीं सोचा था कि ये सेंटर चलेगा, कामयाबी तो दूर की बात है। ये सेंटर आज भी चल रहा है और यहाँ बच्चों को उर्दू की बाक़ायदा तालीम देने के लिए क्लासेस चलाई जाती हैं। जिसके अपने मुल्क के बच्चों में उर्दू पढ़ने लिखने का शौक़ धीरे-धीरे कम होता जा रहा है वहीं एक ऐसे मुल्क में जहाँ उर्दू न बोली जाती है न समझी ये शख़्स पिछले 30 सालों से बच्चों को इसे सिखाने के लिए सेंटर चला रहा है। उर्दू सेंटर की तरफ़ से समय पर होने वाले सेमीनार, ड्रामा और मुशायरे उर्दू ज़बान को केन्या में ज़िंदा रखे हुए हैं। मीर, ग़ालिब, इक़बाल और फ़ैज़ पर हुए ख़ास प्रोग्राम आज भी केन्या वासियों की याद में ताज़ा हैं।

सच की मशअल हाथ में है आँधियों की ज़द में हूँ
दुश्मनों से लड़ रहा हूँ दोस्तों की ज़द में हूँ
सर छुपाना था मुकद्दम हादसों को भूलकर
आइनों की छत चुनी थी किरचियों की ज़द में हूँ

मुकद्दमः पुराने

***

क्या ज़रूरी है कि जो मैं चाहता हूँ वो मिले
रौशनी का घर बनाकर ज़ुल्मतों की ज़द में हूँ
उलझनों से अब रिहाई सोचते हो, देख लो
गर्दनों में निस्बतों की भारी ज़ंजीरे भी हैं

निस्बत: लगाव

***

बे-ख़बर आराम की चादर लपेटे सो गए
जागते बिस्तर में तन्हा बा-ख़बर मुश्किल में है

***

वसीम साहब के बारे में इफ़्तेख़ार आरिफ़ साहब ने लिखा है कि 'वसीम बट्ट की शायरी के अशआर पढ़ते वक़्त ये ख़याल भी नहीं आता कि वो कितने अर्से से वतन और एहले-वतन से दूर हैं। ऐसा मालूम होता है कि उनके अशआर का इलाक़ा अपने मुले सुख़न की मानूस और आशाना सरहदों ही में कहीं वाक़ेअ है। अपनी ज़मीने निकालना और नये ख़यालों नये मिज़ाज की शायरी करना वसीम की तख़्लीक़ी सुरवत मंदी की मोतबर गवाहियाँ हैं।'

जनाब अमजद इस्लाम अमजद साहब लिखते हैं कि 'मेरे इल्म के मुताबिक़ वसीम अफ़्रीक़ा के पहले ऐसे साहिबे-दीवान शाइर हैं जिनका कलाम पूरे ऐतमाद के साथ और बग़ैर किसी रिआयत के हम-अस्र शाइरी के नुमाइन्दा नमूनों के साथ रखा जा सकता है।

लाख कोशिशों के बावजूद मुझे वसीम साहब का कलाम इंटरनेट पर हिंदी लिपि में कहीं नहीं मिला और तो और 'रेख़्ता' की साइट पर भी वो मुझे कहीं नज़र नहीं आये जहाँ हज़ारों छोटे बड़े शायरों का कलाम पढ़ा जा सकता है। उनके बारे में कोई जानकारी भी कहीं से हासिल नहीं हो पायी। लिहाज़ा किताब में जो जानकारियाँ थीं उन्हीं को कल्पना का सहारा ले कर आपके सामने पेश किया है।

आख़िर में उनके कुछ और शेर आपको पढ़वाता हूँ :

तेरी चश्मे-तर में रहना
जैसे एक सफ़र में रहना

***

सब दीवारें रौशन करके
डर के पस मंज़र में रहना

***

मेरी तन्हाई की रौनक़
दीमक का इस दर में रहना

***

आँखों पर इक पट्टी बाँधे
ख़्वाबों के बिस्तर में रहना

***

अपने नाम से पहले कोई नाम लिखा
फिर उस काग़ज़ पर दिन भर का काम लिखा

***

जलती रेत के रेज़े कितने बेकल थे
धूप की तख़्ती पर जब लफ़्ज़े-आराम लिखा

***

बजा के अपने ठिकाने से हट के रहता है
मगर ये दर्द है आख़िर पलट के रहता है

***

वो शख़्स जिस की हदें दूरियों से मिलती हैं
अजीब बात है दिल में सिमट के रहता है

***

ये मो'जिज़ा भी दिखाते हैं अब हुनर वाले
भले न आग लगे पर धुआँ बना लेना

***

ग़मों की धूप में ताज़ा हवा ज़रूरी है
ख़ुशी के घर में जरा खिड़कियाँ बना लेना

***

नयी हवाएँ
कृष्णकुमार 'नाज़'

ज़िन्दगी तेरे पास क्या है बता
मौत के पास तो बहाने हैं
***

जिस्म मुजरिम है और रूह गवाह
ज़िंदगी इक बयान है प्यारे
***

ग़म, ख़ुशी, आह, दर्द और आँसू
सबकी अपनी ज़बान है प्यारे
***

तुझको समझूँ, लिखूँ, पढ़ूँ, सोचूँ?
तू मेरा इम्तिहान है प्यारे
***

क्या है मक़सद, कहाँ निशाना है
तीर जाने, कमान क्या जाने
***

किस इरादे से कौन पढ़ता है
ये भला इक किताब क्या जाने
***

घर की बर्बादियों के बारे में
घर में रक्खी शराब क्या जाने
***

कितने फूलों की हो गई तौहीन
ये महकता गुलाब क्या जाने
***

मुस्कुराने से रोकिए न मुझे
आँसुओं का दबाव भारी है
***

उत्तर प्रदेश के मुरादाबाद जिले की तहसील कांठ के गाँव कूरी रवाना में 10 जनवरी 1961 को जन्मे बच्चे को अपने पिता श्री रामगोपाल जी के प्लांट पर जाना बहुत प्रिय था। बचपन से ही उसके पिता उसे बड़े चाव से अपने साथ प्लांट ले जाते थे। बाद में थोड़ा बड़ा होने पर वो ख़ुद ही किसी न किसी के साथ कोई न कोई बहाना बनाकर वहाँ चला जाता।

प्लांट में पड़े गन्ने के चट्टे यानी ढेर और उसे क्रश करती विशालकाय क्रशर मशीन उस बच्चे के आकर्षण का विशेष केंद्र थी। वहीं पास ही में लगी लकड़ी काटने वाली आरा मशीनों, धान मशीनों का शोर और ट्यूबवेल से निकलते पानी कि कल-कल उसे बहुत भाती थी। प्लांट के सभी 40-50 मज़दूर जब उसे देखकर मुस्कुराते हुए नमस्कार करते तो वो बहुत ख़ुश होता।

नवीं कक्षा की परीक्षा में सर्वप्रथम आने की ख़ुशी में उसके मित्र कबसे उससे दावत की फ़रमाइश कर रहे थे, लेकिन वो टालता जा रहा था। जब 'मतलबपुर' के 'कृषक उपकारक उच्चतर माध्यमिक विद्यालय' के दसवीं कक्षा में आए इस बच्चे को क्लास का मॉनिटर घोषित कर दिया, तब उसके मित्रों ने उस पर दावत करने का दबाव बढ़ाना शुरू कर दिया। बच्चे ने एक दिन हाँ कर दी और अपने पिता से, जो उसकी कोई बात नहीं टालते थे, दावत के बारे में चर्चा करने का विचार लिए प्लांट की ओर क़दम बढ़ाए। संपन्न घर-परिवार के इस बच्चे के साथ उसके कुछ मित्र भी थे। सभी चहकते हुए प्लांट की ओर बढ़ रहे थे कि अचानक एक साथी ने लगभग चिल्लाते हुए कहा, 'देखो उस तरफ़ कितना धुआँ उठ रहा है।' बच्चे ने देखा कि धुआँ उसी ओर से उठ रहा था जिस और उसके पिता का प्लांट था। वो घबराकर उस ओर दौड़ने लगा। सारे बच्चे उसके पीछे दौड़ने लगे। प्लांट में क्रशर मशीन के पास रखे हज़ारों टन गन्ने के ढेर में आग लगी हुई थी। मज़दूर उसे बुझाने का भरसक प्रयास कर रहे थे। चारों तरफ़ अफरा-तफरी का माहौल था। उसके पिता दूर ये सब देखकर सर पर हाथ धरे उदास एक कोने में बैठे हुए थे। ये सब देखकर बच्चे की आँख से टपाटप आँसू गिरने लगे।

ये दुनिया है, यहाँ ऐसी भी धोखे ख़ूब होते हैं
कि जैसे कोई चिड़िया आइने से चोंच टकराए

***

जो सच्चाई है वो तारीफ़ की मुहताज क्यों होगी
कि असली फूल पर कोई कहाँ ख़ुशबू लगाता है

***

मैं जैसे वाचनालय में रखा अख़बार हूँ कोई
जो पढ़ता है, वो बेतरतीब अक्सर छोड़ जाता है

***

हँसी को अब शरण मिल पाय अधरों पर नहीं संभव
तुम्हारे ग़म का शासन है हृदय की राजधानी में

***

अक़ीदत है, मुहब्बत है, सियासत है कि मजबूरी
न जाने कौन सा रिश्ता है दरिया और समंदर में

***

पराए हों कि अपने हों मगर सब ख़ैरियत से हों
दुआ करते हैं हम हर रोज़ जब अख़बार लेते हैं

***

मैं सबका हूँ, सभी मेरे हैं, सबका अंश है मुझमें
हवा का, आग का, आकाश का, धरती का, पानी का

***

मुहब्बत की झुलसती धूप और काँटों भरे रस्ते
तुम्हारी याद नंगे पाँव गर आई तो क्या होगा

***

मदारी और बंदर के विषय में भी ज़रा सोचो
किसे मिलता है पैसा और मेहनत कौन करता है

***

बड़े हुशियार हैं तालाब जो ख़ामोश रहते हैं
मगर नादान हैं नदियाँ जो गिरती हैं समंदर में

***

आग तो जैसे-तैसे बुझ गई, लेकिन उसके बाद जला हुआ गन्ना इस लायक़ नहीं था कि उसे क्रश करके चीनी बनाई जा सके। लिहाज़ा उस गन्ने से घटिया दर्जे का गुड़ बनाया जा सका। इससे बहुत भारी नुक़सान हुआ। बात यहीं ख़त्म नहीं हुई। कहते हैं मुसीबत कभी अकेले नहीं आती, गन्ने के ढेर में लगी आग अभी ठण्डी भी नहीं हुई थी कि कुछ दिनों बाद ही इंजन की फ़ाउंडेशन में दरार आ गई, जिसकी वजह से मशीन एक महीने तक बंद रही। मज़दूर हाथ पर हाथ धरे बैठे रहे, पूरे महीने एक पाई की आमदनी नहीं हुई, लेकिन उन्हें पूरे महीने की पगार देनी ज़रूरी थी।

मज़दूरों की पगार और किसानों से उधार लिये गन्ने का मूल्य चुकाने के लिए तुरंत मशीनों को बेचने के अलावा और कोई विकल्प नहीं बचा था। लोगों ने भी दुनिया का दस्तूर निभाते हुए इस मौक़े का फ़ायदा उठाने में कोई क़सर नहीं छोड़ी और रामगोपाल जी वर्मा के परिवार पर आई इस विपदा का भरपूर लाभ उठाया। मशीनों को लोहे के दाम पर बेचने पर मजबूर कर दिया। प्लांट की ज़मीन भी सस्ते में बिक गई, लेकिन फिर भी चुकाने को पर्याप्त धन इकट्ठा नहीं हो पाया। आख़िरी विकल्प के रूप में वर्मा जी ने घर गिरवी रख दिया, और तो और पूरे परिवार की लाडली भैंस 'भुई' और घर की शान बंदूक़ भी बेच देनी पड़ी।

पलक झपकते ही एक हँसता-खेलता संपन्न परिवार फ़ाक़े करने को मजबूर हो गया। सुबह के खाने का किसी तरह इंतज़ाम होता, तो शाम की चिंता सताने लगती और कभी तो पूरे परिवार को भूखे पेट ही सोना पड़ता। जहाँ रोज़ पेट भरने की समस्या मुँह बाये खड़ी हो, वहाँ बच्चे की आगामी शिक्षा के बारे में सोचने की फ़िक्र किसे होती? बच्चे ने दसवीं की परीक्षा तो किसी तरह पास कर ली, लेकिन आगे क्या हो, यह प्रश्न सामने आ खड़ा हुआ। इंटर की पढ़ाई के लिए तो बच्चे को मुरादाबाद जाना पड़ता, जो वर्तमान परिस्थितियों में असंभव था।

सिकुड़ जाते हैं मेरे पाँव खुद ही
मैं जब रिश्तों की चादर तानता हूँ

नींदों की जुस्तजू में लगे हैं तमाम ख़्वाब
सज-धज के आ गया है कोई उनके ध्यान में

***

चार आँसुओं का रोक न पाईं बहाव वो
जिन आँखों ने हैं बाँधे समंदर कभी-कभी

***

काग़ज़ के फूल तुमने निगाहों से क्या छुए
लिपटी हुई है एक महक फूलदान से

***

ऐ दिल कहीं यक़ीन की उँगली न छूट जाये
बोझल हुए हैं पाँव सफ़र की थकान से

***

क़ुर्बत भी चाहता है मगर फ़ासले के साथ
कैसी अजीब शर्त तेरी दोस्ती की है

***

थोथे संबंधों के नाम
कोलन, क़ौमा, पूर्ण विराम

***

जाने क्या मजबूरी है
ख़ुद से ही हर पल संग्राम

***

मेरी बस्ती के चिराग़ों को बुझाने वाले
थे सभी लोग वो सूरज के घराने वाले

***

आज के अहद में जीने पे त'अज्जुब होगा
दिन जो याद आए कभी बीते ज़माने वाले

***

निराशा के इस घोर अँधेरे में अचानक आशा की किरण बनकर बच्चे के पिता का एक परिचित युवक जो मुरादाबाद के 'के.जी.के.होम्योपैथिक कॉलेज' का विद्यार्थी था, गाँव आया। युवक ने बच्चे के पिता को आश्वासन दिया कि वो अपनी जान पहचान की वजह से बच्चे का दाख़िला मुरादाबाद के आयुर्वेदिक विद्यालय में निःशुल्क करवा देगा और हॉस्टल में कमरा भी दिलवा देगा। पिता को जैसे मुँह माँगी मुराद मिल गयी। बच्चे का दिल भी ख़ुशी से बल्लियों उछलने लगा। मुरादाबाद जाने की कल्पना से ही ख़ुश हो कर बच्चे की रातों की नींद ही उड़ गयी।

आख़िर जल्द ही उस बच्चे की ज़िन्दगी में अपना घर-गाँव छोड़कर मुरादाबाद जाने

वाला महत्वपूर्ण मोड़ आया। मुरादाबाद में, अपने साथ लाए चंद कपड़ों, एक स्टोव और थोड़े से राशन के सामान के साथ, बच्चे ने घर गाँव के साथ-साथ अपने बचपन को भी अलविदा कह दिया। पढ़ाई के साथ-साथ वो विपरीत परिस्थितियों में ख़ुद को ढालते हुए जीवन को बेहतर बनाने के लिए संघर्ष करने लगा। उसने छोटे बच्चों की ट्यूशन लेनी शुरू की, जिससे उसकी रोज़मर्रा की ज़रूरतें पूरी होने लगीं।

उसे याद नहीं ज़िंदगी की मुश्किलों से दो-दो हाथ करते हुए अपने मन के भावों को व्यक्त करने के लिए कब उसने क़लम थामी। मुरादाबाद में उस्ताद ग़ज़लकारों की कमी नहीं। उनकी संगत में आने से इस बच्चे में, जिसका नाम कृष्ण कुमार वर्मा है, ग़ज़ल सीखने की ललक पैदा हुई। इसके चलते पहले उर्दू भाषा सीखी और फिर उरुज़ का ज्ञान प्राप्त किया। ग़ज़ल कहते-कहते कृष्ण को एहसास हुआ कि ग़ज़ल महज़ उर्दू और अरूज़ जान लेने से नहीं कही जा सकती। इस विधा को सीखने के लिए एक उस्ताद का होना ज़रूरी है। उस्ताद की खोज शुरू हुई।

मुस्कुराना है मेरे होंठों की आदत में शुमार
इसका मतलब मेरे सुख-दुख से लगाता क्यों है

***

हमने माना कि तरक़्क़ी तो हुई है लेकिन
तीरगी आज भी क़ायम है चराग़ों के तले

***

कूड़े के अंबार से पन्नी चुनते अधनंगे बच्चे
पेट से हटकर भी कुछ सोचें वक़्त कहाँ मिल पाता है

***

ठण्डा चूल्हा, ख़ाली बर्तन, भूखे बच्चे, नंगे जिस्म
सच की राह पे चलना आख़िर नामुमकिन हो जाता है

***

चिंता, उलझन, दुख-सुख, नफ़रत, प्यार, वफ़ा, आँसू, मुस्कान
एक ज़रा-सी जान के देखो कितने हिस्सेदार हुए

***

रह गई अपने-पराए की कहाँ पहचान अब
कितना सूना हो गया रिश्तों का पनघट इन दिनों

***

बेतहाशा तंज़ करता है दिये पर आज तक
एक टुकड़ा तीरगी का पाँव से लिपटा हुआ

***

फ़ाइलों का ढेर, वेतन में इज़ाफ़ा कुछ नहीं
हाँ, अगर बढ़ता है तो चश्मे का नंबर आजकल

कतरने अख़बार की पढ़कर चले जाते हैं लोग
शायरी करने लगे मंचों पर हॉकर आजकल

***

रौशनी के वास्ते धागे को जलते देखकर
ली नसीहत मोम ने, उसको पिघलना आ गया

***

इस खोज का अंत जनवरी 1989 को मुरादाबाद में हर गणतंत्र दिवस पर होने वाले मुशायरे से हुआ। दोस्तों की सलाह पर मुशायरे के दौरान कृष्णकुमार लखनऊ से पधारे उस्ताद शायर 'कृष्णबिहारी नूर' साहब की बग़ल में जा बैठे और उनसे उनके घर का पता पूछा। दो दिन बाद उन्होंने 'नूर' साहब को पत्र लिखा, जिसमें उनसे उनकी ग़ज़लों की किताब के बारे में जानकारी माँगी। नूर साहब ने जवाब में लिखा कि उनकी दो किताबें मंज़रे-आम पर आई हैं- 'दुख-सुख' और 'तपस्या', इनमें से सिर्फ़ 'तपस्या' ही, जो उर्दू लिपि में है, बाज़ार में उपलब्ध है। जवाब में कृष्णकुमार जी ने 'नूर' साहब को लिखा कि वो उर्दू ज़बान से वाक़िफ़ हैं और साथ ही अपनी दो ग़ज़लें भी 'नूर' साहब को भेज दीं। ग़ज़लें नूर साहब को पसंद आईं और उनमें से एक ग़ज़ल मुंबई से छपने वाली पत्रिका ' बज़्मे-फ़िक्रो-फ़न' में छपने भी भेज दी। जब कृष्णकुमार जी ने नूर साहब से उनका शागिर्द बनने की इच्छा ज़ाहिर की, तो उन्होंने कहा कि इसके लिए आप लखनऊ आएँ।

नूर साहब से मिलने के लगभग एक साल बाद दिसंबर 1989 में कृष्णकुमार लखनऊ गये, जो अब 'नाज़' तख़ल्लुस से ग़ज़लें कहने लगे थे। नूर साहब के घर पहुँचकर साथ लाया मिठाई का डिब्बा उनके हाथ में देकर उन्होंने नूर साहब के चरण स्पर्श किये। नूर साहब ने आशीर्वाद दिया और डिब्बे में से मिठाई का पहला टुकड़ा कृष्णकुमार जी को खिलाकर उन्हें अपना शागिर्द बनाना मंज़ूर किया।

जलो तो यूँ कि हर इक सिम्त रौशनी हो जाए
बुझो तो यूँ कि न बाक़ी रहे निशानी भी

***

बदला अपने अहसाँ का उम्रभर नहीं चाहा
सीपियों ने बचपन से मोतियों को पाला है

***

नाख़ुदा, नाव, पतवार, साहिल हमें
एक तुम क्या मिले, सब सहारे मिले

***

तू वो शक और और विश्वास का प्रश्न है
सब जिसे जोड़ते और घटाते रहे

***

तेरे नामों से तो सब है वाक़िफ़ मगर
ये बता तुझको पहचानता कौन है
***

दिसंबर 1989 के उस दिन से लेकर नूर साहब की ज़िंदगी के आख़िरी दिन यानी 30 मई 2003 तक कृष्णकुमार 'नाज़' साहब पर नूर साहब का वरदहस्त रहा। इन 13 सालों में नूर साहब ने 'नाज़' साहब को ग़ज़ल के विभिन्न पहलुओं, छंद के प्रकार और भाषा की बारीकियों से अवगत कराया। उन्होंने कहा कि बरख़ुरदार तुम मुशायरों में जाओ, वहाँ शायरों को ध्यान से सुनो और ग़ौर करो कि शायर को उसके किस कलाम पर ज़्यादा दाद मिलती है और क्यों? शेर में रवानी का क्या असर होता है। 'नाज़' साहब ने नूर साहब की हर बात का अक्षरश: पालन किया। वो अपना लिखा नूर साहब को दिखाते और वो जिस शेर या ग़ज़ल को ख़ारिज करने को कहते, उसकी वजह जानकर तुरंत हटा देते। नूर साहब की रहनुमाई में ही नाज़ साहब की पहली किताब मंज़रे-आम पर आई।

सन् 2012 में नाज़ साहब ने 'हिंदी ग़ज़ल के संदर्भ में कृष्णबिहारी नूर का विशेष अध्ययन' विषय पर शोधकर पी-एच.डी. की डिग्री प्राप्त की। नाज़ साहब का ये शोधग्रंथ नूर साहब पर किया गया सबसे महत्वपूर्ण ग्रंथ माना जाता है।

आज कृष्णकुमार 'नाज़' साहब की ग़ज़लों की एक अनूठी किताब 'नयी हवाएँ' की जानकारी और उसके चुनिंदा अशआर आप तक पहुँचा रहे हैं। बाज़ार में उपलब्ध ग़ज़लों की सैकड़ों किताबों में से ये किताब इसलिए अनूठी है कि इसमें उर्दू ग़ज़ल की 18 अत्यधिक प्रचलित बहरों पर कही 120 ग़ज़लों का संकलन किया गया है। हर बहर के अरकान और उस बहर में कही ग़ज़लें एक साथ संकलित हैं। ग़ज़ल सीखने वालों के लिए इससे बेहतर किताब शायद ही कोई हो। इस किताब को 'किताबगंज प्रकाशन' गंगापुर सिटी राजस्थान ने प्रकाशित किया है।

ये किताब अमेज़न पर नहीं है इसलिए जो इसे ख़रीदना चाहें वो किताबगंज के प्रकाशक श्री प्रमोद सागर से 8750660105 पर संपर्क करें। आप नाज़ साहब से 9927376877 अथवा 9808315744 पर मोबाइल से संपर्क कर उन्हें इन शानदार ग़ज़लों के लिए बधाई दे सकते हैं। यक़ीन मानिए, उनसे बात कर आप उनकी सहृदयता से प्रभावित हुए बिना नहीं रह सकते। उनसे kknaaz1@gmail.com पर भी संपर्क किया जा सकता है।

आदमी की भूख मकड़ी की तरह है दोस्तो
और जीवन उसके जाले की तरह उलझा हुआ
***

जिसकी ख़ातिर आदमी कर लेता है ख़ुद को फ़ना
कितना मुश्किल है बचा पाना उसी पहचान को
***

ज़ेहन से उलझा हुआ है मुद्दतों से ये सवाल
आदमी सामान है या आदमी बाज़ार है
***

इस तरक़्क़ी पर बहुत इतरा रहे हैं आज हम
जूतियाँ सर पर रखी हैं पाँव में दस्तार है
***

मैंने दुश्मन को भी ख़ुश होकर लगाया है गले
दुश्मनी अपनी जगह, इंसानियत अपनी जगह
***

मैं परिंदे की तरह मजबूर भी हूँ, क़ैद भी
हाँ मेरी ज़हनी उड़ानों की सिफ़त अपनी जगह
***

थी कभी अनमोल, लेकिन अब तेरे जाने के बाद
ज़िंदगी फ़ुटपाथ पर बिखरा हुआ सामान है
***

सर झुकाने ही नहीं देता मुझे मेरा ग़ुरूर
इक बुराई ने दबा लीं मेरी सब अच्छाइयाँ
***

कुछ दिनों तक तो अकेलापन बहुत अखरा मगर
धीरे-धीरे लुत्फ़ देने लग गई तन्हाइयाँ
***

ये सुख भी क्षणिक हैं, ये दुख भी हैं वक़्ती
ये किसके हुए हैं, न तेरे, न मेरे
***

समाजशास्त्र, उर्दू और हिंदी विषयों में एम.ए.करने के बाद नाज़ साहब ने बी.एड. की परीक्षा पास की और फिर पी-एच.डी. की डिग्री भी हासिल की। मृदुभाषी नाज़ साहब विलक्षण प्रतिभा के धनी और जुझारू व्यक्तित्व के स्वामी हैं। माँ सरस्वती की उन पर विशेष कृपा रही है। उन्होंने न सिर्फ़ ग़ज़ल लेखन में महारत हासिल की, बल्कि गीत, दोहा, कविता, नाटक तथा निबंध लेखन में भी कौशल दिखाया है। उनकी ये आठ किताबें इस समय बाज़ार में उपलब्ध हैं- ' इक्कीसवीं सदी के लिए' (ग़ज़ल-संग्रह), 'गुनगुनी धूप' (ग़ज़ल-संग्रह), 'मन की सतह पर' (गीत-संग्रह), 'जीवन के परिदृश्य' (नाटक-संग्रह), 'हिंदी ग़ज़ल और कृष्णबिहारी नूर', 'नयी हवाएँ' (ग़ज़ल-संग्रह) और ग़ज़ल के विद्यार्थियों को अरूज़ आसानी से समझने के लिए बेहतरीन किताब 'व्याकरण ग़ज़ल का'।

नाज़ साहब के जीवन की कहानी हमें संघर्ष कर अपने सपनों को साकार करने की प्रेरणा देती है। उन्होंने जीवन में कभी हार नहीं मानी, विपरीत परिस्थितियों के समक्ष घुटने

नहीं टेके। 'अमर उजाला' अख़बार में उन्होंने सन 1989 'प्रूफ़ रीडर' के पद से नौकरी का आरम्भ किया और तीन वर्ष बाद ही उनका तबादला संपादकीय विभाग में हो गया। सन 1995 में उन्हें 'गन्ना विकास विभाग, मुरादाबाद में उर्दू अनुवादक के पद की सरकारी नौकरी मिल गई, लेकिन 'अमर उजाला' वालों ने उनसे वहीं काम करते रहने की गुज़ारिश की, लिहाज़ा वो दोनों संस्थाओं में तीन सालों तक साथ-साथ नौकरी करते रहे। दोनों जगह काम के बोझ के चलते उन्हें स्पोंडिलाइटिस व मोतियाबिंद भी हो गया, लेकिन मुरादाबाद में अपना ख़ुद का एक घर होने की चाहत ने इन तकलीफ़ों को उन पर हावी नहीं होने दिया। आख़िर अगस्त 1998 में उन्होंने 'अमर उजाला' छोड़ दिया। 31 जनवरी 2021 को वो गन्ना विकास विभाग में लेखाकार पद से सेवानिवृत्त हुए।

अब अपना पूरा समय वो अपने द्वारा स्थापित 'गुंजन प्रकाशन' और लेखन-पठन को देते हैं।

इस संघर्ष में उनके बचपन ने सीधा प्रौढ़ावस्था में कब क़दम रख दिया, ये पता ही नहीं चला। नाज़ साहब पर केन्द्रित 'निर्झरिणी' पत्रिका के अंक-12 में वो अपने बारे में लिखते हैं कि 'युवावस्था तक अभावों ने अपने बाहुपाश में जकड़े रखा। लेकिन ईश्वर हमेशा मेरी उंगली थामे रहा, उसने मुझे कभी निराश नहीं किया। तमाम दिक़्क़तों के बावजूद कभी मेरा कोई काम नहीं रुका। मैंने कभी दौलतमंद दोस्त नहीं बनाए, यह मेरा हीनताबोध भी हो सकता है। ज़िंदगी के सफ़र में मुझे बहुत अच्छे-अच्छे लोग मिले। आज जब अतीत के झरोखों में झाँकता हूँ, तो मेरी आँखें भीग जाती हैं। लेकिन, तभी मेरा आत्मबल मेरा कंधा थपथपाकर मेरा हौसला बढ़ाता है और कहता है- शाबाश, तुम्हारी मेहनत रंग लाई; और चलो, और चलो, चलते रहो, परिश्रम ही तुम्हारी पूजा है।

आइए अंत में उनके इन चंद चुनिंदा शेरों के साथ अपनी बात समाप्त करते हैं :

चाँद को पाने की कोशिश करते-करते
जुगनू क़िस्मत का हिस्सा हो जाता है
***
मैं ठहरा सदियों से प्यासा रेगिस्तान
तू तो नदी है, तुझको क्या हो जाता है
***
हाथ सेंकती हैं ख़्वाहिशें
ज़िंदगी है या अलाव है
***
ज़िंदगी ये बता नाम क्या दूँ तुझे
आशना, अजनबी, राहज़न, राहबर
***
जहाँ शरीर से लेकर ज़मीर तक बिक जाये
नयी हवाओं ने छोड़ा वहाँ पे ले जाकर

शहर खामोश है
शाहिद माहुली

साँप बनकर डस रही हैं सब तमन्नाएँ यहाँ
कारवाँ आकर कहाँ ठहरा दिल-ए-बेताब का
***

कुछ दूर हम भी साथ चले थे कि यूँ हुआ
कुछ मसअलों पे उनसे तबीअत नहीं मिली
***

वो और लोग थे जो माँग ले गए सब कुछ
यहाँ तो शर्म थी दस्त-ए-तलब उठा न मेरा
किसे क़ुबूल करें और किस को ठुकराएँ
इन्हीं सवालों में उलझा है ताना-बना मेरा
***

माना की कड़ी धूप में शाये भी मिले हैं
इस राह में हर मोड़ पर धोखा भी हुआ है
***

दरिया के किनारों की तरह साथ चले हम
मैं आज तलक मैं ही रहा तू भी रहा तू
***

'हर नहीं, हाँ से बड़ी है' यह हक़ीक़त समझें
हाँ बहुत सीख चुके अब तो कोई ना सीखें
***

रंग कुम्हला दिया, बालों में पिरो दी चाँदी
तूल खींचेगी अभी और कहानी कितना
ये तलातुम ये अना आबला पाई, ये जुनूँ
हम भी देखेंगे कि है जोश-ए-जवानी कितना
डूबकर साँसो में रग रग में समा कर देखो
मसअला दिल का सुलझता है ज़बानी कितना
***

इससे पहले कि हम आज के शायर और उनकी शायरी के बारे में बात करें आइए पढ़ते हैं उनका एक लेख जो ये बताता है कि उनकी क़लम से नस्र भी उसी ख़ूबसूरती से उतरती है जितनी कि उनकी शायरी :

"दूर ऊँचे टीलों पर खजूरों के जो झुंड नज़र आ रहे हैं उसके पीछे कच्चे-पक्के मकानों की

एक बस्ती है - धूल भरे टेढ़े मेढ़े रास्ते हैं, मस्जिदे हैं, इमामबाड़े हैं, टूटे-फूटे मकबरे हैं, फैले हुए तालाब में जब सुर्ख़ सूरज की आख़िरी किरनों का अक्स काँपने लगता है, पीले-पीले सरसों के खेत लहलहा उठते हैं, आम के बौरों की भीनी-भीनी ख़ुशबू फैल जाती है, बाँसों के साये में दम लेने को ठहरी हुई हवाएँ मुझे पहचान कर लिपट जाती हैं, घरों से उठता हुआ धुआँ हमारी बस्ती को अपनी लपेट में ले लेता है और फिर अँधेरा फैलते ही यादों के जंगल में मैं अपने आप को ढूँढता हुआ इन्हीं खजूरों के झुंड तले टूटी-फूटी एक क़ब्र पर बैठ जाता हूँ, ममता की पुरवाई मुझे छू लेती है धुँधलकों से कुछ शरारतें उभरती हैं, कुछ कहकहे बिखरते हैं।.. फिर एक चीख़...और फिर भयानक सुकूत यानी ख़ामोशी... घना जंगल...और तारीकी...जैसे एक नन्हा सा चंचल बच्चा इस जंगल की तारीख की में कहीं गुम हो गया हो मैं यादों के इस जंगल में इस चंचल हँसमुख बच्चे को ढूँढ़ता हूँ।

तेरे ख़याल से ही चिराग़ाँ था शहर में
सब कुछ बुझा बुझा था तेरी याद जब न थी

***

एक मुसलसल जुस्तजू के बाद मंज़िल के क़रीब
एक मुर्दा साँप था, माल व ख़ज़ाना कुछ न था

***

ताशों का खेल सुहाना बचपन का
छूमंतर सी भरी जवानी लगती है
शाम हुई तो काले साए उमड़ पड़े
सुबह को तो हर चीज़ सुहानी लगती है
टूटे जैसे कोई खिलौना मिट्टी का
पत्थर जैसी सख़्त जवानी लगती है

***

मुश्तहर कर दे किताब-ए-ज़िंदगी के बाब सारे
राज़-ए-दिल के कुछ मगर सफ़्हे ज़रा महफ़ूज़ कर ले

मुश्तहर: प्रचार

कौन जाने, ख़ुश्क हो जाएँ कहाँ ख़ुशियों के धारे
कुछ हँसी बच्चों की, बूढ़ों की दुआ महफ़ूज़ कर ले

***

लुट गया शाम ही को जब सब कुछ
जागकर सारी रात क्या करते

***

सफ़र है शर्त तो कुछ ज़ाद-ए-राह भी होगा
किसी की तल्ख़ सी यादें ज़रूर लेता जा

ज़ाद-ए-राह : सफ़र ख़र्च

***

न जाने तुमने क्या समझा है हमको
ज़माने ने मगर समझा अलग है
***

इस घुप सन्नाटे में बैठा हुआ मैं इस अरसे की तमाम छोटे-बड़े हादसों का हिसाब जोड़ता हूँ और आख़िर में पाता हूँ सिर्फ़ एक बेनाम ख़लिश एक बेनाम दर्द, जो हर बार बचा रह गया है, मेरी हड्डियों तक धँसा हुआ, कभी-कभी लगता है मैं एक भीड़ की तरह अपने झुण्ड से बाहर धकेल दिया गया हूँ या फिर एक बेनाम अजनबी ग़ार में एक बूढ़े जानवर की तरह रह रहा हूँ। इस ग़ार में रेंगता हुआ मैं वहाँ पहुँच जाता हूँ जहाँ रात है मेहँदी का पेड़ है और एक मुन्जमिद लम्हा-वो मुन्जमिद लम्हा बरसों की लंबाई फ़ुलाँग कर मेरे पास क्यों नहीं आ जाता-मुझे अपना घर याद आने दो, मुझे वो धुआँ याद आने दो जो हमारे जिस्मों, हमारी बस्ती को घेरे हुए है-मुझे याद आने दो इन लंबे बरसों के दरमियान क्या हुआ इस काले वक़्त को क्या हुआ जो पानी की तरह मेरे चारों तरफ़ बहता रहता है और मैं एक चट्टान की तरह बे हरकत किसी जगह खड़ा, किसी अनजाने मंज़िल को अपनी पथरीली आँखों से देखता रहता हूँ। "

अपने बारे में इतनी ख़ूबसूरत ज़बान में लिखने वाले हमारे आज के शायर हैं जनाब 'शाहिद माहुली' साहब जिनकी शायरी की हिंदी में एकमात्र छपी किताब 'शहर ख़ामोश है' हमारे सामने है। आज हम इसी किताब से लिए कुछ चुनिंदा अशआर आपके सामने पेश करेंगे और साथ ही साथ शाहिद साहब के बारे में जितना हमें मालूम हो सका है आपको बताएँगे।

ज़ख़्म भर जाएगा रह जाएगी ता उम्र चुभन
ये जो काँटा है किसी तरह निकल जाएगा
***

ये दर्द वो है कि जिसका नहीं है कोई इलाज
ये किस उम्मीद पर हम चारागर को देखते हैं
हमारी ख़ुद-नज़री खो गई कहाँ 'शाहिद'
क़दम-क़दम पे हर इक राहबर को देखते हैं
***

यह बुझी शाम, ये उदास सी रात
तू जो आ जाए जगमगा जाए
***

स्याह रात की तन्हाइयाँ गवारा हैं
जो हो सके तो सहर दे सुनहरे ख़्वाब न दे
***

बिस्तर था एक जिस्म थे दो ख़्वाहिशें हज़ार
दोनों के दरमियान था ख़ंजर खुला हुआ

उलझा ही जा रहा हूँ मैं गलियों के जाल में
कब से है इंतज़ार में इक घर खुला हुआ

***

तेरी यादों ने बहुत शमें जलाई लेकिन
न गया सर से मेरे रात का साया न गया
मैं वो नग़मा था जो होठों के तले टूट गया
मैं इक आँसू था जो आँखों से छुपाया न गया

***

बंद कमरे में बला ए जाँ है एहसास-ए-सुकूत
और बाहर हर तरफ़ आवाज़ का पत्थर लगे
जैसे-जैसे टूटता जाए निगाहों का भरम
शख़्सियत अपनी भी अपने आप को कमतर लगे

***

'माहुल' उत्तर प्रदेश के आज़मगढ़ जिले का एक छोटा सा गाँव है जो बीसवीं सदी के उर्दू के बहुत बड़े स्कॉलर ऐहतशाम हुसैन साहब की वजह से प्रकाश में आया। इसी गाँव में 1 मार्च 1943 को शाहिद हुसैन साहब का जन्म हुआ। माहुल के सरकारी स्कूल में आपने इब्तिदाई तालीम हासिल की। आगे पढ़ने के लिए आप गोरखपुर चले गये और वहीं की यूनिवर्सिटी से बैचलर ऑफ़ आर्टस की डिग्री हासिल की। कॉलेज में पढ़ने के दौरान ही शाहिद साहब की दिलचस्पी ग़ज़लों में बढ़ी और वो उर्दू शायरों की परम्परा को निभाते हुए अपने नाम के बाद गाँव का नाम जोड़ते हुए ' माहुली' तख़ल्लुस से ग़ज़लें कहने लगे।

बी.ए. करने के बाद उर्दू ज़बान से बेपनाह मुहब्बत के चलते उर्दू साहित्य में एम.ए. करने आगरा यूनिवर्सिटी में दाखिला लिया। ये वो दौर था जब उनके समकालीन शायर बशीर बद्र निदाफ़ाजली, अहमद फ़राज़, वसीम बरेलवी, राहत इंदौरी, जावेद अख़्तर, इफ़्तिख़ार आरिफ़ जैसों की लोकप्रियता परवान चढ़ रही थी इनके लिए फ़ैज साहब, फ़िराक़, कैफ़ी आज़मी, मजरूह और साहिर जैसे शायरों की मौजूदगी में उनके साथ मुशायरे का मंच शेयर करना फ़ख़्र की बात हुआ करती थी। शाहिद साहब एम.ए. की पढ़ाई और शायरी शिद्दत से करने लगे थे।

शानदार नंबरों से उर्दू में एम.ए. करने के बाद शाहिद साहब दिल्ली आ गये और काँग्रेस पार्टी ज्वाइन कर ली। काँग्रेस पार्टी का पूरा इतिहास उर्दू में सबसे पहले शाहिद साहब ने ही लिखा जो बहुत चर्चित हुआ। उनकी लेखन क्षमता और ज्ञान से उस वक़्त काँग्रेस कार्य समिति के सदस्य जनाब फ़ख़रुद्दीन अली अहमद, जो बाद में देश के राष्ट्रपति भी नियुक्त हुए, बहुत प्रभावित हुए। उनकी तमन्ना थी कि शाहिद साहब ग़ालिब इंस्टीट्यूट में काम करें जो उनके जीते जी तो संभव नहीं हो पाई अलबत्ता उनके अचानक हार्टअटैक से गुज़र जाने के लगभग तीन साल बाद पूरी हुई।

किसी से लड़के भी तस्कीन पाई
किसी को टूट कर चाहा बहुत है

तस्कीन : दिलासा

***

घर से चला था तोड़ने इस ख़ुशनुमा कँवल
उलझा हुआ मैं कब से मगर काइयों में हूँ

***

साफ आती है बिखरते हुए लम्हों की सदा
अब न आएगा कोई बज़्म उठाई जाए

***

नाव काग़ज़ की गई डूब, घरौंदे बिखरे
खेल सब ख़त्म हुआ ख़ाक उड़ाई जाए

***

तिलिस्म टूट गया धुंध छँट गई 'शाहिद'
कहीं पर ठहर के सोचें कि हमने क्या पाया

***

वो जिस पे फूटी न मुद्दत से कोई शाख़ नयी
वो ख़ुश्क पेड़ हरी बेल से सँवरता रहा

***

किसी की याद में अपनापन भी भूल गया हूँ
कौन मेरे बिस्तर पर आकर लेट गया है

***

भटकता फिरता है मुद्दत से कारवान-ए-हयात
मिले कहीं कोई मंज़िल कहीं क़याम तो हो

क़याम :ठहराव

***

वह अब के गिर गयी दीवार जिस पर नाम मेरा
लिखा था तुमने कभी अपने नाम के आगे

***

हुआ है सामना जब भी बिगाड़ दी सूरत
ख़फा-ख़फा सा है कुछ जैसे आईना मुझसे

***

शाहिद साहब ने 1976 में ग़ालिब इंस्टीट्यूट में काम करना शुरू किया। उनके संपादन में निकलने वाली अदबी पत्रिका 'मयार' में भारत और पाकिस्तान के नामवर शोअरा के कलाम छपते थे और वो अपने जमाने की बेहतरीन उर्दू पत्रिकाओं में से एक थी। उन्होंने

'कैफ़ी आज़मी', 'अख़्तर उल इमान', 'फ़ैज़ अहमद फ़ैज़', 'जोश मलीहाबादी', 'मोमिन', 'दाग़' और ग़ालिब जैसे महान शायरों पर विशेष अंक भी निकाले जो बहुत पसंद किए गये। 'कैफ़ी आज़मी' साहब की शख़्सियत और शायरी पर सबसे पहले लिखने वाले शाहिद माहुली साहब ही थे।

लगभग चालीस सालों तक माहुली साहब गालिब इंस्टीव्यूट से जुड़े रहे जिसमें से आख़िरी के 15 वर्ष उन्होंने डायरेक्टर की हैसियत से काम किया। अपने कार्यकाल में उन्होंने इंस्टीव्यूट में बेहतरीन किताबों का प्रकाशन, विभिन्न विषयों पर सेमिनार और अंतर्राष्ट्रीय मुशायरों का आयोजन किया। जब कभी भी ग़ालिब इंस्टीव्यूट का इतिहास लिखा जाएगा उसमें शाहिद माहुली साहब का जिक्र सबसे पहले किया जाएगा।

माहुली साहब का पहला शेरी मज्मूआ 'पसमंजर' 1977 में शाए हुआ, दूसरा मज्मूआ 'सुनहरी उदासियाँ' है और तीसरा मज्मूआ 'कहीं कुछ नहीं होता' है। देवनागरी में छपने वाला उनका एक मात्र शेरी मज्मूआ 'शहर ख़ामोश है' वाणी प्रकाशन से प्रकाशित हुआ है जो अमेज़न पर भी उपलब्ध है। इस किताब में शाहिद माहुली साहब की 70 लाजवाब ग़ज़लें और 36 नज़्में शामिल हैं। ये किताब हर शायरी प्रेमी के पास ज़रूर होनी चाहिए। अमेज़न पर उनकी दीगर किताबें जैसे 'कैफ़ी आज़मी अक्स और जहतें', 'अख़्तरुल इमान अक्स और जहतें', 'फ़ैज़ अहमद फ़ैज़ अक्स' और जहतें भी उपलब्ध हैं।

दुनिया में जहाँ कहीं उर्दू पढ़ी या समझी जाती है वहाँ शाहिद साहब मुशायरे पढ़ने गये हैं। नेशनल अमीर ख़ुसरो सोसायटी के सेक्रेटरी और अंजुमन तरक़्क़ी उर्दू, दिल्ली, के जनरल सेक्रेटरी रह चुके शाहिद साहब ने निमोनिया की गंभीर बीमारी से लड़ते हुए नोएडा के 'फोर्टिस हस्पताल' में 28 सितंबर 2019 को आख़िरी साँस ली। उनके जाने से उर्दू साहित्य जगत में जो खालीपन आया है उसका भरना संभव नहीं है।

आख़िर में पढ़िए शाहिद माहुली साहब के कुछ और चुनिंदा शेर।

कितने सपने डूब गए हैं इन कजरारी आँखों में
कितनी क़स्में टूट चुकी है उस काफ़िर अँगड़ाई से

***

मिल जाएगी कहीं न कहीं आगही की भीख
फिरती है दर-ब-दर लिए कश्कोल ज़िंदगी

आगही: ज्ञान

***

टूट चुके हैं भले बुरे के सब पैमाने
किसको सच्चा समझें किस पर दोष लगाएँ

***

क्या मानें किस को झुठलाएँ, क्या चाहें क्या त्याग करें
नित दिन एक नया युग आए पल पल बदले नीत यहाँ

मन के भेद को किसने समझा शब्दों ने कब साथ दिया
अपना दुख किसको समझाएँ कौन है अपना मीत यहाँ

***

तुम्हारे शहर से जब भी कभी गुज़रता हूँ
हर एक सिम्त से आते हैं याद के पत्थर

***

सेफ़ों में बंद हो गए आसूदगी के ख़्वाब
दफ़्तर की फ़ाइलों में ख़यालात हैं असीर

आसूदगी: ख़ुशहाली, असीर: क़ैदी

***

अजीब मोड़ पर आकर ठहर गई है हयात
कोई ख़याल न ख़्वाहिश न ख़्वाब है यारो

***

मज़ा न मौत की ख़्वाहिश में और न जीने में
ये कैसी आग सुलगती है मेरे सीने में
किसी ने रोक के रस्ते में ख़ैरियत पूछी
किसी का भीग गया है बदन पसीने में
सितारे टाँक लिए कहकहों के होठों पर
अजब नशा सा हुआ आँसुओं के पीने में

***

जिसकी हर बात चुभो देती है सौ-सौ नश्तर
दिल भी कमबख़्त उसे हद से सिवा चाहता है

***

उसे दुख धरा का सुनाना पहाड़ों
पवनेन्द्र पवन

"एक मनुष्य संघर्षों से लड़कर ही सोने के समान चमक उठता है। उसका व्यक्तित्व भी संघर्षों के कारण ही निखरता है, जिसे जीवन में सब कुछ बिना परिश्रम किए मिल जाए उसे जीवन का सच्चा अर्थ ज्ञात नहीं हो पाता। जब हम संघर्ष करते हैं, तभी हमें अपने बल और सामर्थ्य का पता चलता है। संघर्ष करने से ही आगे बढ़ने का हौसला, आत्मविश्वास मिलता है और अंततः हम अपनी मंज़िल को हासिल कर लेते हैं। जब तक आप ख़ुद से नहीं हारते आपको दुनिया की कोई ताक़त नहीं हरा सकती।"

हिमाचल प्रदेश के जिला कांगड़ा के गाँव नगरोटा बगवां की एक चाय की दुकान पर बैठे बुज़ुर्ग ने ये बात अख़बार से पढ़ कर अपने पास बैठे दूसरे बुज़ुर्ग को सुनाई। दूसरे बुज़ुर्ग ने अपने लगभग गंजे सर पर हाथ फेर कर मुस्कुराते हुए अपने दोस्त को देखा, चाय का हल्का सा एक घूँट भरा और कहा, "यार राजेश, मेरे से ज़ियादा इस बात की गहराई कौन समझेगा भाई? ये जो तूने अभी पढ़ा है वो बिल्कुल सच है, संघर्ष मैंने भी किया है, हाँ उसे कभी गाया नहीं है।" राजेश ने अपने दोस्त की बात सुन कर अख़बार एक तरफ़ रख दिया और हैरानी से सामने बैठे दोस्त से पूछा, ""तुमने? कब?" "बचपन से!" दोस्त ने एक बार फिर अपने सर पर हाथ फेरते हुए मुस्कुरा कर जवाब दिया। राजेश ने चौंक कर कहा, "बचपन से? हद है भाई मैं तो तुमको हमेशा मुस्कुराते देखता हूँ मुझे कभी लगा ही नहीं कि तुमने ज़िन्दगी में कभी संघर्ष किया होगा, आज मैं तुम्हारी कहानी सुन के ही मानूँगा।" "अरे छोड़ यार राजेश क्या रखा है संघर्ष की कहानी सुनाने में!" बुज़ुर्ग ने कहा, "मान लिया कुछ नहीं रखा लेकिन आज तुझे अपनी कहानी सुनानी ही पड़ेगी।" राजेश जी ने जिद ही पकड़ ली। "अच्छा भाई सुनाता हूँ बचपन से ही सुनाता हूँ -ख़ुश?" बुज़ुर्ग ने एक और चाय ऑर्डर देते हुए कहा, "वैसे ये कहानी वैसे मैं किसी को सुनाता नहीं।"

आइए पाठकों हम भी इस बुज़ुर्ग की कहानी सुनने राजेश जी के पास बैठ जाएँ क्यूँकि हमारी आज की किताबों की दुनिया शृंखला में हम उन्हीं की ग़ज़लों की किताब में से चंद चुंनिदा शेर आपतक पहुँचाने वाले हैं। इन बुज़ुर्गवार का नाम है पवनेंद्र 'पवन' और उनकी ग़ज़लों की किताब 'उसे दुख धरा का सुनाना पहाड़ो!' हमारे सामने खुली हुई है। इस किताब को आप बोधि प्रकाशन जयपुर से 9425522569 पर मायामृग जी को फ़ोन कर मँगवा सकते हैं या फिर पवन जी से 9418252675 पर संपर्क करें उन्हें बधाई दें और किताब प्राप्ति के बारे में पूछें।

सड़कों पर सोते हैं ठिठुरते जो अधनंगे
उन बच्चों की एक रजाई माँ का पेट
जज़्ब हो जाते इसमें सारे घुड़की ताने
जाने कितनी गहरी खाई माँ का पेट

पहले मेहमाँ परिजन कुत्ता कौआ गाय
अंत में जिस की बारी आई माँ का पेट

***

नहीं है पेड़ पत्थर जीव जो बहते हैं दरिया में
बहाई जा रही है टुकड़ा टुकड़ा लाश पर्वत की
महीनों बाद हाज़िर हो रुगण अध्यापिका जैसी
चली जाती है लेकर धूप फिर अवकाश, पर्वत की

***

गालियाँ कुछ को मिली कुछ नहीं बटोरीं तालियाँ
वक़्त की पिच पर क्रिकेट की एक पारी ज़िंदगी
दो क़दम चल कर ही थक कर हाँफने लगते हैं लोग
किस ने इन पर लाद दी इनसे भी भारी ज़िंदगी
वक़्त का टी.टी. न जाने कब इसे चलता करे
बिन टिकट के रेल की जैसे सवारी ज़िंदगी

***

राज मगरमच्छों का है अब
मछली जल की रानी मत लिख
इस पीढ़ी की एक ही ज़िद है
इक भी बात पुरानी मत लिख
कौन पढ़ेगा बाल कथाएँ
एक थे राजा रानी मत लिख

***

मैं गाँव कांगड़ा जिले के गाँव समलोटी मैं 7 मई 1945 को पैदा हुआ, पता है हमारे घर से सर उठाये दूर खड़ी धौलाधार पर्वत की बर्फ़ से ढँकी चोटियाँ यूँ नज़र आती जैसे हाथ बढ़ाने से पकड़ में आ जाएँगी। हमारे घर से थोड़ा आगे ही एक पहाड़ी थी जहाँ से चीड़ का जंगल शुरू हो जाता था। पिता श्री सीताराम जी काँगड़ा में जिला म्युनिसिपल कमेटी के सचिव पद पर कार्यरत थे लिहाज़ा हम सब गाँव छोड़ कर काँगड़ा रहने लगे थे। जब कभी मैं गाँव आता तो सबसे पहले घर के पास वाली पहाड़ी पर चढ़ कर चीड़ के जंगलों में खो जाता। जंगल की ख़ामोशी में मुझे प्रकृति का संगीत सुनाई देता। ये काम मैं आज भी, हाँ, आज इस उम्र में भी करता हूँ। मुझे जंगल की ख़ामोशी का संगीत पसंद है।

हमारा काँगड़ा वाला घर देख कर, जिसमें सिर्फ़ बेहद ज़रूरत का सामान ही था, कोई भी अंदाज़ा लगा सकता था कि ये किसी बेहद ईमानदार सरकारी कर्मचारी का घर ही हो सकता है। पिता की सूखी तनख़्वाह के चलते जैसे तैसे हम बच्चों की पढ़ाई और घर चल रहा था। जब मैं दसवीं जमात में आया उसी साल मेरे बड़े भाई नीलोखेड़ी में सिविल इंजीनियरिंग का कोर्स करने चले गए। उनके ख़र्चे का बोझ उठाने के लिए मेरा स्कूल छुड़वा दिया गया

क्यूँकि पिताजी दो बच्चों की पढ़ाई का ख़र्चा नहीं उठा पा रहे थे। स्कूल जाने की जगह मैं टाइप सीखने लगा। उन दिनों जिले के प्राइमरी स्कूलों में अध्यापकों की भारी कमी हुआ करती थी इसलिए स्कूल वाले नवीं या दसवीं पास बच्चों को अस्थाई तौर पर अध्यापक रख लेतेथे। उसी का फ़ायदा मैंने उठाया और एक प्राइमरी स्कूल में पढ़ाने लगा। सोलह साल का मैं उन दिनों कद काठी के लिहाज़ से बच्चा ही दिखता था इसलिए जब मैं स्कूल पढ़ाने के लिए घर से निकलता तो रास्ते में मुझे देख कर लोग हँसते कहते कि देखो बच्चों को बच्चा पढ़ाने जा रहा है। लोगों की हँसी मुझे चुभती इसलिए मैं ऐसे रास्तों से स्कूल जाने लगा जो भले ही लम्बे थे लेकिन उन रास्तों के लोग मुझे पहचानते नहीं थे। ये मेरे जीवन में आने वाली मुश्किलों की शुरुआत भर थी।

कुबड़े बना दिए ख़ुदा ने आदमी वो सब
जिनको ज़मीं पे कुछ कभी आता नज़र न था
जुल्फ़ों के साए में लिटा कुछ क्यों न माँगती
वो प्रेमिका थी आपकी कोई शजर न था

***

समझे बदन पे हाथ फिराने को जिसका प्यार
मक़सद तो उसका भेड़ की था ऊन देखना

***

कृषक मरने को ख़ंजर ढूँढ़ता है
तू मस्जिद और मन्दर ढूँढ़ता है

***

ईमानदार आदमी बस इक सिपहसलार है
विराजमान तख़्त पर हुआ रँगा सियार है

***

दाल रोटी मकां तो दे न सके
चाँद लाने की बात करते हो
भांज लठ गोलियाँ रियाया पर
मुस्कुराने की बात करते हो
जानकी हम नहीं है क्यों हमको
आज़माने की बात करते हो

***

लेता नहीं कोई कभी सुध इसकी इसलिए
इस घर में जायदाद के हक़दार हैं बहुत

***

कैकइयों का क्या है भरोसा
जाने कब हों कोप भवन में

दुश्मन को है राह सुरक्षित
मित्रों को व्यवधान वतन में

***

मेरा अध्यापन कार्य चलता रहा और बड़े भाई की पढ़ाई भी तभी पिता को मुँह का कैंसर हो गया। बड़े को दो छोटे भाइयों की ज़िम्मेवारी सौंप कर मेरी माँ श्रीमती कांता देवी मुझे बीमार पिताजी के साथ चंडीगढ़ मेरे मामा के घर ले आयी। चंडीगढ़ के.पी.जी.आई में पिताजी का इलाज चलने लगा, लगभग तीन चार महीने मैं पिता के साथ हॉस्पिटल में ही दिन रात रहा और उन्हें तिल-तिल मौत की तरफ़ क़दम बढ़ाते देखता रहा। पिता की असामयिक मृत्यु के बाद हमारे परिवार पर मुसीबतों का पहाड़ टूट पड़ा। घर में रखा राशन ख़त्म हो गया बनिये ने कुछ भी उधार देने से मना कर दिया, कभी कोई पड़ोसी आटा-दाल दे जाता तो घर में कुछ पकता वरना फ़ाक़े ही करने पड़ते। आख़िर बड़े भाई की नौकरी लग गयी। किसी तरह गुज़ारा होने लगा। बड़े भाई ने मुझे आगे पढ़ने के लिए कुरुक्षेत्र भेज दिया।

कुरुक्षेत्र में मेरे तीन चार पक्के दोस्त बने जिनकी माली हालत मेरी ही तरह पतली थी। घर से जो आता हम सब उसे एक साथ अपने पर किफ़ायत से ख़र्च करते। उनमें से एक थे जनाब 'प्रेम भारद्वाज' जिनसे भाइयों जैसा रिश्ता क़ायम हो गया। 'प्रेम' को शायरी का शौक़ था और वो हिन्द पॉकेट बुक्स से छपनी वाली पतली पतली शायरी की किताबों का दीवाना था। उसे देख कर मेरा रुझान भी शायरी की तरफ़ होने लगा और मैं तुकबंदी करने लगा। इसी बीच हम दोस्तों का सम्बन्ध एक ख़ास विचारधारा के संगठन हो गया जिसके लिए हम काम करते और बदले में वो समय समय पर हमारे खाने-पीने की व्यवस्था कर देते। एक बार उस उस संगठन के बड़े नेता का आगमन हुआ उसने अपने एक ओज भरे भाषण में किसानों से अपील की कि वो भाखरा डैम का पानी सिंचाई के लिए इस्तेमाल न करें क्यूँकि सरकार ने उसमें से बिजली निकाल ली है। नेता की इस बेतुकी बात को सुन कर हम दोस्तों ने उस संगठन से किनारा कर लिया। उस संगठन के लिए काम करने से हमें जो कभी खाने पीने या आर्थिक मदद मिलती थी वो बंद हो गयी ऊपर से एक मित्र के घर से पैसे आने भी बंद हो गए। कंगाली में आटा गीला वाला बात हुई लेकिन हमने उसकी भरपूर मदद करने की प्रतिज्ञा ली, उसकी फ़ीस भरने की ख़ातिर हॉस्टल के कमरे छोड़ दिए और एक पुराने मंदिर में बने कमरे में रहने लगे जिसकी बरसातों में छत ख़ूब टपकती थी और हमें बरसातों के चार महीने हॉस्टल में किसी न किसी दोस्त के साथ उसके कमरे में गुज़ारने पड़ते। दो कपड़ों में गुज़ारा करते किसी दोस्त की क़मीज़ कभी मिल जाती तो पहन कर हीरो लगते और क्लास में अकड़ कर जाते वरना फ़टे हाल फ़क़ीरों की तरह घूमते। उन दिनों यूनिवर्सिटीज़ में वामपंथ विचारधारा से प्रेरित एस. एफ. आई. का बोलबाला था। हम लोग उससे जुड़ गए। बात बात पर कॉलेज में हड़ताल करवाते विद्यार्थियों के हक़ के लिए प्रशासन से लड़ते, पोस्टर बनाते जुलूस निकालते, मार्क्स और लेलिन को कोट करते, केंटीन में चाय के साथ कभी डबलरोटी तो कभी बिस्कुट पर गुज़ारा करते। इन कामों को करने में वही हुआ जिसका डर था, हम लोगों की हाज़री कम पड़ गयी और हमें ग्रेजुएशन की फ़ाइनल परीक्षा में बैठने नहीं दिया गया।

दिनों, सालों, महीनों में नहीं ये लोग जीते
ये बस्ती फ़ाक़ों की गिनती से उम्रें आँकती है
***

आदमी है या गुलाबों की टहनियाँ है भला
काँटे ही काँटे बदन हैं और चेहरे फूल हैं
***

लुटेरा चोर था, तस्कर था या सितमगर था
चुना गया वो जो नेता तो सबका दिलबर था
***

विकासवाद की बातें भी झूठी लगती हैं
कहाँ है आदमी अब भी जो पहले बंदर था
***

कहाँ से ढूँढ़ के मिलता मुझे वो ग़ैरों में
मेरा रक़ीब मेरे दोस्तों के अंदर था
***

नफ़रत की बाढ़ में हैं सभी बह रहे मगर
सोए पड़े हैं नाख़ुदा लंगर लपेट कर
***

चहका ख़ुशी से चूजा यूँ पहली उड़ान भर
लाया परों में जैसे हो अंबर लपेट कर
***

दुनिया में अम्न ख़ुद-ब-ख़ुद हो जाएगा 'पवन'
धर दें सभी जो अपने पयंबर लपेट कर
***

वक़्त ने हँफाया है साथ यूँ हमें अपने
दौड़ता है गाड़ी के साथ इक क़ुली जैसे
***

रहती है तब से ख़ाली ही दरिया बिछी हुई
जलसों का बहरे जब से बहिष्कार कर गए
***

ऐसी सूरते-हाल में वापस गाँव लौटना तो संभव ही नहीं था इसलिए मैंने और प्रेम भारद्वाज ने तय किया कि दोनों बचपन के दोस्त 'मदन मोहन सेठी' के पास चलते हैं जो हमीरपुर जिले के गाँव 'कांगू' के किसी स्कूल में अध्यापक लगा हुआ था। हमने कॉलेज से एक चिट्ठी ली जिसमें लिखवा लिया कि हमने ग्रेजुएशन की पढ़ाई की है लेकिन उसकी परीक्षा हम किसी कारण पास नहीं कर पाए। हमारी जेब में इतने पैसे नहीं थे कि हम दोनों बस से

कांगू जाते इसलिए एक ट्रक ड्राइवर को जो कांगू से आगे जा रहा था किसी तरह हाथ-पाँव जोड़ कर अपने साथ ले जाने को मनाया। धुल मिट्टी से सने जब हम हिचकौले खाते कांगू पहुँचे तो थकान और भूख से हमारी हालत बहुत ख़राब थी। 'कांगू' उतर कर दोस्त का पता किया तो लोगों ने बताया कि वो चार दिन पहले ही एक महीने के लिए कोई कोर्स करने सोलन चला गया है। इसे कहते हैं सर मुँडाते ही ओले पड़ना।

क़िस्मत अच्छी थी कि वो अपने कमरे की चाबी पड़ौस में किसी को दे गया था। पड़ोसी को जब यक़ीन दिलाया कि हम दोनों उसके बचपन के दोस्त हैं तो हमारी हालत देख कर उसे रहम आया और उसने कमरे की चाबी देदी। रहने का बंदोबस्त होने से हम थोड़ा आश्वस्त हुए। कमरे के सामने लगे नल पर जा कर नहाये धोये तो भूख तेज हो गयी, कमरे में जा कर ढूँढ़ा तो एक छोटी सी मटकी में थोड़ा सा नमक रखा मिला, बस। जेब में जितने पैसे बचे थे उनसे एक मुट्ठी चावल और दाल मिली कमरे में रखे स्टोव पर रखी हाँड़ी में खिचड़ी तो क्या बनाई हाँ दोनों को मिला कर उबाला नमक डाला और खा कर सो गए।

कहते हैं मुसीबत कभी अकेले नहीं आती साथ में मुसीबतों की सुनामी ले कर आती है। दूसरे दिन ये सोच कर कि शायद जहाँ मदन पढ़ाता है उस स्कूल में हमें भी नौकरी मिल जाए उसके स्कूल पहुँच गए। स्कूल जा कर पता लगा की स्कूल में साइंस के अध्यापकों की ज़रूरत तो है लेकिन प्रिंसिपल साहब जो नौकरी दे सकते थे एक हफ़्ते के लिए अपने गाँव, पँजाब गए हुए हैं। ये हफ़्ता काटना सबसे मुश्किल काम था। उधार किसी ने दिया नहीं, जेब में धेला नहीं यानी खाने को कुछ भी नहीं। भीख माँगना ज़ेहन ने गवारा नहीं किया, अनजान जगह, किसके आगे हाथ फैलाते? यक़ीन करो राजेश भाई हमने पाँच दिन घासफूस और पेड़ से पत्ते तोड़ कर उबाल कर खाये। आज जब ये बात याद कर रहा हूँ तो ख़ुद को यक़ीन नहीं आ रहा।

कोई देता न ध्यान हो जैसे
माँ भी हिंदी ज़ुबान हो जैसे
राज़े दिल आँख खोल देती है
घर से लगती दुकान हो जैसे
जो भी चाहे वो करना पड़ता है
मन भी आलाकमान हो जैसे

***

जानकी का जो हरण करते हैं नेपथ्य में वो
मंच पर राम का किरदार सँभाले हुए हैं

***

भूल जाए ना कहीं शक्ल भी असली अपनी
ये मुखौटा भी किसी पल तो उतारा करना

***

हर बार मिलते हैं बाहें पसारे
इक दूजे की काटकर हम भुजाएँ

दोनों तरफ़ जीत के हैं ठहाके
ग़मगीन हैं खोए बेटों की माएँ

***

होंठ सी कर आदमी के बोलने देंगे नहीं
बोलना तोतों को लेकिन ख़ूब से सिखलाएँगे लोग

***

पहाड़ी मौसमों सा है बदलता रंग हर तेरा
कभी इन्कार चुटकी में कभी इकरार चुटकी में
मनों में पड़ती खाई अरसे तक गहराती है पहले
नहीं होती खड़ी आँगन में है दीवार चुटकी में

***

छठे दिन जैसे ही पता लगा कि प्रिंसिपल साहब गाँव से लौट आये हैं तो हम दोनों दौड़ते हुए उनके घर पहुँचे। मुझे आज भी याद है प्रिंसिपल साहब अपने घर के बरामदे में चारपाई पर बैठे खाना खा रहे थे। उनकी थाली में गरमागरम मक्की की रोटी रखी थी जिस पर मक्खन तैर रहा था सामने कटोरी में दही रखा था। थाली में आम का आचार और प्याज़ के टुकड़ों के साथ हरी मिर्च भी रखी थी। ये सब देख कर हम उनके पास किस काम से आये थे ये ही भूल गए। रोटी, वो भी इस तरह थाली में, देखे हमें अरसा हो गया था। हैडमास्टर साहब बिना हमारी और देखे मज़े से खाये जा रहे थे और हमारी हालत उन कुत्तों जैसी हो रही थी जो खाना देख कर उसे खाने की बेसब्री में राल गिराते हैं और दुम हिलाते हैं। दिल में आया कि हे भगवान ये प्रिंसिपल साहब किसी तरह आधी नहीं तो इस रोटी का एक टुकड़ा ही हमें डाल दें। ये भी ख़याल आया कि हैडमास्टर साहब को धक्का देकर उनके सामने पड़ी थाली छीन के भाग जाएँ। किसी शायर का क़ितआ है कि "भूख इंसान को मजबूर बना देती है, हद्दे-तहज़ीब से कम्बख़्त निकल जाता है, शहर की आग में जलते हैं मकानात मगर, भूख की आग से ईमान भी जल जाता है।" हमने किसी तरह अपना ईमान बचाये रखा। प्रिंसिपल साहब ने आख़िर डकार लेकर हमारी और देखा और बोले कि कल से स्कूल आकर ज्वाइन कर लो साथ ये भी कहा कि आपकी तनख़्वाह शिमला से अप्रूवल आने के बाद ही दी जाएगी। जैसे ही ये बात गाँव में फैली, बनिए ने हमें थोड़ा बहुत राशन उधार में दे दिया। हमारी ख़ुशी कुछ ही दिन क़ायम रह पायी क्यूँकि शिमला से हमारे लिए अप्रूवल नहीं आया। हमने सोचा दर दर की ठोकरें खाने से अच्छा है कि घर ही चला जाय, वहाँ जो होगा वो यहाँ जो हो रहा है उससे बुरा तो नहीं ही होगा और हम दोनों अपने अपने घरों को रवाना हो गए।

घर वालों ने जब हमारी दास्तान सुनी तो कुछ नहीं कहा। बड़े भाई साहब ने ज़बरदस्त डाँट पिलाई और ज़िन्दगी में कुछ बनने के लिए फिर से कॉलेज जा कर पढ़ाई में ध्यान देने की सीख दी। आज मैं जो कुछ हूँ उसी सीख का नतीजा है!

दिन बहुत हो गए हँसे जब भी
ख़ुद ही ख़ुद को है गुदगुदी कर ली
आते जाते हैं फेंकता पत्ते
पेड़ गुंडे-सा छेड़ता है मुझे
खींचता है कभी हटाता है
वो रजाई सा ओढ़ता है मुझे
गर है हिम्मत तो मुझ से हो के गुज़र
पुल के जरिए क्यों लाँघता है मुझे

***

कचरा तमाम शहर की गलियों में भर गया
गंगा के तट की आज सफ़ाई हुई तो है
पानी की बाल्टी लिए आए हैं किसलिए
ये आग आपकी ही लगाई हुई तो है

***

हर बदरिया जा बरसती है चमकते शैल पर
कौन हरियाली बिछाए धूल-मंडित देश में
कुछ ही सैयादों ने है बस क़ैद कर रक्खा इन्हें
सोने की चिड़ियाँ तो अब भी हैं हमारे देश में

***

मसला नहीं है हिंदू-मुसलमान का यहाँ
मसला है ख़ुद को दोनों ने कट्टर बना लिया
पत्थर को देवता किया हमने तराश कर
तूने बुतों को तोड़ के पत्थर बना लिया

***

कुरुक्षेत्र लौट कर भौतिकी में बी.एस.सी. ऑनर्स किया फिर हिमाचल प्रदेश विश्वविद्यालय से बी.एड. के बाद एम.एड. किया। सरकारी स्कूल में लम्बे अर्से तक बच्चों को गणित पढ़ाई और मुख्याध्यापक के पद से रिटायर हुआ। मुझे ख़ुशी है कि मेरे विद्यार्थी बहुत से सरकारी और ग़ैर-सरकारी संस्थानों में अच्छे पदों पर काम कर रहे हैं। एक बार मेरे विद्यार्थियों की परीक्षा का सेंटर किसी दूसरी स्कूल में आया जहाँ के अध्यापक अपने और दूसरे स्कूल के विद्यार्थियों को गणित के पेपर में खुले आम नक़ल करवा रहे थे। उन्होंने जब मेरे विद्यार्थियों को मदद की पेशकश की तो सभी ने एक स्वर से ठुकरा दिया और कहा कि हम पवनेंद्र गुप्ता जी के विद्यार्थी हैं हमें परीक्षा में किसी की मदद की ज़रूरत नहीं। ये बात जिले में आग की तरफ़ फैली और मेरा सीना गर्व से चौड़ा हो गया। रिटायरमेंट के बाद मैंने ग़ैर-सरकारी स्कूलों में प्रधानाचार्य पद पर भी काम किया लेकिन वहाँ जब मुझे मेरे आदर्शों से समझौता करने को कहा गया तो मैंने वो पद छोड़ दिया। अब फ़ुर्सत में साहित्य सृजन करता हूँ और जंगल की लम्बी सैर करते हुए आनंद उठाता हूँ।

चाय का अंतिम घूँट भरते हुए पवन जी ने राजेश की और देख कर कहा, "मेरे संघर्ष की कहानी कोई अनोखी नहीं है राजेश भाई इसीलिए मैं किसी को ये कहानी सुनाता नहीं। मेरे जैसे पता नहीं कितने हैं जिन्होंने जीवन में मुझसे भी ज़ियादा संघर्ष किया है और अभी तक कर रहे हैं।" राजेश ने हामी में सर हिलाते हुए कहा, "जी आप सही कह रहे हैं लेकिन मुझे नहीं मालूम था कि एक कवि और शायर के जीवन में संघर्ष की ऐसी कहानी है। इतने मुश्किल हालात में आपने शायरी कब शुरू की ये भी बता दें।" "शायरी?" पवन जी हँसते हुए बोले, "ये भी बता देता हूँ। शायरी में मेरी दिलचस्पी मुझे जैसा मैंने पहले बताया मेरे मित्र प्रेम भारद्वाज के जरिये हुई। पहले मैं आम शायरों की तरह तुकबंदी किया करता था मेरी शायरी को निखारने में हिमाचल प्रदेश के जाने माने शायर स्वर्गीय सागर पालनपुरी जी का महत्वपूर्ण योगदान रहा। धर्मशाला बी.एड. कॉलेज में पढ़ाई के दौरान मेरा सागर साहब से संपर्क हुआ था। मेरी शायरी में जो भी कुछ अच्छा है वो उन्हीं की बदौलत है वो उस दौर में अगर मेरी उँगली न थामते तो शायद मैं इस मुक़ाम पर न होता। जब तक सागर साहब रहे वो मुझे सँभाले रहे बाद में उनके दो होनहार पुत्र जो आज देश के नामी शायर हैं 'द्विजेन्द्र द्विज' और 'नवनीत शर्मा' जी ने समय समय पर मेरा साथ दिया। मेरी हिंदी ग़ज़लों की किताब 'उसे दुख धरा का सुनाना पहाड़ो! में उन्होंने भूमिकाएँ भी लिखी हैं। हिंदी के अलावा पहाड़ी में भी ग़ज़लें, मुक्तक और कविताएँ लिखी हैं। दूरदर्शन जालंधर और शिमला से उनका प्रसारण भी हुआ है। कहानियाँ, लोक संस्कृति पर लेख और नाटक भी लिखे हैं।"

"कमाल है पवन जी मुझे तो आपकी इन ख़ूबियों का पता ही नहीं था, मुझे आज इस बात की ख़ुशी है कि एक इतना बड़ा इंसान मुझे अपना मित्र मानता है।" राजेश जी ने गदगद होते हुए कहा। पवन जी हँसते हुए राजेश जी से बोले, "इंसान बड़ा नहीं, अच्छा होना चाहिए राजेश बाबू, अब चलो उठो घर भी जाना है।"

अपना हित था जब तक, धरती सबको माँ थी मीठा अमृत
खाड़ी तक जब आ पहुँची तो गंगा सबको लगती खारी
कोई ना कहता आओ बैठो, कोई ना सुनता माँ की बात
ये घर जैसे घर न रह कर हो कोई दफ़्तर सरकारी
होठों पर आ पाए ताकि कभी ना आँखों देखी बात
राज महल की हर माता को होना पड़ता है गाँधारी
खाँसी, आहें, बलगम माँ के देख बहुत चिंतित है बेटा
बीवी, बच्चे, नौकर को भी लग ना जाए ये बीमारी

***

ज़िन्दा रखा है अभी पुरखों को हमने
अपने भीतर अब भी बंदर रह रहा है

***

कहाँ से आए हैं, क्यों आए हैं, कब जाएँगे हम
नहीं खुलते हैं ये ताले हमारी तालियों से

मिला चिराग़ न घर के लिए कभी जिनको
मरे तो होने लगे उनके मकबरे रौशन

***

हाकिमों से सवाल करता है
यार तू भी कमाल करता है
नागपाशों से पड़ता है बंधना
धर्म कितना निढाल करता है

***

बड़े घर के हर एक अर्जुन के पीछे
कई एकलव्यों का इतिहास होगा
उसे दुःख धरा का सुनाना पहाड़ों!
की अम्बर तुम्हारे बहुत पास होगा

***

किससे कहें
ताज भोपाली

पीछे बँधे हैं हाथ मगर शर्त है सफ़र
किस से कहें कि पाँव के काँटें निकाल दे

चलिए शायरी के दीवानों से एक पहेली पूछी जाये इस पहेली को मेरे जैसे पुरानी हिंदी फ़िल्मों के प्रेमी शायद सुलझा पाएँ लेकिन नयी नस्ल के पाठकों से इस पहेली का जवाब मिलना अगर असंभव नहीं तो मुश्किल ज़रूर है। जरा इन पुराने फ़िल्मी गानों को याद करें 1. यूँ तो हमने लाख हसीं देखे हैं तुमसा नहीं देखा --- 2. माँग के साथ तुम्हारा मैंने माँग लिया संसार ---3. जरा हौले हौले चलो मेरे साजना, हम भी पीछे हैं तुम्हारे---4. मैं रंगीला प्यार का राही, दूर मेरी मंज़िल ---5 पिया पिया पिया मेरा जिया पुकारे ---6. ये क्या कर डाला तूने दिल तेरा हो गया ---7. एल्लो जी सनम हम आ गए आज फिर दिल लेके --- ठीक? कर लिया याद? एक बार फिर कर लें! क्या कहा ज़रूरत नहीं, याद हैं? अच्छा तो बतायें कि इन गानों में क्या एक चीज़ कॉमन है? संगीतकार कॉमन है? गीतकार कॉमन है? कलाकार कॉमन है? या *कुछ और* कॉमन है?

अब आप ऐसा करें कि आगे पढ़ने से पहले यहाँ रुक जाएँ और इस पहेली जवाब कहीं लिख लें, यदि नहीं आता तो फिर आगे बढ़ जाएँ।

जवाब है कि इनमें *कुछ और* कॉमन है और वो कॉमन है 'ताँगा'! ये सभी गीत ताँगे पर फ़िल्माए गए हैं। सवाल ये उठता है कि किताबों की दुनिया में ताँगे का ज़िक्र क्यों? वो यूँ कि हमारे आज के शायर भोपाल के हैं और भोपाल में बड़ा तालाब और ताज-उल-मस्ज़िद के अलावा कभी जो एक और चीज़ मशहूर हुआ करती थी वो थी 'ताँगा'। भोपाल के ताँगे पूरे भारत में मशहूर थे। दिलीप कुमार की फ़िल्म नया दौर में दिलीप साहब ने भोपाल का ताँगा चलाया था। तो ताँगे का ज़िक्र इसलिए क्यूँकि हमारे आज के शायर ने भी अपने लड़कपन में ताँगा चलाया। चलाया क्या यूँ कहें उनसे चलवाया गया। ताँगा चलाना निहायत ग़ैर रूमानी काम है, ये जो फ़िल्मों में हीरो के ताँगा चलाने और हीरोइन के साथ बैठ कर उसके सुर में सुर मिलाने को आप देख कर ख़ुश होते हैं वो हक़ीक़त से कोसों दूर है। ताँगा चलाते हुए मटक कर गाना गा कर देखिए या तो आप ख़ुद सड़क पर चित गिरे होंगे या ताँगे को किसी नाली में गिरा पाएँगे।

बाप सैय्यद रमज़ान अली ने जब देखा कि उनके बरख़ुरदार पढ़ने लिखने में कोई दिलचस्पी नहीं रखते बस सारा दिन आवारागर्दी करते हैं और रात में दोस्तों के साथ शायरी करते हैं या मुशायरों में बैठे शायरों को सुनते रहते हैं तो उन्हें घबराहट हुई कि ये बड़ा हो कर ये करेगा क्या? लिहाज़ा उन्होंने अपने एक दोस्त का ताँगा इन्हें चलाने को दे दिया और कहा कि ले बेटा 'मुहम्मद अली' सँभाल इसे और घर में चार पैसे कमा कर ला। बेटा यूँ इतना फ़रमाबदार तो नहीं था कि बाप के कहने पर ताँगा हाँकने लगता लेकिन घर के हालात ऐसे

थे कि वो मना नहीं कर पाया। भोपाल की ऊँची-नीची,खुली-तंग सड़कों पर ताँगा चलाना बहुत हुनर का काम होता था और जो दिल से शायराना तबीअत का हो वो ताँगा चलाने का ये हुनर कहाँ से लाएगा? ताँगा चलाते चलाते कोई मिसरा दिमाग़ में आ जाता तो उसे सँवारने में मुहम्मद अली इतना खो जाता कि ताँगा बाएँ की जगह दाएँ घुमा लेता इसपे सवारी झिकझिक करती। इन सब बातों से तंग आकर वही हुआ साहब जो होना चाहिए था, यानी एक दिन मुहम्मद अली साहब ने अचानक सोचा कि क्या मैं भोपाल की सड़कों पर ताँगा हाँकने के लिए पैदा हुआ हूँ? दिल ने जवाब दिया 'हरगिज़ नहीं' बस तुरंत ताँगा वापस अपने बाप के दोस्त को देते हुए कहा 'ये काम हमसे न हो सकेगा 'और मुस्कुराते हुए मुहम्मद अली ने बेरोज़गारी का दामन थाम लिया।

जब घर ये ख़बर पहुँची तो बाप रमज़ान अली को चिंता हुई कि अब इसका क्या होगा? बाप तब भी बेटे के भविष्य को लेकर चिंतित रहते थे आज भी रहते हैं, बेटे तब भी बे-फ़िक्र हुआ करते थे आज भी बे-फ़िक्र हैं लेकिन तब बेटे बाप की सुन लेते थे और मान भी लेते थे अब नहीं सुनते मानना तो दूर की बात है।

ये बात बहुत पुरानी है जब भोपाल में ताँगे चला करते थे और बेटे बाप की बात मान लिया करते थे।

ज़मीं पर पाँव, आँखें आसमा पर
रहोगे उम्र भर मग़मूम लोगो

मग़मूम: दुखी

अगर तेशा नहीं पत्थर उठा लो
रहोगे कब तलक मज़्लूम लोगो

तेशा: कुदाली

अभी तक शहर का ज़िन्दाँ है ख़ाली
दरो-दीवार से महरूम लोगो

ज़िन्दाँ: क़ैदखाना

***

शम्आ दहलीज़ पे रौशन रक्खो
क्या अजब है कि वो आ ही जाए

***

दर्द से चेहरे की ताबानी बढ़ी
घर जला तो आसमाँ रौशन हुआ

ताबानी: चमक

***

जाँ हथेली पे लिए फिरते हैं
इक यही शर्ते-वफ़ा है जैसे

***

बढ़े चलो के वो मंज़िल अभी नहीं आई
ये वो मुक़ाम है जिसका शुमार राह में है
न पाँव थमते हैं अपने न हौसले दिल के
सुना है जब से कोई ख़ारज़ार राह में है

ख़ारज़ार: काँटों की झाड़ियाँ

मौत से यूँ मिले जैसे महबूब हो
मौत हमसे मिली ज़िन्दगी की तरह

***

जिसने सहरा में तुझको भेज दिया
उसका सब कुछ बिगाड़ सड़कों पर

***

रमज़ान अली साहब ने सोचा कि बेटे को सिवा उर्दू, फ़ारसी और थोड़ी बहुत गणित के अलावा कुछ आता जाता है नहीं इसलिए इसे कोई ढंग की नौकरी तो मिलेगी नहीं, तो फिर क्या किया जाय?अचानक उनको अपने एक परिचित 'समद दादा' याद आये जिन्होंने उन्हें कभी एक ऐसे मुलाज़िम की तलाश करने को कहा था जो उनके गली इब्राहिमपुरा वाले 'अहद होटल' को सँभाल सके। रमज़ान साहब अपने बेटे मुहम्मद को साथ लिए एक दिन सवेरे सवेरे 'अहद होटल' जा पहुँचे जहाँ 'समद दादा' किसी खानसामे पर इसलिए बरस रहे थे कि उसने चाय का एक कप तोड़ दिया था। काउंटर पर भाजी वाला, जो आलू प्याज़ की बोरी लाया था उसके, पैसे माँग रहा था, बावर्चीख़ाने से तेल ख़त्म हो गया है की गुहार लग रही थी और रेस्टोरेंट में बैठे ग्राहक गर्म समोसे नहीं आने पर शोर मचा रहे थे। इस शोरो-गुल और अफ़रा-तफ़री के माहौल में 'समद दादा' अपने बाल नौंच रहे थे तभी 'रमज़ान अली' ने उनसे जा कर कहा कि 'समद दादा आपके इस होटल को सँभालने के लिए मैं अपने बेटे 'मुहम्मद अली' को आपकी मुलाज़मत के लिए लाया हूँ, ये इतना पढ़ा लिखा तो है कि काउंटर सँभाल ले फिर भी आप एक बार देख-भाल कर तसल्ली कर लें। 'समद दादा' को ऐसे लगा जैसे उखड़ती साँसों के मरीज़ को ऑक्सीजन सिलेंडर मिल गया हो। 'समद दादा' बिना 'मुहम्मद अली' की और देखे फ़ौरन अपनी कुर्सी से उठ कर बोले, "बरख़ुरदार मुहम्मद अली तुम बैठो, काम समझो, ये काउंटर सँभालो, अब ये होटल तुम्हें चलाना है।" 'समद दादा' ये कह कर 'रमज़ान अली' के कंधे पर हाथ रख कर होटल से बाहर आते हुए बोले, "अली ये तुम्हारा बेटा है तो अब मुझे क्या देखना है ये सँभाल लेगा, तुमने मेरा बोझ हल्का कर दिया जो अपना बेटा मुझे सुपुर्द कर दिया-शुक्रिया।"

अगर उस वक़्त समद दादा मुहम्मद अली के उस हुलिए को, जिसका बयान निदा साहब ने अपनी किताब 'चेहरे' में यूँ किया है कि 'मुहम्मद अली चाल-ढाल और चेहरे से एक साथ कई इलाकों के बाशिंदे लगते थे। पान में छालियों की भरमार, चुटकीदार चूने के ऐतबार से भोपाली, चेहरे की रंगत यानी सियाही के लिहाज़ से बंगाली, मँझले कद की वजह से गढ़वाली

और अंदर उतरी हुई छोटी आँखों और चपटी नाक से उन पर नेपाली होने का गुमान होता था, देख लेते तो शायद उसे काउंटर पर नहीं बिठाते लेकिन उस वक़्त 'समद दादा', के पास और कोई दूसरा चारा भी नहीं था।

भोपाल की लम्बी सी गली इब्राहीम के 'अहद होटल' के काउंटर पर उस दिन बैठा तो 'मुहम्मद अली' लेकिन जब वो वहाँ से उठा तो 'ताज भोपाली' के नाम से पूरे देश में मशहूर हो चुका था। 'ताज भोपाली' साहब जिनका जन्म भोपाल में 1926 में हुआ था की ग़ज़लों का संकलन और संपादन भोपाल के प्रतिष्ठित शायर जनाब 'अनवारे इस्लाम' साहब ने 'किस से कहें' किताब में किया है, जिसे 'पहले पहल प्रकाशन' भोपाल ने प्रकाशित किया है। आप अनवारे इस्लाम साहब से 7000568495 पर संपर्क कर इस किताब को मँगवा सकते हैं। ये किताब अमेज़न से ऑन लाइन मँगवाई जा सकती है।

बर्फ़ सी जम रही है होठों पर
किसके रुख़्सारे-आतिशीं से कहें
हर जगह है तू इस फ़साने में
तू जहाँ से कहे वहीं से कहें
आँसुओं की कहानियाँ ऐ 'ताज'
कब तक अपनी ही आस्तीं से कहें

***

तुम के हर मंज़िले-दुश्वार से हट जाते हो
हम, के हर मंज़िले-आसाँ पे हँसी आती है
हमको इक खेल है यह तौक़ो-सलासिल सैयाद
हमको ज़िन्दाँ में भी ज़िन्दाँ पे हँसी आती है

तौक़ो-सलासिल: फंदा और बेड़ियाँ, ज़िन्दाँ:क़ैदख़ाना

***

चाँद इस तरह से मद्धम है सरे-शाख़े-गुलाब
सूरते-ज़ख़्म पे जैसे के मसीहा चुप है

मसीहा: चिकित्सक

सोचेंगे सुब्ह, दिन ये गुज़ारेंगे किस तरह
फ़िलहाल फ़िक्र है कि कहाँ रात कीजिए

***

हमारे रंजो-ग़म की इंतिहा है
मसीहा दाम पहले माँगता है
फ़राहम कर नहीं सकता है ख़ुद को
कभी इंसान ऐसा टूटता है

फ़राहम: हासिल

तुम भी, ये दिल भी, दोस्त भी, मंज़िल की आग भी
एक-एक करके छूट गए हमसफ़र तमाम

***

नहीं नहीं ऐसा नहीं है कि ताज साहब को पहले दिन से ही ये नौकरी रास आ गयी थी। थोड़ा सा वक़्त तो लगना ही था वो लगा लेकिन उसके बाद तो उन्हें ये काउंटर इतना रास आया कि उनकी दुनिया हो गया। इस काउंटर पर बैठ कर उन्होंने होटल चलाने के सभी आदाब अच्छे से सीख लिए मसलन ग्राहकों का पुर ख़ुलूस इस्तक़बाल, बाबर्चीख़ाने और वेटरों पर नज़र और उनसे मुहब्बत भरा सुलूक़, नतीजा? थोड़े ही वक़्त में 'अहद होटल' की लोकप्रियता में चार चाँद लगने लगे। टेबलें भरी रहने लगीं यहाँ तक कि होटल के दोनों और रखे तख़्तों पर बैठने के लिए भी ग्राहकों को इंतज़ार करना पड़ता। 'समद दादा' अब अपने दूसरे बड़े होटल 'सलामिया' में ही बैठते उन्होंने 'अहद होटल' एक तरह से मुहम्मद अली 'ताज' के हवाले कर दिया जो उन्हें ख़ूब कमा कर दे रहे थे।

'अहद होटल' ताज साहब की वजह से शायरों का अड्डा बन गया। ये देश की आज़ादी के कुछ सालों बाद की बात है जब ताज साहब की जवानी शबाब पर थी और अहद होटल के नाम का डंका पूरे भोपाल में बज रहा था। अनवारे इस्लाम साहब इस किताब की भूमिका में अहद होटल के बारे में कुछ यूँ बयान करते हैं 'अहद होटल' होटल क्या अच्छी ख़ासी नशिस्तगाह हुआ करती थी। नज़र घुमाते जाइये, एक टेबल पर शेरी भोपाली, सलाम सागरी और कैफ़ भोपाली गुफ़्तगू कर रहे हैं तो दूसरी पर मेहमान शायर गुलाम रब्बानी ताबाँ, गोपाल कृष्ण शौक़ और सहबा कुरैशी किसी मुद्दे पर बहस में उलझे हैं, ताज साहब हैं कि होटल की तमाम कारोबारी एक्टिविटीज को अपनी नज़रों की गिरफ़्त में लिए हुए उन बहसों क़िस्सों में अपनी बात भी रख रहे हैं और दूसरों सुन भी रहे हैं।

मुशायरों और दीगर साहित्यिक आयोजनों में भागीदारी कारण दूसरे शहरों के शायर और क़लमकार भी यहाँ आना अपना फ़र्ज़ समझते। बाहर से आने वालों में सबसे ऊपर जाँ निसार अख़्तर साहब का नाम आता है जिनको ताज साहब और उनकी शायरी से बेहद लगाव हो गया था। जाँ निसार अख़्तर साहब ने एक जगह लिखा भी कि 'ताज जो अपने शहर बल्कि अपने प्रदेश का सबसे लोकप्रिय और हरदिल अज़ीज़ शायर है, कल पूरे हिन्दुस्तान की भी शोहरत का मालिक बनेगा। ये मेरी सोची समझी हुई राय है। इसी होटल अहद में उनकी दोस्ती 'सरदार जाफरी' 'साहिर लुधियानवी', 'निदा फ़ाज़ली' 'मज़रूह सुल्तानपुरी' जैसे मशहूर शायरों से भी हुई।'

इस चमन मैं गुलों की हँसी जुर्म है
ये भी क्या ज़िन्दगी, ज़िन्दगी जुर्म है
तश्नगी लाख हो इतनी क़ातिल नहीं
ऐ मेरे दोस्तो, बेहिसी जुर्म है

बेहिसी: सम्वेदनहीनता

आँखों की क़ैद, ज़ुल्फ़ की ज़ंजीर की क़सम
जब से जवाँ हुए हैं सरापा सज़ा है हम
***

ये कौन सी बरखा है बरसना है न खुलना
ऐ अब्र सभी सर्वो-समन चीख़ रहे हैं

अब्र: बादल, सर्वो-समन: पेड़ पौधे
***

मैं जिस जगह हूँ साथ मेरे कायनात है
तेरे सिवा कोई भी नहीं तू जहाँ है आज
***

मुझे इंसान के मरने का इतना ग़म नहीं होता
क़लक़ होता है जब इंसान में इंसान मर जाए

क़लक़: दुख, अफसोस
***

जिन अँखड़ियों ने सिखाई है मयकशी हमको
ग़ज़ब है अब सबक़े-पारसाई देती हैं

सबक़े-पारसाई: संयम की शिक्षा
***

शायरों और अदीबों की आमद से 'अहद होटल' गुलज़ार तो रहने लगा था लेकिन वहाँ जो भी आता वो पूरी फ़ुर्सत में आता, ऊपर से ताज साहब की मेज़बानी उन्हें बाँधे रखती। ताज साहब भी बजाय होटल का फ़ायदा देखने के मेज़बानी में इतने खो जाते कि कहाँ क्या हो रहा है उसकी उन्हें ख़बर ही न रहती। अगर वो शायरों से किसी बहस में उलझे होते या किसी की शायरी को सुन रहे होते या किसी को सुना रहे होते तो उन्हें काउंटर पर जाने का होश ही न रहता। उनकी पसंद का, या शहर से बाहर का, कोई मशहूर शायर अगर आ जाता तो उसे और उसके साथ आये सभी दोस्तों को अपनी तरफ़ से चाय पिलाते गरमागरम समोसे खिलाते। चाय तो वो सभी अदीबों को अपनी तरफ़ से मुफ़्त पिलाते। आख़िर ऐसा घर फूँक तमाशा कब तक चलता? जब तक 'समद दादा' इस होटल की बिगड़ी क़िस्मत को सँवारने के लिए कोई क़दम उठाते तब तक नुक़्सान इस क़दर बढ़ गया था कि सिवा इसे बंद करने के और कोई चारा ही नहीं बचा था।

'अहद होटल' बंद हुआ और ताज साहब के लिए बेरोज़गारी के दरवाज़े खुल गए। इस समय तक मुशायरों में जाने और अपने शेरों की लोकप्रियता के चलते ताज साहब भोपाल के सबसे चहेते शायर बन गए थे। भोपाल शहर के हर घर का दरवाज़ा उनके लिए हमेशा खुला रहता था। वो किसी भी वक़्त किसी भी घर पर दस्तक़ दे कर अंदर जा सकते थे और बिना तकल्लुफ़, बुज़ुर्ग हों या जवान उनके साथ वक़्त बिता सकते थे। इसमें औरत मर्द की क़ैद नहीं थी। निदा फ़ाज़ली 'चेहरे' किताब में लिखते हैं कि ' शेरी भोपाली' और 'कैफ़ भोपाली' भोपाल

से बाहर भले ही उनसे ज़्यादा मशहूर रहे हों लेकिन भोपाल में ताज की शोहरत की बराबरी भोपाल ताल के अलावा कोई दूसरा नहीं कर सकता था। भोपाल में उनकी लोकप्रियता ताँगे वालों और भिखारियों से मंत्री मण्डल के मंत्रियों तक फैली हुई थी।"

हयात जहदो-अमल से है वरना मौत अच्छी
हयात गिर्या-ओ-मातम से बन नहीं सकती

जहदो-अमल: संघर्ष, गिर्या-ओ-मातम: रोना-धोना

***

तुझ से वफ़ा की उम्मीदें
देख मेरा दीवानापन

***

हम दुखियों से हँसकर मिल
क्या जोबन क्या माया, धन

***

ज़ख़्मे-दिलो-जिगर की नुमाइश फ़िज़ूल है
हर एक से इलाज की ख़्वाहिश फ़िज़ूल है

***

इससे ज़ंजीर ही ग़नीमत है
ज़ुल्फ़ चूमी थी निकहतों के लिए

निकहत: ख़ुशबू

***

वो मंज़िल क्या जो आसानी से तय हो
वो राही क्या जो थककर बैठ जाए

***

फ़िक्रे-मआश, ऐशे-बुताँ, यादे-रफ़्तगाँ
मय इस हिसाब से तो बहुत कम है दोस्तो!

***

तुम्हारे क़ब्ज़ा-ए-क़ुदरत में मेहरो-माह सही
मगर ये क्या कि मेरे पास एक किरन न रहे

मेहरो-माह : सूरज चाँद

***

कभी-कभी ये ख़याल आ के क्यों सताता है
हयात जैसे अदम के सिवा कुछ और नहीं

***

क़ातिल गुनाहगार नहीं हम हैं गुनहगार
हमने फ़रेब खाए मसीहा के नाम पर

मुसलसल बेरोज़गारी का असर जब फ़ाक़ों में तब्दील होता दिखाई दिया तो दोस्तों ने समझाया कि मियाँ तुम्हारी मुंबई में साहिर, मजरूह, सरदार जाफ़री, निदा फ़ाज़ली जैसे कद्दावर शायरों से दोस्ती है, क्यों नहीं मुंबई जा कर तुम फ़िल्मों में लिखते? तुम इन से ज़्यादा नहीं तो कम भी नहीं हो। जैसे भोपाल में तुम्हारी तूती बोलती है वैसे मुंबई में भी बोलेगी, जाओ क़िस्मत आज़माओ। बात एक दम सच थी, भोपाल में जब कभी ये लोग किसी सिलसिले में आते तो अहद होटल में शाम को ताज साहब के साथ हम प्याला हुए बिना वापस नहीं जाते। ऐसी कितनी ही महफ़िलें ताज साहब को याद आईं जिनमें इन शायरों ने ताज साहब से गलबईयाँ करते हुए उनकी दोस्ती के लिए जान निछावर करने के वादे न किये हों। ताज साहब दोस्तों के कहने में आ गये, सोचा और कोई नहीं तो जाँनिसार अख़्तर तो मेरे रहनुमा हैं वो तो मुंबई में मेरी मदद करेंगे ही।

यहाँ से ताज साहब की ज़िन्दगी का वो सफ़र शुरू हुआ जिसकी राह में बेशुमार काँटे होने के बावजूद चलना उनकी मजबूरी थी। ताज साहब ने किसी तरह ट्रेन के टिकट की जुगाड़ की और जा पहुँचे सपनों की नगरी 'मुंबई'। मुंबई में ताज बहुत हुलस कर 'साहिर', 'मजरूह', 'निदा', 'सरदार जाफ़री' से मिले लेकिन उन्होंने महसूस किया कि ये 'साहिर' 'मजरूह' 'निदा' 'सरदार जाफ़री' देखने में तो बिल्कुल वैसे ही थे जैसे भोपाल में दिखाई दिए थे लेकिन हक़ीक़त में ये वो थे नहीं, उनकी शक्लो-सूरत में कोई और ही थे जिनको ताज साहब नहीं जानते थे। ताज साहब जल्द ही समझ गए कि यहाँ ये सब अजनबी हैं। ताज साहब ने जब 'जाँनिसार' साहब से मदद की गुहार की तो उन्होंने बताया कि वो तो खुद 'साहिर' की मदद के सहारे यहाँ पाँव जमाये हुए हैं, जिसके अपने पाँव दूसरे के सहारे टिके हों वो किसी और को क्या सहारा देगा? भोपाल जैसी जगह से आये सहज सरल स्वाभाव के ताज साहब के लिए ये इंसानी फ़ितरत किसी अजूबे से कम नहीं थी। उन्हें समझ आ गया कि मुंबई में जंगल का कानून चलता है जहाँ अपनी हिफ़ाज़त के साथ-साथ खाने का इन्तेज़ाम भी खुद ही करना पड़ता है। फ़िल्मी दुनिया के इस जंगल में ताज साहब को छोटी और बी ग्रेड फ़िल्मों के प्रोड्यूसर एस.एम. सागर मिल गए जो अपनी फ़िल्म 'आँसू बन गए फूल' पर काम कर रहे थे। भोपाल में उनकी ताज साहब से 'अहद होटल' में मुलाक़ात भी हुई थी उन्होंने ताज साहब से अपनी फ़िल्म के गाने लिखने को कहा। ताज साहब ने गाने लिखे जो बहुत मक़बूल नहीं हुए एक आध फ़िल्मों में और गाने लिखे लेकिन जब बात नहीं बनी तो मुंबई को अलविदा कह कर वापस अपने वतन भोपाल आ गए।

रात भर गर्दने-मीना को झुकाए रक्खो
चाँदनी हाथ में तलवार लिए आई है
अब्र है, चाँद है, तारे हैं, सबा है, गुल है
कितनी बिखरी हुई उस शोख़ की यकताई है

यकताई :अनोखा पन

* * *

घबरा के ग़मे-हिज्र से जब जाम उठाया
मुझको तेरी तस्वीर में आँसू नज़र आए
***

ये तो इंसानों के टूटे हुए दिल हैं साक़ी
हमसे टूटे हुए साग़र नहीं देखे जाते
***

बला से जुगनुओं का नाम दे दो
कम अज़ कम रौशनी तो कर रहे हैं
***

हमें इंसान से कोई मिला दे
फ़रिश्तों में तो हम अक्सर रहे हैं
***

जितना खुलता है रंग खिलते हैं
वो सरापा गुलाब जैसा है
***

उम्र भर पढ़िए उम्र भर लिखिए
हर ज़माना किताब जैसा है
***

ज़माने भर का ग़म अपना लिया है
क़यामत हो गया हस्सास होना

हस्सास: संवेदनशील

***

वीरानियों के और उठाऊँ मैं नाज़ क्या
अब आईना भी मेरे मुक़ाबिल नहीं रहा
***

भोपाल, बक़ौल 'निदा' 'जहाँ का हर रास्ता कई सलामों के साथ उनकी आमद इंतज़ार करता था। जहाँ के दरख़्त, जानवर, तालाब सब उन्हें नाम से जानते थे। उनकी काव्य प्रतिष्ठा को पहचानते थे। ताज, भोपाल के लाड़ले शायर थे। भोपाल ने उनकी शाइरी के साथ उनकी आवारगी को भी अपना लिया था। उन्हें न उनकी शराब बुरी लगती थी न मैले-कुचैले कपड़े अखरते थे। 'ताज' और भोपाल के रिश्ते में खुद 'ताज' की नम्रता और प्यार का भी बड़ा दख़्ल था।

'ताज' को बड़े अदब से मुशायरों में बुलाया जाता और वो झूमते हुए तरन्नुम में पढ़ते। श्रोता देर रात तक सिर्फ़ उन्हें सुनने को बैठे रहते लेकिन वो थे बहुत मूडी, किसी ग़ज़ल के तीन चार शेर सुनाते और चुपचाप वहाँ से चल देते, कभी कभी तो अपने लम्बे समय से इंतज़ार करते श्रोताओं को सिर्फ़ एक शेर सुनाते और माइक से हट जाते और एक बार माइक से हटने

के बाद वो कभी पलट कर दुबारा सुनाने नहीं आते। वो शायद श्रोताओं के लिए शेर कहते ही नहीं थे। ख़ुद के लिए ही लिखते और ख़ुद को ही सुना कर ख़ुश रहते। उनकी ग़ज़लों में चार या पाँच से अधिक शेर कभी नहीं रहे। मुशायरों में उन्हें तालियों और दाद की कभी ज़रूरत नहीं रही न कभी उसके लिए आज के शायरों की तरह श्रोताओं से गुहार की। तालियाँ और दाद उन्हें बिना माँगे मिलतीं और ख़ूब मिलतीं।

निदा अपनी किताब 'चेहरे' में लिखते हैं कि 'ताज साहब के ख़ूबसूरत शेर 'उठे और उनके ख़त ही देख डाले, जिन्हें देखा नहीं इक दो बरस से' को जाँनिसार अख़्तर ने 'सफ़िया अख़्तर' के ख़तों के संग्रह 'ज़ेरे-लब' के पहले पृष्ठ पर इस्तेमाल किया है लेकिन इसके नीचे 'ताज' का नाम नहीं है।' ताज ने ख़ुद को खो कर अपनी शाइरी को पाया। हिंदी कवि दुष्यंत कुमार की ग़ज़लों को बनाने सँवारने में इनकी बड़ी भूमिका रही है लेकिन अपने जीवन की भूमिका लिखते वक़्त वो शायद नशे में थे।...' ज़माने भर की तकलीफ़ों को दर किनार करते हुए वो 12 अप्रैल 1978 यानी महज़ 52 साल की उम्र में उस सफ़र रवाना हो गए जहाँ से लौटकर कोई नहीं आता।

पेश हैं आख़िर में उनके ये शेर-

उनसे मैं क्या कहूँ, मुझे ये तो बताए जा
जिन दोस्तों से तेरे लिए दुश्मनी हुई

***

इक तेरी याद से आराइशे-दिल बाक़ी है
कोई तस्वीर हटा दे तो ये दीवार गिरे

आराइशे-दिल: दिल की शोभा

***

ये जो कुछ आज है, कल तो नहीं है
ये शामे-ग़म मुसलसल तो नहीं है

***

यक़ीनन ग़म में कोई बात होगी
ये दुनिया यूँ ही पागल तो नहीं है

***

निर्वाण घर में बैठकर होता नहीं कभी
बुद्ध की तरह कोई मुझे घर से निकाल दे

***

मैं ताज हूँ तो तू मुझे सर पर चढ़ा के देख
या इस क़दर गिरा कि ज़माना मिसाल दे

***

किया है इश्क़, ग़ज़ल भी कही, शराब भी पी
ग़रज़, गुज़ार ली हमने भी शायरों की तरह

www.ingramcontent.com/pod-product-compliance
Lightning Source LLC
LaVergne TN
LVHW092051051026
849517LV00013B/1737
9789391571122